KB246350

문학의 정신적 가치

문학의 정신적 가치

채수영 지음

국학자료원

책머리에 — 팔자타령

먼 산을 바라보노라면 산과 나의 거리는 항상 일정한 관계일 것이지만 아침과 저녁에 바라보는 감성에는 다름을 느낀다. 내가 쓰는 글 또한 시기마다 다른 표정을 느끼고 생각하는 일에 어지간히 순치(馴致)된 마음을 갖는다. 물론 종심(從心)의 나이에 이르니 과거와는 다른 의식의 통일성이 수월하게 이룩되는 것 또한 감지되는 일이라도 조심스러운 접근은 예외가 아니다. 평생 시만 바라보았지만 여전히 높이에서 초라하고 깊이에서 아득함을 피할 수가 없기 때문이다. 그러나 글 앞에서 두려움이 없어지고 재미와 즐거움이 위안이라면 이런 상태를 얼마나 지속할 것인가는 미지(未知)에 맡겨두어야 할 것 같다. 여전히 허우적이는 일이 다반사일지라도 운명과 글의 상관을 밀어내지 못하는 일이 나의 팔자이자 숙업(宿業)이기 때문이다.

2012년 3월, 문사원에서

저자 삼가

차례

제6부 표정의 다양성

제1부

이미지 찾기

시의 이미지 구축술

1. 이미지로 만드는 세계

인간이 사는 세상은 다양한 자연과 여기서 사는 사람들의 모습 또한 저마다 다르다. 때문에 삶의 방식을 나타내는 방법도 다르게 나타난다. 이의 원인을 분석하는 일은 단편적인 현상이 아니라 복합적이라는 데서 오랜 시간을 두고 관찰하는 일이 우선이겠지만 대별해서 동양적인 태도와 서양적인 태도—물론 아프리카 쪽의 삶 또한 귀중한 요인들이겠지만 문화적인 흐름은 대개 서양과 동양으로 대별했던 관례에 따른 차별성을 인정하게 된다. 다시 말해서 언어로 표현하는 방법에서 차이는 동양은 묵언(黙言) 혹은 침묵 속에서 전달하는 기교가 우선이었고 서양은 행동양식으로 증명하는 일로 질서를 형성한다. 이런 차이는 멀리 되짚어가면 종교적인 현상이 지배적인 요인이라는 판단의 근거 위에서 언어의 표출 방법에 차이가 나타난 점이다. 그렇다면 그 구체적인 현상은 두 개의 질서 속에서 세분되는 양상을 의미하게 된다. 결국 문학은 서양적인 표현의 기법과 동양적인 표현의 기교적인 차이는 필연적이라는 뜻이다. 그러나 삶의 재료가 소재로 작동된다는 것에 본질은 같다. 다만 방법상에 차이는 삶의 원리에 궁극을 찾아가는데서 나오는 것이 해답이 된다는 일치점을 예외로 할 수는 없을 것이다. 왜냐하면 기교는 본질에 직접 닿기 때문이다. 한 가지 부언할 점은 서양의 Rhetoric은 웅변의 뜻에서 출발하여 예술로 생각했던 서구의 사고와 동양은 애당초 침묵으로 전달되는 이심전심(以心傳心)의 차이에서 동양은 말과 기교에 발달(?) 논리가 부족했을지라도 인간사고의 본질을 나타내는 차이에서는 이론의 여지가 없다. 가령 석가와 예수가 똑같은 결론에 답안을 작성한다는 예를 들어 말한다. 제자들과 소요하다 연못에 핀 연꽃을 들고 석가는 그냥 빙그레 웃었을 때─가섭만이 그 뜻을 알고 웃었고 다른 제자들은 무슨 의미인가를 몰랐다. 이런 예가 '염화시중'의 미소(답안)이라면 예수는 아마도 연꽃 앞에서 '제자들아, 이러 모여라, 이 연꽃은 더러운 흙탕물에서 이처럼 아름다운 꽃을 피운 것처럼 너희도 열성으로 기도하고 따르면 구원(救援)을 얻으리라'는 요지의 말을 했다고 가정하면 논리와 함축의 차이─그 본질에 교훈은 같다. 방법의 차이는 결국 본질을 훼손하지 않을 것이라는 뜻이다.

'시는 이미지다'라는 말은 시론에 가득 들어 있는 말이다. 동서양의 시를 막론하고 약간의 차이는 있을지라도 이미지를 구사하고 창조하는 점에서 같다.

시는 이미지를 구축하는 방법이요, 이미지로 시인의 정서를 표현하는 점에서 특징을 삼기 때문이다. 다시 말해서 소설은 묘사와 설명으로 구성이 일차적인 관건이라면 시는 이미지를 표현하는 일에 처음부터 끝까지 책무를 갖는 언어 표현일 것이다. 이 점에서 시의 이미지는 다양할 뿐만 아니라 공통된 정서의 집합을 이루는 특징 또한 구유한다. 왜냐하면 동일한 여건 속에 사는 사람은 거의 유사한 생각 또는 표현에 일치되는 경우가 다반사이기 때문이다. 가령 민족적인 차이를 인정하는 이론—사고와 판단의 차이가 엄존하는 이질성의 문제를 거론할 수 있을 것이다. 김소월의 「진달래꽃」을 예로 든다면 이해는 훨씬 쉬울 것이다.

나 보기가 역겨워
가실 때에는
말없이 고이 보내드리우리다

영변에 약산
진달래꽃
아름 따다 가실 길에 뿌리우리다

가시는 걸음걸음
놓인 그 꽃을
사뿐히 즈려밟고 가시옵소서

나 보기가 역겨워
가실 때에는 죽어도 아니 눈물 흘리우리다

— 김소월, 「진달래꽃」

시적 화자를 여자로 보면 이별의 주체는 서러움과 고통을 스스로 참으면서 남자를 보내는 형태를 취하는 반면, 참고 참으면서 슬픔을 안으로 삭이는 점에서 동양적인 사랑이었고 우리 민족의 정서가 애환으로 녹아 있는 형태일 것이다. 이른바 삼종지도(三從之道)의 멍에를 짊어지고 끝없는 헌신이 여자에 지워진 삶의 무게였고 거부나 항거는 있을 수 없는 가부장적인 사회가 지배해 온 오랜 전통이 있었기 때문이다. 물론 고려가요의 「가시리」의 경우는 이보다 좀 더 완곡한 구속력을 발휘하지만 본질에서는 유사한 것도 인정해야 한다.

가시리 가시리 있고
ㅂ 리고 가시리있고

날러는 엇디 살라ᄒ고
ㅂ 리고 가시리 잇고

잡스와 두어리 마ᄂᆞᆫ
선ᄒ면 아니올세라

설온님 보내ᅇ노니
가시ᄂᆞᆫ 듯 도셔오쇼셔

— 악장가사 소재,「가시리」

　고려시대의 가요라지만 확증할 길은 없는「가시리」는 이별 문학의 백
미(白眉)라는데 이견이 없다. 이미지는 '가는 길이지만 빨리 돌아오십시
오'라는 부탁이라면 진달래꽃의 여성도 그런 심사를 내포하고 있음에는
같다. 이는 유교문화에 젖은 생활상의 반영이고 이를 삶의 질료로 선택
하면서 살아온 민족의 정서가 동일하게 시적 이미지를 구성하고 있음을
뜻한다. 여기서 생활은 같은 생각 같은 이념의 줄기가 결국 인간의 정서
가 유사 이미지로 성립하는 원인을 찾을 수 있을 것이다.

　여기엔 우리 민족의 삶의 흔적이 들어있고 또 애환이나 사랑 혹은 자
연의 숨소리 또는 인간사의 모든 것들이 시의 이미지로 취택되었을 때
살아온 자취가 포획된다. 그렇다면 서구식 사고를 가지고 살아온 사람
들의 표현과 동양적인 사고에서 살아온 사람의 이미지 구축에는 엄격하
게 다른 표정이 감지되고 또 표현의 묘미를 간직할 것이다.「진달래꽃」
의 시적 화자나「가시리」의 경우엔 유사성이 흐르고 있으면서 개성을
담고 있는 강도의 차이를 확인한다 해도 서구적인 이별과는 너무 현격
하게 다른 점이다.

동서양을 막론하고 문학의 소재에서 사랑만큼 많은 빈도를 차지한 경우는 없을 것이고 미래 또한 그런 추세로 진행할 것이다. 왜냐하면 인간의 사랑은 곧 사랑의 상태를 실현하는 일이고 이를 어떤 방법으로 나타내는 가는 시인의 개성일 수 있기 때문이다.

실제로는 떠났지만 떠나지 않았다고 마음속으로 다짐하는 역설의 수법을 쓴 한용운의 「님의 침묵」은 좋은 비유가 된다면 미국 시인의 이별은 모든 게 끝나는 절차를 따른다.

The night has a thousand eyes,   밤은 천개의 눈을 가졌으나
And the day but one;   낮은 하나이듯
Yet the light of the bright world dies   해가 지면
Whith the dying sun.   빛나는 세상도 함께 사라지네

The mind has a thousand eyes,   마음은 천개의 눈을 가졌으나
And the heart but one;   심장은 단 하나
Yet the light of a whole life dies   사랑이 가버리면
When its love is done.   생명의 빛도 더불어 사라지네

— Fransis W. Bourdilon, 「Light」

매우 질서 정연하고 조직적이고 합리적인 사고로 무장된 정서를 대면한다. 사랑이 가버리면 세상 모든 것이 사라지는 어둠만이 다가온다. 그러나 한용운의 사랑은 항상 가슴속에 남아있는 지속성에서 이별은 이별이 아니고 언젠가 돌아오는 그런 사랑의 기다림인 것이다. 이처럼 동서간 인간의 정서는 차이가 엄존한다는 의미에서 이미지의 처리법이 다르다.

2. 사랑

사랑은 결합을 위한 갈증이다. 그러나 얼마의 거리(距離)를 가질 때 비로소 사랑의 발생은 문을 열고 갈증이 애타는 그리움으로 변모할 것이다. 이는 살아있는 인간이면 누구나 삶에 거리를 발생하고 그 거리를 유지 혹은 단축하려는 현상을 삶의 본질이라 정의하면 갈증은 지정된 대상에 가까이하려는 마음이 사랑으로 진전될 것이다. 그렇다면 시는 곧 갈증이고 그 갈증을 어떤 태도로 바라볼 것인가에 따라 표정은 저마다 다를 것이다. 마음의 거리감으로 생각하는 거리와 실제의 현실감에서 바라보는 거리에는 욕망이 발동될 것이고 거리의 소멸은 존재와 대상을 현상에서 말하는 멸각(滅却)의 상태로 진전하는 모습일 것이다. 그러나 시인은 사랑을 위한 마음이 발동될 때 비로소 말의 성찬(盛饌)이 준비된다.

시 또한 시인의 정신적 갈증으로도 말할 수 있을 것이다. 다시 말해서 대상에 대한 열망 혹은 표현의 일체화(Identity)를 이루기 위한 거리의 문제가 나타나기 때문이다. 거리의 파생은 필연적으로 가까워지려는 심리적인 거리와 또 멀어지려는 의도적인 거리가 있을 수 있다. 대체로 시의 경우 가까워지려는 점에서 갈증에 속할 경우가 많을 것이다.

갈증과 사랑은 분리된 것이 아니라 원(圓)으로의 순환과 같은 연결이 된다. 사랑의 에너지는 갈증에 있기 때문에 비움이고 또 채움을 향해 에너지가 발동한다. 이는 사랑의 진원이 되는 것이면서 참된 사랑은 色卽空, 空卽色이나 不生不滅, 不垢不淨, 不增不減의 般若적인 지혜가 원─시 작과 끝이 포괄된다. 정성수의 시집 『세상에서 가장 짧은 시』(월간문학 발간)에 소재한 「지상에서 가장 낯선 사이」, 그리고 「그대와의 사랑을 위해」나 「사랑한다는 것은」, 「사랑하지 않는 죄」와 「사랑의 정체」, 「사랑은 정원사가 되는 것」 등 사랑의 의미는 다양하게 상징의 숲에 은거(隱

居)하고 있지만, 영원성이라는 지향점으로 집중하는 특성이 있다. 물론 이미지의 종류로 보면 상대적 이미지가 아닌 절대적 이미지로 구성되었음을 알게 된다.

포근한 어머니의 사랑은 종교가 되었고, 아내의 사랑은 마지막으로 찾아가 잠들고 싶은 이미지로 애틋함이 묻어난다. 그러나 사랑의 부재(不在)에서는 공허의 아슬함을 초조로 맞아야 할 것이다. 기실 초조는 불안이 아니라 기다림으로의 긴 시간을 견디는 안타까움이 되는 시어(詩語)이다. 이는 진정이 외면 당하는 염려가 될 수도 있고, 사랑의 도달점에 대한 불안으로 나타나는 심리적인 애절함이 될 수도 있기 때문이다.

 내 기억의 창고 모두 비워두었다

 나의 사랑은 언제나 첫사랑……

 — 정성수, 「그대와의 사랑을 위해」 전문

공(空)하니 색(色)이 들어차고 비움에서 채움이 나오는 것처럼, 사랑은 대상과의 연결을 위해서는 헌신과 열정으로 틈새를 갖지 않을 때, 비로소 원만의 목표를 이루게 된다. '기억의 창고 모두 비워두었다'로 인해 첫사랑 같은 신선함이 찾아들 수 있을 뿐만 아니라 헌신에서 나오는 진정성의 이름이기에 기다림과 그리움의 모습이 가득해지는 마음을 갖게 된다. 이 같은 자세는 결국 '아름다운 슬픔'의 역설적 진술함에 접근할 수 있게 된다.

진실에는 눈물의 배경이 들어있다. 왜냐하면 진실이기 때문에 가장 순수하고 깨끗한 함량의 원소가 작동하는 물이기 때문이다. 또한 슬픔이 아름다울 리야 없지만 진실과 순수의 끝점에서 만나는 이유로 잡티가 섞이지 않는 슬픔으로의 표현미가 될 수도 있다.

아무도 사랑하지 않은 죄!

— 정성수, 「가장 큰 죄」 전문

마술사

— 정성수, 「사랑의 직업」 전문

사랑은
쓸쓸한 내 영혼의 정원사가 되는 것

— 정성수, 「사랑은 정원사가 되는 것」 전문

아무도 사랑을 하지 않는 것이 가장 큰 죄목(罪目)이라는 단안(斷案)에서 사랑은 인간이 실현하는 가장 고귀한 덕목으로 자리한다. 이는 사랑의 부재(不在)를 암시하기 때문에 어둠이고 비극이 되는 이치—인간과의 사랑 혹은 우주 자연의 모든 대상을 바라보는 휴머니티의 가슴을 갖는 일로 강조된다. 이런 경지에 이르면 사랑의 마음은 모든 것을 변화로 이끌 수 있기에 마술사가 될 수도 있고, 또 외롭고 쓸쓸함을 아름다움으로 가꾸는 정원사의 역할로 치환(置換)될 수 있다는 이미지 발상법이다.

3. 삶의 이미지

시의 이미지는 복합적이기 때문에 하나만의 요소가 아니라 다양한 이미지들로 결합하여 미적 감수성을 잉태하게 된다. 성실함을 물려받은 아버지의 교육이나 그런 환경에서 남에 대한 배려 등은 곧바로 시인의 삶에 요소를 이루면서 시의 특징과 손잡게 된다. 주로 서민적인 삶에서 시의 진로가 잡힌다는 뜻이다.

가끔씩 모란 시장에 들러
좌판에 소복히 쌓인
온갖 야채와 과일, 먹거리를 본다
동네 슈퍼나 마트, 백화점에서는
비닐포장에 싸여 반짝거리지만
흙냄새와는 거리가 멀다
서둘러 밭에서 바로 오느라
단장도 못하고 올라온 것들이지만
크기도 들쭉날쭉하고 얼굴도 가지각색
울툭불툭 제 성미를 보이면서 다가온다
포장된 일상의 거리를 오가다 보면
때로는 이렇게 흙냄새도 맡고 싶다
노을은 서서히 모란시장에 스미는데
술 한 잔을 걸치고
조금씩 펼쳐 놓은 그들 보따리에게
고향 소식을 물어 본다
고요한 들판의 햇빛 한 줌과
앞도랑에서 가재 잡던 친구 안부를

- 손민수, 「모란시장에서」

시인은 그가 살아왔던 농촌 풍경의 소박한 인심-잠실-이미 지난날들의 흔적은 간 곳이 없지만 마음 속 추억의 정경은 살아있다. 백화점이나 마트에서의 화려한 상품이 아니라 제멋대로의 상품이지만 모란시장에서는 사람 내음의 들어있기에 정감을 주는 대상으로 잊지 못한다. 이는 곧 소박한 심성의 시심이면서 그가 살아온 삶의 이력이 들어있는 발성이다. '흙냄새'에 대한 추억과 순수한 사람들에 소박한 모습의 모란시장은, 서민들의 애환이 묻어 있는 물건에서 생의 약동과 순수를 그리워하는 것은 편리보다는 오히려 인간의 체취를 더욱 아쉽게 생각하는 마음의 고향으로 다가온다. '햇빛 한 줌'의 다사함과 가재 잡던 다정한 '친구들'을 잊을 수 없어 하는 마음에는 이미 따스함이 깃든 정감이 반짝이기 때문이다. 이런 마음을 가졌기에 그의 시는 소박과 순수를 꾸밈없이 보여줌으로써 시로써 그 자신의 자화상을 그리는 점이 삶의 고달픈 이미지의 표정이 때로 우울하다. 왜냐하면 살아가는 일 그 자체는 고달프고 서러운 아픔이 엉켜 복합적으로 작동되는 현상이 다반사라는 점에서 삶은 항상 우울한 표정을 관리하는 측면이 많다. 그러나 희망을 부르는 노래가 삶의 궁극이 되어야함은 물론이다. 어떤 절망이나 비극의 삶에서도 미래를 암시하는 노래가 시의 주요 임무이기 때문이다.

4. 자연의 풍경(바다, 강, 계절, 꽃, 꿈)

자연은 시의 가장 편리한 대상이다. 왜냐하면 보고 듣고 살아가는 모든 것이 곧 자연의 일부에서의 사건이고, 또 삶의 재료가 될 뿐 만 아니라 자연 속에 들어있는 시가 곧 인간의 문제와 연결되기 때문이다. 이명우는 산골풍경이라는 단일 소재만으로 무려 300여 수의 시를 창작하는 -테마시를 쓰는 시인이다. 그의 시에는 산골의 정취와 꿈 그리고 자연의 질료(質料)가 이명우 삶의 근간을 이루는 이미지로 구성된다.

꿈은 상상만의 이름이 아니라 삶의 에너지로 이해될 때 삶의 길을 넓히고 생의 이유를 긍정으로 생각하는 빌미가 된다. 때문에 꿈이 있는 사람은 건강하고 생의 이유가 명확하게 조절될 수 있다면, 「산골풍경」 등 많은 시에 꿈의 요소들이 시인의 의도를 전달하고 있다. 이런 현상은 자칫 현실을 도피하는 방법일 수도 있고, 고독의 빌미로 이해될 수도 있지만 순수의 사고로 받아들이면 아름다움을 추구하는 정서의 편린들로 보인다.

청량한 숫가을밤
하늘 가슴 자락에
하얗게 출렁이는
안개 호수를 보서요

그 위에 피는 꽃은
천연색 나의 꿈이고요
꽃잎마다 새겨진 몽롱한 빛은
내 마음의 보석입니다

- 「산골풍경.156」

만약에 꿈이 명료하다면 이는 현실과 구분되지 못하는 잘못일 것이다. 꿈은 설계이고 이 설계는 신념을 가질 때, 꿈은 비로소 현실로 이끌려 나오는 속성을 갖고 있을 것이기 때문이다. 때문에 꿈은 때로 모호하고 암담한 색채로 다가올 수도 있다. 이런 이유로 꿈을 갖는 것은 신념의 공고화를 요구하고 또 찾아가기 위해 고된 일상의 언덕을 넘기도 한다. 쉽고 편안한 곳에서는 꿈은 나래를 접고 보이지 않는다. '안개 호수'라는 희미한 곳에서 다가오는 신념의 이름은 '피는 꽃'의 향기를 대동하고 천연색의 풍경을 연출하는 장관이 될 수 있기에 꽃과 꿈이 연출하는 경관은 '내 마음의 보석입니다'와 같은 고귀한 이름을 획득하게 된다는 점이다. 이명우의 꿈은 향기로 승화하는 길을 알고 있기 때문에 허황의 문패를 달고 허세를 부리는 이미지와는 다른 속성이 친근미를 유발하게 된다.

새벽별에 길을 묻고
봄 가으네 기다리더니
눈 속에서도 파란 손을 흔들며
한겨울을 이겨낸
인동초를 보고 있습니다

나도 새벽별에 길을 물어
봄 가으네 기다렸는데
인생의 눈보라에 묻혀
한겨울을 이겨내지 못하고
온몸에 검버섯만 피고 있습니다

　　　　　　　　　　　　　　　　　－「산골풍경.148」

　살아간다는 삶의 이름은 무겁다. 이런 이유로 짧고 빠른 길을 염원하
지만 인생의 길은 그런 소망을 들어주지 않는다. 정직하고 솔직함에는
먼 길일지라도 삶의 자세가 아름다워진다면 이명우 시인의 정서는 그런
자리에 서있기를 고집한다. 어린 시절의 이미지가 오늘을 지탱하는 깃
발이기에 산골의 물소리 그리고 별이나 달과 바람 등 자연의 모습은 천
연의 시가 되는 재료가 된다.
　인생이라는 말에는 방법의 문제가 담겨있다. 어떻게 살 것인가 혹은
어떻게 살아야 하는가의 문제는 인간의 삶에 따라다니는 철학이자 숙명
의 과제물이다. 계절과 새 그리고 싱그러운 자연의 풋풋함이 시인의 정
신을 맑고 꿈과 만나면 환한 길로 인도하는 것 같은 모습－다음 시로 위
안을 삼으면 사는 일이 희망을 만나게 될 것이다.

산새가 날아와
그리는데
인생은 불고 가는
바람이 아니라
꿈꾸는 열일곱 살로
움트는 봄이래요

　　　　　　　　　　　　　　　　　－「산골풍경.187」

　꿈을 가지면 삶이 썩지 않고 싱싱해지는 소금－꿈은 그런 방향을 지

시하고 알려준다. 이런 신념은 꿈을 가진 열일곱의 꽃다운 나이에 안겨 오는 봄—싱싱하고 생동적이면서 즐거운 나이에 깃드는 향 짙은 꿈같은 이름이 될 수 있음을 알려준다. '꿈', '열일곱 살', '봄'의 뉘앙스에서 다가 오는 찬란한 의식은 향기를 내장하고 희망의 터전이 넓이로 다가오는 인상을 갖게 된다. 역설적이지만 꿈이 다양함은 현실의 고달픔과 상관 을 가질 수도 있다. 그러나 생래적으로 순수한 이명우의 경우는 슬프게 도 꿈에 대한 집착이 아름다울 수 있다는 것은 그의 심성으로 문제로 귀 환될 것 같다.

시 속에 의미가 들어있다는 것은 겉으로 수식하는 것이 아니라 진심 의 이미지가 내면으로 꾸밈이 없어야만 살아나는 이미지로 결합을 이룰 수 있기 때문이다. 그리고 정직하게 살아가는 길을 걷는 사람—인동초 의 시련을 감내하는 사람에게서는 향기가 묻어난다. 그러나 이명우는 '나도 새벽별에 길을 물어/봄 가으네 기다렸는데'로 후회의 마음이 앞장 서서 오늘을 탄식하지만 겉으로 쌓이는 소득이기보다는 안으로 시의 샘 물이 맑고 깨끗한 수원지를 소유한 주인이라는 말로 보면 성공한 시의 길을 확보한 시인이다. 즉, '한겨울을 이겨내지 못하고'는 외면을 중시하 는 성과 위주에서의 마음이지만 진정한 삶은 성실하고 바른 삶에 가치 가 더욱 고귀한 이유로 돌릴 수 있기 때문이다. 인생의 평가는 이름의 무 게나 걸친 외투가 아니라 내면 가치로 환산해야 하기 때문이다.

5. 허무 그리고 고독

허무가 많은 빈도로 나타난다는 점은 나이의 깊음을 감지한 시심이 그런 방향을 지향하는 정서가 많아지기 때문일 것이다. 기실 허무란 인 간이 맞이하는 궁극의 지점에서 느끼는 공통성이 있다. 왜냐하면 인간

의 지혜는 시작과 끝을 느끼는 예지가 살아있기 때문이다. 아울러 젊은
날의 열정과 노년의 지혜에는 삶의 흔적이 축적되었고 이를 현실에 적
용하는 방법을 잘 알고 있기 때문에 노년에 이르면 나이브하고 처연(悽
然)함에 젖어 살게 된다. 그만큼 살아갈 시간에 대한 애착과 아쉬움이 교
차하기에 삶의 모습이 부드러워지고 느슨해지는 느낌을 갖게 된다는 뜻
일 것이다. 무언가 있는 것 같은 인생의 길에서 방황하고 돌아와 그 소득
의 명세서를 보면 정작 어떤 것도 없다는 바닥을 실감할 때 돌아보는 길
이 회색빛으로 변하고 여기에 허무가 짙은 음영을 그리면서 출몰하게
된다.

무슨 상관이란 말인가
꽃이 핀다한들
꽃이 진다한들
이렇게
모든 것이 건너가고 있는데

이제, 나와 무슨 상관이란 말인가
세레나데를 부른다한들
베르테르의 편지를 쓴다한들
저렇게
모든 것이 떠나 갔는데

이제 와서, 무슨 상관이란 말인가
물망초 한 아름을 안긴다한들
보이지 않는 작별인 것을

이제 무슨 상관이란 말인가
의미없이 지나간 세월
놓친 것도

얼은 것도
아무 것도 바랄 수 없는데

—「세월은」

'건너갔고', '떠나갔고', '작별인 것'은 세월이 만든 사연이다. 이런 사연은 곧 허무를 불러오는 이름이 번다(煩多)한 원인이 되었고 이로부터 삶의 길은 쓸쓸한 긴 그림자가 무작정 따라온다. 이를 의식한 시인의 정서는 자연스레 약해지는 마음을 키우게 되고 '모든 것'들이 떠나간 그리움과 작별의 아쉬움 그리고 부재에 따른 절망이 자리하는 원인—허무는 그렇게 스미듯 찾아왔고 이는 세월의 깊이와 연결된 모습이 된다. 가장 많은 빈도로 허무의 자취가 출몰하는 원인은 삶의 고달픔이나 아픔이 아니라 자연스레 찾아온 이유—나이는 그렇게 소리없이 찾아와 가슴을 적시는 현상 때문에 작별이나 이별의 소리가 환청으로 들려오는 이유를 만들고 있다. '의미 없는 세월'은 자괴(自愧)의 마음을 가져왔고, 또 돌아보면 모든 것이 허무해지는 것이 상정(常情)인 것을 깨닫는 시심(詩心)이 고담(枯淡)스런 인상을 준다.

6. 휴머니즘 혹은 모성애 또는 부모

인간을 사랑하는 것은 시인의 임무이지만 이를 어떻게 표현미로 승화할 것인가는 시인의 재능에 속할 문제이다. 그러나 모든 시는 사랑을 말하는 혹은 사랑으로 포장하는 점에서 휴머니즘으로 직행한다. 시가 모성을 바탕으로 진전할 때, 화려하거나 요란한 것과는 다른 방향에서 섬세하고 따스함을 포장한다. 이는 어머니의 마음—사랑이 두드러진 특징일 것이다. 모두에 헌신으로 통하고 희생을 앞세우면서 세상을 포용하는 점에서의 아름다움이라면, 아마도 모든 사람들의 내면에는 모성에 대한 회구가 들어있다. 왜냐하면 인간은 어머니의 태반을 통해서 생명을 이어받았기 때문에 어머니의 심상을 가장 속 깊게 간직하는 정감이 있다. 다시 말해서 마지막으로 돌아가야 할 귀의처로의 공간이 어머니의 이미지라는 뜻이다. 인간을 사랑하는 것은 궁극적인 삶의 회귀를 뜻하는 일―여기서 휴머니즘은 시의 모태로 작동된다.

> 어머니
> 흰종이에
> 수묵풀어
> 당신의 얼굴
> 그려 보아도
> 꽃 같은 미소
> 간데 없고
> 하얗게 바랜 모습
> 줄줄이 주름진 세월
> 하늘 같은 희생들
> 그릴 바 없어
> 내 손 부끄러이
> 더듬거립니다.
> 어. 머. 니.

― 홍윤숙, 「당신의 얼굴」

시인이 돌아가신 어머니를 그리워하는 사모곡이다. 특별한 상징의 기법이 들어 있지 않지만, 보편성에서 오는 어머니에 대한 감정이 매우 담담하다. '희생'과 '부끄러움'으로 요약된 어머니에 대한 마음이 '더듬거립니다'로 시인의 애절함이 마무리된다. 자식이 어머니를 그리워하는 마음은 사향의 마음과 본질적으로 같다. 그것은 생명의 원천 의식이고 모태 의식이면서 생명의 시발(始發)이 나타나는 곳이기 때문이다. 결국 자기 확인이요 자기를 돌아보는 생각 때문에 어머니의 추억은 짙은 허무가 자리 잡을 수도 있다. 그러나 모성에 대한 정감은 자기연민의 늪에서 '내 손 부끄러이'의 자각이 절절함을 더욱 부추기는 애절함―어머니에 대한 사랑의 이름이다.

> 아파트 쓰레기 하치장 옆
> 조그만 운동화 한 켤레
> 가슴을 열고
> 하루 종일 눈이 멀도록
> 주인을 찾고 있다
> 아기가 신고 놀다
> 벗어 놓고
> 깜빡 잊고 엄마 등에 업혀
> 집에 갔을까
> 아니면 발담을 수 없이 자라서
> 쓸모없다고 인연의 끈 놓아 버렸을까
> 그전처럼
> 아기 발에 안겨 나들이 가고
> 자전거도 타보고 미끄럼도 타며
> 사랑을 더 받고 싶다고
> 보채며 칭얼댄다
>
> ― 장문영, 「아기 운동화 한 켤레」

버려진 아기 운동화에 대한 상상이다. 운동화를 신고 즐겁게 뛰노는 아기의 영상이 겹쳐지면서 버려진 운동화의 주인에 대한 유추가 진행된다. 잠시 벗어놓고 그냥 갔을까 혹은 엄마 등에 업혀 버리고 가버린 운동화일까, 아니면 발이 커서 버려진 운동화일까 등등 꼬리를 물고 다가오는 버려진 운동화에 대한 상념이 다양하게 상상을 연결하지만, 아기에 대한 사랑의 감수성이 본질을 이루면서 진행된다. 마치 반 고흐의 버려진 「구두」와 같이 한 농부의 일생—버려진 구두의 형상에서 운명적인 현상을 느낄 수 있는—사물에서 느끼는 비극적인 현상이 다가온다. 이때 사물은 그냥 있는 그대로의 사물이 아니라 관조자에게 느낌을 전달하는 기능을 할 때, 장문영의 시적 표현은 연민을 장악하게 된다. 다시 말해서 버려진 운동화 한 켤레에서 유발되는 정서에서 상상력의 많은 체험을 갖게 되는 표현은 시적으로 성공한 경우에 해당되는 이미지일 것이다. 주인 잃은 운동화에서 건져 올린 상상력은 많은 느낌을 수반하는 사물에 대한 사랑—휴머니즘의 일단일 것이다. 물론 고향에 대한 정서도 부모와 같은 인자가 작동되는 점에서 동류항에 속할 것이다.

7. 종교

문학은 종교조차 포괄되는 세계를 그린다. 소설 「가르강튀아 팡타그루엘」은 중세기의 종교적인 폭압에 인간의 저항을 그린 최초의 소설이다. 다시 말해서 종교의 사슬에서 휴머니즘을 거론한 소설이었다. 갈릴레오 갈릴레이나 부르노 등은 종교의 사슬에서 인간의 신념을 피력한 예들이다. 문학은 휴머니즘을 위해 봉사하고 종교는 신을 위해 헌신하는 차이가 있지만 결국 인간을 위한 몫에서는 동일할 것이다. 문학은 종교에 예속되는 인간을 해방하는 임무가 있어야 한다. 인간중심의 사고 속에서 신을 향하는 일이 문학의 소임이라면 종교는 문학을 예속할 수는 없는 관계 설정이라야 한다는 뜻이다. 다시 말해서 문학은 종교의 세계조차 표현의 대상화라는 점에서 독립적인 자유를 구가해야 한다.

당신의 입김으로 만들어진 이 세상에

내가 존재할 수 있다는 것
그 또한 감사의 조건입니다

나 외롭고 고달팠던 날
내 속에 자리하시고
환희의 날개를 달아 주시어
독수리처럼 강하고
비들기처럼 평화롭게
날았나이다
…(중략)…
지금 당신이 보이지 않을지라도
내 마음에 신앙으로 남아
아름드리 나무로 열매를 기다립니다

– 이경자, 「님을 볼 수 없을지라도」 중

신은 보이지 않기 때문에 신앙의 대상이 될 수 있고, 그 얼굴 모습을 근엄한 하나의 모습이라면 인간은 희, 노, 애, 락, 애, 오, 욕의 변화를 갖는 점에서 차이가 있다. 또 보이지 않는 신비의 얼굴로 인해 더 깊은 경외(敬畏)의 마음을 가질 수 있고, 사랑과 헌신의 이념을 조건없이 투척할 수 있다. 절대의 믿음에는 두려움과 신념이 공고화된다. 이것이 신앙의 장점이자 맹점이 될 수 있다. 왜냐하면 자기만의 눈이 없고, 오로지 신의 눈으로 세상을 보는 일은 맹목의 함정에 빠질 경우가 허다하기 때문이다. 존재의 근원에 감사의 마음을 갖고, 외로움과 고달픔을 넘게 하는 힘을 주었고, 내일에 희망을 갖게 하는 인자가 종교라는 근거에서 미래의 길을 다짐하게 된다.

8. 나가면서

시는 이미지로 이루어진 건축물이기 때문에 건축술의 일정한 방법이 필요할 것이다. 다시 말해서 공간의 미학이나 효율성의 문제는 건축에 가장 중심을 이루는 핵심이라면 시에서는 이미지가 그렇다. 이미지는 곧 시의 생명을 활력으로 전환하는 일—언어의 평면성을 입체적으로 전환하는 기교적인 역할 또한 외면해서는 안 된다. 지금까지 많은 시인의 작품은 대체로 1. 고향, 부모형제 2. 사랑(그리움) 3. 자연풍경(바다 혹은 강, 계절 또는 꽃) 4. 종교 5. 고독 혹은 허무 6. 여행 7. 삶의 문제 등의 범주에 시의 표현이 한정하고 있다. 이는 모든 시인들의 상상력의 범주가 대체로 일치함을 추적할 수 있는 소재들—모든 시인들의 시에 가장 많은 흥미를 유발하는 절실성과 상관이 있는 이미지의 목록들이다. 왜냐하면 인간이 살아가면서 접촉하는 대상이 곧 시의 소재로 전환하기 때문에 주요한 대상화가 될 수밖에 없음을 뜻한다. 물론 시인마다 관심의 집중화에 따른 선택의 폭은 다를 수 있지만 대체로 많은 빈도의 시적 이미지는 거의 비슷하다는 특징이 한국시의 표정이라는 점이다.*

지적 비판과 지적 수용의 사이 – 諷詩調

1. 문학 또한 굳이 에콜로지의 이론을 차용하지 않더라도 생로병사의 과정을 거치는 일은 당연할 것이다. 생존의 정글 법칙은 살아남는 이유를 내장하면서 진화하는 것 또한 사실이기 때문이다. 문학의 땅은 이런 존재법칙에 가장 보수적인 성격과 표정을 갖고 삶을 유영하는 점에서 인간의 곁에 머물러 왔다. 기쁨과 행복에서는 환희의 모습을 보이고 분노와 슬픔에서는 앙상한 가시를 앞세워 사나운 기세로 다가오기 때문이다.

인간의 삶 자체는 모순과 어리석음이 복합적으로 작용하는 현장이다. 이 현장을 바라보는 지적 뇌수(腦髓)에는 두 가지의 태도가 발생할 것이다. 첫째는 현실에 순응하는 사람과 이를 비판의 시각으로 자기화하는 사람으로 구분하면 첫째는 대상에 동화되는 거리의 소멸(消滅)이 있고, 후자에서는 대상과 일정의 거리(距離)를 유지하는 점에서 비판의 지적기능이 작동된다.

박진환 시인에 의해 시도된 풍시조(쪼)의 형태는 오래전부터 풍(자)시(諷刺詩)에 調(쪼)를 더하여 대체로 3행 70자 내외의 실험을 시도하고 있으며, 그의 추종자들에 의해 몇 권의 저서를 발간하고 있다. 그러나 촌철살인의 기법을 사용하는 점에서는 산문적인 형태의 기법에서 일탈(逸脫)하고 있고, 형식에서도 일정한 형태의 3행을 보이고 있다는 점이 과거의 친숙한 모습과는 다르게 보인다.

풍시조는 몇 개의 실험을 거친 과정에서 오늘에 이르고 있다. 1991년 시집『諷詩. 기타』를 발간하면서 풍시라는 이름이 등장한다. 여기서 '무슨 실험이나 의도에서 씌어졌다고 할 수 없고'의 말로 보면 확실한 신념에 의해서 시도된 변화는 아닌 것 같다. 더불어 박진환의 25시집에 이르면 아예 시집의 제목이『諷詩調』(2007년 3월)로 탄생된다. 서문에서 '살아있는 문화적 육성이 있다면 바로 풍자시를 들 수 있는 것으로 본다'는 주장에 이어 '꼬집고, 비꼬고, 깎아 내리고, 비아냥 하고 비판 · 고발 · 폭로를 목적으로 하는 시'는 '악의 교정' 또는 '개선의 의도'의 비정성과는 달리 '휴머니즘이 자리하고 있다'는 주장을 하고 있다. 이 말은 풍시조의 본질을 말하는 것으로 이해된다. 물론 모든 문학의 본질은 휴머니즘으로 귀환하는 점에서 특이한 주장은 아니다. 그러나 풍시조의 형태가 짧은 3행이라는 점과 내용에서는 풍자시와 다름이 없다는 이유에서 풍자의 자리는 한계를 가지고 있다. 다시 말해서 3행에 꼬집고, 비꼬고, 깎아 내리는 작업을 수행해야 하는 점에서 룰을 가지고 있다는 특이점이다. 풍자의 특성은 때로 사설적인 요소를 가미할 수도 있지만, 아예 한계를 설정하고 의미를 구겨 넣는 일은 시적 한계를 가질 수 있다는 점이다. 창시 교주 박진환의 말처럼 새로운 것이 아니고 다만 '명명과 시형일 뿐'이라는 점에서 과연 3행의 룰을 유지하는 이유와 새로운 명명이 시적 변형에 무슨 의미를 가질 것인가에 이르기 때문이다.

2. 문학에서 새로운 시도는 항상 있어왔다. 3장 6구 45자의 전통적인 시조 형태에서 兩章時調를 시도한 적이 있었지만 외면의 운명을 맞아 사라졌고, 최근에 3 · 4 · 5 · 6조의 민조시라는 해괴한 명칭으로 당혹감

을 남긴 경우도 있지만, 그 운명을 예단하기엔 아직 판단을 유보해야 할 것이다. 왜냐하면 새로운 실험에는 이론적인 타당성과 시적 내용의 합리적인 수용이 독자에 어떤 반응으로 나타날 것인가를 기다려야 하기 때문이다.

그렇다면 풍시조라는 형태도 '아직'이라는 부사 앞에서 서성이는 길이 될 것 같다. 새로운 형태의 출현은 그럴만한 이유—사설시조의 등장은 임진왜란을 지난 후에 서민들의 문학적 표현 욕구에 부응하기위해 전통적인 형태를 파괴하면서 나타난 것—이는 전통적인 형태의 변화를 의미했다면 산문적 풍자의 모양새가 시조와 유사한 3행으로 압축하여 표현해야할 당위성이 시대적인 변화와 일치하는 합당한 이유가 있어야 할 것이다. 다시 말해서 엄정한 룰로 되돌아가는 일이 오늘날의 독자들의 취향과 일치 하는가 에는 의문이 든다. 왜냐하면 현대인의 삶은 엄정한 틀에 갇히기 보다는 오히려 벗어나는 쪽을 선택하고, 격식을 벗어던지는 자유정신을 더욱 선호하기 때문이다. 문학도 사람의 취향과 시대적인 변화와는 항상 맞물리는 관계를 일탈 할 수는 없을 것이다. 그러나 작금에 민조시라는 것도 형식적인 틀을 강조한 이유에는 설명이 없고 박진환의 풍시 또한 3행이라는 틀을 사용해야하는 이유를 명확하게 알 수 없다는 점에서 그렇다.

아울러 압축에는 항상 현란한 시적 장치가 등장한다. 시어 운용의 제약은 자칫 촌철살인의 비유가 아닌 말장난(pun)의 유희에 이를 수도 있고, 인간의 어리석음과 부조리한 사회현실을 비판하고 폭로하는 풍자는 궁극적으로 당위적 현실 그리고 진정을 이루는 목적에 이르기를 목표로 할 때, 겉으로 드러난 폭로나 비판에 목적이 있음이 아니고 진정과 순리로 돌아가는 길을 만들기 위한 점에서는 아이러니요, 현실에 대한 온도를 말하는 비판이 주류를 이룰 것이다. 그러나 현실은 항상 모순과 대립적인 거리를 유지하는 척도에서는 지적인 점—현실에 냉엄한 판단과 분석력을 갖추고 문학적인 소양을 갖추었을 때 풍자의 기능은 진정한 자유정신의 발양을 최대한 허용하는 점에서 때로 산문적인 시의 모양으로 발전하기도 한다면 형식의 제약은 내용의 위축을 초래할 수도 있지 않을까. 다시 말해서 비판의 당위성은 정확하게 현실을 바라보고, 분석하고 판단하면서 표현하는 지적인 작용이 우선할 때 독자의 호응을 받을 것이다. 자칫 신문기사와 유사할 수 있다면 이는 시에 대한 모독이 될 것이다. 또한 지리한 비판과 설교조는 때로 식상하기 때문이다. 여기서 엄정한 틀 속에 압축된 내용은 무한의 상상력을 자극하는 압축의 효과장치를 기대해야 할 것도 따라오는 문제일 것이다.

3. 풍시조―이 실험은 독특한가? 다시 말해서 성공할 수 있는 실험인가? 이 대답 앞에 당당하려면 더 많은 실험의 결과가 긍정적이어야 할 것이다. 마치 초기 기독교에서 바울, 불교에서 용수나 아난의 뛰어난 제자에 의해 세계적인 종교가 된 이치는 문학에서도 타당한 비유가 될 것이다. 그러나 신문기사를 문학으로 말할 수는 없다. 다시 말해서 신문기사가 문학의 소재는 될 수 있지만, 문학적이 의장(意匠)이나 시적 장치를 갖추었을 때 비로소 문학적인 가치로 승화할 수 있을 것이다. 이런 이유에서 문학적 수용으로 승화하기에는 힘겨운 언덕을 넘어야 할 것 같다. 왜냐하면 시적 깊이를 갖지 못하고 대부분 피상적인 사건의 나열에 불과하다는 점이다. 지적 작업인 풍자를 위해서는 깊이만큼 지적(知的)이어야 하고 반응 또한 지적인 거름을 통해야 하기 때문에 자칫 사회적 불평으로 흐르지 않고 옳고 바른 곳을 지향하는―흥미를 유발하면서 지적이어야 할 조건이 따라오기 때문이다. 아울러 풍자시의 자유적인 정신보다는 3행이라는 제약 속에서는 비판의 한계를 가질 수 있다는 우려에서 「아직」이라는 단서를 말하는 이유이다.*

홍효민-생각과 깊이 들여다보기

1) 시대를 건너온 표정

한사람의 문학에는 그 사람의 정신의 깊이가 들어있고 삶의 모습이 투영되어 뒷사람의 삶에 귀감이 될 때, 비로소 가치로 승화된다. 물론 그 가치는 보편성이라는 기준 자(尺)에 의해 평가를 득하게 될 것이다. 더구나 평화로운 시대를 산 사람의 경우보다는 악착한 사회환경과 시련의 늪을 헤쳐 온 시대적인 배경이 더해진 상황에서 표현미를 나타냈다면 거기엔 승화된 사상의 이름으로 남게 될 것이다.

이른바 민족의 자존(自尊)이 짓밟혔고 국권이 없는 일치(日治)시대는 한국사에 잔혹한 상징이었고, 이어 동족상잔의 전쟁은 더할 나위없는 비극의 대명사였으니 가난과 고난의 연속이었다. 이런 시대 배경하에서도 이상의 추구는 있었고, 생의 이름에는 변함없는 꿈을 표현하는 문학의 땅은 저마다 길을 만들기 위한 노력이 있었음은 물론이다. 그러나 시대의 악착한 조건에 반응하는 양상은 각기 다르게 표현하는 개성 표출이 있기 마련이다. 일제에 굴절하는 문학도 있었고 때로는 저항의 칼날을 세운 문학도 있었다. 오로지 한국 문학의 땅은 그런 풍토에서 오늘의 표정은 과거와 연결되는 통로(通路) 하(下)에서만 근거를 축적할 수 있을 것이다.

작가는 시대 상황에 반응하고 이를 어떤 방법으로든 변용의 모습으로 표현에 일조한다면 미증유의 비극의 와중을 헤쳐 온 근·현대사에는 참혹한 시련에 따른 속 깊은 애증이 들어있기 마련이다. 일제치하에 태어났다는 사실만으로도 비극의 멍에였을 뿐만 아니라 심한 굴곡의 파도 속에서 자존을 지키면서 살아온 한사람의 작가─그가 혁혁한 공로를 세웠건 평범하게 혹은 갑남을녀의 삶을 살았다 하더라도 경외(敬畏)로운 사실 앞에 숙연해야만 한다.

작가는 작품으로 발언한다는 명제는 문학의 땅에서뿐만 아니라 예술 세계에서 통용되는 진리일 것이다. 흔히 에피소드로 명성을 누리는 예술가들의 뒷모습이란 시간의 경과에 따라 초라할 뿐만 아니라 언젠가는 문학의 땅에서 지워지는 결말에 직면하는 증거는 얼마든지 예로 할 수 있기 때문이다.

홍효민의 정신세계를 운위하는─본고는 본격비평보다는 개괄적인 특징으로 그의 정신적인 추이를 점검하는 데 한한다.

2) 시대적인 갈등─동반자적인 태도

주지하는바 홍효민은 1927년 7월 『개척』에 「문예시평」을 발표한 시기는 카프의 득세와 이에 따른 시대적인 현상이 소용돌이로 압축된다. 이런 배경을 설명하기 위해서는 긴 인용과 설명이 필요하다. 다시 말해서 카프와 일제의 지식인들이 모조리 공산(共産)사상에 감염된 이유와 근거를 알아야 제대로 설명할 수 있기 때문이다. 즉 교육의 잘못과 사실을 사실로 깨우치지 못한─정치적인 문제가 개입되었다는 근거가 규명되어야 한다.

일제치하라는 어둠의 공간은 우리 민족에게 심대한 정신적 갈등을 유발했고 이 갈등은 정신가치가 무너지고 피폐화되는 와중(渦中)에 새로운 모색이 탐색했던 시기였다. 이 땅의 모든 기존 질서를 파괴했고 이 파괴위에서 일본식 제도와 문화를 이식하려 했지만, 결국 끊임없는 저항 속에서 민족의 자존을 지키고 나라를 찾기 위한 민족 세력과, 친일이라는 그늘아래서 신질서를 형성한 두 그룹의 양상으로 갈라지는 분기점이 마련된다. 다시 말해서 전자는 갖지 않는 프로레타리아가 되었고, 후자는 부르주아라는 양상으로 사상의 옷을 입게 되면서 전자는 공산주의라는 곳으로 정신지향을 마련했고, 후자는 가진 자의 기득권을 유지하기 위해 일본권력과 더욱 밀착하는 양상을 가진 것이 일제 공간까지의 특징이었다. 이점에서 일제 공간에 프로레타리아는 결국 공산이데올로기에 젖지 않을 수밖에 없는 시각을 갖게 되었으니 한국토착공산주의 운동은 이런 일치(日治)라는 특수상황과 맞물려 있을 때 이미 사상적인 그물코가 아니라 민족주의적 신념으로 굳어졌다. 더구나 1917년 볼세비키혁명의 여파는 수탈과 침탈 속에 신음하는 우리 민족에겐 더없는 불빛이었고 희망이었기 때문이다. 이런 사상의 여파는 결국 일제치하의 우리나라 지식인이면 곧 프로레타리아의 의식으로 등식이 연결되는 객관성을 득할 수 있었고, 이런 의식은 곧 민족자립과 독립이라는 정신근간의 중추가 되었다. 이 같은 지식인들의 신념은 이내 일제의 가혹한 탄압을 가중(加重)시켰고, 급기야 KAPF 탄압이라는 미증유의 신음문학을 배태하는 계기로 이어졌고, 공산 이데올로기에 더욱 가까워진다.

졸저: 『해금시인의 정신지리』 중 「사상의 그물코와 현대시」

(느티나무, 1991, 11쪽)

한국 현대 문학의 비극은 일단 일제치하라는 현상을 외면하고는 설명이 안 된다. 1917년 공산주의의 등장─모든 것을 수탈당한 우리 민족에겐 복음의 메시지였지만 이런 사상조차 제국주의는 이 땅에 수입되는 것을 막았지만 지식인에게는 역설적이게도─일본 유학생이나 만주 땅을 유랑하면서 독립운동을 했던 사람들에 의해 수입되는 당시의 공산주의는 신선한 희망이었다. 왜냐하면 국유화해서 똑같이 노동을 제공하고 공동으로 분배하는 분배 사상은 일본 제국주의 수탈과는 배치되는 이념이었기에 당시로는 신선한 사상을 받아들여졌다. 때문에 1945년에서 1950년까지 서울에 문인의 숫자 165명 중에 111명이 북으로 올라 간 것은 공산의 실체를 알지 못한 운명적인 불행－공산주의의 본질을 둘로 나누어 평가해야 한다. 즉 한국토착공산주의는 올드 컴뮤니즘(Old Communism)－일제로부터 독립을 쟁취하기 위해 노력했던 그룹과 1948년 김일성이 집권함으로써 오늘의 참혹한 공산주의－이를 뉴 컴뮤니즘(New Communism)으로 분류해야 한다. 그러나 상해파가 아니라 미국에서 독립운동을 했던 이승만의 집권은 상해 독립운동파와는 갈등의 요인을 잠복하고 출발했다. 때문에 집권 기반이 취약했던 이승만의 10년 집권은 토착공산주의 독립운동을 구분해서 설명했어야 했지만 김일성의 뉴 컴뮤니즘과 구분하는 여지를 두지 않고 모조리 '때려잡자 공산당'이라는 붉은 페인트를 칠했고 박정희조차 집권의 명분이 취약했던 18년 내내 같은 식－이어 전두환 7년조차 그런 함정－엄연하게 김일성식 공산과 독립운동의 방편이었던 올드 컴뮤니즘과 구분 없이 함께 파묻어야 하는 사상의 갈등과 혼란이 오늘의 좌우 혼란의 원인을 가져왔다.

앞의 긴 설명은 홍효민이 극도에 지우친 카프(KAPF)에 싫증을 갖고 동반자적인 태도를 선택한 이유가 어쩌면 당연한 것이었고 또 줏대없이 이념의 포로가 된 문인과는 다른 면모를 말하고 싶은 이유이다.

3) 중도 그리고 신념

중간이라는 말에는 회색의 칼라가 명료함을 제거하게 된다. 이런 선입견은 누적된 개념이 쌓아지면서 이것 아니면 저것이라는 극단의 문제가 낳은 아픔일 것이다. 그러나 홍효민의 문학을 중도라는 말로 정리하기도 한다. 이른바 행동과 실존이라는 30년대의 사상적인 흐름을 간파하고 행동주의를 선도한 공로는 아마도 홍효민의 문학정신을 유머니즘에 근거를 두고 주장하는 정신─그리고 문학은 문학적 가치로 말해야한다는 극명한 주장으로 정리되어야 할 명분─해방기 중도론적 비평은곧 자유정신에 바탕을 둔 신념적 비평론으로 대체되어야 할 용어일 것이다. 다시 말해서 문학의 행동은 곧 문학성이라는 영원한 명제 앞에 당당해야 하는 비평의 표정은 자유정신의 구현에 궁극을 두어야할 당위성이기 때문이다. 다시 말해서 홍효민은 자기 신념(信念)에 투철했고 이를실천의 덕목으로 삼았던 자유정신이 중심을 가진 작가이자 평자이면서중심(中心) 잡기를 실천한 비평가라는 의미이다. 비평의 행위는 어디까지나 가치의 중심(中心)을 잡는 일이 본령이기 때문이다.

4) 농민문학과 역사소설

시대마다 거기에 따른 중심 명제가 있다. 인류는 원시사회를 지나 농경사회 그리고 산업화시대, 정보화 혹은 IT 시대 등 저마다 시대적인 목표가 다른 것은 삶의 양상에 따라 각기 다른 특색이 지배하는 시기로 공간이 정리되는 점이다. 농민문학을 지금 운위(云謂)하면 이미 낡은 레코드판이 된다. 그러나 홍효민이 살았던 시대는 농업이 기반이었고 여기서 농민의 삶과 표현은 자연스레 갈등 문제 즉 불균형의 문제로 압축된다. 왜냐하면 시대마다 앞선 사람과 뒤떨어진 사람─농업사회의 중추는생산 주체인 농민이었지만 이를 이끄는 계획 주체 세력과는 엄격한 갭이있기 마련이었다.

1930년대 인구의 약 80여 %를 상회하는 숫자가 농민이었다는 점은무엇을 시사하는가? 점차 도시의 집중화 그리고 지나친 프롤레타리아문학의 편중은 결국 참된 농민의 문학을 외면하는 결말에 대한 홍효민의 주장은 「조선농민문학의 근본문제」 속에 요약된다. '농민문학은 적어도 농민자신의 이데올로기를 기조로 한 농민문학이 아니면 아니 되는 것이다'에는 다소 멈칫거리는 판단이 도사리고 있음도 사실이다.

소설은 인간을 해석하고 이 도중에 과거를 돌아보고 또 새로운 가치를 창조하는 일에 리얼리티를 부여하는 조건이 따라온다면 역사소설은 엄격하게 과거 추수라는 점에서 홍미의 범주 안에 갇히게 된다. 그렇다면 이를 모를 리 없는 홍효민은 왜 역사소설에 매달렸을까. 역사소설은 소재에서 새로운 것이 아니고 또 홍미 위주의 편향성에서 크게 벗어날수 없다는 선입견에서 쉽게 탈피할 수 없는데도 불구하고 과연 그 자신이 주장한 「역사소설의 성격과 기준」에 디테일한 '묘사'를 갖추었는가는의문이 든다. 객관의 거리에서 바라보는 비평의 행위와 직접 창작하는실제와는 다른 것―가령 비평가가 쓴 시나 소설이 이론과는 달리 수작(秀作)이 못되는 이유를 첨가하면 쉽게 설명이 갈 것이다.

5) 새로운 시선의 필요

시대의 상황은 작가 행위에 특징과 함수관계를 갖는다. 일제치하는 엄혹한 수탈과 통제 사회의 공간에서 창작 행위를 정상적으로 펼칠 수 없는한계적 모순 앞에 방황과 극복이라는 명제 속에 있었다. 홍효민의 일생은 그런 와중에 자기 문학의 중심을 잡았고 또 설명하는 일면, 창작이라는 들판을 서성이기도 했다. 그러나 문학은 문학성이 있어야 한다는 신념의 태도는 올바른 평가로 말해야 할 것이다. 물론 비평 행위와 창작의행위에는 거리가 존재한다. 비평은 정치(精緻)한 판단(判斷)이고, 창작은상상에 근거를 두기 때문이다. 역사소설 쪽에 경도(傾度)한 문제는 그가이론에는 밝았을지라도 창작의 깊이에서는 아직이라는 말로 정리되어야 할 것이다. 그러나 혼란과 참담한 시대의 중심을 신념으로 헤쳐 온 그의 문학정신은 새로운 시선으로 바라보아야 할 명분은 충분하다.*

경계(境界) 수필론

1. 수필－운문인가 산문인가?

나는 수필을 말할 때 문학 신전(神殿)의 주인이 될 것이라는 주장을 한 바 있다. 이는 단순이 수필에 대한 우호적인 의미에서가 아니라 산문과 운문의 경계를 통합하는 면에서 어느 문학 장르보다 포용력이 있는 주요한 기능을 수필이 감당해야 한다는 의미에서였다.

장르 개념에서는 수필은 산문에 소속을 가두는 일이 지금까지의 대세였음을 부인하는 것은 아니다. 그러나 산문의 영역에만 한정할 때 수필의 특성에 문을 닫아버리는 잘못이 있을 것 같다. 그렇다고 넓은 의미의 수필이 소논문류라는 기대감조차 허물어야겠다는 뜻은 아니다. 오히려 수필이 영역을 확장하는 기능에 찬성하는 뜻이 앞장서는 것도 수필의 특성을 더욱 고조하는 이유로 돌리고 싶다. 지금까지 수필은 산문의 영역에 고정시킨 일이 정작 필요한 일인가 아니면 수필이라는 영역을 차라리 운문의 두 번째 주자로 임명하는 것이 옳은 일이 아닐까를 숙고하게 된다. 이는 많은 글을 쓰고 또 읽어본 바의 수필 같은 수필의 표정으로 볼 때 그렇다.

산문은 글의 이미지가 문장 팽창정책이라는 점에서 사실적인 본질에 충실해야 한다. 다시 말해서 연필이면 연필에 대한 사실성의 가치는 곧 상상력의 근거에 충실하기 보다는 사실을 입증하는 자료와 근거를 대입하면서 실물을 대면하는 것 같은 리얼한 실감에 있어야 한다. 이 실감은 외면하면 추상적이고 뜬 구름 같은 횡설수설이라는 지리멸렬에 떨어질 가능성이 있다. 이른바 경치를 복사하듯 아름다움을 묘사하는 그리고 설명하는 일이 충실성을 거론하는 점에서 수필은 결코 따를 수(隨)를 첨가하는 일이 아니라 작가가 주도적인 마음으로 이끌고 나아가는 글의 속성을 가져야 할 것이다. 다시 말해서 중심이 있는 묘사이고 설명이 되어야 한다는 뜻이다. 아울러 수필은 무드를 중히 여기는 뜻을 설파한 윤오영의 주장은 매우 합당한 현상이다. 수필은 딱딱한 현장을 보여주는 것으로 만족하는 것 보다는 보이는 것에 근원과 이유 혹은 왜 그렇게 보일까라는 분위기가 살아있을 때 비로소 미적 감수성이 발동할 수 있기 때문이다. 예를 들면 남녀가 결혼을 하기 전에 이벤트가 있는—고백의 의식이 있는 사랑의 무드와 그런 절차 없이 딱딱하게 사랑이라는 입구로 들어가는 경우 전자에서는 성공의 확률이 높지만 후자에서는 실패 또한 역력할 수 있을 것이다. 즉 꽃과 음악 혹은 분위기를 띄우면서 사랑의 권유는 상대의 마음을 움직일 여지는 많다는 뜻에서 수필은 무드의 고백이라는 뜻이 정확할 것이다. 이런 무드는 시적 혹은 음악적이라는 유연미와 상관을 갖는 이치일 것이라면 수필이 무드와 손을 잡는 것은 그만큼 여백이 있고 여유가 있으면서 부드러운 것은 서정시에서 빌어 온 법이요, 수필에서 서술이 긴박하고 빈틈없이 나가는 것은 단편소설에서 빌어 온 법일세, 설리는 평론의 수법에서, 묘사는 배경 소설의 수법에서,

문장의 탁의는 시의 메타포에서 확증된 것이요, 분맥의 정연함은 논설문의 수법에서, 독자에게 친절감을 잃지 않는 것은 저명한 서간문의 수법에서, 사색적이요 반성적인 것은 저명한 일기문의 수법에서, 문장의 활기 있는 긴장(緊張)은 희곡의 수법에서, 문단과 문단이 갈릴 때마다 청신(清新)한 전환(轉換)은 시나리오의 씬을 바꾸는 솜씨에서 자유자재로 섭취 활용해가며 자기의 독특한 문체와 참신한 문태(文態)를 창조해 나가는 것이 아니겠는가.

— 윤오영 「깍두기설」에서

이조 정종 때 永明慰 홍현주의 부인이 궁중에 경사가 있어 종친에 한 가지씩 음식을 해오라는 데서 탄생한—실은 무를 깍둑 깍둑 썰어 버무린 지극히 평범하고도 소박한 실험음식의 이름에 붙인—깍두기—오첩반상의 한 자리를 차지한 반찬을 예로 든 윤오영이 깍두기설은 창의적인 수필의 뜻이 무슨 의미를 가질 것인가를 가장 선명하게 이해를 촉진한다. 아울러 서정시와 단편소설과 평론과 논설문 혹은 일기문과 시나리오에 이르기 까지 모두 수필의 특성과 연관을 갖는 점—이는 결국 산문과 운문의 결합에서 수필의 특성이 있다는 요지가 된다. 여기서 수필은 경계의 공간에서 자유자재로 왕래의 특성을 완성할 수 있다는 근거가 도출된다. 다시 말해서 문학의 모든 영역의 장점을 섭취하여 수필의 표정을 관리하는 일은 아무래도 부드러움에서 나타나는 특성을 주목해야 할 것 같다.

2. 구분의 경계 허물기

운문은 나른한 여유가 아니다. 오히려 탄력적이고 계획적이면서 앞을 보면서 여정을 재촉하는 것 같은 묘미가 숨겨져 있어야 한다. 어느 경우에나 부드러움은 치밀한 계획을 필요로 하고 또 기다림을 요하는 점에서 즉흥적이 아니고 지적인 흐름이 나타나게 된다. 즉 산문은 즉흥적이고 단도직입이라는 다소 성질 급한 성미라면 운문은 생각의 깊이가 있을 때라야 소생하고 살아나는 것 같은 기다림이 아름다움으로 환치하는 길이 넓어진다. 이는 장치의 묘미로 볼 것이다. 왜냐하면 시는 상상력의 응축에 비유라는 장치 혹은 역설 심지어 패러디 혹은 탄탄한 정서의 감춤이 오히려 내보이는 것의 예—아름다운 옷을 입고 있는 여인의 모습에서는 무한의 상상력이 발동되지만 벗겨진 누드에서는 탐욕적인 시선에 먼지가 끼게 될 여지는 많다. 이 점에서 감춤의 미학이 곧 운문이라면 이는 지적 정도가 높을수록 부처의 비유와 같이 다양한 미감(美感)의 영역을 포용하는 길을 만들게 된다. 왜냐하면 문학이란 궁극에 도달하면 아름다움을 어떻게 수용하는가의 여부에 있기 때문이다. 이 점에서 수필은 단지 사건의 나열이나 묘사의 적확(的確)성을 고집할 때 오히려 수필의 유연미를 해치는 결말에 이르게 되고 또 수필의 특성을 잡아먹는 우를 범하게 될 수 있을 것이다. 이점에서 수필은 상상력의 적당한 가미 혹은 시적 표현의 충실성을 따를 때, 수필이 경직된 산문의 영역이라는 지금까지의 사고에 변화를 요구하게 된다.

3. 표정의 밝음—퓨전의 문학

지금까지 수필을 산문의 칸막이에 놓고 볼 때, 수필의 범주는 너무 광범위하고 또 특징이 없는 특징을 고집해 왔다. 더구나 최근에 문학의 특성을 퓨전(fusion)이라는 경계 허물기 주장 또한 예외가 아니다. 이는 현대 사회의 특성이 잡박한 결합 혹은 이것과 저것의 통합 혹은 통섭이라는 뜻으로 변모하는 특성이 오늘의 문화사적인 현상이다. 이는 제3의 변화이면서 수용에서 더 넓은 의미를 담는 일이 되는 뜻이 들어 있다. 오랫동안을 산문과 운문으로 경계를 삼으면서 완고한 고집으로는 수필문학의 특성을 담을 수 없고―이는 문학뿐만 아니라 사회현상이 그렇게 변모했다. 남자와 여자의 결혼이 기존의 정통이었지만 이미 그런 경계는 무너지면서 남남 혹은 여여의 결합에 물결이 일렁이는 현상의 도래는 문학에서도 받아들이는 넓이의 확장이 있어야 한다. 음식에 퓨전은 음식을 망치는 것이 아니라 오히려 음식의 맛을 다양화하는 다양화의 방편―동성애가 인간의 결합에 새로운 패러다임이 될 수 있을 때, 그 변화는 새로움 혹은 신선한 탄생이라는 뜻에 가까울 것이라는 점에서 수필의 이해에 변모는 곧 수필의 현장을 새로움으로 교육하는 수단이 될 것이다. 하물며 소설을 쓰는 사람이 인생 마지막에 시집을 출간하는 일이나 시를 소설의 길잡이로 삼아 유연미를 표출하는 일들은 그만큼 소설 자체의 맛을 더욱 감칠맛 나는 음식으로 변모하는 재료의 구비와 같을 때 수필의 속성 또한 산문과 운문의 경계에서 이 둘의 특성을 모두 받아들이는 표정의 다양성은 그만큼 화려한 모습으로의 재탄생이 될 것을 믿는다. 이는 지금까지의 평면적인 글쓰기에서 보다 확장된 입체성으로의 변화가 전제되는 주장이 될 것 같다.

4. 추상의 늪에서―원의 순환

나는 오래전부터 문학의 퓨전화라는 말이 곧 사회변화의 특성과 맞물리는 현상을 대입해 왔다. 탈장르의 추세가 이어질 것이고 이런 현상은 앞으로 더욱 기승을 부릴 전망이기 때문이다. 왜냐하면 과학적 사고의 발달은 추상의 아득함에 이르고 여기서 언젠가는 다시 구상으로 돌아가는 순환의 논리는 항상 원(圓)의 주기로 회전하기 때문이다. 이것이 변화의 축이요 또 우주질서의 원리라는 점에서 문학도 예외가 아닐 것이라는 단서가 신념화한다.

인간은 어느 때부터인가 과학(Science)라는 말에 절대의 신뢰성을 부여하기 시작했다. 그러나 빙하의 얼음덩이는 눈에 보이는 것 보다 그 $\frac{2}{3}$ 정도는 물속에 잠겨있다. 이런 비유는 실제로 보이는 것에 한계는 30%일 뿐 대부분의 실체는 물속에 혹은 보이지 않는 모습이라는 점에서 일이관지(一以貫之)로 남게 된다. 문학의 표현도 이런 점에서는 아마도 근사치를 가질 것으로 생각된다. 이런 현상은 사물을 바라보는 문제-Mind's Eye(심안)이라는 근거를 제시할 수 있을 것 같다. 문학의 표현은 보이는 것의 현상이 아니라 오히려 안으로 숨겨진 것을 말하는 점에서 표현의 묘미를 구유(具有)할 수 있을 것이기 때문이다. 이는 문학의 경우 사상의 깊이로 대신할 수 있을 것이다. 사상이란 삶의 축적 혹은 생각의 깊이를 이름 한다면 수필은 보이는 것을 말하면 금시 식상하게 되고 글의 맛을 저상하는 일이 될 것이다. 인생에 대해서 어느 정도 곰삭은 맛을 가질 나이쯤-적어도 50쯤의 체험-결혼의 늪에서 고통을 맛보아야 하고 아이들의 교육을 위해 초조와 실패의 체험을 겪은 사람과 아닌 사람의 차이는 다를 것이기 때문이다. 이는 인간의 길에서 맛본 여러 감식안을 가질 수 있는 경우-향기를 가진 사람이 될 것이라는 뜻이다. 때문에 시인은 약관의 나이에 뛰어난 상상력의 작품을 생산할 수 있지만 수필은 40을 넘어서야 수필의 묘미를 감식하는 혀가 만들어질 것이다. 인간의 원숙은 곧 글의 원숙과는 분리되는 일이 아니라 하나로 통하는 길을 만들고 있다는 점이다. 여기서 체험을 중히 여기는 일면 상상의 문제가 대두된다.

5. 경험과 상상력

시는 상상력의 함량이 80% 이상이라면 아마도 상상의 길을 만드는 일이 곧 시의 길일 것이다. 유명한 명작소설은 대개 50세 이후에 나왔다는 산술적인 답안은 경험의 원숙이 곧 사상의 형성을 의미하고 이를 표현하는 일이 곧 소설의 전(全) 과정이라면 수필은 어떨까? 경험만으로 쓰는 글인가 아니면 상상의 요소를 도입하는 점일까라는 의문에 답은 저마다 다를 것이다. 더러는 인용의 패단틱함을 휘두르는 사람도 있을 것이고 또는 아침에 일어나 하루의 일과를 쓰는 미셀러니의 표정도 있을 것이다. 그러나 수필도 문학의 장르일 때 상상력의 근원을 차단한다면 수필을 예술의 입구에 들어올 수 없는 일이 될 것이다. 여기서 수필은 체험의 요소를 바탕에 깔고 상상의 여행을 떠나야 한다는 입장이다. 20~30% 정도의 상상—계량적인 문제는 문학에서 참으로 한심한 인용이다.—어떻든 수필의 경우 상상력의 개입이 있을 때 윤활유의 기능을 수행한다는 뜻에서 제외되어서는 안 될 것이다. 이런 점에서도 수필은 경계를 철저하게 타고난 운명이라는 말을 헌정(獻呈)하고 싶다.

6. 문학 신전의 주인노릇하기

주인은 좌고우면(左顧右眄)의 방법을 익히는 사람이 된다. 다시 말해서 식솔들을 이끌고 또 가솔들의 문제를 봉합하면서 일정한 목표를 향해 나가는 임무를 수행하는 선장일 경우 선원과는 다를 정신적인 사고가 있어야하고 또 행동으로 옮기는 동력을 이끄는 에너지가 갖춰있어야 한다. 다시 말해서 선장(船長)은 선장의 임무가 있고 선원은 선원으로의 몫이 엄정하게 다른 길로 만들어 진다. 여기서 수필 또한 이런 이치에 따를 때

명확한 표정을 연출하는 임무가 생기게 되고 특징 또한 생성하게 된다. 이것도 아니고 저것도 아닌 어정쩡한 정의는 곧 어정쩡한 특징을 만들기 때문에 이도저도 아닌 숙맥이 될 것이다. 물론 문학에 주인은 없다. 그러나 통합의 리더쉽을 말한다면 수필(隨筆)은 시적(詩的)이면서 산문적이고 또 산문적이면서 운문적인 특성을 통합 할 수 있기 때문에 비로소 수필의 역할이 확고하게 설정할 것이라는 뜻이다. 물론 시는 어디까지나 시의 길이 있고 수필은 수필로의 길이 있지만 굳이 수필이 어느 쪽으로 기울어야 하는 가를 말한다면 본인은 시(詩)쪽으로 기울어지는 머리가 될 때 오히려 수필의 유연미와 설득성 그리고 표정의 미에 심도(深度)와 맛을 더할 수 있다는 주장을 하고 싶다. 그렇다고 수필가가 시인의 흉내를 내라는 뜻은 전혀 아니다. 통합의 중심을 잡고 길을 가는 그런 나그네의 당당한 모습이라는 뜻이다.＊

전광우–수필의 특성

1. 글은 사람이다

‘글은 사람이다’는 불란서의 뷔퐁이 한 말이다. 글은 작가의 인품이나 성정(性情)뿐만 아니라 인격이나 사상은 물론 인간의 특징까지도 알 수 있는 표정이 된다는 의미이다. 일상에서는 숨기고 위장할 수 있지만 글의 표현에서는 진실만이 위력을 발휘하는 점에서 가치를 갖고 있기 때문이다.

수필은 글을 쓰는 사람 마음의 진정성을 나타내는 직접성에서 고백의 글이다. 가령 시가 시적 장치를 갖추고–비유와 직유 혹은 은유, 상징, 아이러니, 역설 등의 기교(技巧)를 필요로 한다면 수필은 사실성에서 뿐만 아니라 시적인 유연성을 갖추기 때문에 에둘러 가는 글이 아니다. 부드러운가 하면 논리의 정치(精緻)함이 스며있어야 하고 때로는 호소로 엮어지는 엄격성을 갖출 때 비로소 수필의 표정은 의미의 숲을 갖추게 된다.

2. 전광우를 만나면

전광우−그를 만나면 편하고 좋다. 어쩌다 부산이나 지방을 갈 경우 그의 사무실에 들르면 어김없이 웃고 나오는 그의 표정은 이웃 아저씨의 친근한 풍모일 뿐 아니라 다감한 어감에 묻은 뉘앙스에는 친절이 몸에 베어있음으로 따스한 인상을 준다.

아울러 그와 한 잔의 차를 마실 경우에는 그의 삶이 어떤 지향점으로 살아왔는가를 단번에 직감하게 된다. 정확하고 틀림없는 완벽성을 알게된다. 정확과 완벽성은 때로 차가운 느낌을 줄 수 있지만 그런 기미는 찾기 힘들다는 점에서 이성적이면서도 인간미를 풍기고 있기 때문이다. 아마도 전광우는 이런 인간성에서 믿음을 무한으로 보내는 품성 같다.

그를 만나면 삶에 바른 면모를 알게 된다. 한 치의 빈틈도 없이 살려는 일은 때로 어지러운 당혹성과 만나게 될 경우가 허다할 것이다. 그는 대사회적인 울분 앞에서 직설적이고 꾸밈이 없는 논리가 주요 무기로 작동된다. 역사의 정통성과 그런 기준을 가지고 이천의 혹은 나라의 걱정을 짊어지고 고민하는 그의 고뇌는 때로 칼럼의 무기가 되었고 자기 삶의 의미를 구축하는 방편으로 분주한 사람이다.

가끔 그를 만나면 내가 즐거운 이유가 이천에서 호흡하고 산다는 또다른 의미로 이해될 때 가슴이 따스함을 갖게 되고 오래오래 기억으로 이어오는 이유가 인간미의 바름에서 찾을 수 있다는 나의 고백이다.

3. 그의 주장들

전광우는 우국지사와 같은 생각이 지배적이다. 그의 칼럼의 주요 모멘트는 불의와 불합리에 도전의 깃발을 날림으로써 그의 올곧은 정신을 만나는 지름길이기 때문이다. 이제 그의 수장을 옮겨 설득될 계제이다. 최근에 구제역에 대한 직설적인 이야기는 공감이 된다.

지금 우리나라를 휩쓸고 있는 구제역을 한 번 살펴보자. 정말 재앙이라고 볼 수밖에 없다. 애지중지 키우던 자식 같은 동물들이 죽어 묻히는 광경을 차마 눈뜨고 볼 수 없는 모습을 볼 때 애간장이 타들어 간다. 그런데 어느 신문 보도에서 구제역이 발생된 국가를 여행하는 것을 누가 반대하지는 않았다. 그러나 철저한 방역을 한 뒤에 집에 들어왔어야 될 터인데 그러지 않았다는 것이다. 우선 일차적인 책임은 자신에게 있다는 것을 알아야 한다. 구제역에 대한 보상도 무조건적인 보상을 해서는 안 된다. 철저한 조사를 한 뒤에 형편에 맞는 보상을 해야 한다.

— 「퍼주는 것만이 능사가 아니다」 중

방역을 위해 길가에 늘어선 승용차들의 행렬을 보면 짜증이 난다. 느닷없이 약을 맞다보며 자동차의 시야를 가려 앞을 분간 못하는 위험이 야간에 당해본 사람이면 아찔했을 것이다. 정작 돼지농장의 문제—큰 사료자동차나 분뇨를 실어 나르는 자동차와 동물을 실어 나르는 차들이 모두 대형차들에 얼마나 소독을 철저히 했는지 알고 싶고 농장주의 자동차 또한 그렇고 그 식솔들이 타고 다니는 승용차를 철저히 방역을 잘했는지 의심이 간다.

전광우의 글처럼 도둑질하러 담을 넘다 다친 도둑놈이 장애인이 되었을 때, 평생을 장애인의 특혜를 주는 것 같은 책임소재가 없는 보상 또한 문제다. 장사하다 망하면, 중소기업을 운영하다 망하면 이 또한 모두 보상을 해주어야 한다는 발상이나 다름이 없다는 뜻에서 예리한 발상이다. 공정하다는 것은 균형이 맞아야 하기 때문이다.

지금 4대강은 그 강바닥과 주변의 생태계가 병들고 썩어가고 있는 현실이다. 그리고 홍수 피해와 물 부족 현상을 타개하기 위해서는 4대강을 살리는 계획은 어떤 정치적인 목적을 떠나 이 국가의 미래를 위해서는 반드시 해결해야만 되는 시점이라고 본다.

— 「4대강 살리기」

우리나라의 정치는 극과 극의 흑백에 영일이 없다고 한다. 나이를 먹으면 막히고 힘없는 혈관을 뚫어주는 혈압약의 이치처럼 강(江)도 그런 이치와 다름이 없을 것이다. 도롱뇽을 지킨다는 명목으로 얼마나 많은 돈을 허비했고 또 미국소고기를 먹으면 광우병으로 죽는다는 협박으로 국론을 분열했던 설익은 환경론자들은 지금 무슨 말을 준비하고 있는가. 촛불을 들고 맹목으로 설쳐댔던 사람들은 '지나면 말고 식'의 무책임한 발언과 행동으로 나라를 어지럽히는 일에 질타의 논리가 전광우의 가슴에는 불타고 있다.

언론매체에서는 억지를 부리는 사람들—그들을 부추기며 오히려 교묘한 방법으로 사실을 왜곡하고 그 집회 장면을묘하게 자기네 방향으로 유도하는 것은 요설(饒舌)을 부리고 있는 것이다.

—「요설」에서

우리나라 언론매체는 옐로 페이퍼로서의 선동이 주된 무기일 것이다. 치정과 억지 설정의 드라마가 밤낮을 점령하여 국민의 의식을 혼란으로 이끌고 가는 거대한 집단이라는 뜻이다. 벗고 벗어서 어디가 끝인지 모르는 여인들의 허벅지가 내복으로 둔갑하는 지경의 잣대 없는 기준에 모호성은 이른바 성범죄의 부추김을 자극하고 있기 때문이다. 이런 요설을 바로잡는 일은 곧 국민의 건강을 위해서 토로하는 진정의 수필이라는 점이다.

어른은 어른다워야 하고 어린애는 어린애다울 때, 이런 Decorum은 가족의 건강과 사회의 건강이 다름이 아니라는 뜻에서 어른이 있어야 한다. 그러나 어른이 없는 세대가 되었고 아이들이 어른을 농락하는 부도덕의 사회를 위해 분노를 터뜨리는 전광우의 기백은 뜨겁다.

그가 근무하는 터미널에서 여학생들이 담배를 피는 광경을 목도하고 꾸지람을 하면 으레 덤벼들고 시치미를 떼는 「소수와 생떼」를 읽어보면 도덕 불감증이 어느새 어린 학생들에게까지 만연하고 있음을 통곡하고 있다. 이런 원인은 정치가들이 거짓말이 원인(遠因)일 수도 있고 사회의 총체적인 현상에서 찾을 수도 있는 문제점이라는 전작가의 지적은 울분을 넘어 아픔으로 다가온다. 이는 누구의 특정된 문제가 아니라 사회의 모든 책임이 있기 때문이다.

북한의 만용에 우리도 핵을 가져야 한다는 주장이나 좌파들의 발호에 냉철한 비판은 그가 보수라는 이미지를 넘어 옳고 그름을 분간하는 이성적인 주장이라는 점에서 공감의 끄덕임이 다가온다. 그런가하면 남편으로의 따스함을 아내에게 보여주는 모습에서는 평화로운 가정의 화목함이 오늘의 전광우가 바른 말과 냉철함을 유지하는 근거로 이해된다.

제2부

이미지 조립하기

진헌성–시의 사상 형성 그리고 표현의 깊이

― 진헌성 제7전집 「삼삼한 시 깜깜한 시」

1. 무엇을 말하는가?

1) 종횡무진

사물을 대면할 때, 그 사물에 대한 지식과 지혜가 있는 사람과 그렇지 못한 사람이 분기(分岐)된다. 전자에서는 맹목의 그물에 걸려 허우적이는 모습으로 우왕좌왕(右往左往)의 현란함을 보이지만 알맹이가 있는가 없는가는 뒷날 공허(空虛)로 입증된다면, 후자에서는 지식 혹은 지혜로 분간하는 일로, 사물의 질서를 확립하는 명료함에 감탄하게 된다. 세상을 살다보면 전자에서 더 많은 아우성과 목청 큰 발성으로 진리를 압도하는 경우는 흔하게 볼 수 있는 일이다. 이른바 악화가 양화(良貨)를 구축하는 그레샴의 법칙이 적용되고 후자에는 은신 혹은 겸손의 키 낮춤에서 존재조차 희미한 경우가 대부분이다. 정치판이나 문학의 판이나 질서를 세우는 사람은 희소하고 오히려 악화(惡貨)가 세상을 점령하는 기세로 압도하는 경우가 많다. 그러나 문학은 마지막에 시간을 정리하는 일이기 때문에 조급할 필요가 없다. 오로지 쓰고 또 쓰면서 자기의 성(城)을 구축하면 언젠가는 성주(城主)의 모습으로 변신하는 경우는 예외가 아니다. 쉬운 예로 1920년대 김소월이나 한용운은 문단의 아웃 사이더였지만 시간이 지난 결말은 이들이 문학의 중심을 차지한 것은 결국 오랜 시간의 언덕을 넘었을 때, 비로소 찾아온 명성이라는 뜻이다. 여기엔 조건이 필연적인 현상이 된다. 무엇을 썼고 또 무슨 의미의 작품을 생산했고 그 가치는 보편성의 기준을 확립했는가의 여부가 결정하는 일이지 단순히 시간의 언덕을 넘었다해서 결정되는 가치는 아니다.

요약하면 의미의 질서 확립과 보편성의 기준 자(尺)는 문학 가치의 본질이다. 이 둘의 기준으로 볼 때, 종횡무진의 현상이 시간을 넘어가는 일로 결정된다.

엄청난 시의 수원지(水源池)를 갖고 있는 시인 진헌성—그는 의학도로 출발하여 문학의 깊이에 경도(傾倒)한 모습이 노년에 이르러서도 현란하다. 그의 시는 과학정신에 기저(基底)를 두고 물리학, 생물학, 천문학, 수학, 종교학, 철학, 사상 등의 현란함이 요란하다. 종횡무진이 질서의 모습을 갖추었을 때 쉽게 접근하기 어려운 높이의 철학자요, 과학철학의 명상과 종교 비판자이면서 자유정신을 구현하는 본질에 투철한 시인이다.

시의 그릇은 세상 모든 의미를 담는다. 심지어 주흥사의 천자문은 4언 250귀의 고시라는 말을 대입하면, 그 첫 수는 天地玄黃, 宇宙洪荒, 日月盈昃, 광대한 우주현상으로부터 점차 좁혀지면서 인간사의 윤리, 도덕 등을 시로 구사하다가 마지막엔 謂語助者, 焉哉乎也로 마무리 될 때, 양나라의 주흥사가 어떻게 우주의 일을 알았으며 또 육안으로 관찰했다 해서 오늘날의 지식을 습득했다고 말할 수는 없는 일이다. 이는 시인의 예지와 상상력의 정치(精緻)성을 감탄 할 수밖에 없는 일이다. 시인은 그렇다. 천 년의 미래를 상상할 수도 있고 또 현실의 판단에 냉엄한 비판을 쏟아 붓는 철학자이자 비평가요, 과학자라는 우수한 상상력의 나래에서 나오는 가락을 눈여겨야 한다. 진헌성의 시는 우주의 운행과 질서의 현황과 꼬여있는 현실에 메스를 가하는 냉혹함과 치열함을 갖춘 시인―아울러 휴머니티를 가슴에 내장한 불빛이 보이는 이 땅의 시인이다. 참고로 본고는 연작시 727편 중에서 앞부분의 211편만 한정하여 시적 특색을 점검하려 한다. 이는 방대한 검토에서보다는 압축된 검토 또한 유사한 정신의 궤적을 그릴 것이기 때문이다.

2) 무엇과 정신의 순환

시는 무엇인가를 말하는 의도를 내장한다. 이 명제는 시를 쓰는 이유이면서 시의 본질로 길을 내는 상징의 숲을 건설하는 것처럼 시의 건축의 임무를 갖는 이치에 이른다. 다시 말해서 시인은 단순한 언어로의 조합에서 만족하는 사람이 아니라 '무엇'에 시인 자신의 체험을 담고 이를 아름다움으로 포장하는 임무에 충실해야만 한다. 그러나 정신―맹목의 정신이 아니라 질서를 균제미(均齊美)로 담아야 하고 의미의 숲을 이룩할 때, 비로소 감동의 누선(淚腺)을 장악할 수 있게 된다. 물론 시인의 정신 세계를 일목요연하게 조감할 수는 없을 것이지만 언어의 표현을 통한 흔적(trauma)찾기는 심리학적인 원조를 받을 때는 가능한 해법일 것이다. 이제 허둥거리는 논지로 진헌성의 시의 중심으로 들어간다.

있는 것은 없는 것, 공 즉 색이라는 순환의 논법은 우주의 질서 원리일 것이다. 왜냐하면 단독이거나 혹은 전체와 부분은 항상 연결고리를 형성하면서 우주의 진행은 계속하고 있기 때문이다. 인간은 우주의 드라마에서 때로는 관객이고 주인공이라는 상관을 배제할 수는 없을 것이다. 그렇다고 인간이 우주의 주인공인 것처럼 사고하는 것도 모순에 휩싸일 가능성은 충분하다. 다만 관찰자의 자세로 바라보는데서 깨달음이 있어야 할 것이라면 과학은 결국 인간을 성숙의 단계로 올려주는 계단일 수도 있을 것이다. 이만치의 거리(距離)는 저만치의 상대적인 개념일 때 이만치의 자각이 따라야 하기 때문이다.

> 내 흰 지팡이와 둘이서
> 가늣한 산비탈길서
> 큰 내쉼 짚고서 산마루 보랃으니
> 먼저 간 고 새나무들 곧장 못 날고
> 옹기종기 앉았고
> …(중략)…
> 내 모듬숨 좀 잦들면
> 저만큼에 명당치고 그만큼은 살겠거늘
> 오늘은 바랑 멘 채 이만치서 보랃자와.
>
> ─ 「1. 산바라기」에서

　시인은 먼저 간 새들의 모습을 바라보는 시선(視線)이 물기에 젖어있고 명상적인 문을 열어야하는 명제를 숙고하는 인상을 남긴다. 다시 말해서 '나'와 '지팡이'는 동격으로 나이의 깊이를 헤아리는 '이만치'로의 현재라면 '산마루'는 언젠가 돌아가야 할 '저만치'의 거리에 존재하는 이미지를 생성한다. 여기서 이만큼의 거리는 속세의 가파르고 숨찬 이미지가 저만치의 먼 거리와는 명상에서 서로 닿아야 하는 언젠가의 숙업(宿業)으로 존재한다. 여기서는 돌의 무게가 삶의 고달픔을 연상한다면 피안(彼岸)의 저쪽을 바라보는 모습은 가야할 곳으로의 막연한 노년의 숨찬 호흡이 '모듬숨'으로 '보랃자와'에 머무는 뜻이 삶의 망연함에 해답을 찾지 못한 듯, 마치 두보의 시 「박계행」의 '注目寒江倚山閣'에 마지막 구절이 떠오른다. 사는 일은 항상 해답이 없는 미망의 벌판을 헤매는 일이기 때문이다.

바위 굴러 둘로 나눠지고
다시 굴러 넷으로 쪼개지고
쪼개지고 뽀개지다 잔모래 돼
모래 엉켜 뭉개 바스라져
고루 가루떡 됨이 논밭이며
이 조화의 으뜸이 곡식이요
이 곡식의 우듬지가 사람이다

—「27. 고체와 액체」에서

　다시 '있고, 없고'의 사상이 튀어나온다. 쉽게 말하면 우주 자연은 혹은 인간은 고체와 액체의 도정(途程)을 되풀이하면서 다만 현상이 남게 된다. 형체가 있고 다시 그 형체는 사라지고의 순환은 본질적으로 계속된다. 그 도정에 존재의 한 형상이 찰나로 '있음'을 형성하게 되고 다시 반복의 이어짐은 계속된다. 바위가 모래 그리고 모래가 흙, 다시 흙에서 논밭 그리고 곡식―곡식의 끝은 인간의 소용―여기서 우주관은 인간 중심을 엿보게 된다. 멸(滅)과 생(生)이 하나의 줄기에서 나오고 다시 그 반대의 과정을 되풀이할 때 연기론의 근거는 불가의 철학에 접근 중이다. '없음 중하다면/있음은 더욱 중해'(「6. 해」)처럼 인간은 순환의 도정에서 조화를 어떻게 만들어 나갈 것인가를 행동에 대입하면 될 것이라는 유추의 끝이 보인다는 뜻이다.

2. 사상 그리고 시적 표정

1) 과학과 무신론

　과학은 1+1=2라는 대답에 묶여있다. 그러나 시는 1+1=0, 1, 2, 3

제2부 이미지 조립하기　63

등 하나의 의미에 국한하면 이미 시가 아니다. 쉬운 예로 시는 ambiguity 로 특징을 삼기 때문이다. 다시 말하면 시는 상상력을 바탕으로 하고 과학은 정확한 인식의 바탕에서 다르다. 그러나 시와 과학을 전혀 별개로 생각하는 것은 우둔한 일이다. 일찍이 I. A. Richards가 설파한 것처럼 시와 과학은 밀접한 상관을 유지한다. 쉬운 예로 상상력을 증명하면 시가 되기 때문이다.

진헌성의 시는 과학 정신을 이해하는 길에 있다. 이는 과학의 이해라는 측면에서 설명이 가능하다. 관념의 포로에서가 아니라 인식의 확실성을 터득하고 시와 접목의 수순을 밟아나가는 정신도(精神圖)를 의미한다는 뜻이다. 기실 시가 느슨하거나 설왕설래의 무질서가 아니라 감동을 주는 이유는 내포된 시적 의미의 치밀성에 있기 때문에 이미지와 이미지의 결합에 논리적인 구축력을 가질 때 비로소 시적 완성도는 높을 뿐만 아니라 감동을 줄 수 있게 된다. 가령 무질서에서는 짜증이 나온다면 엄정한 질서의 배열에서는 찬탄이 나올 수 있을 것이라는 뜻이다.

> 처음 공룡이란 단어는
> 1841년 해부학자 리처드 오언이
>
> 존 필립스는 고생대에
> 식물이 물에 오르고 다음엔 어류, 양서류,
> 파충류 순서였다고
>
> 창조설에 반하는 사람은
> 화형으로 입을 틀어막았던 카톨릭 교회였느니
>
> 자연과학은 지금껏도 하나님 나라의 장애물!
>
> ―「102. 생물 연대 차이」

종교와 과학은 때로 상반된 표정으로 대척적일 수밖에 없다. 종교는 항상 절대의 공식에 있어야 하고 과학은 새로운 발견을 위해 땀을 흘리는 점에서 종교의 원리에 반하는 일이 다반사이기 때문이다. 진자의 등시성이나 관성법칙 발견과 코페르니쿠스의 지동설을 지지 했던 이유로 협박당한－갈릴레오 갈릴레이(Galilei)의 변명은 죽음을 모면하기 위한 지동설의 포기였다면, 스콜라철학과 로마 카토릭교회의 비판자인 지오다노 브르노(Bruno)는 그의 신념을 사수하기 위해 분형(焚刑)으로 16세기의 언덕은 넘어갔지만 결국 옳은 것은 종교가 아니었다. 그러나 종교의 편견은 지금도 사랑의 전파보다 더욱 엄정한 틀 속에서 나오지 못하는 형해(形骸)의 모습이 대부분이다. '하나(느)님 나라의 장애물'이 '자연과학'이라는 시인의 판단은 종교가 구원의 메시지를 휘날리지 못하는 이유－아집과 편견과 독선의 그물에서 허우적이는 현상에 비판의 기세가 보인다. 이는 1513년 교황 레오 10세의 면벌부 판매에 95 Theses의 항의문으로 번진 개혁의 불길이 1517년의 사건이었다면 결국 1620년 메이플라워호를 타고 찾아간 신대륙 이주의 필그림이 시사(示唆)하는 바는 종교의 함정에 대한 변화가 오늘날이라고 대입할 수 없는 명제는 아닐 것이다. 이른바 종교의 창조설과 과학의 대립은 결국 19세기의 유물론에서 물질세계와 종교 세계를 구분하지 않고 양자를 혼동하는 기계론의 함정에 빠지는 잘못을 범했었다.

T. E. Hulme의 예술론에서 말한 무기적 세계(수학적, 물리학)와 유기적 세계(생물학, 심리학, 역사학)와 가치의 세계(윤리적 종교적)의 세 영역 중 외부가 물리학의 영역이라면, 내부가 종교와 윤리학의 영역, 그리고 중간을 생명의 영역인 바, 세 부분의 세계는 절대의 세계이면서 서로 연락이 없는 비연속의 원리(Principle of Discontinuity)에 의해 지배된다는 철학 사상을 설파했다면, 종교는 언제나 모든 세계를 지배하려는 원리에서 벗어나지 못하는 갈등이 현대에 와서는 더욱 고립의 섬이 되는 현상

이 종교의 미래와 연결된다. 왜냐하면 맹목에 끌려가는 어둠의 시대가 아닐 것이기 때문이다. 「75. 불확정성」, 「56. 물질은 눈이다」, 「42. 떨림」, 「65. 모순은 살아가」, 「102. 생물 연대 차이」 등 과학과 철학의 시원 문제는 논쟁의 일단이었지만 철학에서 과학정신이 배태되는 현상을 부인할 수는 없을 것이다. 그러나 시는 과학이나 철학, 역사학, 수리철학, 생물학, 천문학 등 모든 현상을 수용하는 점에서 주제자의 위치에서 참된 시인의 면모는 창조의 임무를 수행할 수 있어야 한다면 진헌성의 시는 과학뿐만 아니라 종교비판자, 수학자, 물리학 등 현란한 학문이 서로 연결되어 종횡무진의 시의 밭(田)이 형성된다.

그의 사색은 무한의 변경(邊境)을 헤매는 나그네요, 탐구의 불빛에 영일(寧日)이 없는 서치라이트를 켜고 파수꾼의 임무를 자인하는 것에 이유를 물을 필요는 없을 것 같다. 왜냐하면 좋아서 하는 일이기 때문이다.

> 물리는 연유의 수학이나
>
> 인문은 심중의 선점이기
> 대치할 관념이 없다.
>
> — 「173. 자연과 입문」

T. E. Hulme은 종교와 인간 중심적 태도를 Vital art라 하고 대(對)우주 태도를 예술에 적용했을 때 geometrical art라 말했다. 이는 비잔티움의 모자이크 미술을 보고 난 후에 명언한 말이다. 이는 비생명적인 것에 대한 엄숙성, 추상성, 경직성의 또 다른 측면을 발견한 것으로 인간이나 자연에서 발견하지 못한 것들로써, 예를 들면 도자기의 이중 투각기법의 치밀한 구도는 기하학적 기교의 조형미일 것이다. 물리학은 철학에 닿고 있지만 수리철학을 모르면 근거를 상실하고 인문학은 '심중의 선점'

을 달리 대치(체sic)할 길이 없다는 논리에서 진헌성의 뇌수(腦髓)에 간직된 다양한 과학적 시선이 확보된다. 모든 학문의 정점은 같다는 명제는 아마도 추상의 늪에 들어가는 일이고 이를 구분하는 것은 무의미한 인간만의 구분법일 것이라는 점을 확인하는 시가 진헌성의 시적 구성법인 듯하다.

2) 종교, 그 허울 바라보기

진헌성의 시는 구속의 틀을 벗어나려는 절대 자유의 정신을 기저로 그의 시적 표정은 관리된다. 심지어 종교의 틀조차도―불합리일 경우―비판의 날카로움이 일어서는 일은 지식과 지혜의 적절한 조화에서 근거하는 것 같다. 이는 적정 판단의 기초가 튼튼하다는 일면 시의 창작 원리가 뚜렷하기 때문에 이웃 학문을 끌어와 조화와 조립하는 능력을 발휘하기 때문이다.

시적 대상은 시인의 심각한 의식의 일면을 문자로 포착하는 일이라면 시인이 선택하는 소재는 항상 관심의 중앙에 있는 부유물들일 것이다. 다시 말해서 관심이 시로 나타나는 징후가 시인의 체험에 중요부분이 변용되어 나타난다는 의미일 것이다. 좌파 비난의 정치적인 요소와 종교의 문제 그리고 삶에 대한 성찰이 진헌성의 시에 가장 많은 빈도로 나타나는 시들을 접한다. 「196. 기도의 효력?」, 「183. 누가 구제」, 「148. 불도저」, 「133. 오류로 차있는」, 「111. 남의집살이」, 「99. 짠한 기도」, 「93. 무료한」, 「38. 원숭이」, 「14. 영세」 등 시집 전체의 비율로 볼 때, 많은 시들이 종교문제로 나타난다. 이에 대한 이유는 모순에 대한 강한 질타의 의미일 수도 있고, 믿었던 상황에 대한 배신을 시로 환치(換置)할 수도 있을 것이다. 그러나 분명한 것은 오늘의 종교는 이미 지혜로운 역할을 못하는 양적 팽창이나 으리으리한 건물의 높이에 비례하여 타락된 스스로를 변명하는 일에 식상했다는 판단은 옳은 지성의 역할일 것이다.

　종교는 기도로 신과 만나는 의식이 있다. 자신을 정화(淨化)하여 대상에 접근하기를 소망하는 일은 구복이 아니라 순수와 아름다움이라야 할 것이다.

> 오늘날도 기도가 상품 가치로는 최고로 치지만
> 나무의 외발 기도를 따라잡을 수 있으료
> 그래설까
> 나무는 십자가로 베어져 팔려 나가지!
>
> 　　　　　　　　　　　　　　　－「196. 기도의 효력?」에서

　종교가 제 역할을 하지 못할 때 이는 '삶의 사기요 요귀다'(「111. 남의 집살이」)일 것이며, '야단 법석/축에도 끼지 않아 하늘에도 못오를 텐데/ 우린 짠 한 사람들.'(「99. 짠한 기도」)처럼 '잃어도 잃어도 속죄만 하는 땅'(「93. 무료함」)들이나 감언이설로 세상을 앗아 모은 재산을 복지, 경제, 과학, 교육 등에 객토(客土)로 쓰면 세상이 산뜻할 것이라는 주장과 나무의 외발 기도를 따라잡을 수 없는 역설 앞에 모골이 송연해진다. 왜냐하면 오늘의 종교는 편견과 비리 그리고 축재의 수단으로 올리는 핏대 높은 설교는 이미 가치를 상실했고 또 돈에 의해 타락의 깃발로 신도 수를 부풀리는 현상에서 볼 때, 차라리 없는 편이 더 좋을 것이라는 가설에서이다. 그렇다면 진헌성의 종교적인 판단은 어디로 가야 할 것인가?

> 완전하다는 절대조차 믿을 수 없음의 맞꼭지가
> 무신론의 시작
> 왜냐면
> 봉우리 올라가서는 더더욱 상투 얼거리가
> 안 잡힌데

하늘 미더워?

무신론은 없음이라 가게일 것 없는 자유다.

— 「85. 무신론」에서

　종교에 비판적인 진헌성의 태도는 참된 종교인일 경우에 그런 애정의
표현이 나올 수 있다면 아마도 이런 자세는 진헌성의 어머니의 바른 훈
습(薰習)이(초등학교 교정에 세워진 단군상을 훼손하는 사건을 두고 잘못
이라 일갈(一喝)했던 시를 필자는 기억한다) 정신에 흐르는 맥인 듯하다.
　애매한 표정의 무신론일 수밖에 없다. 그러나 '불신의 끝이 무신론이
랴'는 의문이 앞설 때는 긍정의 의미가 나타나고 '맛꼭지가 무신론의 시
작'에서 봉우리에 올라가서 잡히지 않는 자유의 공간을 추구하는 것 같
은 시인의 태도―현대 물리학자 중에서 과학의 우월성을 주장했고 블랙
홀의 소우주 주창자 스티븐 호킹은 '천국은 죽음을 두려워하는 사람
들을 위한 동화(童話)일 뿐'이라는 주장에서 신의 의미는 공허해진다. 그
는 '사람의 뇌는 부속품이 고장 나면 정지하는 컴퓨터와 같고, 죽기 전에
마지막으로 깜박거리는 순간 이후에는 아무 것도 없다'는 주장에서 신
들은 어디로 갔을까?
　'무신론은 없음이라 가게일 것 없는 자유다'는 다소 애매한 '가게일
것'에서 걸리지만 무신론은 '없음이라' '없는'의 부정에 부정의 의미가
결국 긍정으로 변하면서 '무신론은 자유다'의 확신을 말하는 것 같다. 다
음 시에서는 더욱 명확함으로 주장을 공고하게 나타낸다.

　무신론(atheism)은 그리스어
　최초의 기록은 아낙사고라스(480~450.B. C.)로
　유죄 판결에 무신론자로 기록됨
　시인으로는 그리스의 디아로라스며

중국의 순자도 왕충도 초자연력을 부정
모든 생물이 신을 믿을까? 사람 말고

갓난이는 애초 무신론자로 태어남이라서
'천사'라 함을 깜박 잊고들 있네.

－「83. 최초의 무신론자」

　무신론에 대한 확신을 '갓난이'에서 인용이 명백해진다. 어린애는 천사라는 등식에서 순수와 순진무구의 대상이기 때문에 어른의 말과는 다른 천사의 호칭에 거부감이 없다. 뿐만 아니라, 모두가 '깜박 잊고들 있네.'의 조롱조의 뉘앙스가 밝게 떠오른다. 'DNA도 없는 하느님을 알아보라니/그냥 세상 그대로가 글씨다 하면 안 되냐?'의 물음은 오늘의 종교에 던지는 심각한 발성일 것 같다.

　3) 물

　베다에서는 물은 원초적인 모성을 상징하며 물은 자연의 순환을 도우는 파장으로 생각했고 태내(胎內) 양수는 최초의 생명을 키우는 생명의 근원임을 의미한다. 지구의 ⅔가 물이고 인간의 신체도 이와 같은 비율일 때, 물은 생명의 시원(始原)이자 유동하면서 순환하는 길을 만들게 된다. 가령 물이 증발하면 기체가 되어 하늘의 구름을 이루고, 구름이 뭉치면 비가 되어 다시 땅으로 내려오고－이런 순환 반복을 연기(緣起)법으로 설명하면 불가적인 이론에 접목된다. 물이 얼면 얼음이 되고, 다시 녹으면 물이 되는 이치에서 물은 때로 성스러운 종교의식의 일환이 되는가하면 농업의 주요한 요소가 물이 아니면 인간의 식량을 공급할 수 없는 필수적인 대상－물을 떠나서는 인간이나 만물은 생명을 유지할 수가 없다.

물은 아무 데 아무 때 제 마음대로
있고 싶음만 있고
되살아 있되 멸은 없다

느개로든 구름으로든 눈발로든
천상 설산의 얼음장으로든
땅 깊이에서는 헤매고
땅 위에서는 기고
하늘에서는 날개를 달고 살아가는

물은 오월 보리밭 이슬거리에서 태어나
제 마음대로 동네방네 휘젓고 다니는
내 손주놈 오줌발 망나니로도 일어서서
오대양 육대륙을 주유하는 역마 직성

비로자나불의 빛보다도 더 많은 눈망울로
세상 아무거나 추켜드는 희로애락의 독아지
세세생생 천상 천하 가림 없는
자유자재의 떠돌뱅이 진짜 구원의 하나님

땅과 하늘과 또 하나의 빅뱅에서도 의연함
영험 가득찬 눈빛 망울망울
우주 모태 속 하느님 아이들
죽음은 또 태어남의 탈피, 영원은 변용인
넌, 아무때 아무거나 하거라!

— 「53. 물의 자재」

공자도 흐르는 시냇물을 보고 '흐르는 물도 저와 같고녀!'의 천상의 탄
을 말했고 노자 또한 上善若水, 水善利萬物而不爭로써 교훈적인 의미로
사용했다. 물은 아무데의 장소와 아무 때의 시간의 구애를 받지 않기에

자유자재(自由自在)라는 말이 적용된다. 물에 속박이나 구속은 이미 물의 속성이 아닐 뿐만 아니라 이는 썩음을 나타낸다. 끝없이 순환하는 질서의 형상이 있어 우주의 기운에 따라 물은 항상 변화―데포르마시옹의 길을 만들면서 오늘보다는 미래 앞에 당당해진다. 심지어 빅뱅에서도 의연한 태도를 갖는 물은 부드러움 때문에 부서지지 않고 또 '하느님'이자 무엇을 한다 해도, 결국은 천사가 되는 떠돌뱅이일지라도 구원에의 유일신으로 추앙되는 진정한 이름의 대상이 물로 다가온다. 시인은 이런 물의 속성을 인간의 오욕과 부정을 이면에 감추고 물의 역할을 강조할 때, 시적 교훈은 멸(滅)함이 없는 진리를 주장하는 의도가 살아난다. 다만 보이는 것에서 보이지 않는 기체로 다시 보이 것으로 길을 만들면서 생명을 키우고 건사하는 물은 하느님(진리)의 역할에 가장 합당한 이름이 강조된다.

> 물은 낮은 데 고여 살기에
> 하늘 높이 꽃구름 돼 살고
>
> 어린이는 물에 흠뻑 젖기에
> 지순에 닿아
>
> ―「16. 물」에서

　인간의 삶은 지순(至純)과 진리에 목표를 둔다. 이는 인간 이성이 건져 올린 가치판단이지만 물은 이런 비유에 가장 합당한 상징물로 일어설 때, 어린이와 물의 상관은 매우 적절한 등가(等價)를 이룬다. 낮게 아래로 더 낮게 흐르는 물에서 지고(至高)한 가치는 생명의 길이 들어있고 동양의 우주관인 순리의 철학이 들어있게 된다. 다시 말해서 天行健 君子以自彊不息이나 天何言哉, 四時行焉, 百物生焉, 天何言哉에는 모든 대상을 정복하려는 서양 사상과는 달리 간섭 없는 순리의 동양사상이 들어있음이 진헌성의 의식의 바탕으로 생각된다.

시를 읽는 것은 정답 찾기가 아니다. 다만 감동이라는 그물에 걸리기를 소망하는 뜻에서 독자는 시를 펴들고 읽으려하기 때문이다. 때문에 시인은 다만 자기 신명(神明)에 의해 창작을 하지만 보편성의 기준을 외면했을 때는 난삽(難澁)한 파문을 예고해야 한다. 오늘날 실험의 시(詩) 앞에서 다양한 시적표현이 갖는 의미를 외면한 채 자기만족의 시를 독특으로 위장하는 일 또한 억지라는 그물에 걸리는 꼴이라면, 순리의 길을 어떻게 따르고 생각하는가는 시인의 지적 판단이 좌우할 일 일 것이다. 다만 시인은 정답을 제시하는 것이 아니라 문제를 제기하면서 즐거움을 주는 피에로의 역할에서 자유로울 수 있는 한국 시인들은 별로 없다. 이 점에서 '자강불식'이나 '천하언재'는 시를 쓰는 태도와 밀접한 연관을 의미하는 점이다.

4) 아내 그리고 사상의 줄기

진헌성은 어머니에 효도를 덕목으로 삼았고(아버지의 표현은 없다. 아마도 상처 의식이 있는 것 같다), 이런 바탕에서 아내에 대한 정감도 애틋하다. 그 나이의 한국남자들의 특성이 겉으로 드러내지 못하고 안으로 감추면서 마음을 내심으로만 저장하는 특징이 있다. 애당초 사랑한다는 말은 이미 진부한 것으로 치부하면서 살아온 생이기 때문이다. 다시 말해서 충실하게 내조한 아내에 보내는 정감은 젊은이들이 따르지 못하는 절절함이지만 겉으로 포장하는 데는 매우 서투른 감수성을 갖고 있다. 물론 아내를 평생의 반려로 생각하면서 내장된 사랑의 스펙트럼은 무한의 깊이에 이르는 것도 사실이다. 말없음에의 사랑이고 감추는 표정의 특징이라는 뜻이다.

우리집 서는
내 것은 내 것이요
아내 것은 내 것인 서다
서란 야(如)와 같다며
공자와 순자는 말했어
나 못하는 것은 남에게 시키지 말라 한 걸
보면
강요를 만류한 것이여든
…(중략)…
하기사 서(恕)란 용서할 서이기도 하니
그냥 살았지 따지고 살았겠어
둘이사 그냥 살았겠지.

─「204. 서(恕)」에서

　　부부란 애당초 너와 내가 없는데 네 것은 모두 내 것이 되는 일은 요즘 말로하면 폭력이다. 그러나 그 폭력은 '서'라는 말로 정리되는 시대의 특징일 뿐 너와 나의 결합은 하나라는 생각이 우선하는 인상이다. 이런 증거는 '옛임금은 참 나빠 나못한 것만 시켜왔거든'과는 다른 생각으로 대면한 부부의 정이기 때문이다. 아울러 '남의 목숨으로 살아온 내가/팔순까지도 이리 생생하니'에서 아내의 덕목이 드러난다. 따지고 밝히는 일이 아니라 행동으로 모든 것을 포용하는데서 참된 부부의 사랑이 있음이 아닐까? 서양의 사랑은 확인하고 증명하고 행동으로 보여주는 사랑법이라면 동양은 감추고 은근함으로 감싸는 사랑법에서 다르다. 진실의 전달이 다를 뿐이지 동양의 사랑법이 농도가 약한 것은 아니기 때문이다.

사랑이고 나발이고
등 대고 다순 밥 지어 주고
문 열어 주며 한 마디

"해 어둡기 전에 얼른 들어 오시오 잉!"

그런 한 사람.

－「190. 아내」

첫 줄은 서구식 사랑에 대한 거부의식이고 둘째 줄은 진헌성의 사랑법이다. 등으로 체온이 전달되고 따신 밥을 지어 오붓하게 말없이 그냥 식사하는 정경은 무미한 그림일 것 같지만 우리네 삶의 모습이 녹아있는 진솔한 풍경화일 것이다. 더구나 "해 어둡기 전에 얼른 들어오시오 잉!"은 불평과 불만이 없는—마치 전주지방으로 장사 간 남편이 어둠이 되어 돌아오기를 애타게 기다리는 백제「정읍사」의 여인이 내뱉는 말이 연상된다. 어둠 때문에 '진 데를 디디올까 두렵다'는 염려는 '얼른 들어오시오 잉'과 같은 맥락을 형성한 바, 지극한 사랑 법을 이어온 우리의 전통이라는 점이다.

단순한 예이지만 서양은 물이 지배한 해적 문화의 특징이 있고 동양은 땅의 정적인 문화다. 서양은 빛의 문화 즉 과학이라는 논리를 완성했다면 동양은 어둠의 문화이면서, 말이 아니라 침묵 속에서 진리를 찾아나서는 철학에서 차이가 있다. 서양은 논리의 삼각형이라면(성부, 성자, 성신) 동양은 원(圓)의 무한대의 불교문화다. 동양은 조화라면 서양은 투쟁으로 바라보는 것과 의학에서도 동양은 인간의 신체를 철학에 바탕을 두었고 서양은 인간을 과학으로 바라보는 차이에서 접근 방법이 모두 다르다. 어느 것을 지선이라는 독단의 판단은 잘못된 생각일 것이다.

동양 사상은 마음에서 막히고
서양 사상은 신에서 막힌다

막힘였지만

동양의학은 도구를 안쓰고
서양의학은 도구를 썼기에 앞서듯
…(중략)…
'연장'을 만들어 밭을 일굼이 살길.

— 「86. 길」에서

인류의 발달은 연장이라는 도구를 사용함으로써 인간의 특징이 지배적인 현상으로 나타났다. 그러나 진헌성은 서양의 문화가 오늘날 동양의 문화보다 앞섰다는 판단은 지극히 편견의 느낌이 든다. 의학에서도 서양의학이 동양의학을 우월하게 앞섰다는 것은 접근 방법에서 차이가 있을 뿐이지 서양의학이 도구 때문에 앞섰다는 판단은 그릇된 생각 같다. 동양의학은 인간의 신체구조―오장육부를 오대양 6대주로 보는 이른바 마이크로 코스모스의 소우주 즉 철학으로 바라보는 접근법이기 때문이다. 가령 문학에 Imagism은 동양의 한자를 보고 생겨난 문학이론이고, 카프라나 쥬커브의 신과학 운동은 노자, 장자, 불교 등의 동양 사상에서 근거를 마련하는 과학운동을 직시할 필요가 있다. 동양 사상은 주관주의로 마음(心)이 인식의 주체이고 다(多)에서 일(一)을 추구하는 4차원적 시공(時空)의 차원에서 보려는 방식이라면 서양은 객관주의로 일(一)에서 다(多)를 추구한다면 상대성원리나 양자물리학은 주관주의로만 설명이 가능한 이론이다. 왜냐하면 절대시간과 절대 공간이 없다는 이론이 현대물리학의 구분이기 때문이다. 이런 근거가 동양의 사상을 중히 여기는 최근의 서양 과학자들의 태도라는 점을 말하고 싶다. 연장이나 과학은 편리일 뿐 행복의 마음을 가져오는 위안은 아니기 때문이다.

생명사상이란
불쌍한 생물의 생존권 주장에서 완성되는 것은
아니다

생명의 존중 요소는 유기물이나 무기물은 물론
진공권까지도 포함된다
모든 우주 인자가 평등한 가치를 지닐 때 생명
사상은 충족된다
…(중략)…
어느 여승이 도룡농쫌으로 해결될 일이 아니다.

— 「89. 생명 사상」에서

평등사상을 느끼게 된다. 모든 유기체는 구분되는 것이 아니라 생명
그 자체의 존엄에 의해 존재해야하기 때문이다. 그러나 만물의 영장이
라는 지위를 이용하여 무수하게 밟고 부수는 것으로 인간만을 위한 사
상―서양은 인간의 편리만을 앞세워 곧은 고속도로를 만들지만 동양은
순리―낮은 산 아래로 시냇물이 구불구불 흐르는 얕은 곳에 집을 짓고
산다. 돌아가는 길을 선택하는 일이지 질러가는 길을 택하지 않는 것이
동양의 질서개념이다. 평등은 거기에 깃든 우리의 생명원천이 들어있음
을 깨닫는 평등에 시의 중심을 놓고 소요하는 것이 진헌성의 시적 태도
인 것 같다.

5) 삶을 바라보는 태도

삶은 죽음의 반대편일 뿐이지 따로 분리된 개념이 아닐 것이다. 그러
나 단절로 생각하기 때문에 비극으로 인식하고 슬픔으로 전별(餞別)하는
일이 나타난다. 장자는 아내의 죽음에 오히려 노래할 줄 아는 열린 마음
을 가졌지만 이는 범인(凡人)으로는 지난(至難)한 행위일 것이다. 인연의
줄을 싹둑 끊기란 슬픔이 앞장서는 일이 당연한 인정일 것이다. 감정이
라는 함량이 쉽게 제거되는 일이 아니라는 사실 앞에 누구나 긍정하는
일이 인간사이기 때문이다.

삶이란 불완전해서 불안하고
죽음이란 완전해서 불쾌하다.

ー「94. 문제다」

불가에서는 현상을 고해(苦海)라 말한다. 다시 말해서 생, 노, 병, 사의 현상을 고(苦)라는 말로 정리한다. 그러나 죽음이란 '불쾌'가 아니라 다시 원점으로 돌아가는 점에서 연기론의 길을 개척하게 된다. 마치 물방울이 증발하는 것ー없어지는 것이 아니라 질량불변의 법칙이 적용된다. 어떻든 죽음이란 아픔이고 서러움인 것만은 인연으로도 어쩔 길 없는 숙제일 것이다. 다만 삶의 업장을 이고 먼 길을 가야만하는 숙업의 일이 삶의 방편이라는 명제 속에 있음이다. 비유하자면 철학자 비트겐슈타인이 말한 「파리 잡는 항아리」에 들어간 존재ー태어나면 우주라는 존재 공간을 벗어나지 못하는 필연의 삶이라는 뜻이다. 그렇다면 존재의 본질은 무엇인가? 시인은 오로지 시로 말하면 된다. 왜냐하면 시는 논리나 설명으로 풀어내는 산문과는 달리 비유의 숲에서 상징이나 은유 등의 기법을 동원하여 독자에 건네주면 임무가 끝나는 작업일 뿐, 독자의 이해 여부와는 상관이 없는 오만한 창조이기 때문이다.

엮어내면 만리장성
존재의 본질이 뭐냐하면 원죄
원죄가 뭐냐하면 밥상!

ー「132. 원죄」에서

간명하고 명확하다. 존재의 본질은 먹는 것ー생물학에서 살아있는 것을 움직이는 것으로 정의한다. 그러나 수은은 하루 종일 움직인다. 그러나 생물학의 정의는 먹고 배설하면서 움직이는 것을 살아있는 존재로 정의한다. 그러니 먹는 것은 곧 존재를 이끌어가는 원동력이라는 상징이 된다. 백성은 먹는 것으로 하늘을 삼는다(食爲天)는 일, 먹는 것이 곧 진리라는 뜻으로 다가온다. 여기서 원죄의 파생은 어쩔 수 없는 현상으로 분배의 경제학이 등장한다.

> 나 죽으면 날 배려케는 하지 말라,
> 내가 일어나 답례할 수 없거니와
> 세상에 절 받을 한 바 없다
>
> 혹 내 가솔만은 몰라도
>
> ―「80. 유언시」

죽으면 대문짝만하게 광고하고 유소보장(流蘇寶帳)에 만인이 우러르는 것도 아닌데도 굳이 화려를 꿈꾸는 일이 죽음의 뒷자락에서 무슨 의미를 가질 것인가를 돌아보면 허무가 정답일 것이다. 진헌성은 겸손의 모습으로 자기를 낮추는 발성이 곱다. 키우고 높이는 허세의 벌판에서 자기를 알고 살아가는 사람은 겸손의 덕목이 체득되기 때문이다. 다만 식솔(食率)들만은 외면하지 않았을 때, 서운함을 모면하려는 일에 어쩔 길 없는 인간의 정감이 묻어난다.

6) 현실비판

시인은 그가 살고 있는 현실을 수용함으로써 시의 맥을 이어갈 수 있다는 뜻에서 체험의 축적이나 상상력의 조력을 받아 창작의 길을 넓힐 수 있다. 죽어있는 자는 다시 시를 창작할 수 없다는 엄혹성에서 현실의 문제는 항상 난제로 다가든다. 왜냐하면 사회학적으로 인간은 서로간의 교접 관계 속에서 문제의 파생과 해결이라는 열쇠를 갖고 사는 존재이기 때문이다. 물론 사회와 정면으로 마주치면서 사는 사람과 소로우와 같이 인간과 멀리 떨어진 삼림에서 은둔의 삶으로 살아가는 사람—전자에서는 피나는 경쟁의 도구가 될 수도 있고 후자는 명상의 숲에서 소요하는 특징이 대두 될 것이다. 어느 것이든 삶의 방법에서는 세상 속에 존재라는 뜻에서 대결이 이루어진다.

> 북한서는 원자탄을 수소탄을 만든다고 법석인데
>
> 불 맞으면 시우쇠되고
> 죽으면 국민이 죽지 내 세비가 죽냐며
> 여의도는 모르쇠
>
> 천안함도 연평도 사건도 누구짓이지?
> 철학책 첨삭하며 연구 중인 당도 있단가.
>
> —「62. 모르쇠 당」

政也者正이라 했다. 정치는 바르고 정의로운 것이라는 뜻이지만 우리의 정치는 비난과 왜곡이 있어 상대가 죽기를 바라는 정치의 특색이 있다. 조화와 타협과 설득은 사전에서 잠자는 용어이기 때문에 정치는 외면당한다. 그러나 정치를 외면하고 국민은 결코 살 수가 없다. 왜냐하면 인간은 정치적 동물이라는 단언이 여전히 유효하기 때문이다. 북한의 원자핵은 중국을 위한 것인가 아니면 우리를 겨냥하는 것인가 또는 천안함 폭침이나 연평도 도발을 북한의 소행으로 인정하면 상대 당에 이익이 될 것 같아서 모호의 숲속에 숨는가 말이다. 비겁의 옷을 입고 입으로 정의를 부르짖는 일이야 말로 진리를 첨삭(添削)하는 우매한 행동이다. 한국의 정치판은 국민을 오도하는 함정에서 언젠가는 그들에게 부메랑이라는 사실조차 망각하는 치졸한 인간들을 꾸짖는 어른—진헌성의 마음이 보인다.

데모로 시비턴 인천공항 잘만 되던데
지나는 나그네 멱살잡듯
이참엔 또 4대강 바지 훑기

―「106. 청개구리들」에서

국제 정세의 이해나 긴박감도 없고 오로지 반대하는 일이 직업인 듯한 신부나 스님에는 이젠 식상한다. 청개구리를 넘어 없어도 될 국민이 아닌 인간들이기 때문이다. 천성산의 도룡뇽은 여전히 왕성히 산란하는데 왜 스님은 잘못이라는 고백이 없는가? 으레 반대―정치라고 잘만 되는 것은 아니라는 설득도 있어야겠지만, 아집과 편협에서 이해와 타협으로 돌아갈 수는 없는 일인가를 묻는다.

들어서는 손에겐
제 볼을 마구 문질러대다가도
뒤돌아서 가는 손의 뒷다리를 소리없이 무는
개의 전략에는 안 내둘릴 수 없제잉.

―「137. 천안함」

지식인이라는 교수치고 어리석지 않는 경우는 흔하다. 아집에 잡혀있는 판단이 고집으로 돌아섰기 때문이다. 자기 망령에 끌려가는 일로 사리판단이 마비되었기에 사실조차도 의심으로 궤변을 늘어놓고 편히 살아가는 자는 결국 나라를 팔아먹는 일과 진배없을 것이다. 우리는 그런 경우를 수없이 지나치고 있다는 자성이 앞서야 한다. 미친 개―북한의 전략이 무엇인가는 자명한 일이다. 햇빛에의 망령을 우려로 바라본 시인은 이젠 달빛을 염려하는 「63. 이번엔 달빛으로」 근심 속에는 얼마나 심각한 우리의 잘못된 자화상인가를 돌아보게 한다. 여전히 햇빛 꼬리를 잡고 안달하는 사람들이 많다는 현상에 우울해진다.

한국의 좌파에는 뇌(腦)가 없다. 다만 맹목이 있고 아집과 파탄의 판이 있을 뿐이다. 이를 염려하는 노시인의 판단은 차라리 슬픔의 곡(哭)소리로 들린다.

현실을 수용하는 자세에는 나와 항상 괴리(乖離)될 때, 불만과 비판의 도구가 등장한다. 작금에 한국 사회는 철없는 일들이 당연시되는 이해 불가의 정도가 도를 넘었다. 1억짜리 뇌물 시계를 논바닥에 버리고, 6백만 불의 뇌물을 받아 양심의 가책을 느낀 전직 고관이 바위에서 떨어져 죽은 사건조차 미화(美化)로 들썩이는 나라의 모순, 자식들은 미국에 유학 보내면서 한국으로 들어오는 쇠고기에 허울 좋은 촛불을 들고 애국을 팔고 있어 왜곡하는 사람들이 아우성치는 나라, 값싼 푼돈으로 꽃다운 젊은 처녀들을 중국에 노예처럼 팔아도 나와는 상관이 없는 것처럼 외면하는 북한 추종의 인간들, 국민이 뽑은 대통령의 작은 잘못도 거품을 물고 삿대질하는 나라, 김일성은 6·25 때 동족상잔으로 290만 명을 죽이고 그 아들은 국민을 아사(餓死)로 굶겨 300만 명이 죽었어도 미화의 그림책을 선전하는 맹목의 인간들이 횡행하는 나라. 인간에게도 나이 들면 피를 맑게 혈압 약을 먹어 막힌 핏줄을 뚫어야 하거늘 막히고 썩은 강을 판다고 4대강에 반대가 정의로 포장하는 인간들의 기준이 둔갑한 청개구리 좌파들─ 북한의 정치 수용소에서 죽어가는 인권은 보이지 않고 남한의 작은 모순 앞에 머리띠를 두르고 아우성치는 좌파들은 어느 나라의 백성일까를 고뇌하는 시인의 모습이 아프다. 이미 모순의 농도를 훨씬 넘었기 때문이다.

3. 나가면서─군말을 앞세워

아마도 삼삼한 시는 시인이 추구하는 시의 목표라면 깜깜한 시는 아직도 부족을 의미하는 뜻으로 다가올 때, 시에 정진하는 노시인의 모습은 경건(敬虔)하다. 그러나 시는 항상 시인과 갈증을 유발하는 거리(距離)만큼에서 손짓할 때, 시인의 상상력은 왕성한 능력을 발휘한다면 진헌성은 그 왕성한 정점에 있는 인상이다. 2010년 10월부터 2011년 9월 말일까지로 부기(附記)된 창작의 양은 실로 엄청난 분량이 증명한다. 시로 살고 시로 살아온 일상이 보이는 것 같다.

　　시 전체를 조감하는 것이 당연한 일이지만 일부만 떼어서 검토한 일은 필자의 허물로 가리면서 더욱 삼삼한 시의 대면을 기대하면서 논지를 접는다.*

주예선―자연의 조화 혹은 꿈을 만들기

―주예선의 제2시집

1. 프롤로그―시를 위한 기도

시는 마음의 거울로 출발한다. 다시 말해서 시인의 마음을 보여주는 거울의 역할을 할 때, 아름다움과 아픔 혹은 그리움과 사랑 등의 목록들이 독자의 심금을 자극하게 된다. 때로는 가슴을 적시는 파문의 물살이 되기도 하고 더러는 가을 하늘같은 투명하고 환한 풍경이 되어 다가올 때, 시적 감수성은 자극의 깊이를 넘어 화려한 미감(美感)으로 오감을 움직이게 된다. 이런 경우 시인은 단순히 언어의 조합을 지휘하는 사람이 아니라 시인 자신이 언어의 중심이 되는 화학적 변화를 나타내는 사람으로 변모한다. 다시 말해서 사물과 사물의 이미지가 결합하여 전혀 새로운 제3의 이미지로 변모할 때, 시의 맛은 환상적인 여행을 떠나게 된다. 물론 시인마다 개성의 표정은 저마다 다르다. 부드러운 개성의 시적 묘미가 있는가하면, 딱딱하고 견고한 표정으로 다가오는 경우도 있다. 어느 것이든 시의 발성은 희망과 꿈 그리고 사랑의 체온이 담겨질 때, 비로소 시의 가치는 상승의 효과를 기대하게 된다.

　주예선의 시는 부드러움과 상상의 깊이가 출렁이는 인상으로 출발한다. 언어의 감각성 그리고 예민한 촉수로 이미지의 사냥에서 건져 올린 언어의 싱싱함이 매우 리얼하다. 그러나 쉽게 다가오는 이미지가 아니라 찾아가는 노력을 배가할 때, 더욱 윤나는 표정으로 살아나는 점에서는 발길을 조심할 필요가 있을 것 같다. 이는 heart의 시가 아니라 head에서 심사숙고가 있어야 한다는 점과 같다.

2. 실마리 찾기

1) 시작(詩作) 문법

　시인마다 시를 대면하는 방법이 다르다. 직핍(直逼)의 방법으로 이미지를 구사하는 시인이 있는가하면, 비유의 패각(貝殼)으로 단단히 무장하여 시적 의미를 발굴하는 시인이 있을 수도 있다. 어느 방법이든 개성에 따라 작시(作詩)의 태도는 달라지고 이에 대응하여 시의 성격도 다르게 다가온다. 주예선의 경우는 보다 치밀한 언어의 운용에 따른 비유의 현란성을 부가할 것 같다. 이는 시의 성숙에 이르는 표현미를 수반하는 일이 되기 때문에 머리(head)에서 생각의 농도를 높여야 한다. 마치 T. S. Eliot의 시를 이해하기 위해서는 스치듯 지나면서 이해의 폭을 넓힐 수는 없기 때문이다. 음식을 먹는데도 많이 씹을수록 단맛을 음미할 수 있는 방법과 시의 맛이 같다는 의미이다. 인용으로 길을 재촉한다.

　　　파도가 옆구리 찔러 간질이는
　　　늘, 겨드랑이 가려운 서해 안면도에
　　　혹시 가 보신 적 있으신가요

…(중략)…
싱싱한 생굴에
통고추를 갈아 버무린 짭쪼롬한
파란 서해바다를 몽땅 담아 맛을 낸, 그것
뜨거운 밥 위에 한 젓가락 빨갛게 올려
입 크게 벌려 씹다가
한 젓가락씩 먹는 게 감질나
굴 젓 한 순가락 푹 퍼 넣고
따끈한 밥 한 그릇에 쓱쓱 비벼 먹다보면
어느 새 바다 내음이 입안 그윽히 퍼지는 봄

－「안면도의 봄」에서

매우 감각적인 뉘앙스를 접하는 시이다. 신선감을 주는 이유는 언어
의 사용에 탄력적인 기교 그리고 리얼리티의 이미지가 부수적인 효과를
수반하면서 봄으로의 미각을 자극하는 방법이 매우 생동적인 인상을 가
져왔다. 다시 말해서 싱싱한 굴 맛을 나타내기 위해서 서해의 파도가 '옆
구리를 찔러 간질이는' 묘사에서 안면도의 파도가 푸른 감수성을 자극
하면서 입맛과 파도 그리고 봄으로의 진행이 매우 빠르고 섬세한데 있
는 인상이다. 이런 감수성은 시의 사실성에 일조를 했고 더불어 봄의 기
운이 온몸으로 다가오는 생동감을 느낄 때, 봄의 정서가 파도와 역동적
인 상징으로 발길을 맞추면서 다가온다.

시가 감각이라면 이는 시인의 표현에 절대적으로 작용하는 필수 요소－
주예선의 표현미는 뛰어난 감각성을 역동적인 효과로 처리하는 방법이
성공적인 시 쓰기에 일조하는 것 같다.

2) 신선한 입맛 같은 봄

시는 논리가 아니지만 의미의 확충을 꾀하는 감동을 유발하기 위해서

는 논리적인 정치(精緻)성−구조의 통일을 갖추어야 한다. 왜냐하면 감동의 요인은 사실에 접근되어야 하고 과학적인 근거를 의미에 내포해야 하기 때문이다. 이를 위해서는 상징의 효과 혹은 비유의 적절성이 적재적소에 배치될 때, 비로소 잘 지어진 한 채의 집이 완성될 수 있다면, 시의 상징이란 감춤도 아니고 드러냄의 성질도 아니고 반투명성(translucency)에서 결국 애매성(ambiguity)의 의상을 갖추는 조직−이 특성에서 시는 마침내 질서의 예술이 된다. 즉, 봄을 말하기위해서 결코 봄의 재료를 직접 사용하지 않고 오히려 봄의 이미지만을 고집하는 이유가 앞서야 하기 때문이다. 아울러 봄은 비로 출발한다. 이는 겨울의 살벌함을 씻어내는 역할의 상징이 되어야 하고 목적을 달성하기 위해서는 깨움의 요소로 작동되는 이미지가 비이다.

> 돋는 싹을 스치고
> 또 모든 생명의 풀포기를 지나
> 열어젖힌 내 창문을 두드린다
>
> 진종일 물안개 뽀얗게 이는 산골마을
> 오래도록 울고 또 울었다
> 선지자처럼 산과 들을 거침없이 지나던 비
>
> 드디어
> 연둣빛 물세례로 산천이 춤을 춘다
> 4월, 부활의 대지는 가쁜 숨을 몰아쉬고
>
> −「봄비」

　'부활의 대지'를 달성하기 위해 비는 제 역할을 다하는 임무가 주어진다. '생명의 풀포기'를 위해 창문을 두드리는 비유가 다가오면, 모든 물상들은 겨울의 긴 터널을 벗어나는 신호로 일제히 '연둣빛' 칼라의 행진

이 산천을 덮는 효과를 만들게 된다. 이런 요인은 비의 속삭임이 아니라면 봄의 이미지는 살아날 수 없는 일이 될 뿐만 아니라 시적 전환의 기회를 놓치는 일이기에 시인은 비와 봄을 위해 탄력적인 자연의 노래를 '비'로부터 만들게 된다. 봄비가 내림으로써 생명의 이미지로 이어지고 초록의 들판 그리고 꽃으로 상상의 넓이가 확장될 때, 사실적인 자연의 재현 앞에 '시는 제2의 자연을 재생'하는 역할이 수행된다. 다시 말해서 비의 다음 순서는 꽃을 만나는 일이다. '채울 것 없는 가슴, 가슴마다/연분홍빛 속살에 스미는 꽃샘바람/보내고 돌아와 오랜 기다림 끝에 피어나는//아! 진달래 빛 사월이여'(「진달래꽃 연가」)의 감탄사가 발동되는 순서에서 시인의 정서는 고조된 단계로 접어든다. 이는 꽃의 신비 그리고 기다림에서 맞아들이는 경이감, 아울러 바람이 싱싱함을 부추기는 '연분홍빛 속살'에서는 최종의 단계인 향기를 감추고 있기 때문이다. 시인은 이를 찾아나서는 나그네의 행보를 이어간다.

> 봄의 마음이고 싶다
> 죽은 듯 하나 소생하는 아름다움
> 생명으로 돋아나는 계절이고 싶다
> 햇살처럼 가슴 따뜻한, 4월
> 산 벚꽃 닮아 맘 고운 사랑의 사람이고 싶다
>
> — 「4월, 산 벚꽃 고운 날에」 중

주예선 시인은 4월에 가장 시적 흥취를 많이 나타낸다. 「봄비」, 「진달래꽃 연가」, 「여울목에 오는 봄」, 「봄」 등의 시엔 절로 일렁이는 감수성이 가락을 만들고 있음이다. 이는 시인의 정서가 봄에서 가장 강한 에너지를 발산하는 인상을 남기고 있기 때문에 4월의 자연을 시로 나타나는 뜻이 된다. 인용하자면 '봄의 마음이고 싶다'의 소망은 2연에 '꽃잎의 속삭임'이 되고 3연에선 '사랑의 사람이 되고 싶은 갈망', 아울러 4연에서는 '봄을 짓고 밥을 짓고 사랑을 짓고'의 봄과 사랑의 결합 그리고 5연엔 '맑은 눈을 가지고 싶다'의 소망, 6연엔 '정갈한 여자' 7연엔 '꿈에 날개를 단 소망을 꼭 껴안은 순수한 여자'로 축약적인 암시를 봄으로부터 갖고 싶어 한다. 이 모든 의미를 집합하면 '봄에 순수한 여자의 사랑'이 연상된다. 더불어 4월에 피는 꽃들의 이미지가 숨어있지만 향기를 배제할 수는 없는 것 같다. 꽃의 시각성과 향기의 후각이 결합한 공감각적인 효과는 고귀한 사랑을 봄에서 얻고 싶어 하는 시심(詩心)의 발동이 왕성한 정서를 부추기는 상징의 계절이 봄이라는 점이다. '따사론 봄볕 닮은 사연 적어/긴 봄 편지를 보냅니다'(「여울목의 봄」)는 곧 시인의 마음이 띄우는 사랑의 메시지이기 때문이다.

3) 희망 그 속내

절망은 희망의 길을 안내하는 역할을 한다면, 희망을 절망의 토대위에서 길을 만들게 된다. 때문에 절망은 희망의 순서를 대기(待期)하는 이해에서 희망은 인내의 시간을 가질 때 다가오는 순서일 것이다. 아울러 시는 희망으로 가는 길을 안내하고 또 사랑을 위한 방법을 내포할 때, 비로소 시의 가치는 고귀한 이름을 득(得)할 수 있다.

시를 읽는 것은 희망을 읽는 일이고, 사랑을 읽은 일이라면, 더불어 따라오는 꿈과 소망의 그림자는 행복을 준다. 이런 이유로 시의 소용(所用)이 있기 때문에 활력과 의미를 찾을 수 있기 때문에 시는 의식의 높은 자리에서 기다리고 있다.

> 한 번도 놓은 적 없는 희망에 살았었다
> 사방이 꽉 막힌 터널 속이다, 지금은
>
> 지레 겁에 질려

눈앞이 아찔한 순간에도
잠시 정신 차리자고 속삭인다
여전히 하늘 떠 있는 강물 위를 바라볼 때
희망은 그 자리에 있었다

꽉 막힌 벽이 열릴 때까지
기다리면 스스로 열리던 나날의 하늘 문(門)
어설픈 한 손이 공기를 때리고
허공을 휘젓게 하지는 않으리라, 왼손으로
창(窓)을 열고 하늘 도화지에 밑그림을 그리는 아침

—「희망은 그 자리에」 중

　희망을 그림으로 그리는 일상은 아픔과 시련이 있을 때 가능한 역설적인 생각이다. 왜냐하면 즐거움이나 행복 속에서는 희망의 이름이 부재(不在)할 수 있기 때문이다. 이 역설의 이름은 항시 대기상태에서 밖으로 나올 기회를 엿보지만 인간은 희망의 가까움을 신념으로 키우지 않으면서 탄식만 길어지는 경우가 절망에 압도당하는 경우가 될 것이다. '정신을 차리자고'의 다짐이 있기 때문에 희망의 싹은 자란다. 그러나 그 희망의 기회를 다짐하는 경우보다 탄식하는 순간에 지질리면 '하늘의 문'은 열릴 방도가 묘연(杳然)해지는 일이지만 주시인의 신념은 이런 처지에도 앞을 주시하는 일면 '창을 열고 하늘 도화지에 밑그림을 그리는 아침'의 준비를 마련하기 때문에 밝은 아침을 맞이할 수 있는 인자(因子)인 것 같다.

침묵의 시간
땅에서 자란 하늘을 뚫고
긴 장대에 매어 단
긴 목

나무의 키만큼 자란 꿈
　　비상을 한다
　　땅에서 하늘로 이어주는 길을 내고
　　새의 깃털을 입은 소망
　　하늘을 난다

- 「솟대」

　　인간은 하늘을 날아야 하는 소망으로 산다. 다시 말해서 하늘은 구원의 이미지가 들어있고 꿈에 대한 열망이 들어있다고 생각하기 때문에 모험을 감행하면서 날아야 하는 하늘에의 동경이 역사로 점철되었다. 하늘은 고귀한 혹은 정착해야 할 마지막 개념일 때, 새들은 이를 대신하는 이름으로 자유롭게 비상한다. 이는 인간의 뇌리에 정착한 소망이 곧 하늘로 지향점을 마련하는 상징으로 대체될 때, 새는 지상과 천상을 이어주는 임무에 헌신했다. 다시 말해서 지상에서 하늘로 다리를 놓고 그 위에 새의 형상을 갖추면 인간은 여기에 기도를 올리는 경건함을 신앙으로 삼았다. 이 꿈은 곤고한 현실에서 구원에의 하늘로 이어지는 메신저의 역할이 새로 상징되기 때문이다.

　　주시인의 시에는 희망의 발언이 많은 편이다. 「담쟁이의 소망」이나 「기다림」 등은 꿈과 사랑을 찾아나서는 인간의 노력이 투영되어 미지로 향하는 정서들이 건강하게 다가온다.

4) 여름―바다 그리고 희망 줍기

　　여름을 지나는 길은 비와 물의 이미지가 번다(煩多)하게 출몰하게 된다. 갈증은 여름에서 느끼는 현상이기 때문에 물에 대한 요구가 자연스런 정신현상을 재촉하면서 시원한 정서를 찾아 나선다. 그러나 여름은 성숙을 위한 디딤돌이고, 여름에서 모든 생명체는 정점(頂点)을 향해 열

망을 피우게 된다. 노드럽 프라이의 신화 이론에서는 봄은 희극에 해당
되고, 여름은 로망스, 가을은 비극 의식 그리고 겨울은 아이러니와 풍자
로 치부한다. 확실히 여름은 사물이 익어지는 단계 다시 말해서 완성의
경지에 왔음을 의미하는—그만의 정서로 나타난다.

> 솔바람 한줌 같은 아침
> 깔깔한 베 홑이불로 맞는 여름
> 솔바람의 상큼한 냄새
> 그 바람의 영혼
> 솔바람의 까칠한 몸짓
> 팔당에서 몸 씻고
> 예봉산 위로 치솟는 불덩어리
>
> —「한 여름을 사랑했네」에서

'솔바람'은 상큼한 기운을 가져오는 사물이미지이다. 이 바람이 아침
을 휘돌아나가면 가슴까지 시원해지는 삽상(颯爽)은 가히 최상의 기분을
장악하게 된다. 마치 '깔깔한 베 홑이불'의 서늘한 감촉과 '솔바람'의 만
남은 '시원하다'는 정서에 가장 합당한 이미지로 부각된다. 이는 더위와
대척(對蹠)적인 관계에서 오는 비유이기에 솔바람이나 홑이불의 상관은
신선하고 상쾌한 기분으로 다가드는 셈이다. 아울러 솔바람의 '상큼한
냄새'와 '까칠한 몸짓'은 팔당의 물에 몸을 씻고의 비유—서늘한 기분이
매우 인상적으로 의식을 자극한다.

「소나기」나 「여름에서 바다에서」, 「소나기」 등은 여름이 물의 이미
지와 연결고리를 갖고 이동하는 정서로 특징을 삼는다. 물은 아래로 아
래로 흐르는 노자의 상선약수(上善若水)와 같다는 교훈도 따라온다.

> 잇몸 하얗게 드러낸 파도가
> 파랗게 웃고 있다

눈부시도록 찰랑이는 바다 위
눈 길 마주 칠 틈도 없이 섬이 된
소금에 절어 바람에 취한 빗장 닫힌 하루들
바닷새와 한 몸으로 뒹구는 동안 바다 향 가득
소라껍질 오물거린다

— 「여름에서 바다에서」 중

여름 바다는 파도와 소리가 결합하여 인간의 오감을 자극한다. 더불어 백색과 청색의 조화가 더욱 윤나는 상큼함을 불러오고, 바닷새들의 유영(遊泳)은 시원한 풍경화를 보여주는 장면이 연결될 때, 인간들은 바다로 향하는 마음을 갖게 된다. 더위를 탈출하기 위해 바다에 짙은 향수를 보내면서 끝 모를 애정을 보내는 일이 파도와 어울릴 때, 여름은 권태의 표정을 감추고 산이나 바다를 한데 합하는 낭만의 길을 넓히게 된다.

5) 가을─동행의 발길

주예선의 정서는 계절 감각이 고르게 나타난다. 이는 성격의 명확성을 의미하는가 하면 변화하는 감각의 촉수가 매우 예민함을 유추(類推)할 수 있는 부분이다. 다시 말해서 사물의 표정을 받아들이는 감수성이 예각적인 감촉으로 사물의 표정을 감지하는 속도가 매우 빠를 것이라는 뜻이면서, 다양성의 시로 표현될 수도 있음을 의미한다. 봄에는 꽃과 자연의 싱싱함에 취하고, 여름이면 녹음의 계절감과 바다의 푸름에 쉽게 동화될 뿐만 아니라 가을에는 다소 나이브하면서 겸손해지는 일면 쓸쓸한 정서가 냄새를 동원하는 후각적인 느낌이 앞장선다. 뒤에 언급할, 겨울을 백색으로 포장하는 세상의 아름다움에 취하는 주시인의 시는 그만큼 명확한 인식을 바탕으로 사물과 대면하는 표정의 진솔성이 유다르다는 점이다.

햇살 좋은 날
무색 빨래만 골라
뽀얗게 삶아 창가에 하얗게 널고
축축해진 마음 꺼내 볕을 쏘이다

─「가을 날」에서

칙칙한 여름의 습기를 하얗게 삶아 빨랫줄에 널어놓으면 마음이 하얗게 감염되는 정서의 순수함이 아름답게 다가온다. 이런 정서는 순백함의 극치를 이루는 점에서 상상의 풍경화가 될 뿐만 아니라 독자의 정서에 파문을 일으키면서 더불어 모든 것이 풍경화가 되는 아름다움에의 동화를 이룩하게 된다. '무색' 빨래가 가을바람에 가볍게 날리면, 여름의 추억은 어느새 깃털처럼 가볍게 상상으로의 여행을 떠나는 길에 행복을 느끼는 시인의 모습이 투영된다. 머리칼 날리는 바람의 손짓도 그렇거니와 따스한 햇살의 조화에서 삶의 모습이 한결 평화로운 정경은 주예순 시인의 정서가 표백되는 가을의 정취가 순정한 모습으로 잡힌다. 이런 분위기의 가을날은 가벼운 차림으로 들길에 나서는 충동이 일렁일 것이다.

아쉬운 몇 날이라도 좋다
한낮, 계절 머금은 볕 따라
낯선 들판에 서고 싶다
햇살 속에 떠도는 바람이라도 좋다
땅 위 뒹구는 단풍잎 위에
눈물의 한 줄 편지 글로 맴돌고 싶다
노을 지는 건너편 강가
죽 늘어선 머드나무 잎새 뒤로
스스로를 낮춘 겸손의 계절이 날 부른다

─「가을 단상(斷想)」에서

어딘가 떠나는 마음은 가을에서 느끼는 상상의 여백일 것이다. 다시 말해서 안주하고 싶은 것이 아니라 목적도 없는 길에 나서면 점차 쓸쓸해지는 나무들의 모습이며, 바람의 서늘함 그리고 하늘이 멀어지는 높이의 아슬함에 절로 취하면서 배회하는 마음이 스멀거릴 것이다. 시인은 이런 분위기를 따라 들길로 들어서면—익숙하게 아는 길이기보다는—상상의 길이 재촉된다. '낯선 들판에 서고 싶다'의 마음에는 이미 가을 깊이에 취한 모습으로 인식되기 때문이다. 오만의 태도이기보다는 가을의 정취에 겸손으로 깃든 가벼운 미소의 여인—그런 분위기가 살아나는 가을 무드인 것 같다.

모든 물상이 돌아가는 길을 재촉하는 점에서 가을은 쓸쓸해지는 이별 의식이 발동된다. 조락(凋落)으로 돌아서는 잎새들, 그리고 여름을 벗고 두꺼워지는 의상의 변화, 이에 부응하는 마음에는 이미 가을의 풍광이 높아지고, 멀어지는 푸른 하늘에 자연스레 취(醉)하게 된다.

> 가을 내려앉은 공원 벤치
> 흔들리는 지팡이로
> 더듬거리며 일어서는 오후
> 붉은 피 토해내며 으스러지듯 물들인 노을
> 어눌해진 그는 이제 허무를 말하지 않는다
> 노을 지듯 다 내려놓은 연습에 열중하고 싶을 뿐
> 골짜기 타고 흐르는 땀방울 된 계절을 노래한다
>
> —「그 노인」에서

쓸쓸해지는 가을의 모습이 황혼에 젖은 노인의 모습으로 상상의 그림이 그려진다. 그러나 고독의 길은 점차 넓어지고, 남아있는 잔광(殘光)의 여력은 점차 기력을 잃어가는 노인의 모습과 유사한 처연(悽然)함이 극치에 도달한다. 고독의 그늘이 길어지면서—힘겨운 노인의 모습이나 노을에 젖은 가을의 정취가 한결 서러운 모습이 빠져든다는 뜻이다. 이런 모습을 객관의 풍경에 그림을 그리는 주시인의 정서에는 이미 따스함이 안으로 흐르는 인상을 남긴다. 왜냐하면 시적 분위기가 노인의 가슴을 데워주고 싶은 마음이 발동하기 때문에 나타난 정서의 표정이라는 뜻이다. 마치 S. 말라르메가 말한 Infinite(무한)의 시적 기교—허무의 모습이 느껴진다. 시인의 내면풍경을 나타내는 방법이 가을의 분위기에 동화(同化)되어 일체화의 방법으로 느끼는 가을은 쓸쓸하지만 따스함이 안으로 흐르는 강줄기가 느껴지는 심리적 거리의 가을 인식인 셈이다.

6) 하얀 성주(城主)—꿈꾸기

겨울은 포장될 때 아름답다. 순백으로 변한 세상 그리고 맹위를 감싸는 백색의 미학은 아름다움은 연출하기에 충분하다. 자고 일어난 아침에 온 세상이 통일된 백색의 세상은 3차원의 세상이 아니라 낙원의 재현에 탄성을 자아낼 것이다. 이것이 겨울이 주는 놀람이라면 주예선의 시는 겨울의 감성이 남다르게 백색의 경치를 만들고 있다. 「하얀 겨울」, 「하얀 오늘처럼 사랑했으면」, 「아름다운 고립」, 「하얀 아침이 더 좋아」, 「첫눈 내린 날에」, 「다 덮기로 했다」, 「겨울이 오는 길」 등은 겨울의 정서가 포장의 미학으로 나타났고 또 그 안에서 꿈을 만들려는 행동의 모습이 남다르다. 다시 말해서 겨울의 추위에 숨으려는 모습이거나 도피의 자세가 아닌 백색의 포로가 되어 즐겁게 순종하려는 태도가 느껴진다는 점이다. 이는 주시인의 성품을 상상하게 한다.

> 밤사이 내린 폭설로
> 그대에게 가는 길 다 지워지고 낮은 지붕아래 숨긴 것들
> 어디쯤 낮은 산자락에 감추고 홀로 서서
> 겨울 낯선 어둠을 그려내고 있으리라

마음과 마음이 가지 못한
흰 잔디 같은 설원에 갇혀, 난
무슨 꿈을 꾸는 것일까
쌀밥에 곰삭은 새우젓갈 얹어
수저 가득 하얀 겨울을 먹는다
밤새 쌓인 눈밭 아래
포만에 젖은 배 끌어안고, 그렇게
한 달포 하얗게 살리라

―「하얀 겨울」에서

게으름에도 미학이 있다. 여기엔 여유와 조급증이 없을 때는 더욱 아름다워진다. 아울러 맛있는 음식에 탐닉(耽溺)하여 포만의 여유로 살고 있는 모습에서는 정겨워진다. 주시인은 이 둘의 아름다움을 알고 있다. '한 달포 하얗게 살리라'의 의미에는 맹목의 포로가 아니라 꿈을 안으로 다독이는 모습이 '밤사이 내린 폭설'로 이유를 돌릴 수 있기 때문이다. 담담하고 산뜻함을 주는 행동의 이유는 눈에 갇혀 있기 때문에 아무것도 할 수 없는 근거를 제시하면서 '수저 가득 하얀 겨울을 먹는다'는 담백함의 입맛이 누구에게나 느껴지는 상상의 즐거움을 동반하게 된다.

꿈과 사랑은 분리되는 것이 아니다. 공히 아름다움을 주는 이미지이고 내면으로 다가오는 발길이 다정스럽기 때문이다. 아름다운 고립에서 사랑의 이름과 꿈을 부르는 것은 당연한 수순이라는 점이다.

포근포근 솜 같은 걸음
땅 위에 내려앉는
하늘 주신 평안 감사해
널 품에 안고서
숲으로 가는 길
하얗게 피어나는

꿈같은 오늘을 눈처럼 사랑해
하얀 오늘
눈 꽃피는 오늘처럼
내일도 하얗게 사랑했으면

─「하얀 오늘처럼 사랑했으면」에서

백색의 포장은 순수를 지향하는 시심이 충만함을 의미한다. 없다는
의미의 백색이 아니라 모든 것 수용하는 점에서 가장 넓은 한계를 가진
색이다. 눈의 이미지는 그런 시인의 내면 풍경을 보여주는 정서와 같다.
즉 눈＝시인의 마음이라는 등식이 성립될 수 있다는 뜻이다. 꿈과 삶이
등가(等價)를 이루면서 포근해지는 온기에 취하는 모습이 아름다운 이유
는 순수로 포장된 정서와 눈의 아름다움이 결합하는 경계점에서 나온
느낌이다. 이런 정서가 오늘에 이어 내일도 계속 이어지는 마음이 부풀
어 오를 때, 충만한 사랑의 감성에는 눈에서 추억의 친근한 이름을 발굴
하고 싶은 소망도 함께 하는 것 같은 꿈꾸기로 보인다. 즉, 겨울과 눈이
분리되는 개념이 아니라 하나로 통합된 꿈의 은신처가 되는 상상의 시
화(詩化)라는 뜻이다.

3. 에필로그─자유를 그리는 꿈들

시는 마음을 그리는 풍경화라는데 이견이 없을 것이다. 무슨 그림을
그리는가는 시인의 상상이 빚는 소재라면 이를 어떤 기교로 표현할 것
인가는 시인의 재능에 귀속된다. 문학적인 상상은 현실의 상상과는 다
른 차원의 깊이가 있기 마련이다. 이는 시인의 삶을 축약한 것들일 수도
있고 오랜 습작의 소산으로도 돌릴 수 있는 이유도 가능할 것이다. 물론

소재와 기능이 우수하고 시인의 체험이 상상과 결합한다면, 그가 빚는 시는 탁월한 평가를 득(得)할 수 있을 것이다.

주예선 시인의 상상은 매우 재치가 있고 또 사물의 수용에 감각적인 특징이 있다. 특히 봄에서 느끼는 생동성에는 의욕이 분출하는 모습을 읽을 수 있고 여름에서는 편안한 표정으로 사물 대면하기가 이채롭다. 물과 바다를 재료로 떠나는 여행이 조급하지 않고 한가로움을 주는 인상이라면, 가을의 깊이에서는 심사(心思)한 사색의 길이 열리고 색깔의 자유가 편안하다. 그러나 겨울은 백색으로 포장된 성주(城主)—꿈꾸는 성 안의 모습을 평화와 아늑함을 주면서도 따스함이 따라오는 그런 투명의 시를 쓰는 주예선 시인의 표정이 정답다.*

송병탁-꿈과 희망의 길을 찾아서

-송병탁의 첫 시집『그리운 것들』

1. 시의 표정

시는 시인의 표정을 문자로 그리는 그림일 것이다. 여기엔 언어의 격식에 따른 장치(裝置)가 내장되었고, 이를 풀어내면 곧바로 그의 삶에 대한 생각들이 줄기를 따라 나온다. 도시에서 산 사람의 사고에는 일상의 관념이 다이내믹하게 엉켜져있고, 시골에서 산 사람의 언어에는 산천의 정서가 결합하여 정적(靜的)으로 채색된 스태틱한 무드가 조화를 이루고 있을 것이다. 이 같은 표정은 생애의 체험들이 결국 시로 환생하는 것으로 유추될 뿐만 아니라 토종의 전통과 의식들이 자연과의 조화점을 이루면서 사고를 구축하는 특성을 만나게 된다. 시는 체험이고 그 체험을 다시 전달하는 추체험의 양식이기 때문에 얼마나 실감을 자극할 것인가는 결국 시적 성취와 연결된다. 이 같은 현상이 유연할수록 감동의 촉수를 예민하게 드러낼 수 있을 것이고 독자는 감동의 파문을 다시 체험하게 된다.

첫 시집을 상재(上梓)하는 송병탁은 경기도 이천의 작은 마을에서 어린 시절을 보냈고 도시 유학이후 다시 시골에서 일생을 보내는 시인이다. 거의 대부분을 전원의 정서가 그의 체취에 들어있고 시 또한 그런 정서가 가득하다. 그러나 내면에는 고독과 그리움이 상상의 여정을 재촉하고 재치의 언어 감각이 두드러진다.

시골생활—옹색하고 불편한 것이 더 많을 지라도 체념으로 넘어가는 삶의 가파름이 시로 표정을 나타낼 때는 신선함과 구수한 이야기 혹은 슬픈 가난의 한숨소리가 가슴을 적신다. 그의 시에는 불합리와 피폐한 농촌이 실상이 드러나기도 하고 쳇바퀴를 돌리는 일상의 표정이 때로는 답답할지라도 시로 환치(換置)하는 언어의 질감에서 묘미를 나타내는 경구(驚句)가 유난하다. 그렇다고 꾸미고 장식하는 것이 아닌 담담한 시에는 삶에의 이름들이 오히려 다정함을 부추기는 것도 사실이다. 이제 시의 여정을 만나는 길로 들어간다.

2. 시심(詩心)의 표정

시적인 언어는 응축(凝縮)에서 시의 본질을 대면하게 된다. 산문이 풀어내는 본령이라면 시는 오히려 그 반대의 궤도를 선택함으로써 특징을 소화한다. 우선 송병탁의 시는 짧다는 특징이 앞장선다. 이는 함축미를 언어의 탄력으로 바꿀 수 있을 때 여운(餘韻)—긴 이야기를 내장할 수 있는 여지가 생긴다.

빨강
노랑 분(粉)바르고
기어코

바람났네
진달래
개나리 홀딱 벗었다
까딱하다간
나도 바람나겠다
소문나면 어쩌나

-「봄바람」

　밀집된 도시의 특성은 타인이 나와 함께 할 틈이 전혀 없다. 이웃에서 무엇을 하건 그런 건 관심 둘 필요도 없고 또 나와는 무관한 대상일 뿐이다. 그러나 시골은 연결고리로 형성된 집단의 특성이 있기 때문에 나와 타인의 일이 아니라 '우리'의 일로 정리된다. 이런 집단의식은 씨족사회의 오랜 습관이 내재된 일이기 때문에 설혹 나쁜 소문이 나면 그는 제외되는 운명을 감내하게 된다. 「봄바람」은 송시인의 정서를 가장 극명하게 나타내는 소품의 시이다. '바람났네'의 시어는 꽃이 정신없이 핀 모양의 묘사이지만 이를 인간의 일로 의인화(擬人化)하는 언어 기교에서 자극적인 감수성으로 다가온다. 즉, '홀딱 벗었다'의 감각성이 곧 '소문'의 진원지가 되어 쫓겨날 염려가 두려움으로 다가오기 때문이다. 다시 말해서 자기 고장에서 추방된다는 것은 곧 삶의 형태가 짓이겨지는 일로 치부될 수 있는 도덕적인 흠결이기 때문이다.

　꽃이라는 대상물과 시적 자아의 일체화는 곧 시의 특징을 하나로 결합하는 재치(才致)의 맛을 보여주는 표정의 일차적 특징이 된다.

　두 번째 송시인의 시는 정적(靜的)인 점이다. 요란하거나 흔들리는 것이 아니고 멈추어 있는 것 같아도 살아있고, 정지된 것 같지만 움직임을 내면으로 보여주는 특성－농촌생활에서 체득된 정서는 보이는 것과 보이지 않는 것의 구분이 모호한 듯한 인상을 남긴다.

화롯불
다독이고
군불
지피던 아랫목 사랑
소복
소복
밤눈 내리면
소복(素服)한 어머니
문밖에서
잘들 있느냐 신다

– 「밤눈」

　정지는 운동을 내포할 때, 생명의 윤회가 시작된다. 이는 인연법의 일
단이면서 세상 이치를 수용하는 방법의 하나일 것이다. 송시인은 원형
이정(元亨利貞)의 원리를 시에 대입하면서 체득된 삶을 수행하는 인상을
준다. 추운 밤 '아랫목 사랑'은 우리네 정서에서 잊혔던 사랑의 추억이
고, 삶의 원형(元型)이 들어있던 기억들이다. 밤눈이 소리 없이 내리고 따
스함을 불러오는 온기(溫氣)는 사랑과 어머니의 이미지와 연결되는 한적
하고 심원(深遠)한 기억의 창고에 남아있는 정서일 것이다. '아랫목 사랑',
'어머니'의 안부는 냉혹한 시절을 살아갈 수 있게 만드는 원동력으로의
에너지라는 생각–송병탁의 시는 그렇게 안온하고 따스함을 내면으로
찾아나서는 행보가 들어있는 특성을 갖고 있다.

3. 고독–내면의 풍경

　고독은 인간이 궁극적으로 도달하는 종점이면서 시작을 동시에 암시
하는 행동일 것이다. 고독에서 자기를 발견할 수 있는 의미에서는 종점

이지만 여기서 다시 출발의 단초를 말할 수 있는 방법론이 도출된다면 시작에 이름에 더욱 가깝다. 때문에 종점과 시작은 분리되는 것이 아니라 그 중심에 인간 자신의 존재를 깨닫는 일이 고독에서 우선되어야 한다. 이는 선택의 문제가 된다. 송병탁의 시에서는 겉으로 드러나는 고독이 아니라 안으로 잠재된 고독—근원적인 호소가 들어있다. 「간이역」, 「첫 눈이 오던 날.1」, 「초가집」, 「너는 나에게」 등은 그리움과 고독이 교차하면서 시인의 심정을 표출하고 있는 시로 보인다.

> 첫눈이
> 기별도 없이 내리던 날은
> 먼 곳에서 다가오는
> 그리움이 있었지
>
> — 「첫눈 오던 날.1」에서

눈은 세상을 감싸는 일로 환호를 받고 꿈을 만드는 대상으로 상징화된다면 온갖 표정으로 얼굴을 만드는 인간에게 선망의 대상화가 될 수 있다. 때문에 노소(老少)를 불문하고 눈앞에서는 통일된 의식을 갖게 된다. 그러나 한편으로는 은신(隱身) 혹은 적극성의 회피로 볼 수 있을 때, 그리움의 좌표가 눈에 동화되어 내면으로 사고의 폭을 넓히게 된다. 이는 '첫 만남의 순간'을 잊지 못하는 트라우마가 젊은 날로부터 노년에 이른 지금까지 변함없는 의식의 강을 이끌고 있기 때문이다. 다시 말해서 그리움의 내면화가 겉으로 확대되지 못하고 안으로 축소되면서 끝없는 보폭을 이어왔다는 의미를 강화한다. 이는 시인의 성품을 의미하는 일단의 상징으로 볼 수 있을 때, 외향적이기보다는 내면으로 스스로를 삭히는 성정(性情)이 삶의 표정(表情)이고 또 시적 표정이 되는 셈이다. 시는 시인의 삶을 나타내는 언어의 작업이 등가(等價)를 이룬다는 뜻에서 그렇다.

창가에 기대어
외롭다 할 때
너는
나에게
무슨 말을 해 줄 수 있겠니

하얀 눈 포근히 내리는 날
함께 거닌다면
너는
나에게
어떤 느낌을 줄 수 있겠지

억누를 수 없는
설레임으로
그리움을
감당할 수 없을 때
너는
나에게
어떤 모습으로
다가올 수 있겠니

　　　　　　　　　　　　　　－「너는 나에게」

　시적 화자 나와 너의 관계를 설정하는 모습이 은근(慇懃)하고 내면적인
의식이 지배한다. 다시 말해서 대상이 나에게 어떤 행동을 해주기를 바
라는 기다림의 소극적인 그리움이다. 용기와 신념이 행동으로 나서는
것 보다는 사랑을 해주기를 바라는 태도에서 송시인의 성품은 대상을
존중하는 사고의 일단으로 보인다. 이는 '창가에 기대어/외롭다 할 때'의
소극적인 나의 태도 앞에 너는 어떤 행동으로 나에게 다가올 수 있는가
를 묻는 행태이기 때문이다. 아울러 '하얀 눈이 포근히 내리는 날'의 분

위기 앞에 달려 나가지 못하고 다가오기를 기다리는 시선에서 시인의 모습이 차라리 아름답다. 그리움은 기다림을 낳고 기다림은 사랑을 키우는 단계로 진전할 수 있기 때문이다.

4. 시골 풍경

시골 정취라는 말은 낭만적인 어휘에 해당할 것이다. 차라리 시골 풍경이라면 논과 밭이 있고 투박하고 힘겨운 농부들이 있는 정경을 연상할 수 있을 것이지만 시적인 대상은 항상 아픔과 신음만을 운위(云謂)할 수는 없을 것이다. 도시 사람들이 생각하는 농촌 정취와 풍경은 다르기 때문이다. 그러나 초가집을 바라볼 때는 사라져가는 아쉬움이 아련해오고 황혼 들녘의 모습에서는 잊혔던 원초에의 공간이 다가올 것이다. 왜냐하면 인간은 도시 이전에 이미 농촌에서 모든 삶의 시작이 있었기 때문에 돌아가고 싶은 고향 의식이 인간 모두에게 잠재된 까닭이다.

>   도시로 가자는
>   성화를 못 이겨
>   빈집만 남겼다
>   솔잎 태우던 아궁이엔
>   빈 바람만
>   들락날락
>   죽기 전에 한 번은
>   내려 온 댔다고
>   초가집은
>   외로운 기다림이다
>
>   -「초가집」

온기(溫氣)가 사라진 초가집은 이미 쓸쓸함과 외로움 그리고 고독의 잔영(殘影)이 쓸쓸하게 남아있는 표상이다. 초가집은 가난의 이름이었고 구시대의 낡음을 나타내는 대상이었고—도시화로 인한 급격한 변화는 초가집의 운명이 그림 속 전설로 화했지만 돌아보면 옹색함도 추억의 이름 앞에서는 그리움을 불러오게 된다. 연기 가득했던 아궁이가 빈 바람으로 설렁이고, 잡초가 키를 세우는 풍경은 이미 우리 곁을 떠나 회상의 먼 그림이 되었다면, '초가집은/외로운 기다림이다'의 시어에서 쓸쓸함이 더욱 아프다.

가정에서 술을 빚지 못하게 했던 시절에 애환을 담은 「술 조사」는 농촌에서만 느낄 수 있었던 에피소드였고, 「머슴집 아들」에서는 시대의 변화에서 느끼는 씁쓸함이 가슴을 적신다. 아울러 「노농심1.2」에서의 절절함, 「아이스깨끼」의 추억은 즐거우면서도 아픔을 돌아보는 지난 것들의 파노라마이다. 그러나 슬픈 이름의 「보릿고개」는 절절한 시절의 눈물겨움이 들어있다.

> 보릿싹
> 너울너울
> 찔레꽃 필 때면
> 빈 독에 바구미도
> 같이 굶었네
>
> —「보릿고개」

어느 시인은 보릿고개는 에베레스트 산보다도 더 높았다고 했다. 그만큼 슬픔의 산이었고 넘기 힘겨운 삶의 고통이었으니, 쌀독에서 기생(寄生)하는 바구미인들 굶어 죽을 수밖에 없는 서러운 전설의 이름이었다. 초근목피(草根木皮)로 연명하던 시절에, 보리가 익을 무렵의 극심한 가난은 형용할 수없는 배고픔이었고 견디기 힘겨운 통증이었다. 이 높은 고개를 넘어온 전설—참으로 우리의 전설이었다. 봄꽃들이 피어나는 흐드러진 풍경과 아픈 시절에 겪었던 이름들이 주마등(走馬燈)으로 추억의 길을 찾아가는 오늘에서 시인은 상념(想念)의 거울을 닦고 있는 모습이 회고적이다. 이런 근거로 볼 때, 송시인의 작품은 봄이 오는 길목에서 시상(詩想)의 이름들이 번다(煩多)한 이유를 발견할 수 있게 된다. 그만큼 깊게 각인(刻印)된 아픔이 역설적으로 그리운 이름이 되어 회고할 수 있기 때문이다.

5. 농민의 아픔

인간의 숙명은 본질적으로 아픔이라는 뜻—고행(苦行)이라는 말이 보편적인 현상일 것이다. 삶의 언덕은 항상 높았고 질식할 것 같은 허기가 다가들 때, 두 가지의 태도가 분기(分岐)한다. 정면으로 맞받아치는 행동이 있을 수 있고, 더러는 순응의 태도로 삶의 형태가 분기한다. 전자가 옳은가 아니면 후자가 당연한가는 정답으로 처리할 일이 아니다. 선택적이고 자의적(恣意的)이기 때문에 오로지 시인 자신의 목청으로 발설된다. 도시인은 도시적인 통증이 있고, 농민은 농민의 삶이 저마다의 애환으로 엮어진다.

> 조합빚 내 공부시킨
> 아들이 모신대도
> 손 놓으면
> 땅 묵을라 꿈쩍도 않네
>
> 땅 파는 것도
> 다 내 팔자란다
>
> —「팔자」

땅에서 소득을 얻고 땅에서 생명줄을 이어가는 농민의 삶은 피폐(疲弊)와 가난의 멍에를 짊어지고 허기진 일상을 넘어가는 일이 다반사일 것이다. 주어진 운명을 숙업(宿業)으로 이어받으면서 달리 변통이 없는─일확천금의 방도가 없는 삶은 농민들의 고달픈 탄식일 수밖에 없는 경우이다. '조합빚', '땅 묵을라' 등의 시어에서 팔자라는 시어(詩語)의 깊이가 눈물겹다. 이런 현상은 오늘의 농촌 표정이고 엄혹한 현실의 장면이다.

> 겨울 명절 다 가고 허리 휘일만 남았다는
> 늙은이 서넛
> 등골뼈 땅 파봐야 남는 게 뭐있느냐며
> 노가리 연기 꾸역꾸역 피운다
>
> ─「봄 오는 길목」에서

'허리 휘일만 남았다는' 의미는 농가 부채를 갚아야 할 고통일 것이다. 달리 방도가 없는 타개책 앞에 막막한 마음을 달래기 위해 '서넛'의 노인들이 둘러앉아 쓴 술잔을 돌리는 마음에는 시름이 흐르고 있다. 이를 부추기는 술안주 노가리가 '꾸역꾸역' 타오르는 연기의 암시는 분노의 상징이 되어 시의 옷을 입는다. 어쩔 수 없는 암담한 현실을 이끌어가는 현상은 희망이 압살(壓殺)당했고 오로지 살아있음을 부지(扶持)하는 일이 삶의 모두라는 데서 비극적인 풍경이 차갑게 밀려든다.

송시인은 농촌에서 태어나고 성장한 삶의 시선이 담담하면서 객관적인 거리를 유지하는 언어의 함축이 따스함으로 채워지기를 소망하는 염원이 '봄 오는 길목'이라는 시적 의도를 나타낸다. 다시 말해서 분노하거나 저항하는 몸짓이기보다는 받아들이면서도 비판의 체온이 들어있는 시적 표현이라는 뜻이다.

6. 가족의 애환

　송병탁 시인의 시는 부드럽고 자상하다. 그러나 매섭고 칼칼함이 이성적이라면 따스하고 정다움에서는 인간미가 포근하게 다가온다. 즉 부드러움에서는 정이 들어있어 자칫 나약함에 떨어질 수 있을 지라도 오히려 생명력의 끈기를 내장하는 미학이 담길 수 있다면 송시인은 후자에서 빛을 발하는 것 같다. 손자를 사랑하는 마음이나 외할아버지 그리고 할아버지 또는 어머니나 아버지에 대한 정회(情懷)가 깊고 여기서 안온함을 느낀다. 시는 인간을 말하는 일이기에 가족은 곧 나의 표정이고 나의 분신이라는 생각이 시의 따스함과는 연결되는 부분이기 때문이다.

> 소싯적
> 호롱불에
> 누야 손잡고
> 쇳골 주막집
>
> 불꺼진
> 툇마루에
> 세상모르는 아버지
>
> 푸념 꽤나 썩던
> 우리 엄마

— 「아버지—내 유년에는.1」

　아버지에 대한 추상(追想)이다. 약주를 잡숫고 쇳골의 주막집에 세상 잊은 듯 주무시는 아버지를 누이와 함께 찾아 나선 어린 마음이 슬프다. 그러나 시적 화자는 이를 감추고 성화를 내시는 '우리 엄마'를 대신 끼워

넣음으로써 슬픈 장면을 가리는 기교(技巧)를 보인다. 누이의 울음과 손
잡고 따라나선 시인의 눈자위에 흐르는 안타까움은 희망이 압살당하는
농촌의 현상이었고, 삶의 길이 고단하고 슬프다는 아버지의 저항이 통
중일 수밖에 없는 현실을 술로 대변하는 모습이었기 때문이다.

> 걸핏하면
> 집나간 서방
> 이제나
> 저제나
> 먼 산만 봤다지
> 청솔가지
> 부뚜막에 흐르는 눈물
> 속울음 삭였다지
>
> — 「어머니」

　가족을 외면하고 집나간 지아비를 원망하는 어머니의 통탄은 '먼 산
만 봤다지'의 막연한 표현에서 객관적인 암시로 어머니의 슬픔을 가리
고 있다. 다시 말해서 내 어머니의 경우도 되고 타인의 경우로도 해석할
수 있는 넓은 경계를 설정함으로써 시적 해석의 길이 확대된다. 아울러
'청솔가지/부뚜막에 흐르는 눈물'은 곧 어머니의 눈물이지만 간접기교
로 표출함으로써 이른바 ambiguity의 한계를 넓히는 능력을 보이는 부
분이다. '속울음'과 '부뚜막에 흐르는 눈물'은 곧 어머니의 일생이었고,
한탄이었고, 숙명이었다는 상징 앞에 숙연해지는 표현이 된다.

> 할머니는
> 맷돌과 함께 살았다
> 타드는 가난에도
> 맷돌을 돌리며 속으로 울었다

할머니는
맷돌과 함께 한(恨)을 풀었다

—「할머니와 맷돌」에서

　일치(日治)하를 살아온 시인의 할머니와 아버지의 세대는 가난과 시대적인 통증이 엄습했고 사는 일이 곧 슬픔의 모두였던 시절에 일상의 일은 죄인의 무게로 견디기 어려운 나날이었다. 때문에 '타드는 가난'이 곧 벗어날 길 없는 숙제였지만 암담함만 첩첩이었던 시절의 이야기이다. 희망이 없는 일상이었기에 이를 지켜보는 지어미 또한 '울었다'와 '한'을 삭이는 일이 맷돌을 돌리면서 시름을 묻었을 것이다.

　돌아보는 일은 비록 아련할지라도 다시 되짚을 수 없는 추억에서는 아름답게 보인다. 송시인의 의중에는 지난날들의 기억이 서럽고 아프더라도 정(情)으로 엮인 가족들의 사랑을 되돌아보면서 오늘의 자화상을 대면하려는 의도가 포근한 이야기와 같이 파스텔 톤이 된다.

7. 사회풍자

　사회는 모순에서 출발하고 또 모순을 해결하려는 일에 진력(盡力)할 때, 비로소 사회기능이 움직이게 된다. 아울러 인간은 사회의 구조에서 벗어날 수 없는 세계내(世界內) 존재이기 때문에 거대한 조직의 부분이 되어 다시 구성원의 임무를 다하면서 파생되는 모순 앞에 신음하는 역설의 존재일 뿐이다. 시인은 이런 삶의 궤적을 따라 아픔과 신음을 시화(詩化)의 방법을 찾아 나선다. 이른바 풍자(諷刺)는 인간의 어리석음과 욕망, 그리고 불합리한 사회현실을 고발함으로써 카타르시스의 만족을 위해 당위적 현실을 찾아나서는 방법—순화를 위한 발언이라는 뜻이다. 세속

적인 것 그리고 부조리를 폭로하고 비판하기 위해서는 대상을 철저하게
부정하거나 외면하는 일이 지적(知的)으로 작동될 때, 비판의 날선 교훈
이 길을 만들게 된다.

　　　당사는
　　　국내 유일 기업
　　　부도 염려 절대로 없음

　　　전과나
　　　사면 경력자
　　　특히
　　　폭력 전과자 대환영

　　　주식회사
　　　여의도 백(白)

　　　어!
　　　진짜
　　　별난 회사네

　　　　　　　　　　　　　　　　　　　　　　　　　　　　－「국회」

　통렬한 비판의 날이 반짝인다. 국회가 제 기능을 못하는 불합리의 공
간이라는 비난이 드센 것은 이미 모두 아는 일이다. 국민의 수준보다 한
참 아래 수준으로 행동하는 사람들만 모여서 민주주의를 토론하지만 가
장 비민주적으로 투영되는 비생산의 장소로 여긴다. 그러면서도 필요를
인식해야 하는 점에서 우리의 대의정치는 수준의 높이가 여전 불합리하
다. 이를 꼬집는 일은 곧 사회의 정화기능이 시의 모티브로 작용하는 풍
자(諷刺)인 셈이다.

벌 기르기 삼 년째
아까시아
어찌나 흐드러지던지
재주치고는
제법 꿀을 땄는데

웬걸
간밤에 도둑맞고
분을 못삭이는데

네 놈은
도둑 아니냐며
화끈하게 쏘는 벌

— 「도둑」

　　입장의 변화는 주객을 전도(顚倒)시킨다. 벌의 입장에서 볼 때, 인간은
도둑이고 인간의 입장에서는 꿀을 앗아가는 벌은 경계의 대상이다. 어
느 것이 불합리한가는 답안으로 정할 수 없는 일이기에 망연해진다. 가
령 인간의 세계에만 신(神)이 있다. 다시 말해서 신을 인간이 설정했을 뿐
이지 애당초 신은 인간을 구분하는 일에는 관심이 없다. 그러나 인간을
신을 만들어 열성으로 자기 암시를 퍼붓는다. 역시 같은 이치라면 기준
자(尺)를 어떻게 합리적으로 만들 것인가는 해답이 묘연해진다. 「새똥에
선 왜 구린내가 안 날까」, 「아서라 아서라」, 「원조」, 「국회」, 「여의도 찻
집」 등은 예리한 비수(匕首)로 사회의 모순에 메스를 가하려는 모습이 의
연하다. 그러나 해답은 없다. 시는 해답을 마련하는 장치가 아니기 때문
에 시인의 잘못은 아니다.

8. 에필로그—꿈과 희망의 메시지

시인은 자기 거울을 만들어 다시 자기를 투영하고 사회의 풍경을 보여주는 창조주일 것이다. 무슨 풍경화를 만들 것인가는 결국 개성의 이름으로 나타날 때, 비로소 자기만의 성(城)을 구축할 수 있고, 여기에 완전한 성주(城主)의 임무를 수행하게 된다.

송병탁 시인의 시에는 소곤거리는 음성이 나긋하다. 그리고 에스프리의 풍미는 시의 맛을 높이는 양념이면서 깊은 맛을 가미하는 기교가 뚜렷하다. 그의 내면 풍경은 화려한 것보다는 진솔하고 내성적이면서도 질박(質朴)한 정감을 나타냄으로써 개성의 문패를 달고 있다. 고독은 보이지 않는 기류(氣流)를 형성하면서 시의 모든 호흡에 관류(貫流)하고 있을 뿐만 아니라 시골 정취에 익숙한 표정이 때로는 아슬함으로 풍경화를 그리고 있다.

농촌의 어려움이 조용한 주장으로 길을 내는가하면 여기서 삶의 체험이 축적되어 시적 표현을 관리한다. 사회풍자의 모습에는 날카롭고 깊은 촌철살인의 깊이는 아닐지라도 그의 내면을 잘 보여주는 일면 자기 카타르시스의 방편이 되는 것 같다.

가족의 모습을 그리는 시인의 의도는 곧 민족사의 이면을 규지(窺知)할 수 있는 통로가 되는 점에서 모든 사람들—아버지의 이야기이고, 어머니의 슬픔은 곧 이 땅 지어미들의 고통이고 슬픔이었다. 이 같은 언덕을 넘어 행복이나 희망의 추구가 보편적인 가치로 꿈꾸는 데서 송병탁의 시는 꿈과 희망의 메시지를 보내려는 노력의 모습이 인상적인 시인이다.*

김운항-상상적 결합의 스펙트럼과
의식의 풍경화
-김운항의 시

1. 고백의 거울

인간은 거울 앞에서 스스로가 어떤 사람인가에 지대(至大)한 관심을 갖는다. 이런 행위에는 나를 어떤 위치에 있는가를 알려하는 자아발견의 일면일 것이라면 또 다른 관심은 내면에 대한 성찰이 성숙의 단계로의 길을 찾는 일단일 것이다.

시는 언제나 자아 찾기의 방편으로 언어의 치장을 예외로 하지 않는다. 그렇다면 나를 찾는 일은 시의 성격과 어떤 상관을 가질 것인가는 시의 속성에서 파악되어야 할 것이다. 다시 말해서 시는 곧 시인 자신으로 돌아가는 일이 전부가 될 것이라는 뜻이다.

자기의 고백-거기엔 상상의 결과가 시적 장치를 통해 자아의 내면을 위시해서 의식의 지향 혹은 미래를 바라보는 시선조차도 여과 없이 드러난다. 시가 거울로의 작용은 이런 형상을 밝혀낼 수 있다는 점에서 독특한 고백이 될 것이다. 그러나 누구나 자기를 있는 그대로 나타내는 일에는 주저할 것이지만 시의 속성은 결국 자아의 거울 앞에서 내면의 세계까지 보여주는 진실의 일이기 때문에 오히려 위력을 가지고 감동을 생산하게 된다.

김운항의 시는 삶의 모든 면을 사랑이라는 잣대로 노래하는 특성이 있다. 다시 말해서 그가 살고 있는 삶의 터전이라거나 첫사랑 혹은 현재의 심정이 진솔한 고백으로 나타난다.

2. 감각적 이미지

시가 감각적인 이미지로 포장될 때, 언어의 탄력을 받아야 한다. 이때 시의 어조(tone)는 부드러운가 아니면 딱딱한 포장인가 혹은 직선적인가 우회적인 기교로 나타나는가의 여부가 보이게 된다. 이런 요소는 시의 표정이면서 독자의 심금을 자극하는 요인으로 작동되면서 감동을 가져오는 길을 만들게 된다. 화자의 태도 즉 목소리로의 전달이 된다는 뜻이다. 한편의 시를 옮겨서 시인의 의도(意圖)를 만나게 된다.

어린 무 뿌리째 뽑아
사알짝 데쳐
조물조물 생된장에 주물렀다
들기름 두르고 다알달 볶다가
쌀뜨물 톡톡히 받아 나붓이 붓고
푸욱 지져내면
잘분한 국물에 동글 동글
나툰 얼굴

어머니다
어머니다
영락없는 어머니다

— 「어머니 생각—윤들.11」

어머니와는 상관없는 이미지이지만 어머니의 모습이 선연이 떠오른다. 다시 말해서 무를 데쳐서 재료로 국물을 만드는 모습이 어머니의 이미지로 다가오고 또 음식의 맛이 어머니의 깊은 사랑으로 다가오기 때문이다. 그러나 이 시의 중요성은 음식을 조리하는 과정을 통해 '조물조물'이나 '다알달 볶다가', '나붓이 붓고' 등의 의태적인 모습—소리와 모습이 결합하는 더블 이미지의 효과가 한층 선명하고 탱글한 뉘앙스를 전달하는 표현이다. 이는 재미로 일어서는 시적인 선명함일 것이다. 한 편의 작품을 인용으로 대신한다.

한쪽다리 쭈욱 뻗고
반대편 날개는 힘대로 펼처
팽그르르 돌며 수탉이
알랑방귀를 뀐다
가까이 있던 이쁜 암탉 한 마리
납죽 엎드린다
웃음이 나지만 성스러운 일이다
윤들의 계란은
모두 씨가 있다

— 「씨—윤들.22」

시적 화자는 객관의 거리를 유지하면서 수탉과 암탉의 행위를 바라본다. '알랑방귀'와 '납죽 엎드린다'의 행위를 실감으로 바라보고 묘사하는 데서 화자의 생각은 웃음이 나지만 이내 '성스러운 일이다'라는 창조의 원형으로 생각을 돌릴 때, 신성한 교접의 일로 정리된다. 인간도 닭들의 행위처럼 알랑방귀와 납죽 엎드리는 일이 남녀사이에서 통용되는 일— 결국 윤들의 계란은 '씨가 있다'라는 시인의 단언은 '성스러운 일이다'가 인간에게만 통용되는 일이 아니고 모든 생명체에서 이성(二姓)결합의 원리는 갖는다는 말이 된다.

두 편의 시적 기교는 감각적인 표현의 모습이라면 김운항의 시에는 이런 감수성이 재료로 쓰이고 또 내면의 정서가 표현의 절차로 나타난다는 점에서 시인의 일차적인 특성으로 삼아야 할 것이다.

3. 삶의 위치

김운항의 시는 현재 존재를 펼치고 있는 공간에 대한 애정으로 출발하는 것 같다. 섬이 보이는 마을—전원의 삶이 보이고 여기서 사랑의 갈증을 보내는 형식이다. 아마도 윤들은 시의 진원이면서 여기서 의식의 출구가 자연으로 눈을 돌리는 공간에서 시간의 의식이 결합하는 정서— 이것이 김운항의 시적 표정이 된다.

　　　구조라 옆개
　　　복병산을 등지고
　　　오른쪽은 망월산
　　　왼쪽은 구조라 수정봉을 울로하여
　　　그림같은 섬 띄워놓고 머얼리
　　　해금강 바라보며
　　　윤들 언덕배기에 돌담을 쌓아 만든
　　　사랑의 보금자리

　　　철철이 피어나는 들꽃

바다가 불러대는 세레나데
새들이 시새울지라도
뒤뜰에 세운 너럭바위 하나
님과의 고운 사연 새기리라

— 「보금자리—윤들.1」에서

1연은 거주 위치—시인이 살고 있는 공간적인 묘사가 구체적이다. 14번 국도가 지나는 일운면 구조라리 근처에 윤돌은 있다. 북병산은 465m이고 거제도 10대 명산—좌측엔 수정봉 우측엔 망월산—바다가 있고, 섬이 보이고 해금강의 파도가 일렁이는 공간에 시인은 전원의 삶에 만족을 보이는 뜻—윤들 언덕배기에서 바라보는 시선이 자연과의 동화를 이루면서 사랑의 이미지를 건져 올리는 삶—철철 따라 피어나는 들꽃과 파도의 세레나데와 새들이 조화를 깨우는 지점에, 뒤뜰로는 넓은 바위가 있고 사랑하는 사람과 생의 이야기를 펼치는 정경이 시의 출발에 단초를 제공하고 있다.

도시에서 살아온 사람의 시와 전원에서 사는 사람의 의식은 시에서 다르게 나타난다. 즉 체험이 시화(詩化)되기 때문에 어떤 공간에서 살아왔는가의 여부는 결국 시에 투영되는 시인의 시적 재료—들꽃과 바다와 사랑이 조화를 만들면서 의식의 풍경을 만들게 된다. 나이브하고 칼칼하지 않으면서 부드럽고 따스함을 간직한 특성이 된다는 암시다.

지금 윤들에는 나
늙어가고
마누라 또한 늙어가나니
안개에 가린 내 사랑
영원한 내 사랑
작은 섬 하나는 어이 할거나

— 「사랑이여—윤들.28」에서

시인이 살고 있는 지점, 윤들에서의 사랑으로 엮어진 부부의 모습이 선연하게 보인다. '늙어 가나니'에서 부부의 정이 한층 돈독한 정경(情景)이 따스함을 전달하는 생활이 다정하다. 늙어가는 생은 모든 것을 내려놓을 줄 아는 지혜의 삶이다. 들어 올리려는 욕심보다는 차라리 내려놓음으로써 삶의 자유를 획득할 수 있기 때문에 달관(達觀)의 생을 알게 된다.

김운항의 시에는 섬이 자주 등장한다. 그것도 바라보는 섬을 연상할 때, 아름다움의 지표가 되면서 이상적인 공간으로 사랑의 깃발이 날리기를 소망하는 의도가 뚜렷하다는 점이다.

> 비가 온다
> 내 사랑이 젖는다
> 작은 섬 하나
> 안개에 싸인다
> 내 사랑이 싸인다
> 섬이 운다
> 내가 운다
> 우린 떨어져 있다
> 너무 멀리 떨어져 있다

— 「그리움.1」

시적 화자와 섬과의 거리를 알게 한다. 아마도 바라보는 섬은 실재의 섬일지라도 사랑의 지표로 대상화되었음을 인식하게 된다. 즉, 비에 젖는 섬―비록 작을지라도 비에 젖고 내 마음이 젖는 동화(同化)의 섬으로 이상화되었기 때문에 '우린 떨어져 있다'는 거리감만큼 울음으로의 안타까움이 내재(內在)한다는 뜻이다. 그러나 실재로 '너무 멀리'가 아니고 의식 속에서 도달할 수 없는 막연함의 거리(距離)가 비와 눈물로 시심(詩

心)을 자극하는 뜻이 사랑 – 인간의 사랑이기보다는 자연의 사랑을 특화한 것 같다. 사랑은 보다 넓고 보다 깊은 점에서 자연과 바다 혹은 섬조차도 대상화가 될 수 있기 때문이다.

4. 전원표정

인간은 자연을 떠나서는 그 의식을 형성할 수 없고 삶의 방편이 성립되는 일이 없을 것이다. 왜냐하면 자연에서 생명을 받았고 자연에서 생을 이끌고 가는 길이 있기 때문이다. 자연은 곧 인간의 원형이 들어있는 이유 때문에 자연으로 돌아가고 싶은 소망이 예찬으로 형상화 된다. 곧 자연과 인간이 어떻게 하나로 통합되는 의식인가의 여부가 곧 삶의 모두라는 점에서 자연은 시의 공간이 되는 이유가 내재한다. 자연과 어울리는 들꽃이나 짐승들 이런 모든 생명체의 모습에는 인간에게 양식이면서 생의 이미지를 연장하는 구체적인 사유(思惟)의 대상이 된다는 점 – 이런 동화 의식은 시의 윤기를 더하게 된다.

필라칸사 열매 늘어진 가지 아래
꽃무릇 피었다 지고
마삭줄, 황금손, 구절초, 해국, 해송
녹차나무, 영산홍
허락도 없이 터를 잡은
돌감나무며, 개닥나무, 개요등, 돌이끼, 떡노루
설렁설렁 기어드는 칡넝쿨하며

원하든 원치 않듯
제 나름의 자리에서
제 몫의 바람과 햇살을 먹으며

시기도 질투도 없는 듯
잘 얼려 삽니다
가끔은 저 속에 끼여 살고 싶습니다

-「공존-윤들.30」에서

온갖 식물들이 모여 있는 정원에 13가지의 식물의 이름이 보인다. 그
중에는 인간이 원하는 선택의 나무가 있는가 하면 허락도 없이 찾아든
돌감나무, 개닭나무, 개요등, 돌이끼, 떡노루와 칡 등이 구분 없이 살아
가는 모습에서 인간의 이기적인 태도를 탓하고 있는 시인의 모습이 은
연중 보인다. 자연을 바라보는 태도가 인간 위주로 해석하는 데서 선택
이 있을 뿐이지 자연은 그런 구분에 전혀 동이하지 않기 때문이다. 그러
나 시인은 이를 잘 알고 있다. '시기도 질투도 없는 듯'의 진면목을 발견
하는 태도이기 때문이다. 아울러 '잘 얼려 삽니다' 즉 어울려 조화를 이
루면서 살아가는 태도는, 인간이 공존의 삶에서 가치를 발견하는 명확
한 이유가 되기 때문이다.
시인은 삶에서 자연의 맛을 알게 된다.

상추를 뜯어 먹다
수북이 꽃대가 오르면
뚝뚝 꺾어 한웅큼
부엌으로 가져간다
…(중략)…
전원 살림 5년만에 이뤄진
무언의 약속이다
쌍기하고 쌉스레한 맛
어머니의 맛이다

아니

이제는 더 맛있어져 간다

―「전원살림―윤들.29」에서

거침이 없는 삶은 구애 받지 않고 자유로울 때, 가능하다면 전원생활 5년의 흥취가 보인다. 쌀뜨물에 알맞게 된장을 풀고, 굵은 멸치 몇 마리 넣고, 쎈 불에 끓여 땡초 간을 맞춰 간을 하면 그 삶의 소박성은 가히 된장 맛처럼 구수하고 정답다. 이내 아내의 음식 솜씨가 어머니의 맛과 겹쳐지면서 생활의 여유가 돋보인다. 5년의 전원생활이 친근하고 따스함을 연상하는 이미지가 시의 맛으로 돌아올 때, 오히려 느긋한 여유에의 깊은 정감이 묘미를 나타낸다. 이런 점을 스미듯 나타내는 기교라는 뜻으로 읽으면 요란하기 보다는 소박하고 경박하기보다는 깊은 상징의 여백이 한층 넓은 것 같아 좋은 인상을 준다.

5. 사랑

우주의 존재물에서 사랑이라는 말은 근원을 찾아가는 원소일 것이다. 다시 말해서 식물이나 미물을 막론하고 사랑을 받고 생명을 이어가는 일이 본질이기 때문이다. 이름 모를 들풀에조차 사랑을 베풀면 건강하게 자라고 모진 학대에서는 생명의 위협을 느끼고 고사하는 경우―때문에 인간의 잣대로 선호를 구분하는 일이야 말로 사랑을 모르는 일일 것이다. 우주 모든 물상을 사랑하는 일은 곧 사랑의 진정성에 도달하는 일이라야 한다. 모든 종교는 사랑을 말하지만 실제로는 편견과 시기 질투의 역사가 종교의 역사―특히 서양의 역사는 모두 종교 간의 전쟁 역사라는 사실은 잘 알려진 일이다. 십자군전쟁, 장미전쟁, 백년전쟁 등등……

사랑은 하나가되는 정신이다. 진실의 사랑은 대상을 분리하는 것이 아니라 하나로 합치되는 데서 목표에 달성할 수 있게 된다. 적절한 한 편의 시를 옮긴다.

숲속에 들어가면
그냥 숲이 되는데
숲이 불러 들어가면
숲속에 나로 남을까?

하나에 다 있고
많은데 하나 있나니
숲은 내게
나는 숲에게
무엇으로 나두라 하는가

―「숲.1」

　사랑은 둘이 둘로 남는 이치가 아니라 하나로 합하는 물방울의 이치라야 한다. 이는 무아경의 철저함에 몰입되는 현상이고 너와 나의 구분이 없어지는 데서 절대의 사랑은 이루어진다. 때문에 받는 기쁨이기보다는 오히려 주는 기쁨이 될 때, 하나로의 통합은 쉽게 이루어질 것이다. 그러나 시인은 '숲속에 나로 남을까?'의 의문에서 인간의 이기적인 계산이 따르는 것 같다. 숲이 불러들이면 오직 숲에 들어 숲의 일원이 될 때, 미감(美感)의 달성이 이루어질 수 있을 것이기 때문이다. 2연의 경우는 '하나에 다 있고'는 고전물리학의 방법론이 들어있고, '많은 데 하나 있나니'는 다(多)에서 일(一)의 경우 현대물리학의 접근방법이 들어있는 발성이다. 그러나 다(多)와 일(一)의 순서가 어떤 위치로 자리하는가에 따라 그 결과는 현격한 방법으로 다르게 된다. 즉 고전 물리학은 절대 시간과 공간이 있다라는 이론이었다면 현대물리학은 절대의 시간과 공간이 없다는 상반된 이론이 되었다. 사랑도 이처럼 절대가 사라진 무아경의 상태일 때 사랑이라는 말은 날개를 달 수 있게 된다. 나와 숲이 이원적인 분리가 아닌 하나로의 숲이 될 때, 사랑이라는 철학은 빛나는 이름으로 환생될 것이라는 뜻이다.

　김운항의 시는 사랑을 달성하려는 발심으로 출발하여 사랑으로 귀결되는 삶이 목표처럼 보인다. 이는 모든 시에 관류(貫流)하는 의식이 사랑의 도달에 머물려 하기 때문이다.

> 사랑은 멀어져 있고
> 비는 내리는데
> 나
> 그대에게
> 언제나 되갈수 있으리오
>
> 　　　　　　　　　　　　　－「별리」에서

　비와 사랑은 전혀 이질적 이미지일지 모르지만 비로 인해 결국 '하나'로의 통합이 이루어질 수 있게 된다. 다시 말해서 비로 인해 오히려 '되갈수 있으리오'라는 상태에 이를 수 있기 때문이다. 사랑이 사랑처럼 따스할 때 비로소 사랑의 정점(頂點)은 화려한 불빛을 나타낼 수 있는 소망이 비의 이미지로 상징되는 시적 기교라는 점－이는 거리(距離)를 단축하는 마음에의 뜻이라는 데서 너와 내가 아니라 '우리'라는 공간을 창조하는 방법이 사랑의 뜻일 것이다.

6. 비의 이미지

　김운항의 시에는 비가 상당한 비중으로 출몰한다. 이는 의식의 일단에 잠재된 요소일 것이지만 사물과 사물을 연결하는 중요한 매개체로의 역할이 수행되는 시어로 보인다. 시는 항상 대상을 하나로 결합하는 Identity의 방법론이기 때문이다. 그러나 김시인의 시에 등장하는 비는 통합의 기쁨을 궁극으로 하지만 이와 다른 경우도 더러 보인다.「하늘 눈물」이 전자의 예라면「서울의 비」는 후자에 속한다.

> 종각에 서서 비를 맞는다
>
> 저녁 술(戌)시
> 너는 가고 나만 남아
> 설움의 비를 맞는다
>
> —「서울의 비」에서

너의 부재(不在) 때문에 비는 슬픔의 요소로 작동된다. 없음은 곧 비극적 인식을 부추기는 역할을 하고 있다. 즉, 비는 시인의 감성을 낮게 가라앉히는 요인으로 '무한의 따뜻한 가슴으로 너를 가둘 수 없어'의 참혹한 인식에 침몰하는 양상을 보여주는 상징에 머물고 있다. 이는 '가버린 너'라는 나와 깊은 관계를 복원할 수 없다는 이별의 신호이기 때문에 더욱 애절함으로 다가온다. 두 번째로 비의 기쁨을 보면 동화되는 생각을 사물에 투사하는 마음이 보인다.

> 비가 옵니다
> 하늘이 기쁨의 눈물을 흘립니다
> 몇 남지 않은 고로쇠 잎이
> 애련(愛戀)에 촉촉이 젖어 듭니다
> 이런 날엔 사람이 그립습니다
> 떠나버린 사랑만이 아닙니다
> 이런 곳
> 이런 시간을 선물 받은 나는

참으로 행복합니다
하여
지금 이 시간
하늘이 기쁨의 눈물을 뿌립니다
가만 가만 뿌립니다

ー「하늘 눈물」

시인의 '기쁨의 눈물'이 곧 비가 오는 일과 연결이 된다. 왜냐하면 비로 인해 '이런 날은 사람이 그립습니다'의 그리움이 발동되기 때문이다. 다시 말해서 비가 옴으로써 그리움의 구체적인 대상이 나와 결합되는 시간을 가질 수 있기 때문─이는 젖어지는 상태를 의미한다. 다시 말하면 '참으로 행복합니다'의 이유가 비로 인해 합치되는 기쁨이자 행복이라는 뜻으로 보면 시인은 비에서 갈증을 해소하는 정서적인 행복을 취득하는 듯한 인상을 남긴다.

공유의 공간─이는 너와 내가 없는 진정한 통합의 이름이라야 한다. 그렇다면 이런 사랑의 정서는 '어차피 공유하야 할 영토/어찌 네 것이고 내 것일 수 있으리/님이여!/다 주리라/죄다 주리라/지리한 싸움을 이제 끝내고 싶다/사랑하는 님이여!'(「아우성─윤들.26」)처럼 모든 걸 바치는 마음에서 오히려 사랑을 달성하는 기쁨을 얻을 수 있다는 생각으로 사고가 성숙 된다. 사랑은 비움에서 얻는 환희(歡喜)이기 때문에 기쁨이나 행복은 엑스터시의 환희를 점령하는 비움의 기쁨이 곧 공유에의 큰 뜻일 것으로 보인다.

7. 에필로그

시인은 현실 앞에 반응하는 민감한 의식의 촉수를 가지고 생활을 이어간다. 그러나 생활은 완성이라는 의미가 없고 오로지 현실에 어떤 모습을 보여줄 수 있을 것인가의 결과만 남는다. 그러나 그 결과의 만족이나 불만족의 결과물은 별개이지만 얼마나 진지함을 보였는가는 중요하다. 협착하고 곤고한 환경에서도 감동을 줄 수 있는 시적 성과가 있는가 하면, 넉넉하고 화려한 공간에서도 옹색하고 곤고한 시를 쓸 수 있기 때문에 시인의 상상력은 정서의 반응에 좌우된다. 김운항은 전원의 정서가 시의 표정이고 그 표정은 따스하고 안온한 인상으로 출발한다. 감각적인 정서가 도처에 출몰하고 전원 풍경에서 느끼는 숨소리가 세밀하고 정적(靜的)이다. 또한 비의 이미지는 사물과 사물을 통합하는 구체적인 매개물이면서 대상을 용해(溶解)하는 시적 작용을 보여줄 때, 편안한 시적 풍경을 제시하는 인자(因子)가 된다. 아울러 시인이 거주하고 있는 거제도의 어느 부분에서 보이는 바다와 섬과 산이 시적 상상력을 부추기는 요인이면서 이를 통해서 인간의 사랑 그리고 삶의 다양한 모습을 보여주는 스펙트럼—아름다운 풍경화의 시를 쓰는 시인이다.*

김광―풍경과 나그네의 행장

1. 시의 소리

시의 모습을 찾는다면 묘연(渺然)한 헤맴이 전부일 것이다. 다시 말해서 시의 근원은 어디서, 어떻게 오는가를 추적하는 일은 암담한 절망에 맞설 수밖에 없을 것이다. 마치 인간의 탄생을 과학적으로 설명한다는 것은 거의 불가능한 일과 같은 비유일 것이라면, 시의 본질에 도달하는 일 또한 이처럼 지난(至難)한 가설에서 출발하는 일이 고작일 것이다. 마치 환청(幻聽)을 듣는 것 같기도 하고 또는 환한 꽃길을 타고 오는 반가운 손님 같을 수도 있을 것이다. 어떻든 시의 행방은 항상 미지(未知)의 순간에 나타났다가는 순간에 사라지는 신기루와 같은 뒷모습―똑똑히 의식에 담기엔 불가능할 것이다. 그처럼 시는 미지의 거리에서 다시 미지로 떠도는 속성을 포착하는 일이 될지 모른다. 이는 시가 우주를 떠도는 행성의 운명과 닮았고 또 인간의 감성을 순간에 울리고 떠나는 바람과 같은 모습을 연상하는 이름일시 분명하다. 때문에 시와 시인의 관계는 언제나 대척(對蹠)적인 거리를 유지하면서 시인의 마음을 항상 초조하게 만드는 일이 역설적으로 시를 창작하게 만드는 원동력일 것이다.

시인마다 개성을 갖고 언어를 운용하는 점에서 독특한 문패를 걸고 있다. 제3의 시집을 상재하는 김광 시인의 시는 의식의 풍경 그리고 나그네의 행장을 꾸리고 미지를 답파(踏破)하려는 발상으로 시의 이름을 부르고 있는 것 같다. 물론 시인의 정서는 물 혹은 바다의 이미지가 정신을 지배하는 요소로 작동되면서 출향(出鄕)과 귀향을 꿈꾸는 노래를 번갈아 부르는 시인이다.

> 때론 버스의 간이 승차장도 함께 붙어있는 가게에 들어가 음료수 병을 들고 나오기도 하고, 길가 허름한 선술집에 들어가 머리고기 듬뿍 썬 국밥을 먹으며 막걸리 댓 잔에 불콰한 얼굴 홍얼홍얼 어둠 속으로 빨려 들어가는 낭만을 만날 수 있는 곳이 어디쯤일까
>
> ─「책머리에」 중

인생을 정지(停止)해서 살아가는 사람과 떠도는 유랑(流浪)에서 의미를 건지는 사람이 있을 것이다. 김광 시인은 후자에서 항상 새로운 영지를 탐색하는 인자(因子)가 지배적인 정서인 것 같고 그의 언어는 종합에서 보다는 해체적인 정서로 의미를 만드는 방법을 선택하고 있다는 느낌이다. 그만큼 간결한 시어를 취택하는 장점이 두드러진다.

이제 김광 시인의 정서의 숲을 소요하면서 그의 목소리에 귀를 열면 들리는 소리에 감동을 받게 된다.

2. 의식의 풍경 혹은 여정

1) 바다 그리고 자유의식

시인은 그가 선택하는 의지에 따라 정서가 한쪽으로 결정되는 신념이 있다. 이 고갱이 의식(意識)은 일생을 지속할 수도 있고 또 일정한 주기에 따라 변모할 수도 있지만 결국 시의 중추적인 역할을 다하게 된다. 다시 말해서 시인의 정신이 응축되어 일정한 사상의 소리로 나타나는 점에서 시인의 체험이 굳어진 이름—신념이 될 수 있게 된다. 이런 원인은 삶의 요소가 체험을 승화하는 과정에서 신념의 공고화(鞏固化)가 결국 시의 소리로 나타난다. 서정주의 불교 혹은 신라나 유치환의 야성적인 신념은 시인의 정신을 나타내는 팻말로 독자를 이끌게 되었다. 이런 예를 김광 시인에 대입하면 물—바다의 정서가 주류를 이루면서 시의 성격을 나타내는 것 같다.

물은 이동의 정신을 나타낸다. 즉 동적(動的)인 성격의 다이내믹을 인상적으로 나타낼 때, 시의 성격은 한층 독자의 가슴을 파고들 수 있게 된다. 다시 말해서 바다가 시에 많은 빈도—「뱃길」, 「갯바위」, 「거북바위」, 「무인도」, 「강화 가는 날」, 「이별.3」, 「대부도」, 「강마을」, 「계절마다 젖은 강」, 「쓸쓸함으로, 허무함으로」 등—시집 전체 60여 편 중에 10여 수에 이른다는 것은 아무래도 바다와 상관을 풀어야만 김광 시인의 정신 거점(據點)을 확인할 수 있는 열쇠가 된다. 이는 유년 시절의 체험이 굳어진 고향 의식을 뜻할 수도 있고—또는 모성적인 특징을 갖고 항상 돌아가고 싶은 영원성을 의미하는 점에서 바다와 상관을 갖고 있는 것 같다. 다시 말해서 바다가 있는 목포가 시의 원형으로 자리하고 있으면서 길을 만들어서 떠나는 자유정신의 의미라는 뜻이다.

이제는 갔겠지
돌아보면 솟구치는 거품
웃음인지 노여움인지
부글거리며 잘도 쫓아온다
아침에 이별한 도시
곳곳에 남겨진 인연들이
아주 가지는 말라며
하얗게 질러대는 아우성
온통 바다 빛을 닮아야 할
하늘과 하늘 사이에
축축한 바람만 흰다
어쩌다 저 등대는 혼자됐을까
방파제 위를 걸어가는 적막
서늘함을 알리는 빗방울
가로세로 떠드는 백구
이렇게 남쪽으로 이어진 바다는
섬으로 뱃길을 내어준다

― 「뱃길」

　바다에는 길이 길로 이어지는 오로지 흔적만이 남고 이동한다. 시인의 의식 또한 바다에서 이동하는 정서—목표가 있건 없건 시심(詩心)을 바다에 의탁한다. '쫓아온다'의 운명적인 바다는 시인과는 절대 관계 속에서 '곳곳에 남겨진 인연'을 떨쳐버릴 수 없는 말이 '아주 가지는 말라'는 인과의 줄기를 연결하고 있다. 아울러 '온통바다를 닮아야 할' 인연의 전부는 하늘과 하늘 사이를 채우면서 삶의 인자(因子)를 구성하는 의미가 다가온다. 이로 보면 바다는 시인의 정신 속에 꿈틀거리는 생의 요소도 될 수 있고, 원형으로의 작동을 의미하는 대상이 될 수도 있는 것 같다. 즉 정지(停止)가 아닌 이동의 이미지인 바다는 시인의 정신을 이루는 원천 의식으로 작동된다는 점이다. 그러나 김광 시인은 고독을 몸으로 체득하는 시어가 등대나 섬으로 나타난다. '어쩌다 저 등대는 혼자됐을까'는 곧 시인 자신을 표상하는 상징이 되었고 집으로 돌아가는 일이 섬이 되는 의미를 「이별.3」이나 「무인도(無人島)」를 근거로 삼을 수 있을 것 같다.

> 육지를 향해 기도를 한다
> 속이 훤히 들여다뵈는
> 청정한 바닷물에 머리를 박고
> 바람이 머리 위를 지나는
> 진혼의 휘파람을 듣는다
> 미친 듯이 날뛰며
> 허공을 향해 오랏줄을 던지우는
> 파도만
> 너를 향해 하얗게 질리곤 했단다
> 상공을 가위질하는
> 바닷새의 날갯짓에
> 하늘은 비를 내릴 준비를 한다
>
> ─ 「갯바위」에서

　　바다는 항상 정박을 위해 파도를 일렁인다. 왜냐하면 어딘가 도달해야 할 목적지를 위해 파도를 만들기 때문이다, 이로 보면 김시인은 자전거를 타거나 전철 혹은 버스나 택시를 타고 어딘가로 떠나는 시─그러면서 다시 돌아가는 의식을 갖지만 집은 섬으로 환치(還置)되는 생각 때문에 다시 떠나려는 발상이 바다와 같은 이미지로 출렁인다. 때문에 떠나려는 발상으로 그리움을 펼친다면 또다시 이동을 위해 바다를 그리워하는 반복이 그의 삶인 것 같다. 떠나고 돌아오고, 다시 떠나고 돌아오는 이 반복성은 바다의 속성이고 또 시의 원형(原型)으로 자리 잡은 김시인의 내면 풍경이 된다는 뜻이다. '서리가 내려 나이 먹은 나이에도/호젓한

걸음 강물을 사랑타가/풍광을 담는 문 화알짝 열어두자/그리워 병이 되
는 나의 연모여'(「강마을」)처럼 그리움의 깊이가 물의 이미지와 어울려
시의 표정으로 나타나는 특징을 이루고 있다는 뜻이다.

2) 나그네 의식

나그네라는 어의(語義)는 집을 떠나 객지에 머무르는 뜻—기려(羈旅), 행
려(行旅), 행객(行客) 또는 길손이라 부른다. 객지는 외롭고 쓸쓸함이 따라
오는 기분이지만 여기엔 두 가지의 구분이 가능해진다. 즐거움으로 떠나
는 여행과 외로움을 동반한 길손에게는 엄연한 차이가 있게 된다. 김삿
갓의 여행은 쓸쓸함과 슬픔의 나그네였다면, 호기심과 흥미로 떠나는 이
방(異邦)의 길손에게는 즐거움을 대동하고 돌아오는 설렘의 차이가 있다.
김시인의 시에는 이 둘이 서로 교차하면서 일상을 연출하는 인상을 준
다. 「구도」, 「회귀」, 「역마(驛馬)」, 「쓸쓸함으로, 허무함으로」, 「소한(小寒)」
은 시인의 내면 정서를 보여주는 시가 된다.

> 섬으로 가야한다
> 사철을 바람이
> 휘엉대다가 쉬쉬대다가
> 솔숲 언덕 위로 내려앉는 곳
> 거기 내 집으로 가야한다
> 방랑을 키운 자궁
> 애초에 생명이 그곳에서 왔듯이
> 나의 방황도 그곳으로 가야 한다
>
> — 「회귀(回歸)」에서

아마도 김시인의 정신을 축약한 시를 꼽으라면 「회귀」는 가장 적절한
예가 될 것 같다. 물론 섬이 집일 경우는 고독의 정신이 지배적이지만 바

다로 둘러싸인 섬은 위안과 포근함을 주는—파도가 아우성이고 바람이 쉬쉬 혹은 휘엉대는 곳으로써 결코 조용하거나 아늑함과는 먼 목적지이다. 그러나 섬은 안식(安息)을 주는 '내 집'—'방랑을 키운 자궁', 생명의 시원이 있는 곳이었고, 방황이 있었던 곳이면서, '바닷새를 그리워하는' 곳으로 갈매기와 더불어 평화와 파도가 어울리는 바, 역설적으로 정신의 고요함을 키울 수 있는 곳으로 대상화된다. 이곳으로 돌아가는 길은 중년이 된 계절에서도 잊지 못하는 일이 되어, 유토피아의 거점을 찾아 떠나려는 발상이 나그네 의식으로 발동된다.

> 떠나고 돌아오는 방랑길이야
> 이제 생활이 되어버린 걸 어쩌누
> 어쩌다 삶의 중력에 치어
> 수상한 바람 쉴 새 없는 들판과
> 띠처럼 감긴 물길 걷지 못하면
> 영락없이 몇 날을 앓아야 했다
> 요란한 북소리로 빗물이 돌고
> 쨍한 대기에 눈발이 날릴 때도
> 바닷가 찻집에 어기적 기어들어
> 괜스레 수심 구부러진 등판에
> 그림자 짙은 여인처럼 앉곤 했다
> 외로움 뻔한 저녁 여관방에서
> 게을리 비럭질한 낱말을 챙긴 뒤
> 운 나쁜 술 한 잔에 몸을 다쳤다
> "말자"를 되뇌면서 돌아오는 길
> 배고프다 무지하게 배고프다
> 또 역마처럼 길을 뜨는 탁발
>
> —「구도(求道)」

떠나는 일이 '낱말'(시)을 주워 담기 위함일 수도 있고, 또 생래적(生來

的)인 방랑 기질일 수도 있다. 그러나 시인은 전자와 후자의 의미가 서로 합하는 것 같은 느낌을 주지만, 오히려 생래적인 것이 전자를 대동하는 습관—나그네의 여정에서 시가 따라오는 소득이라는 느낌이 강하다. 이는 '수상한 바람 쉴 새 없는 들판과/띠처럼 감긴 물길 걷지 못하면' 그 결과는 천석고황(泉石膏肓)의 병이 되어 고통을 감내하는 결과에 이를지라도 떠나고 돌아오는 반복의 일이 행복을 주는 일이 성립된다.

나그네의 행색은 결코 화려한 것이 아니다. 그림자 짙은 여인처럼 다방구석에 앉아 있거나 여관방에서 술잔을 앞에 놓고 시어를 고르느라 고심에 찬 시간을 보내는 일이 될지라도 멈출 수 없는 행보와 다시 찾아오는 배고픔의 바유적인 반복에서 '또 역마처럼 길을 뜨는 탁발' 혹은 '집에 가 또 길을 뜨는 꿈을 꾸었다'(「역마」)와 같은 여정이 멈출 수없는 일상으로 자리 잡은 나그네 시인의 상징이 된다. 이는 '나만의 계절을 위해/귀향(歸鄕)을 서둘러야 한다' 혹은 '이제는/그 섬으로 돌아가야 한다/(「쓸쓸함으로, 허무함으로」)처럼 유년의 기억이 정신을 지배하는 인자(因子)로 작동되는 증거를 확인하게 된다.

3) 풍경

시각 즉 보이는 것은 실재의 풍경과 이면(裏面)의 풍경이 있을 수 있다. 시는 내면의 풍경을 보여줄 때, 시인의 사상 혹은 깊이 있는 철학을 만나게 된다. 시가 감동을 줄 수 있는 이유는 내면을 감동으로 전달할 때, 긴 생명을 소유하는 시가 될 수 있다는 점에서 그렇다. 예를 들면 한 그루의 나무—외관을 바라보는 일은 초보적인 시선이라면 나무로 승화되는 생명력, 혹은 생명력의 의미와 상관관계의 여러 생각들 혹은 나무 아래 쉬고 간 사람들의 표정, 나무 아래서 꿈꾸었던 사랑의 이미지와 나무를 매개로 저쪽의 세계를 유추하는 것은 나무의 내면을 통찰했을 때 나오는 사상이다. 이를 mind's eye—시의 깊이는 이 심안(心眼)을 나타냈을 때 심사(深思)한 의미로 나타난다면 시인의 시선은 외면이 아니라 내면을 바라보는 길을 확보하는 기교인 셈이다.

김광의 시는 풍경이 많다. 이는 의식의 창(窓)을 여러 각도로 바라보는 정서의 여유가 있다는 의미가 될 것이다. 다시 말해서 실재의 풍경 혹은 내면의 풍경이 여러 방법으로 드러날 때 상상력의 풍부를 거론하게 된다. 즉, 시는 상상력의 산물이라는 말로 바꾸면 산문과는 다르다. 시는 응축(凝縮)의 예술이고 산문은 리얼리티를 나타내는 방법에서 사고의 유연성은 시의 적합성이고 과학적인 정치(精緻)함을 산문의 영역이 되기 때문이다.

유년의 풍경을 그린 「쓸쓸함으로, 허무함으로」와 「세월의 풍경」, 도시의 전철 안의 「파묘」, 혹은 가을 풍경을 묘사한 「가을 찾기」, 내면의 강을 나타낸 「계절마다 젖는 강」, 도시의 삭막하고 살벌한 모습을 그린 「비 오는 날」과 「도시 사람」, 봄날의 정경을 그린 「향연」, 추억의 길에서 만나는 「내 동생」 등에는 내외적인 시선으로 시적 정서의 풍윤함을 더하는 기교를 보인다.

> 흑백 사진 속의 난 늘 동생의 손을 잡고 있었다
> 툭 튀어나온 이마가 우스꽝스레 생겼던 난
> 누가 동생을 데려갈까 봐 전전긍긍했었다
> 줄무늬 내복을 입은 유백색의 동생을
> 손목 꼭 붙든 채 찰박찰박 잘도 데리고 다녔다
> 덕분에 동생의 어깬 빠져있을 때가 많았다
> …(중략)…
> 머리숱 작고 나잇살 오른 가장으로 늙어가는 중이다
> 애들 일에는 가슴이 저릿해 울먹여도 보다가
> 세상 뜬 아버지가 보고 싶어 술잔을 들기도 한다
> 명치끝이 더운 김 올라와 싸하니 퍼질 때면

역(驛)병에 걸려 사진기랑 골짝을 뒤지다가
유년이 생각나면 사진 한 장 꺼내보면 된다

— 「내 동생」에서

유년 시절의 동생과의 추억과 아버지의 회상이 겹치면서 시인의 내면 풍경이 흑백필름으로 다가온다. 우스꽝스런 모습의 추억은 곧 아름다운 이야기가 가슴에 고여 있는 따스한 정감이라면 아버지의 회상은 술잔에 젖어드는 애틋함이 된다. 이 둘의 풍경은 사랑과 더불어 돌아가고 싶은 회억(回憶)의 길이기에 넓은 길을 만들면서 가슴에 묻혀있게 된다. 형을 믿고 어깨를 으쓱거렸을 동생에의 기억은 유년의 치기(稚氣)가 오히려 다감(多感)을 불어오는 바람이었기에 시인의 뇌리에 가득한 내면 풍경이 온화하고 따스함으로 돌아가고 싶은 파노라마로 인식을 깊게 한다.

봄에 흐르는 강은 순해서 좋다
여름이라고 빗물에 섞이는 강은 솔직해서 좋다
가을에 속을 보여주는 강은 후덕해서 좋다
겨울 와서 눕는 강은 깨끗해서 좋다
너무 좋아도 눈물이 나는 법이지
…(중략)…
사박사박 눈 내려 마음 젖던 날
순백으로 꾸며진 또 하나의 들
가슴으로 무너져 눈물 주는 강.

— 「계절마다 젖는 강」에서

깨끗한 강은 시인의 마음이 깨끗해진다는 것을 뜻한다. 왜냐하면 시인은 대상과 일체화(Identity)를 이루는 반영의 거울을 갖고 있기 때문이다. 다시 말해서 맑은 마음에는 맑은 강물이 보이고 흐린 마음에는 흐린 강물이 흐르게 되기 때문이다. 김시인의 마음에 강은 '순하고', '솔직하고', '후덕하고', '깨끗한 강'이 다가오는 것은 마음의 풍경이 깨끗하고 순수하기 때문에 그렇게 반영되는 셈이다. 아울러 눈물은 가장 순수의 극치를 보여주는 행동양식－가을의 파란 하늘을 바라보면 눈물이 고이는 것 같은 것은 비(悲)의 감성－질축한 정서가 아니라 가장 순수함을 나타내는 내적 표상의 언어가 된다.

　도시는 시골과는 달리 황폐하고 삭막하다고 한다. 이는 과학이 지배하는 곳에서는 냉정과 냉혹 그리고 살벌이 맞물려 돌아가는 톱니바퀴의 치밀함과도 같을 것이다. 인간미 혹은 정이 흐르는 것이 아닐 때, 도시는 스산함을 느끼는 기계적인 시심(詩心)이 보인다. 「도시사람」에서는 삭연(索然)한 정서에 마음이 좁아들고 「비 오는 날」에서는 도시의 살벌함에 기가 죽는다.

> 도로에 고인 하늘을 탱크로리가 뭉개며 가고
> 뒤따르는 차들이 그걸 다시 치받고 간다
> 그다지 어둡지 않은 대기인데도
> 길바닥에 뜬 하늘은 아직 맑음인데도
> 바퀴에 깔린 아스팔트는 까맣게 절망하다
>
> 　　　　　　　　　　　　　　　　－「비 오는 날」에서

　도로에 고인 물에 작은 하늘이 들어있는 그림은 가난한 풍경이다. 그런 가난한 풍경에 담겨있는 맑은 하늘조차 우람한 자동차로 뭉개고 가고 다시 뒤따르는 자동차가 치받고 갈 때, 산산조각으로 비명을 지르며 맑은 하늘은 사라진다. 이 비극의 모습은 곧 인간의 모습이 오버랩 될 때 도시의 삭막이 얼마나 비정(非情)함인가를 대변하는 풍경이 된다. 도시에서의 인간은 톱니바퀴의 한 매듭에 불과하고 또 그 매듭이 닳아지면 다시 갈아 끼우면 아무런 장애도 없이 기계는 돌아간다. 인간의 따스한 정이 없고 오로지 생산의 증대 그리고 조직 속에 한 부속품으로 전락한 비극의 요소일 뿐이다. 이런 상황을 꼬집는 시인의 마음은 도시문명의 아픔과 갈증을 절절한 가슴으로 나타낸다.

4) 계절의 풍경

봄, 여름, 가을 그리고 겨울은 자연의 법칙이고 순환의 의미이지만 시에서는 계절에 따른 상징이 드러난다. N. Frye는 신화의 이론을 발전시킨 봄의 미토스(mythos)에서는 희극을 보았고, 여름엔 로맨스를 그리고 가을에서는 비극을 일깨웠으며, 겨울에서는 아이러니와 풍자를 깨우쳤다. 이는 주기에 따른 변화의 감각으로 볼 때 청년, 장년, 노년, 죽음의 인간 주기가 있고 비, 샘, 강, 바다(눈)로의 물의 주기 혹은 아침, 낮, 저녁, 밤으로의 하루 주기가 있다. 모든 사물은 혹은 일생은 이런 주기를 따르는 것이 우주의 법칙일 것이라면, 시는 이런 주기 개념을 표현하는 상징에 가장 많은 분야를 할애(割愛)한다.

> 기병처럼 달려온 겨울 소식에
> 살가운 지난 인연 묻어야 한다
> 눈이 와 발목이 빠져도 좋으리
> 골짝바람 내려와 산발하면 어떠냐
> 조약돌 끌려오는 남도의 강물위에
> 사랑에 절던 마음 연처럼 날리우자
> 가을 가고 눈꽃이 핀다
>
> 하이얀 날.
>
> ―「입동(立冬)」에서

겨울은 방위(方位)로 북을 가리키고 냉엄한 바람이 몰려온다. 운명의 상징으로는 비극이고 절망이다. 그러나 절망의 어둠은 오히려 희망을 키우는 것이 어둠에서의 경우라면 겨울은 역설적으로 희망의 싹을 안으로 키우는 소명이 있게 된다. 왜냐하면 절망에서는 희망을 불러오는 에너지가 잠재되어 있고 눈을 떠야하는 사명이 부여된 것이 겨울의 이름이 되기 때문이다. 추위와 눈보라를 겪어야 비로소 봄을 잉태할 수 있을 것이라는 이론—고로 겨울은 비극이 아니라 희망과 빛을 내장하는 바람의 계절인 것이다. '인연을 묻고' 눈으로 덮여있는 고요의 상태 속에서 시인은 사랑의 마음을 날리고 싶고 또 백색(눈)의 꿈을 부르는 시인의 마음이 보인다.

> 지금 강물 비껴 흐르는 둔치에선 말이다
> 휘휘 늘어선 개나리의 행렬 땜에
> 병아리 울음소리가 떠나지 않는다
> 노랗게 벌어진 꽃 이파리 속에는
> 부스스한 눈빛의 봄 햇살이 고여 있고
> 산책로 끄트머리 상춘객이 몰려온다

—「봄.봄..」에서

만물이 소생하는 봄의 이미지는 약동의 암시를 준다. 푸른 감성이 세상을 물들이면 살아나는 숨소리가 대지를 장악하고 푸른 날개는 더욱 고운 빛을 나타내는 계절—봄은 색채로 세상을 칠하는 환쟁이의 기술이 발휘되는 때가 된다. 설혹 잘못 엎지른 물감이라 해도 아름다움으로 향기를 나타내는 계절의 중심에는 약동하는 기쁨이 절정으로 치닫게 된다. 이는 봄이 일어나는 의미이고 모든 꽃들의 분주함이 열매를 맺는 길로 나아가야 하는 임무가 부여되었기 때문이다. '화전 몇 장과 쑥꾹'의 향기가 입맛을 세우고, 홍어와 곁들인 탁주 사발에 불콰한 얼굴로 길을 찾는 나그네의 모습이 한가롭게 떠오른다.

여름을 지나 가을이면 향기와 고요로 길을 만들고 회상의 시절이 문

을 열게 된다. 물은 어느 듯 고요해지고 세상은 열매를 익히느라 분주해
질 때, 여정을 재촉하는 인간의 발걸음에 조급증에 잠긴다.

> 모처럼 시외버스 타기로 한 날
> 내 초라한 어깨를 걸어가던 가을 햇살을
> 절대로 잊지 못한다
> 석양이 지기 전에 서둘러 서울을 벗어나야 한다
> 사진기도 챙기고 책도 한 권 넣었으니
> 오늘은 취한 날처럼 일찍 떨어지자
>
> ― 「가을 찾기」에서

　물이 맑아지고 하늘이 멀어지면 세상은 갑자기 고요로 치장을 마치는
것 같을 때, 아쉬움을 감추면서 가벼운 여행길에 나서고 싶은 마음이 순
수로 포장될 것이다. 책 한 권과 사진기 한 대를 갖춘 가벼운 여행은 설
혹 목적지가 뚜렷하지 않다 해도 무작정 떠나는 바람이고 싶은 마음일
것이다. '서정의 소리가 히득히득' 거리는 것 같고, 차창에 비치는 가을
색과 동화 되는 하늘을 배경으로 스산한 대합실에서 나그네는 이미 주
객의 구분이 없는 물상이 되어 투명함으로 다가올 것이기 때문이다. 사
색의 길로 나선 시인에게는 사진기와 책 한 권의 풍경이 아득함에 젖은
나그네의 발길이 가을바람을 타는 선율처럼 산뜻함으로 다가든다.

5) 꿈꾸기

　시인은 꿈을 만드는 사람이고 또 꿈을 꾸는 사람―몽상가일 수도 있
고 더러는 환상의 여정을 위해 신명을 바치는 역할에 충실한 사람이 될
수도 있다. 때로는 무당의 주술을 읊조리면서 몽환의 여행을 토하기도
하고, 시대의 고난을 설법하는 행동가이기도 할 때 시인의 역할은 수도

승 혹은 냉엄한 현실인의 표정을 갖출 때도 있다. 이는 오로지 현실에 발을 내딛고 상상의 여행을 감행하기 때문에 행복한 꿈꾸기를 실행하는 사람이다.

> 전원생활교육이란 걸 받았다
> 마을 이름도 짓고
> 이장 면장 다 뽑은 뒤
> 청국장 고린 냄새에 웃음을 비벼 점심도 먹었다
> 탁주 한 사발 마셨으면 좋으련만
> 꾹 참은 예비농부가 꾸는 꿈
> 새벽안개 쫓다가 솔숲에도 앉아보고
> 흙 뒤져 채소도 가꿔봤다
> 툇마루에 석양이 걸리면
> 가끔은
> 서정을 실은 시 한 구절 읊조리며
> 곱게 늙어갈 나를 그려보았다
>
> — 「꿈을 쫓아서」 중

전원생활은 인간의 삶이 태초로 돌아가는 연습이 될 것이다. 바람과 잡초와 풀들의 고갯짓을 바라보면서는 가장 극명한 순수의 상태로 돌아갈 수 있기 때문이다. 욕심이 사라지고 감수성이 순백색의 순수로 돌아가는 모습에서는 태평스런 삶이 깃들기 때문이다. 안분지족의 삶이란 곧 순수로 돌아가는 일이기에 평화의 정서가 아름다움을 수반하게 된다. 시인은 이런 정서를 대동하고 전원의 삶-아침이면 노동에 신성함을 터득하고, 저녁이면 황혼의 자락에 마음을 바치면서 꾸밈없는 생활에 가치를 발견하고 싶은 생각이 보인다. 다음 시는 시인의 마음이 지향하는 공간이 더욱 선명하게 다가든다.

밤새 대숲에 머문
물색 바람이 푸르릉 날아간 뒤
깃처럼 떨어져 내린
솔 향이 바위 위에 앉는다
산허리에 들른 안개
봉우리로 올라가고
도랑물 징검돌에 잔잔하게 부딪힌다
따다닥 어느 집 콩대가 타나보다
정주간에 설익은 밥물이 넘고
몇 집 없는 산촌에 연기만 가득하다
몇 년 후의 내 몸뚱이가
찾아갈 그 동네에
파랗게 머리 깎은 새벽이
길 따라 숲을 따라 서서히 몰려간다
짚 풀 잘게 썰어 황토를 이긴
흙집 앞마당에 내가 서 있다

— 「산촌(山村)」

　미래를 꿈꾸는 모습이 소박하다. 황토집에서 사는 주인의 모습에는 도시인과는 달리 자연과 동화된 만족을 저축하면서 도랑물이 돌돌거리는 소리에 마음을 주고, 이웃집의 콩대 터는 소리나 부엌에서 밥물이 넘치는 소리를 연상하는 시골 생활의 진수(眞髓)가 오히려 정답다. 연기 자욱한 산촌의 평화가 마음에 충만스런 만족은 곧 시인이 언젠가 돌아가고 싶은—비록 바다나 호수를 가슴에 간직했다 해도 산촌의 작은 소리에 귀를 세우는 모습이 소박하다. 이런 소박성은 미래를 꿈꾸는 소망이라 해도 전원에서 삶의 가치를 부여한 김광의 시는 그만큼 아름다움과 질박(質朴)에서 그의 유토피아는 순수함에 눈물겹다.

3. 에필로그

　시는 포장지로 아름다움을 나타내는 것이 아니라 내용물에 아름다움을 담는 정서라면 김광의 시는 감동적이다. 작은 것에서 들리는 소리를 들을 줄 알고, 간과(看過)하고 지나치는 것에서 가치를 부여하는 정신은 시의 의미에 풍족한 만족을 줄 수 있기 때문이다. 그의 시에는 언어의 절제와 탄력이 비상하는 듯 간결하고 축약적이다. 비유의 적절성과 사물을 대면하는 시선이 일체화를 이루면서 다양함을 소화하는 변용(變容)에 재미를 더할 때 인상적인 시의 숲을 조성하는 것 같다.

　바다는 시인의 자유정신의 표상을 나타내고, 원형을 내포한 정서의 진원지이자 시의 출발과 귀향(歸鄕)을 함께하는 동시성을 의미하고 있다. 이런 기저(基底) 위에서 나그네의 행보가 회귀의 정서로 나타나면서도 다시 떠나려는 발상이 바다의 이미지에 닿고 있을 때, 심리적인 도피처로의 작용도 함께하는 것 같은 효과—더블 이미지의 기교로 보인다.

　김광의 시는 풍경화를 연출하는 점—내면과 외면의 조화가 어울리면서 시의 표정을 관리한다. 그의 삶은 휴머니즘을 주조로 삶의 가파름을 넘어가려는 마음이 여리게 나타나고 계절의 순환에서 시의 모습이 향기로 승화하려는 발상이 꿈과 연결되는 시적 묘미가 매우 탄력적인 감동을 준다.＊

오정순―에스프리 그리고 감수성의 잔치

―오정순의 시집『그곳에 가면』

1. 시를 쓰는 마음

시를 쓴다는 것은 마음이 정화(淨化)된 상태일 때 가능해진다. 이는 심성의 표현이 시(詩)라는 형태로 나타나기 때문에 시는 곧 시인 자신으로 돌아가는 호소에 머물게 된다. 물론 글을 쓰는 행위는 때로 독자에게 스스로를 보여주지 않으려는 발상―이를 낯설게 하기라고 말한다. 위장하고 숨김이 있을지라도 결국 시의 형태를 분석하면 곧바로 시인의 시적 의도를 간파하게 된다는 뜻이다. 때문에 시는 정직하고 깨끗하면서도 순수한 함량의 정서를 담아서 독자의 심금을 울리게 된다. 그렇다면 시는 곧 삶의 모습에 거짓이 없는 정서 상태를 어떻게 대면할 수 있는가의 도덕적인 문제가 대두된다. 시인은 언제나 아름다움의 중심에 서있기를 소망하기 때문에 때로는 가난을 짊어지고 살아야 하고 더러는 우둔함처럼 보이는 경우도 직면하게 된다. 다만 다가오는 운명을 순진과 순수로 포장하면서도 안타까움을 나타내는 희생정신이 시정신의 요체가 된다는 뜻이다. 다시 말해서 시인은 이기적인 것이나 나를 앞세우는 것이 아닌 아가페적인 태도에서 시의 숨결은 쉽게 다가오게 된다.

오정순의 시에는 그런 대화가 다가온다. 부드럽고 순수하고 투명했을 때, 시가 된다는 예증을 보이는 시인—오정순의 시적 인상은 그렇게 시작된다. 논지의 문을 열고 들어가 귀를 열 계제(階梯)이다.

2. 시와 감각성

시의 감각은 시인의 감수성과 연결이 되면서 시인의 재능으로 귀속된다. 때문에 시적 완성도는 얼마나 명쾌한 시적 성공을 거두었는가의 여부와 직결성을 갖게 된다. 다음에 인용하는 시에는 오정순의 감수성이 화려한 개화(開花)로 다가온다.

> 겨우내 하고픈 말 참았던 개나리
> 잔뜩 끌어안았던 수다거리 터뜨리려다
> 아직 할 말 남았다며 입을 막는 춘설(春雪)에
> 노란 입 삐죽거리며 종알댄다
> "해님은 어디서 뭘 하느라
> 코빼기도 안 보이는 거야!"
>
> 서둘러 이사한 팬지의 재채기
> 그 소리에 놀라
> 가로수에 눌러 앉은 봄눈이
> 한 움큼 쏟아진다
>
> —「춘설.1」에서

시를 제작하는 일은 감각적인 에스프리가 필요할 것이다. 재치의 농도는 곧 시의 위의(威儀)에 일정한 역할을 수행할 수 있기 때문이다. 봄날 꽃들의 분주함과 의인화(擬人化)로 처리한 꽃들의 몸짓에는 웃음과 친근미가 발동되기 때문이다. 이는 봄의 정서에 의도적인 흥미가 유발되면서 대상에 생동감을 가질 뿐만 아니라 독자의 미감(美感)에 더욱 상승하는 효과를 거둘 수 있기 때문이다. '팬지의 재채기', '봄눈이 한 움큼 쏟아진다'는 시적 감각성은 시인의 행로에 더욱 좋은 징조로 나타날 것을 믿을 수 있는 답안이 된다. 이런 기교는 언어의 내포에서 빠롤(parole) 즉 connotation이면서 이는 시인의 언어 감각에서 새로운 의미 부여의 신선감을 유지하게 된다.

> 지정석은 없지만
> 발꿈치 들고 저마다 자리하는 민들레 홀씨
> 어제 저녁에 내린 비에 발목 담근다
>
> — 「한가한 오후」에서

민들레의 모습을 형용하자면 아마도 바람과 연결된 시가 많을 것이다. 그러나 오정순은 사람으로 형상하여 발목을 담그는 모양이 비와 연결되어 의미의 폭을 넓히고 있기 때문에 보다 친근한 정서의 유발을 기대하게 된다는 점이다. 이는 생동감 있는 비유적 장치가 살아나는 것 같은 묘미에서 그렇다.

3. 자화상 그리기

인간은 자화상을 그릴 줄 알고 또 자화상에 감탄하는 마음을 가질 때, 자기라는 모습에 지대한 관심을 보내게 된다. 이른바 나르시스의 이야기는 자기애(自己愛)에 대한 소회였지만 나를 어디에 놓을 것인가는 결국 자화상의 확인에서부터 출발하게 된다. 나는 곧 우주의 중심이고 나를 떠나서는 우주가 존재할 수 없기 때문이다. 물론 나를 끌고 살아가는 일은 힘겨운 고통이 따르고 신산(辛酸)한 고비가 지속적으로 다가온다 해도 이를 헤치고 비로소 나를 확립하는 일은 곧 자기완성의 일을 이룩했다는 의미에 도달한다. 시가 단순한 도구로 사용되는 것을 용납하지 않는 것은 도덕적인 기능을 완전히 제거하기엔 지난(至難)한 일—감동 또한 인간의 순수한 심성과 무관할 것이기 때문이다. 그러나 자기애(自己愛)는 영원한 숙제이자 풀어나갈 과업일 수밖에 없다. 나를 아는 일은 생의 영원한 숙제이자 과업이기 때문이다.

> 아드리아띠꼬의 거리에
> 어릴 적 내가 서 있었다
> …(중략)…
> 두 개의 터널을 누런 액체가 오고갔던 흔적
> 표정 없는 얼굴
> 손금마다 들어앉아 선명한 때자욱의 손이
> 내 앞에 펼쳐진다
> 때 낀 손에 백 페소 쥐어주니
> 동그란 두 눈이 얼굴 반을 차지하며
> 화들짝 놀란다
>
> — 「자화상.1」에서

가난의 때가 낀 시절의 풍경이 과거로 돌아간다. 슬픔과 아픔 그리고 고통의 세월이 가슴을 뭉개면서 서러움의 무게에 눌려 살았던 시절이 떠오른다. 50년대를 지나 가난의 60년대 그리고 민주화를 위한 시절이 기다리던 70년대의 바람을 겪으면서 우리는 삶의 벌판을 확장해왔다.

거기에 자화상의 그림이 어른거린다. 필리핀의 어느 거리와 우리네 과거의 풍경이 오버랩 되는 것은 아이들의 슬픔과 고통―이미 겪었던 과거의 흔적들과 겹치는데서 시심(詩心)의 발동을 접하게 된다. 꼬질꼬질 때 낀 아이들을 바라보면서 옛날에 경험했던 아픔들이 돌아와 서러운 자화상을 이국(異國) 땅에서 대면하는 일은 과거를 회상하는 추억일지 모르지만, 슬픔의 강물이 흐르는 풍광에 아픔도 함께 따라온다.

가난은 아픔이고 서러움이다. 이를 경험한 시인의 마음에는 연민의 처절함이 줄지어 지나는 이국의 체험에서 스스로를 어디쯤에 머물고 있는가를 자문하는 일에 처연(凄然)함도 더불어 오는 인상이다.

어머니는 영원한 자화상의 이름일 것이다. 왜냐하면 어머니는 영원한 시간을 통해 나에게 다가오는 사랑의 길을 가리킬 것이기 때문이다. 다시 말해서 맹목의 의미로 남을 것이라는 유추에서 어머니의 정서는 항상 친근하고 따스함이 전부일 때, 더 없는 행복의 의미는 함께하는 길로 따라 올 것을 믿는다.

> 단풍 하나 어머니 얼굴 되어 떨어지네요
> 나도 이제 단풍에 사진 찍고
> 차례를 기다려야겠지요
> 아무도 푸른 잎으로 빛나던 시절을
> 기억해 주는 사람 없어도
>
> 언제고 자화상이 궁금해지면
> 어머니의 푸른 잎을 꺼내 볼래요
>
> ― 「자화상.2」에서

어머니는 자식에게 거울일 것이다. 더불어 어머니를 닮아야겠다는 것은 누구나 소망할 것이다. 그러나 어머니와 시적 화자의 거리는 분리되는 것이 아니라 하나로 결합된 상태이기 때문에 존경을 넘어 신앙처럼 가슴에 심어있는 이름이 될 것이다. 누구에게나 어머니의 이미지는 자애(慈愛) 그리고 사랑의 화신 같은 뉘앙스를 내포하면서 따스함 그리고 부드러움이 교차하는 상징과 연결되기 때문이다. '언제고 자화상이 궁금해지면/어머니의 푸른 잎'에 질문을 보내고 싶은 마음에 강물이 흐르고 있다. 어머니는 푸른 시절에 대한 이야기를 말해 줄 의무가 있기 때문이다. '푸른 잎을 꺼내 볼래요'의 어머니에 대한 의지의 마음은 그만큼 신뢰의 단계가 높다는 뜻과 같을 것이기에 나는 어머니의 길에 연민과 지극한 사랑을 보내는 신앙의 길이 열려진다. 사랑과 존경은 길 없는 길을 만들기 때문이다.

4. 삶

시인은 체험의 요소에 상상력을 가미하여 새로운 세상을 창조하는 사람일 것이다. 예민 한 감각의 촉수를 가지고 있을 뿐만 아니라 미래를 바라보는 통찰의 안목이 있기 때문에 현실에서 건져 올리는 이미지는 곧 시의 재료가 될 뿐만 아니라 예감의 노래를 부르는 사람이 된다. 이처럼 살고 있는 현실은 그만큼 귀중한 시의 모티브로 작동되는 이유를 충족하기 위해서 성실하게 현실과 조우(遭遇)하는 지혜가 시인에게는 절실 할 것이다. 왜냐하면 상상(Imagination)은 현실로 나타날 가능성이라는 점에서 공상(fancy)과는 다르기 때문이다. 「담쟁이 너에게 배운다」, 「소금」, 「거북시장」 등에서는 삶의 지혜가 시에 결합된 연상 작용의 독특성을 발견하게 된다.

　　　태양을 마흔 여덟 번 돌았다던 여름

잠시발길 멈춰 참았던 노란 옷을
지붕에 털썩 던진다

담장에 드러누운 넝쿨장미들
너도 꽃이냐며 까르르 자지러진다

비행하던 벌 나비
그 말 맞다하며 다가와 입 맞춘다
하늘의 별들도 축하 메시지 높이 들고
지붕위에 쏟아진다
입맞춤 자리마다 연록의 작은 생명

                                              ―「호박」에서

　늦은 나이에 자식 같은 어린 학생들 틈에서 만학의 길을 걷는 소회를 쓴 시이다. 호박꽃과 덩굴장미의 대비―호박은 시인 스스로를 의미하고, 덩굴장미는 어린 학생들을 지칭하는 상징이다. 아마도 48세 무렵에 병아리 신입생의 노란 옷 이미지로 환치하면 화려한 장미 숲에 호박꽃의 모습이 오히려 신선한 용기로 보인다. 왜냐하면 만학(晚學)이란 쉽게 그리고 아무나 할 수 있는 학업이 아니기 때문이다. 오정순의 삶은 스스로를 개척하기 위해 과감한 용기를 앞세울 때, 비록 호박꽃처럼 고귀하지는 못할지라도 자기 삶의 장면을 연출하는 점에서 참된 용기의 이름이 헌정된다. 현실을 열심히 산 사람이 선택하는 길이 화려하다면 오정순의 삶에 대한 철학은 부지런에서 그의 시 또한 소박할지라도 의미를 깊게 하는 삶에서 또 다른 고귀한 이름을 쓰는 일이기 때문이다.

　노점상 할머니가 아침을 연다

　이슬도 채 마르지 않은

비름나물 한 바구니. 애호박 세 개
쪽파 두 단. 풋고추 한 봉지
나란히 자리를 잡는다
새벽부터 파지 줍던 할아버지
큼직한 박스 하나 최씨 할머니께 선심 쓰신다
투박한 손 힘주어 쭉 찢어서
"할멈 바람이 차네!"
굴까는 할머니 어깨위에 둘러 주신다

－「거북시장」에서

　가난할지라도 따스한 인정의 장면이 아름답게 다가온다. 늙은 할머니
의 주름진 표정에 생의 의미가 깃들고, 따스한 정감을 건네주는 파지 줍
는 할아버지의 호의가 따스하다. 비름나물에 파와 애호박 등 돈으로 치
면 얼마 되지 않는 상품일지라도 할머니의 정성이 고귀한 물건으로 다
가오는 것은 마음으로의 가치이기 때문이다.
　시장의 군상들에는 애환이 들어 있어 저마다의 슬픔과 아픔이 녹아서
생의 현장을 구성한다. 부도난 사장도 있고 옷을 파는 사람 또는 붕어빵
을 굽는 아줌마에 이르기까지 가난과 맞서는 용감한 사람들이 어울려
시장풍경을 생동감으로 이룩할 때, 열심히 사는 사람들의 모습은 슬픔
을 넘어 고귀한 풍경화가 된다. 이런 삶은 저마다 아름다운 이야기의 주
인공이 되는 시장의 모습이 곧 시인의 마음을 대변한다. 왜냐하면 시는
곧 현실을 반영하는 온도계와 다름이 없기 때문이다.

오그라진 손 쭉 펴가며
조심스레 기어오르던 너에게

가야할 길이
얼마나 먼지, 얼마나 험한지

물을 필요 없이
묵묵히 푸르름으로 그 자리를 지켰던
너에게서 배운다

가야할 길이 아직도 멀기만 한데
정든 여름 배웅하고
가을 손님 맞이하려 단장을 하는구나

— 「담쟁이 너에게서 배운다」 중

시는 의인화의 기법을 쓸 때, 인간의 비유로 많이 사용된다. 담쟁이의 모습은 느리지만 언젠가는 목표점의 높이에 이르게 되고, 이른 가을의 색채로 가장 먼저 계절의 변화를 알리는 빛을 보내는 담쟁이의 힘겨운 행로—'가야할 길이' 높이에 있고 험난한 여정이 고달플지라도 진정으로 뻗어나가는 모양이 시인의 눈에 아름다움으로 다가온다. 아울러 '묵묵히 푸르름으로 그 자리를 지켰던' 감동은 비록 담쟁이 한 줄기에서 생의 고귀한 가치를 발견하는 오정순의 시정신은 그만큼 사물을 애착의 시선으로 소화하는 정서에 감동을 준다. 만학의 길을 선택했던 일이나, 목표를 위해 오르는 담쟁이의 모습을 교훈으로 선택한 시인의 생은 그만큼 자기애의 구체적인 실현이라는 점에서 가치를 둔 고귀한 예가 감동을 남긴다.

시를 쓰는 일은 시인마다 그 변(辯)이 각기 다를 것이다. 어떤 시인은 자기 과시(誇示)의 방법으로 시를 선택할 것이고 또는 절실한 삶의 일환으로 시를 쓰는 이유가 될 수도 있을 것이다. 그러나 오정순 시인의 시 쓰기는 생활의 전부이자 삶의 모든 요소가 용해되어 한 편의 시가 탄생되는 인상을 준다.

만들어야 할 텐데....

포장해야 할 텐데....써야 할 텐데...
마음만 조급하고
머릿속은 온통 컴컴한 동굴일 뿐
찾을 수가 없다

무작정 시를 찾아 나섰다
나는 스무 다섯 해를 되돌아가지 못한
부메랑인가?
발걸음은 고향을 향하고
마음은 열 걸음 앞섰다
…(중략)…
포장할 내용물을 찾지 못한 채
힘없이 돌아와
고향 후배의 정성 담긴 솔잎차를 데운다

─「시 낚으러 가다」에서

　시를 쓰는 일은 저마다 다른 출구를 통해 세상에 얼굴을 알린다. 그러
나 대체로 자기 정화(淨化)의 방법으로 시의 이름이 탄생되는 경우─무아
경(無我境)의 염원이 시를 불러오는 경우가 많다면 열심히 불러 모으는 염
원(念願)에 따라 시는 어느 순간에 다가오는 신기루와 같을 뿐, 논리로 증
명할 수는 없을 것이다. 오정순의 시에 대한 열망은 일상적이고 간절하
다. '만들어야 할 텐데....'가 하루 종일 염원으로 기도하는 진지성 때문에
'써야 할 텐데...' 중압감이 있게 된다. 이는 열성적으로 살아가는 적극성
에서 시의 탄생을 맞이할 수 있는 조건─오정순 시인의 삶을 말하는 우
회적인 방법이 될 것이다. 시도 부지런한 사람에게는 반가운 얼굴을 보
여주는 이치와 같기 때문이다.

5. 계절의 변화와 시

계절에 따라 사물의 모습은 다르게 다가올 때, 시인의 정서가 이에 반응하면서 시가 탄생된다. 만약 일상이 똑같은 표정이 지속된다면 상상력의 표정은 일정한 도식을 유지하면서 시의 모습 또한 밋밋함을 나타낼 것이다. 그러나 봄날의 특징은 겨울을 이기고 생동감으로 싹을 틔우는 모습이 시인에게 신선한 영감을 불어넣을 수 있고-여름은 개화의 화려한 세상이 시에 변화를 줄 것이라면, 가을은 조락(凋落)의 쓸쓸함이 바람을 타면서 시의 의미 또한 그런 변화를 수용하는 양상으로 나타날 것이다. 인간에게 시련이 없다면 희망이 없듯 변화는 곧 시의 모티브를 의미로 충전시키는 기능을 다할 것이라는 뜻이다. 오시인의 시는 봄, 여름, 가을, 겨울의 감각이 뚜렷한 표정으로 나타난다.

겨울이 녹아내려
연노랑 웃음꽃 된다.
보따리 풀 때마다
까르르 웃어댄다

핑크빛 바람도
벚꽃마다 버무려 놓는다

목젖까지 보이는
목련의 하품이 나를 유혹한다
색색의 웃음들이
허파 속에 가득 들어온다

오늘은 왜 이리 내 방이 침침할까?

―「봄바람」

봄은 바람으로 온다. 겨울을 밀어내는 일이 바람으로 시작하기 때문이다. 이런 상황은 맹위(猛威)의 겨울이 봄의 약한 바람에 밀려나는 이치─승리자의 봄이 시작을 알리는 신호일 뿐만 아니라 더불어 땅속에 갇혀있는 모든 물상들이 문을 열고 세상 구경을 시작하게 된다. 신비가 세상에 알려지는 순간 노랑 잎들이 푸름으로 변화를 알리면서 꽃을 준비하는 일로 바빠진다. 「봄비 맞는 낙엽」처럼 승리자의 봄이 「봄바람」과 동일한 이미지를 보이면서 신선한 감각을 시각에 전달한다. 이는 즐거움의 시작이고 탄생의 신비가 풀리는 계절─봄은 새로운 세상의 선선함이 일렁인다. '연노랑 웃음꽃'이나 '까르르 웃어댄다'의 청각과 시각의 발동은 시인의 정서가 그만큼 봄날에 살아나는 '색색의 웃음'을 맞아들이는 건강한 표정이 조화를 만들고 있다. 「오늘 봄을 보았다」, 「연초록의 숨소리」 등은 시인의 정서가 웃음으로 전환하는 상징에서 시의 표정도 그렇게 밝아지는 인상을 전달할 때 독자의 가슴도 봄바람으로 채워질 것 같다.

여름은 나무들의 세상이 되고 더위와 더불어 꽃들은 경주하듯 세월을 재촉하는 걸음들이 분주해진다. 「넝쿨 장미」나 「장마의 경주하기」, 「여름이 왔나보다」, 「무더워」, 「나무」, 「태풍」 등은 여름의 정서를 대변하고 있다.

끈적이는
뜨거운 호흡이 엉겨 붙으며
매달린 젖은 웃음
담장위에 걸어 놓는다

춤추듯 일어서는 넝쿨장미 꽃잎들
붉게 물든 노래 소리로
여름을 엮어간다
성급한 어린매미

출연날짜 기다리며
무대 뒤에서 목을 빼고
늙은 어미 개
젖가슴 드러낸 채
나무 그늘 물었다

-「여름이 왔나보다」

　햇살의 농도가 짙어지면 나무들은 푸르게 춤을 추고 성장의 최고점을
향해 여름은 익어간다. 꽃들은 시샘하듯 담장위에서 난전(亂廛)을 벌리고
저마다 화려한 얼굴을 자랑하는 꽃들의 잔치와는 달리 매미의 성급한
목소리는 갈급(渴急)스런 톤으로 여름의 중앙을 가로질러 갈 때, 더위를
이기지 못하는 개들의 호흡은 가파르게 높아지고 그늘 아래 꿈은 나른
한 세상의 여름이 한가롭다. 이런 익살의 표정들이 대조를 이루면서 여
름의 성숙은 어느새 푸른 낙원의 파노라마가 가을 준비로 들어간다.
　가을은 밀렸던 숙제를 정리하는 것처럼 빠르게 지나간다. 여름의 지루
함과는 달리 서늘한 기운이 파고들 때쯤엔 이미 겨울의 소식과는 크게
다름이 없는 서늘한 감각으로 전환되기 때문이다. 「가을 나무」와 「가을
도화지」는 가장 감각적인 표현미를 간직했고 신선함이 가을의 무드와
잘 어울린다.

하늘을 더 높이 잡아당기자
파란 물감을 듬뿍 섞어보자
빨간 물감 콕 찍어 고추잠자리도 그려보자
열심을 내어도 가을을 표현할 수가 없었다
…(중략)…
가을에게 부탁하자
너의 초상화를 도화지에 그려 달라고….

-「가을 도화지」에서

제2부 이미지 조립하기　159

다양한 변화의 가을 풍경을 그릴 수 없다는 고백―가을에 일체감을 갖고 동화(同化)된 정서를 의미한다. 그만큼 감동적인 의미로 가을이 시인의 몸에 체득된 고백이다. 그림으로 그릴 수 없는 도화지의 여백은 곧 시인의 마음이 시로 나타나는 기다림이겠지만 그만큼 화려한 정서를 수용하는 표현의 한계 앞에 고민하는 모습이 아름답다. 오정순의 정서는 가을에서 가장 왕성한 이미지의 숲을 감동으로 바라보는 모습이 인상적인 요인으로 다가오는 이유는 가을에 취한 것 같은 인상이라는 점이다.

> 내려오는 포승줄은
> 움직이는 것마다 꼼짝달싹 못하게 꽁꽁 묶으려 한다
>
> '갯바위 집' 앞 작은 배 한 척
> 나도 움직일 수 있었다며
> 하얀 줄에 묶인 채 돌아앉았다
>
> ― 「첫눈 오던 날」에서

겨울은 지상의 물상들이 정지하면서 쓸쓸한 모습으로 앉아 있는 고독이 연출된다. 추위와 눈보라에 세상을 내어주고 오로지 사색의 깊이에 빠져 기다림은 심는 독목(禿木)과 첫눈에 오도 가도 못하는 배 한 척에서 인적이 끊긴 고요가 정밀(靜謐)의 깊이에 '나도 움직일 수 있었다며' 추억을 반추하는 풍경이 그윽하게 그려진다. 아울러 '갑자기 추억을 내놓으라고'의 첫눈에서 오정순 시인의 겨울 시선(視線)은 깊은 인상을 대동하고 시의 숲으로 독자를 끌고 가는 솜씨가 인상적이다.

6. 기행시

인간은 낯선 곳을 동경하는 나그네의 심사로 길을 떠나려 한다. 이방 (異邦)의 풍물에 감동을 저장하고 삶의 충전을 위한 여행은 항상 신선함 과 신기함이 어울려 동적(動的)인 생활을 부추긴다. 오정순은 여행의 깊 은 인상을 기행 시로 생명을 불어넣는다.

> 기념 촬영하려고
> 수많은 사람의 배경 되었을 그곳에
> 잠시 나도 자리 빌려, 모델이 되어본다
>
> 왕족들의 거대한 무덤위해
> 얼마나 많은 사람이 쓰러지고 죽어갔을까?
> 돌 하나의 무게가 2.5톤이라며
> 감히 따지지도 못했을 거야
> 채찍에 맞으며 저 많은 돌 나르고 쌓았겠지
>
> — 「피라미드에서」 중

오정순의 여행 시는 주로 외국의 기행이 많다. 이국적인 느낌이 신선 하고 다양한 변화의 인상이 생기가 있다. 겉으로의 풍경이 몰입되기보 다는 풍경의 이면을 투시하는 점에서 새로운 해석이 가미되는 '피라미 드'—거대한 돌을 옮겨 무덤을 만든 사람들의 슬픔을 눈여기는 감각이 있기 때문이다. 단순한 감탄의 구경이 아니라 채찍에 맞아가면서 죽음 으로 쌓아진 거대한 높이는 결국 노예들의 채찍소리와 신음의 높이는 비례하기 때문이다.

> 적 앞에서의 코브라

부풀리고 달려드는 함성
다시 밀려가는 함성 속에
내 속의 찌꺼기들을 실어 보낸다
얼마나 많은 사람들이
무거운 짐을 놓고 갔기에
내가 버린 찌꺼기는
파도의 잔해에 묻혀 찾을 수조차 없다

                                    ―「경포에서」 중

　　이국의 경치에서는 소화불량의 표현이 있을 수 있지만 내 땅의 여행
에서는 보다 친근미를 담을 수 있을 때, 오히려 난감한 표현으로 흐를 수
있게 된다. 왜냐하면 누구나 알고 있는 사실을 신선하게 나타내는 일이
결코 쉽지 않기 때문이다. 강릉 경포의 경우 새로운 표현의 방법―오시
인의 경우는 감각성을 발휘하고 에스프리의 표현에 파생되는 비유의 생
동감이 매우 새롭다. 파도를 코브라의 부풀리는 모습이나, 많은 구경꾼
들이 내려놓고 간 짐을 파도에 흘려보내는 흔적을 찾을 수조차 없다는
표현에서 우회적인 비유가 살아나는 것 같은 사실성을 주기 때문이다.

7. 재치와 생동감

　　표현의 재치는 곧 시의 생동감을 부추길 수 있고, 서정적 가락을 부드
러움으로 포장할 때, 신선함을 고취하는 느낌을 줄 뿐만 아니라 다양한
의미를 발산하는 구조로 시의 이미지가 생동적으로 출렁인다. 특히 언
어 운용의 재치는 사물이 살아나는 물활적인 인상을 잉태하는 것 같을
때 인상적인 특징을 갖는다.
　　사계절의 뚜렷한 변화를 읽고 이를 시로 창조하는 오정순 시인의 시

각에는 명확한 개성이 담겨있고 봄, 여름과 가을, 겨울의 표정이 사실적인 느낌을 전달받는다.

 삶에 아픈 흔적보다는 담담하게 그리고 성실하게 살아가는 체험의 요소들이 적절하게 배치되어 긍정적인 노래로 다가올 때, 감동의 파도는 아주 신선하다. 그는 시를 일상의 재료에서 어렵지 않고 평이함에서 가능의 문을 출입하는 친근함이 두드러진다.

 오정순의 시는 객체의 사물을 끌어들여 자기만의 방법으로 용해하여 평이하고 안락한 가락을 제작하여 독자 앞에 펼치는 태도가 겸손한 시인이다.*

오정순 – 신의 뜻 또는 시의 뜻

– 오정순 신앙시집 「오실 메시야」

1. 나의 하나님을 위하여 – 프롤로그

시인이자 비평가인 T. S. Eliot는 "종교시는 3류 시다"라는 말을 했다. 이 언술은 종교시를 폄하하자는 뜻이 아니라 시의 특성을 말하는 필수적인 논리에서 나온 발성이었다. 그는 20세기 최대 시인으로 '4월은 잔인한 달 죽은 땅에서 라일락을 키우고...'를 쓴 유명한 시집 『황무지』의 시인이다. 종교의 특성은 엄정한 한계(限界)아래 있어야 하지만 시는 그 반대의 자유정신을 말하려는 뜻이었다. 다시 말해서 시는 영원한 자유의 속성을 갖는다면 종교는 엄격한 룰을 유지하는 점에서 구분되기 때문이다. 또 다른 이유는 시는 비유로 에둘러 의미를 창조하는 점에서 직접적인 종교의 설법과는 다를 수 있을 것이라는 의미이다. 예를 들면 김춘수 시인의 시 중 「나의 하나님」을 인용한다.

　　사랑하는 나의 하나님, 당신은

늙은 비애(悲哀)다
푸줏간에 걸린 커다란 살점이다
시인 릴케가 만난
슬라브 여인의 마음속에 갈앉은
놋쇠 항아리다.
손바닥에 못을 박아 죽일 수도 없고 또 죽지도 않는
사랑하는 나의 하나님, 당신은 또
대낮에도 옷을 벗는 어리디 어린
순결(純潔)이다
삼월에
젊은 느릅나무 잎새에서
연둣빛 바람이다.

— 김춘수, 「나의 하나님」

원관념인 '나의 하나님'과 상관을 갖는 '비애', '살점', '놋쇠 항아리', '순결', '연둣빛 바람' 등의 보조관념을 앞세워서 나의 사랑하는 하나님의 순수성을 강조하는 비유로 상징되는 시적 표현방법이다. 비유가 아닌 '하나님이 푸줏간에 걸린 살점'만을 떼어 놓고 보면 불경스런 표현임이 분명하다. 즉, 시인은 의미를 강조하기 위해 다양한 시적 장치를 동원하면서 전달의 묘미—비유나 은유 혹은 아니러니, 역설들의 시적장치를 동원한다. 왜냐하면 시는 본질적으로 응축(凝縮)—즉 짧은 언어로 다양한 의미의 내포(內包)라면 설법 혹은 설교는 직접적으로 전달하는 명확성의 언술에서 다르기 때문이다.

2. 이성(Logos)에의 갈증

인간은 신 앞에 항상 키를 낮춰야한다. 이는 절대자의 명제—뛰어난 어떤 인간도 궁극에는 한계 앞에 무릎을 꿇어야하는 것이 인간의 삶이다. 아무리 잘났다는 사람도 결국은 자기를 아는 때, 비로소 얼마나 왜소(矮小)한가를 터득하는 것이 인간의 이성이기 때문이다. 가령 괴테의『파우스트』에서 악마 메피스토펠레스의 온갖 유혹이 빠져 비틀거리고 허우적이다 마침내 이성의 눈을 뜨고 궁극에는 승리자의 깃발을 날리는 것은 인간 이성의 승리를 암시한다. 이런 예는 이것만이 아니다. 파스칼의『팡세』중에 인간을 죽이기 위해서는 칼이 아니라 한 가락의 연기로도 충분하다. 그러나 '인간은 생각하는 갈대'를 주장한 것도 궁극에는 인간의 승리를 운위(云謂)하는 말이었다. 단테의『신곡』이나 셍케비치의『쿠오바디스』나 밀턴의『실낙원』,『복낙원』등도 모두 인간의 승리를 주제로 한 명작들이었다.

인간은 본질적으로 나약할지라도 생각의 나무를 키우고 또 생각의 길을 걸을 수 있기 때문에 악의 수렁에서도 스스로를 곧추세워 일어나는 방법을 알게 된다. 종교의 소용은 여기서 길이 만들어진다. 다시 말해서 부족함에 울고 있는 상태에서 위로의 말을 건넬 수 있고 나약(懦弱)하여 스러지는 영혼에 힘을 부여할 수 있는 에너지의 공급은 종교의 의무이자 필연의 관계일 것이라는 뜻이다. 물론 낙원을 손짓하는 것이 아니라 현실에 꿈과 희망을 주는 일이야 말로 참된 깨달음의 방도이기 때문이다.

철학자 비트겐슈타인의「파리 잡는 항아리」론은 항아리 속에 들어간 파리는 결코 그 항아리 속에서 벗어나올 수 없는 존재물의 비유－현대인의 절박한 상황이 얼마나 운명적인가를 말하고 있다. 다시 말해서 인간은 파리 잡는 항아리 속에서 벗어날 수 있는 방도가 없는 것처럼 오로지 운명적인 한계에서 살아야 하는 숙명에의 존재라는－틀 안에 갇힌 존재이다. 다시 말해서 일정한 틀 안의 세계에 들어갔지만 결국 그 세계를 벗어날 수없는 한계 내에서 신의 음성을 들으려는 노력은 당연한 갈증일 것이기 때문이다.

절망은 구원을 바란다. 더구나 현대인은 기계의 부속품처럼 정치(精緻)하고 엄정한 틀 속의 존재처럼 소모품과 같은 운명을 살아야 한다. 설사 톱니바퀴가 마모되었다면 그 부분을 다시 갈아 끼우면 무사하게 돌아가는 메커니즘의 현대사회는 고독과 우울 그리고 처절한 아픔에 견딜 수 없는 비극의 절대상황—마치 실존철학에서 한계상황(限界狀況)과 같은 참혹한 처지에서 구원의 손길이 종교의 임무라는데 이의가 없을 것이다.

오정순의 신앙시집 『오실 메시야』는 이런 갈증에 적절한 통로를 제공한다. 그의 시를 인용하면서 말 속으로 들어간다.

> 성경말씀을 시로 표현하는 것은 자칫 잘못을 저지를 수도,
> 건방을 떨 수도 있기에 많이 조심스러웠다.
> 양파 껍질을 벗기 듯 궁금증이 생기며 독자에게
> 해답을 찾게 하는 일반 시와는 달리, 말씀의 시는
> 그 껍질 깊숙이 해답의 씨앗이 있어야 하기에
> 더 이상의 포장을 할 수 없었다.
> 발가벗겨진 채로 세상에 나서는 것처럼 부끄럽고
> 두려운 마음으로 시집을 내 놓는다.
> 글을 쓸 때마다 나의 곁으로 바싹 다가앉으셔서
> 조용히 기다려주신 주님께 감사드리며,
>
> ─「서문─감히 말씀으로 시집을 내며...」에서

'잘못을 저지를 수도' '건방을 떨 수도' 있다는 무게 때문에 해설의 붓끝이 주저스러운 것도 사실이다. 왜냐하면 오정순 시인도 말하듯 '종교를 테마로 한 시는 일반 시와는 다르다'는 전제가 위안을 주는 요소일 것 같다는데 동감한다. 해답의 씨앗은 결국 독자의 몫으로 돌리면서 허물과 변명의 이유가 타당하기를 소망하면서 논지의 길로 들어간다. 왜냐하면 오정순의 신앙시를 읽다보면 그 해박성과 깊이 그리고 성경에 대

한 공부가 쉽사리 접근하기에 어려울 만큼 해박하기 때문이다. 다만 문학으로 바라보는 시선의 한계를 접어주기 바란다.

3. 기도로·

소크라테스는 델포이 하얀 신전(神殿)에 있는 말을 인용하여 자신의 철학을 설파했으니 무지(無知)에의 지(知)인 '너 자신을 알라'였다. 인간이 스스로를 아는 일이야 말로 가장 위대한 깨달음의 열쇠가 될 것이기에 일주일 동안이나 선정에 들어 요지부동하면서 결국 다이모니온(Daimonion)의 신령적인 경지를 답방했었던 결과물이었던 것이다. 자기가 스스로를 알아차린다는 것은 객관화의 방도로 풀어나가는 터득이라면, 불을 만물의 근원이라 했던 헤라클레이토스 역시 "나에게 묻지 말고 너의 Logos에 귀 기울이라"는 말 또한 같은 문맥일 것이다.

현대인은 절망에 맞서있다. 때문에 그 절망 앞에 자기를 아는 방법은 고독의 시간을 갖는 일이라야 한다. 깨달음은 타인에서가 아니라, 그리고 능숙한 달변의 설교에서가 아니라, 자기로 돌아가는 때, 비로소 참된 나를 발견하는 점에서 기도는 고독에서 스스로의 길을 알게 되는 방법일 것이다.

> 구하고, 찾고
> 문을 두드리라 하시네요
> 그러면
> 주시고, 찾게 되고,
> 두드리던 문 열린답니다
>
> 없다

안보이고, 안 열린다
원망하고 불평했었죠
당연히
누군가 해 주길 바란 거겠죠

그리고 또 다시 주시는 말씀
'남에게 대접 받기를 원하면 그대로 대접하라'
방법 주시네요
여러 번 하신 말씀이라는데 새롭게 들려요
왜 인지 나는.....

　　　　　　　　　－「기도는 교제의 통로－산상수훈 4」

　기도는 구(求)하기 위해서 하는 행위가 아니다. 오히려 타인을 위하고 나를 낮추는 반성의 방법이면서 내가 무엇인가 그리고 어디에 위치하고 있는 가를 위한 방편일 뿐이다. 또 말의 성찬(盛饌)이 아니고 가슴에 있는 순수를 뽑아내는 수단이 기도의 몫이라야 한다.
　장황한 말을 하기는 쉽다. 그러나 침묵으로 자기를 깨닫는 일은 참으로 지난(至難)한 도정(道程)을 겪어야 한다. 어떤 신자가 자기 몫의 기도 순서가 되었을 때, 남들과는 달리 침묵으로 1분 동안 기도를 하겠다고 말하고는 '하나, 둘, 셋의 숫자 60초를 셈하는 시간이 왜 그렇게 길었는가를 고백하는 경우가 있었다. 똑같은 1분이지만 말로 하는 기도는 짧지만 스스로가 셈하면서 1분을 지나는 시간은 참으로 길다. 이 긴 깨달음에서 기도는 참된 길이 보일지 모른다. '문을 두드리되' 자기를 위한 문이 아니고, 희생과 헌신의 사랑을 앞세울 때 참된 진실의 길은 환하게 열릴 것이기 때문이다. 그 방법을 오정순 시인은 다음과 같이 기도한다.

　구제할 때,
　기도할 때에 은밀하게 하라십니다

다른 사람의 칭찬은 이미 받은 상이 된답니다
기도는
중언부언 많은 말을 하여야
들으시는 게 아니라며
그 방법 가르쳐 주시네요

기도의 대상이신
하나님의 거룩 위함은 한 번인데,
필요한 것 달라는 것은 여섯이네요
뻔뻔스레 다 구하고 영광까지 돌렸지만
해결 못해 부끄러운 곳 다시 머물러요
'우리가 우리에게 죄 지은 자를
사하여 준 것 같이……'

– 「가르쳐 주신 기도」

오정순의 기도는 정답을 알고 실천하는 것 같다. '은밀하게' 그리고 다른 사람을 위해 '칭찬'을 하면 이미 상을 받는거나 같다는 해석이 옳은 이유이기 때문이다. 그러나 오늘날 중언부언의 웅변투–말의 홍수가 기도의 전부인 것 같은 현상을 꼬집는 시인의 지혜가 유다르다는 점이다.

4. 사랑으로

사랑이란 말은 생물, 다시 말해서 살아있는 모든 생명체는 사랑으로 구성되었고 사랑으로 종족을 보존한다. 들판에 홀로 서있는 나무에서부터, 암수를 구분하는 동물이나 곤충에 이르기까지 사랑은 존재를 위한 원칙일 것이다. 그러나 이것들은 본능(本能)으로의 사랑일 뿐 인간과 같은 사랑은 아니다. 본능으로의 사랑은 타인의 대상이 없고 오로지 자기라는 틀 속에 있지만 인간의 사랑은 자기를 버리면서 대상을 존중하고 아끼는데서 다르다. 다시 말해서 희생을 아는 사랑이라는 점이다. 그러나 종교에서의 사랑은 Agape라는 헌신(獻身)에 머물 때 인간의 사랑은 보다 위대하다.

우리가 아직 연약할 때에
그리스도께서 기약대로 죽으셨다
경건치 않는 날 위하여.

의인은 위하여 죽는 것 쉽지 않고
선인을 위하여 죽은 일
가끔 있을지 모르나
그리스도께서는 우리 위해 죽으셨다
내가 여전히 죄인이었을 때에
그렇게 하심으로 하나님께서
우리에게 대한 사랑을 확증하셨다
완전하게.

− 「사랑의 확증」

예수 그리스도가 십자가를 짊어지고 골고다의 언덕을 슬프게 올라간 것은 자신을 위함이 아니고 모든 인간을 위한 무거운 짊이었을 때, 위대한 찬사가 따라온다. 이는 사랑의 마음이 아니면 실행이 따를 수 없다는 점에서 범인(凡人)으로는 엄두가 나지 않을 행동양식이다. 이기적인 마음으로 나만을 위하여라는 함정(陷穽)에 갇히면 안 되는 이유−사랑을 가질 때 비로소 삶의 의미가 밝아질 수 있게 된다. '그리스도께서는 우리 위해 죽으셨다'는 말을 앞세우면 인간은 모두 죄인이고 용서를 빌어야할 당위성이 도출된다는 점이다.

"나의 어여쁜 자야 일어나서 함께 가자"
이름만 들어도 황홀한 그 님이
사랑의 초청장을 보냈습니다
감히 초라한 모습 나타내기 두려운데,
그 님은 그녀를 찾아 헤맸답니다.
병이 나도록 사랑했답니다

슐람미 여자가 떠납니다
그 님이 보내주신 마차를 타고...
그녀는 말합니다
나는 사랑하는 님께 속하였다고....
그리고 고백합니다
이제는 내가 나의 사랑을
그 님께 드리겠다고.

— 「사랑의 초청장」

사랑은 '함께' 그리고 '더불어' 가는 일이다. 육체적이든 정신적이든 대상과 하나로 결합하려는 발상일 때, 비로소 대상과 내가 Identity로서의 참된 결합이 이룩될 수 있기 때문이다. '나는 사랑하는 님께 속하였다고'의 헌신이 구체화될 때 '내가 나의 사랑을/그 님께 드리겠다고'의 진정성이 승화되면서 사랑으로 변모하게 된다. 다시 말해서 사랑은 내가 대상과 하나로 결합하는 점에서 헌신과 사랑은 경신(Piety)으로 변모하게 된다.

5. 낮춤으로

「창세기」에 의하면 하나님께서는 그가 지으신 만물 중에 인간을 가장 고귀한 존재로 지으셨다. 다시 말하면 하나님 모습대로 창조하셨으며 모든 것을 인간의 생존을 위한 선물로 주셨다. 이는 사람이 세계를 위하여 존재하는 것이 아니라 세계가 사람을 위하여 존재한다는 해석이 가능하다. 아울러 인간은 단순히 이 세계에 속하는 것이 아니라 이 세상을 다스려야 할 책무―곧 하나님의 대리자, 또는 하나님의 형상의 근거가 된다. 때문에 세상을 정복하고 변모해도 좋은 자격을 소유한다. 그러나 오만(傲慢)하지 말라! 때문에 겸손해야 하고 낮춤에서 비로소 하나님의 대리자로서의 사람의 형상이 될 수 있기 때문이다. 등이 굽은 노예 즉 명령에 복종하는 자가 아니라 '창조의 해방자'로서 임무가 부여된다. 이런 사람은 참된 자유인의 자격을 갖출 뿐만 아니라 만물의 영장으로서의 소임 또한 다할 수 있게 된다.

> 햇살이 내 눈을 톡톡 두드릴 때
> 머리 곁의 창과 물병이 없어졌음 알고
> 깊은 굴속에서
> 나의 옷자락 베어짐 알았네
>
> 위태한 왕좌 지키려
> 혈기 가득 지켜든 나의 칼날
> 죽지 않으려, 죽이지 않으려
> 조심스레 칼집에서 경계하는 다윗의 칼날
> 나는 이미 진 자였고
> 너는 분명 이긴 자였다
>
> 입혀준 투구와 갑옷조차
> 거추장스러워 벗어던진 어린 꼬마
> 하늘을 찌렁찌렁 흔들던
> 육척장사 골리앗을 호령을
> 물맷돌 하나로 잠재웠던 그 모습 보았을 때
> 이미 알았다

너는 이긴 자, 나는 진 자

- 「너는 이긴 자, 나는 진 자」에서

승리는 힘이나 칼로서가 아니다. 힘이나 칼이었다면 이미 골리앗의 승리는 자명(自明)해지기 때문이다. 그러나 어린애 마음―순수하고 깨끗하고 투명함이었을 때, 악의 무리를 이길 수 있다는 해석이 가능해진다. 이는 낮춤이고 겸손의 승리를 암시한다. '입혀준 투구와 갑옷조차 거추장스러워 벗어던진 여린 꼬마'라는 표현은 순수의 결정(結晶) 때문에 선(善)함의 상징이고 의로운 것이 악에 이긴다는 상징이 빛날 수 있다. 아울러 죽지 않으려 하면 의로움이 상실되고 진실로 죽으려하면 사는 일―이 역설의 승리는 '너는 이긴 자가 되고, 나는 진 자'의 함정에 빠진다는 역설(paradox)앞에 겸손과 낮춤의 미학이 환하게 불을 켠다. 오시인의 해석은 명확하고 분명함으로 하나님의 의도를 옳게 이해하는 사도인 셈이다.

6. 복종과 믿음으로

인간만이 하나님의 모습에 따라 창조되었다는 것은 주어진 세계를 내 것으로 알고 착취하거나 파괴해도 좋다는 의미는 아니다. 그러나 창세기의 원문에 의하면 이 세계를 '정복 하여라'라는 명령문 다음에 중요한 말이 이어진다. '다스리라'라는 말이면서 이는 '라다'라는 히브리어의 의미는 '보존한다'라는 암시가 내포되었다. 때문에 오늘날 하나님이 형상인 사람은 자연세계에 대한 사람의 자유를 의미할 뿐만 아니라 인간의 책임도 따라온다는 뜻이 첨가된다. 인간관계의 원만한 유지를 위해서는 하나님처럼 높아지려는 것이 아니라 낮아지려는 관계의 자세로 복종(服從)하면서 살아야 함을 강조한다.

당신이 갔던 그 길을
불평하는 무리들을 이끌고 갔던 그 길을
나도 갔습니다

당신은 원망을 들으며,
불평하는 무리들을
하나님께 아뢰며
힘겹게 갔던 길을
나는 냉방차에 편안히 앉아갔습니다

그 많은 세월동안 하나님께 인정받으며
대면하여 응답 받았던 인물이 과연 몇이나 될까요?
약속의 땅이 눈앞에 보이는데도
들어가지 못했던 서운함이 왜 없었을까요?
그러나 당신은 기적과 이적을 가장 많이 행한
멋진 능력의 권능자였습니다

당신에게 들려 주셨던 세미한 음성이 들릴까
귀 기울여 봅니다
뿌연 먼지속의 이스라엘 무리와
당신의 모습이 보입니다
그리고 가끔씩 구름 기둥도 보입니다

– 「당신이 갔던 그 길」

　예수가 갔던 그 길을 가기 위해서는 복종의 원리가 실천되어야 한다. 이는 따름에 원리이면서 곧 성경의 원리를 함축하고 있기 때문이다. 서술형 종결어미 '갔습니다'를 5번 반복하고, 의문의 물음표를 2번 그리고 감탄의 어미 '보이네요'를 동원하여 시인의 확신을 강조하는 요구사항– '당신이 갔던 그 길'을 따름으로써 신의 사랑을 받아야 한다는 강조가 거센 바람과 같다. 포이어바흐(Feuerbach)는 '사람과 사람 곧 나와 너의 통일성이 곧 하나님이다'로 인간학의 신학을 주장했다. 이는 신의 말씀을 복종함으로써 깨달음의 인간이 될 수 있고 여기서 다시 소통(疏通)으로의 세상을 만들 수 있다는 견해에 이르게 된다. 다시 말해서 '보이네요'의 눈이 떠지기 위해서는 신념(信念)의 말씀에 따르는 의미가 강조된다는 뜻이다.

> 말씀만으로도 모든 질병 고침 받지만,
> 단 한 가지 이것만은 있어야 해요
> 내가 능히 이 일 할 줄 믿느냐?
> 그렇다면 네 믿음대로 되라
>
> 믿음을 종자 삼고, 재료 삼아
> 가시는 곳마다 보이신 이적들
> 깨끗함을 받으라
> 가서 고쳐 주리라
> 내 죄 사함을 받았느니라
> 일어나 걸으라
>
> 지금도 이적은 계속되는데
> 어찌하여 그 옛날 일이라고 추억할까요?
>
> ― 「이적의 재료」

기적을 믿는다면 거기엔 기적보다 더한 믿음이 공고해야 한다. 다시 말해서 잡(雜)됨이 섞이지 않고 순수한 믿음이 강할 때, 비로소 이적의 불빛은 환하게 다가올 수 있을 것이기 때문이다. 하나님이 없는 상태로 살려고 하면 나무사이로 숨은 아담의 운명이 된다는 것과 죽음도 없고 고통도 없는 피조물의 세계 곧 하나님의 모든 것이 되는 세계를 찾을 수 있는 열쇠는 오로지 믿음에의 기둥을 세우는데서 가능할 것이라는 주장이다.

7. 생명의 숲으로 – 에필로그

에덴동산의 한복판에는 두 나무가 서있었다. 한 나무는 생명에 이르는 나무요, 다른 나무는 죽음에 이르는 나무였다. 이 둘의 나무를 구분하는 것은 자신의 눈이 떠졌을 때, 비로소 구원의 의미가 불을 켤 수 있음을 의미한다. 고통과 신음과 아픔 그리고 절망의 숲속에서 헤어 나오지 못하는 현대인의 절망을 치유하는 일은 생명의 나무 숲 – 신의 음성을 들으려는 귀가 열려야 하고, 믿음으로 마음을 다잡아 사랑으로 세상을 색칠한다면 오정순이 꿈꾸는 기도는 더욱 큰 울림이 될 것을 믿는다.*

고광이 – 감각의 이미지와 계절지향 정서

– 고광이(Joseph Koh)의 시집 『무지개다리를 건너』

1. 들어가면서

낯선 이국에서 생활하면서 시를 쓰는 일이 무엇인가를 생각하게 한다. 다시 말해서 언어권이 다른 공간에서 모국의 언어로 시를 창작하는 일은 보이지 않는 어려움이 따를 것이다. 낯선 섬에서 낯선 언어로 쓰는 정서가 어떤 역할을 할 것인가의 의문점은 시인 자신에게서 더욱 갈증일 것이고 고달픈 고행일 것이다. 왜냐하면 동일 언어로 소통하는 공간의 정서와 타국에서의 표현된 정서의 교류는 심각한 차이가 날것이기 때문이다. 물론 낯선 곳에서도 감수성은 발동될 것이고 시와 만나는 일은 가능할 것이지만 문자화된 작품의 소통은 불가능할 것이라는 우려가 남는다. 때문에 모국으로 보내서 소통의 기회를 엿보는 작품의 표정은 현실감이 떨어질 염려가 있을 수도 있다. 그리고 치열성의 문제 – 외국에서의 정서와 한국에서의 정서에는 – 외국 사람에게는 낯선 표정만이 교류될 것이라는 점 – 가장 민감하고 정확한 시의 경우 이국에서 창작한다는 것은 확실히 소통에 지난(至難)한 일이라는데 동감하게 된다. 소통의 어려움은 창작의 이완(弛緩)을 가져올 것이 자명하기 때문이다.

고광이의 작품을 접하고 위와 같은 생각을 갖는 것은 그가 20여 년 동안 조국과 떨어져 살면서 시를 제작하는 일 또한 어려운 일이지만 이를 극복하고 시집을 상재(上梓)하는 일은 용기에 해당될 것이다. 아울러 섬세하고 따스한 정감이 흐르는 시의 품격은 아름답다는 인상이다. 그의 고백은 이렇게 시작한다.

풋고추 된장 맛이 눈앞에 아른아른
잠들라치면 흔들어 깨운 생각들이 손잡고 노닐자 앙탈을 부렸고
서투른 칼질이 젓가락보다 익숙지 않았기에
촌놈이란 명칭은 떼어낼 수 없지만
열 손가락이 있어도 젓가락 잡을 줄 모르는 서양인보다 낫더라

살다보면 내 집이요 정들면 고향인데
고국산천 옛 친구들 그리워 달려갔었지만
변해버린 옛정들은 찾을 길도 없더라

-「서문-촌놈이 양식 먹고」에서

매운 맛 고추와 구수한 된장냄새가 그리운 이국의 생활에서 비록 포크와 나이프로 생활하는 일이 서툰 생활이지만-'촌놈'-아마도 낯선 의미이리라-이국의 생활에서도 오히려 아른거리는 구수한 된장맛과 풋고추의 아삭거리는 소리에 자긍심을 갖는 생활에 꿋꿋함일지라도 고국산천-옛정들이 '변해버린' 현실에서는 아픔을 고백하는 마음이 측은하다. 비록 선택한 고통이고 아픔일지라도 수구초심(首丘初心)의 고향을 지향하는 일은 누구나 갖는 본심이고 진실의 고백이기 때문이다.

고광이의 시는 사계절의 구분이 명확하고 이를 포착하여 정서의 흐름

이 매우 유연하다. 봄날의 시에는 생동의 정서가 펄럭이고, 가을에는 삭연(索然)함과 쓸쓸함의 중첩 그리고 겨울에는 독목(禿木)의 신산(辛酸)한 고독이 시인 자신의 모습으로 오버 랩 되어 다가온다. 더불어 여름의 시가 드문 경우는 환경적인 요소－환경은 정서를 촉발하는 에너지를 내장하고 있기 때문이다. 다시 말해서 많은 접촉을 하면 생각이 집중되는 것과 같은 이치는 감수성의 친소(親疎) 표현으로 나타나기 때문이다.

2. 상념의 날개들

1) 비

비는 생명과 물의 상관을 떼어 놓을 수 없고, 정화(淨化)의 이미지를 수반하면서 하늘에서 내려오는 고귀성을 유추하게 된다. 스며드는 감각을 나타내면서 기체와 고체의 사이에 변화를 거치기도 하고, 천상의 소식이 지상에 아름다운 변화－꽃이 되거나 갈증을 삭여주는 느낌에 시원함을 수반하다. 때문에 비는 곧 지상의 행복을 느끼게 하는 동시에 생명으로의 에너지가 작동되는 가락으로 화하게 된다. 만약 비가 없다면 이는 사막의 삭막함을 연상하게 되고 불모의 땅이라는 점에서 대척적인 이미지로 작동된다. 인간의 신체구조나 모든 생물체에 80%가 물의 구성요소일 뿐만 아니라 지상의 생명에게서는 필요의 절대성 때문에 물의 역사는 곧 인간의 역사를 결정하는 요인으로 인식된다. 모든 시에 물이 빠진다면 생명의 순환을 이어주는 자연의 고리가 단절된다. 비 혹은 물의 이미지는 항상 시의 원천의 요소로 자연과 자연의 생명체를 연결해주는 바탕이 되어왔다. 지상의 물은 증발되어 구름이 되고, 구름이 모여 비가 되고, 다시 되풀이 할 때, 윤회(輪廻)의 업장이 계속되면서 우주의 질서가 형성된다.

고광이의 시는 비가 많은 빈도로 얼굴을 내민다. 「봄비 내리던 날」, 「뽕나무」, 「익어가는 비」, 「그대는 아시나요」, 「마음에 비가 내리면」, 「별이 되고 달이 되는」, 「어제 내린 비」 등은 새로운 변화를 유도하는 기능을 수행하면서 시적 변화를 갖는 물의 이미지로 구성된 시이다.

밤새워 울던 비는
구름 위에 앉아
한 줌 햇살 그리워
울먹이다가

무거워 속마음
참아내지 못하고
서글피 우는 눈물이었지만

마음에
파란 창이 열리면
파릇한 새싹으로 마음 달래고

화사한 마음
흰 구름 되어 여유롭겠지

— 「어제 내린 비」

마치 상사화처럼 비와 햇살은 서로 떨어졌지만 실재로는 밀접한 연결고리를 갖고 있다. 비가 오는 날은 햇살이 숨어야 하고, 햇살이 나오는 때는 비는 모습을 보일 수가 없을지라도, 안으로는 이 둘의 관계는 순환의 고리를 형성하면서 존재를 왕성하게 촉진하는 역할을 한다. 뿌리에 물이 공급될 때, 삼투압의 줄기를 따라 잎에 이르는 길이 열리고 햇살은 다시 잎에 영양을 만드는 장치를 지속할 수 있게 되는 이치는 햇살과 물의 연관으로 서로의 존재가 분명해진다. '비'는 '햇살이 그리워 울먹이는' 순간을 지나 '눈물'의 이미지로 지상에 내려오는 과정을 통해서 '새싹으로' 전환하면서 '화사한 구름'이나 '여유로운' 회전(回轉)에의 길을 만드는 비의 일생이 그려진다. 불가의 이미지로는 윤회이고, 생명체에는 매개체의 역할이고, 이를 통하지 않고서는 꽃을 볼 수 없는 생명의 기능을 비는 수행한다.

비가 있어야 봄이 온다. 봄은 새로운 시작을 의미하고 또 꽃이 피어나는 계기를 잡을 수 있기 때문에 비의 역할은 인연의 긴 줄을 잡아 회전하는 역할에 다가든다.

> 그대는 아시나요
> 비가 오면 무심결에
> 창밖을 보는 버릇을
>
> 그대는 아시나요
> 밤새워 내리는 비가 그리워 흘리는
> 눈물이라는 것을
>
> 그대는 아시나요
> 길 잃은 미아처럼
> 그대 마음을 찾아 나선다는 것을
>
> 그대는 아시나요
> 그늘진 돌 틈 사이 이끼가 자라 듯
> 알 수 없는 마음에 싹트고 있는 사랑을
> 그대는 아시나요
> 연둣빛 새싹이 움터 오르듯
> 그대의 마음결에 꽃피운 사랑을
>
> ― 「그대는 아시나요」

'그대는 아시나요'를 5번 반복함으로써 '꽃피운 사랑'을 강조하게 된다. 이를 가져오는 인자(因子)는 비가 메신저의 기능을 수행하기 때문에 부드러움을 상상하게 될 뿐만 아니라 사랑의 꽃으로 연상되는 길이 형성된다. 그러나 비가 오면 누구나 창밖을 바라보는 버릇이 기다림과 맺어지면서 사랑의 감수성이 서서히 자라게 된다. 왜냐하면 기다림은 곧 연민(憐憫)의 정과 연결되기 때문이다. '비가 그리워 흘리는 눈물'은 슬픔의 눈물이 아니라 순수의 물기가 되고 이는 찾아나서는 '길'이 유추된다. 다시 비를 통해서 연둣빛 움이 트는 것은 사랑의 감정으로 이어지는 순서가 자연스레 사랑 앞에 당도하기 때문이다. 고광이 시인은 은근함으로 대표되는 비를 통해 잠을 깨우면서 사랑이라는 고귀하고 순수함을 추구하는 시적 모티브를 달성하기 위한 방편으로 비를 동원한 정서가 유연하고 아름답다.

2) 갈증 그리고 봄

갈증은 곧 새로운 변화를 모색하는 계기를 가져온다. 여유롭고 넉넉하다면 변화를 모색하는 기능이 퇴화한다. 다시 말해서 부족을 메우기 위해 행동을 예비하고 다음 단계로 넘어가는 수순을 거치면서 세상은 변화를 맛보게 된다. 겨울의 추위가 없다면 봄의 꽃은 없을 것이고 불편이 있기에 과학으로 해결하는 편리가 인간을 안락하게 하는 이유와 같을 것이다.

부족(不足)은 만족(滿足)의 모태가 된다. 이 어설픈 명제에는 진리가 함축된다. 왜냐하면 부족이 만족을 낳고 갈증에서 평안을 누릴 수 있다면 부족이나 갈증은 고통이 아니라 오히려 만족을 위한 길을 행동으로 보일 수 있는 기회를 제공하기 때문이다.

흐릿한 구름을 뚫고
한 줌 햇살 찾아와
슬며시 입맞춤하고 간다

구름이 걷히고
바람도 숨 고르면
다소곳이 손잡고 거닐 수 있으련만

뜨거운 사랑으로
빛을 찾아 손 내민 나무같이
갈구하는 사랑이지 싶다

― 「갈구하는 사랑」

　구름에서 빛이 나오고 고통에서 행복이 오듯, 햇살은 최종의 기다림
이고 구름은 이를 훼방하는 이미지로 다가들 때, 어둠에서 빛이 나오는
행복을 기쁨으로 맞이하게 된다. '뜨거운 사랑'을 달성하기 위해서는 구
하고 찾는 방황이 있어야만 사랑의 환한 빛을 만날 수 있기 때문이다. 이
런 비유는 모든 물상에 통용된다. 때문에 인과적(因果的)인 현상이 증명으
로 통하고 증명은 다시 되풀이되면서 삶의 원형을 이루게 된다. 고시인
은 이런 정서에 매우 달관(達觀)된 정서를 유지하는 생의 길을 걷고 있는
것 같고 '나무같이' 정정한 생을 이룩하기 위해 열성으로 살아가는 모습
이 보인다. 「갈망」이나 「갈 길 잃은 밤」 그리고 「당신의 눈 속에」 등은
어둠에서 빛을 찾아나서는 이미지가 승(勝)한 시들이기 때문이다.

　봄은 어둠을 뚫고 나오는 계절이다. 왜냐하면 겨울은 어둠이고 방위
로는 북쪽, 높새바람이 세찬 기운을 몰고 올지라도 마침내 봄기운에 꺾
이는 의미를 낳는다.

　봄은 심술을 부리다 떠난

거울의 빈집에 신방을 차리고
화사하게 춤추는 무희들을 초대했나 봅니다

앙상한 가지에 꽃단장시킨
풋풋하고 청초한 봄처녀들의 무희는
가슴을 설레발치게 하고

길모퉁이에도
바짝 마른 야산에도
펼쳐놓은 잔치에 얼마나 많은
인파가 몰릴지 모르지만

간드러지게 웃고 있는 화신들
목 길게 빼고 날씬한 몸매를 뽐내는
각양각색의 무희의 춤사위는 지칠 줄 모르고
발길 닿는 어디든지 공연 길을 나서려 합니다

— 「축제의 봄」

　봄은 나무들이 푸른 낙원을 색칠하는 계절이고, 꽃들의 축제이고 또
향기의 상승으로 고귀함을 연상하면서 들썩이는 계절이다. '무희들의
초대'는 바로 잔치를 준비하는 계절을 암시하고, 2연에는 처녀들의 싱싱
한 모습의 육감적인 비유, 그리고 '잔치의 인파'와 더불어 노래가 세상을
장악하는 기회가 도래했음을 알린다. 꽃들에는 윤기가 흐르고 다시 향
기로 세상의 공간이 분주하면 벌과 나비들은 인파를 이루는 인간과의
대조를 형성하면서 더불어 바빠진다. 꽃이 향기로 상승하는 것은 봄이
갖는 특별한 기회이면서 자연의 질서가 형성—꽃과 향기는 서로 보완적
인 상상으로 연결되기 때문이다.
　시는 외형보다는 내면의 통찰이 섬세할 때, 오히려 독자의 심금을 자

극하기 때문에 겨울에서 봄으로의 진행에는 질서-이겨내는 용기 혹은 고통을 지불하고 얻은 꽃과 향기의 상징에 감동을 수반하게 된다. 시인은 이런 풍경의 제시로 보여주는 흥겨움을 전달하면서 화려한 장마당처럼 분주해지는 흥취에 젖는다.

3) 그대 그리고 사랑

사랑은 종착이 아니다. 그러나 사랑에는 꿈이 실현되는 점에서 아름다운 이름이 형성된다. 고시인의 사랑에는 많은 에피소드가 자리 잡고 시의 넓이를 확충하는 정서가 넘친다. 이는 궁극에는 '그대의 사랑'을 얻으려는 사랑의 노래라는 점이다. 물론 사랑이 진행형일 때, 아름다운 모습이 된다. 이는 열망을 달성하는 빛의 모습이요 도달하려는 순수한 마음의 표백에서 나오는 진지한 감동도 수반하게 된다. 때문에 사랑은 비록 고상하거나 천하거나를 불문하고 아름다움이라는데 공통성을 갖기 마련이다. 왜냐하면 사랑에는 순수가 있어야 하기 때문이다. 「그대의 향기」 그리고 「소망의 등불」과 「그리움의 잔상」 등에 깃든 그리움의 소회는 결국 그대의 사랑에 도달하려는 마음의 행로를 상징하고 있다.

> 머나먼 행복의 낙원
> 별빛 되어 흐르고
> 밤하늘에 손 내밀어
> 잡힐 것 같은 그대여
>
> 당신 항상 내 곁에 있는데
> 너의 체취가 그리운 밤이면
> 몸부림으로 가슴 아파할까 봐
>
> 너와 나의 별자리에

소망의 불을 밝혀 놓으련다

-「소망의 등불」

바람이 등불로 바뀌는 과정은 역경이고, 그 역경은 곧 사랑의 고귀성으로 돌아올 것이다. 등불이 따스함을 연상하게 되고 이는 행복을 의미하는 목적지에 도달한 영광의 증표로 작동될 때, 그대는 나와 통합의 이미지로 결합되는 일체화(Identity)의 경지를 상징한다. 때문에 고시인은 '별빛 되어 흐르는'의 유동성을 강조하면서 '체취'가 그리운 결합의 경지를 방문하게 된다. 이는 마지막에 사랑의 등불을 환하게 밝힘으로써 행복의 이미지가 따라오는 부수적인 기교를 보이는 점이 선명하게 된다. 다시 말해서 그대가 유동하는 기운을 타고 그리움의 목적지를 향해 가다보면 등불 밝은 영지(領地)에 이르게 되는 암시가 확실하게 이해된다.

고광이 시인에게선 사랑의 상징이 많은 빈도로 나타나는 것은 일상적으로 생각하는 마음이라는 점에서 내면적이고 유연한 정서를 가진 것으로 그의 시는 표정을 관리한다.

두 눈멀게 한 것이 사랑이라면
눈을 뜨게 한 것도 사랑이리라

사랑은 하루가 멀다 칭얼대지만
가까이 있을 때는 모르고 지나치더라

어둠을 밝히는 것이 등불이라면
향기로운 꽃처럼 웃게도 하더라
사랑의 바람으로 몸부림도 치지만
사랑은 행복으로 포장된 축복이더라.

-「사랑은」

모든 인간은 그리고 시인은 사랑을 궁극의 대상화 혹은 종착지와 같은 개념으로 노래한다. 물론 어느 것도 정답이 아닐지라도 자기 개성만의 어휘로 사랑의 노래가 무궁한 가사를 창조하게 된다. 들판의 풀이나 나무 혹은 곤충에 이르기 까지 사랑의 방법은 다르고 또 다른 경우가 당연한 현상이 되기 때문이다. 그러나 공통적인 현상은 사랑이 행복의 좌표라는 점이다. 때문에 사랑은 때로 맹목(盲目)의 소경이 되기도 하고, 찾아 나서는 방랑을 마다하지 않는다. 그렇더라도 어둠에서 등불 그리고 꽃의 향기와 같은 사랑의 비유에는 따스하고 깊은 모성의 안온함을 갖게 된다면, 시인이 주장하는 '사랑은 행복으로 포장된 축복'이라는 감탄사를 휴대하게 된다. 그렇다면 사랑을 달성하기 위해서는 어떤 방법이 적당할 것인가의 의문 또한 당연해진다.

> 사랑을 퍼내면 퍼낼수록
> 감미로운 행복이 보이죠
>
> 사랑에는 조건과 계산이 없어야 합니다
> 바램은 욕심을 낳고
> 감사가 없는 마음에
> 불안(不安)은 기다리고 있지요
>
> 관심으로 베풀고 사랑으로 감싼다면
> 복은 당신의 가슴에
> 좌정(坐定)을 틀고 있으리라
>
> ― 「사랑으로」에서

　사랑의 정의를 넘어 방법을 지시한다. '사랑에는 조건과 계산이 없어야 한다'가 중점으로 거론된다. 조건과 계산은 이미 사랑이 아니고, 타산이고 이해로 돌아가는 속물의 노릇이기 때문이다. 무욕(無慾)은 순수가 보이지만, 물욕(物慾)에는 파도가 눈을 가리고 어둠을 주는 이치 ─ 사랑은 주는 것이고 순수를 지키기 위해 자기의 모든 것을 바칠 때 사랑의 이름은 비로소 불을 켜고 아늑함을 주는 선물이 될 것이라는 시인의 주장이 설득력을 갖는다.

4) 가을 노래

고강이 시인은 계절별 감각이 유난히 예민한 것 같다. 이는 감각의 발달일 수도 있고 의도적인 계기일 수도 있을 것이다. 그러나 전자에 가까운 인상에서 진실된 시의 표현미가 발동된다는 느낌이다. 봄날보다 가을이 이미지가 다수인 것은 아마도 남자의 정서─나이브하고 서늘함에서 오는 '외롭고', '쓸쓸한' 감수성이 그런 분위기를 연출하는 듯하다. 이는 실제의 외로움이나 고독이 아니라 정서상에서 오는 느낌의 반응이라는 뜻이 더 정확할 것이다.

계절별로 따지면 가장 많은 시들이 가을을 점하고 있다. 이는 시인의 내면정서에서 발동되는 기운이 시의 진로를 일어나게 만드는 이유로 돌리면 될 것 같다. 「낙엽 밟은 소리가」, 「가을 단풍」, 「가을 연가」, 「가을 여행」, 「가을로 가는 길」, 「그리움의 가을 밤」, 「몇 잎 단풍」, 「한 잎 낙엽으로」, 「겨울로 가는 길」 등 가을의 정취는 낭만적인 무드를 선행하고 있는 시(詩)들이다.

> 낭만을 먹고
> 토해낸 가을은
> 시들어 간 풍경으로 저물어 가는데
> 하얀 서리꽃
> 앙칼진 눈초리가
> 살얼음판을 만들려 하는데

만추에 만삭이 된
절정의 가을은
절벽 위에 우두커니 고개를 떨어뜨리고

찬바람에
발등 찍힌 단풍
야위어간 모습으로 슬픔을 노래해

달랑거린
몇 잎 단풍
외줄타기 곡예로 떨고 있구나

                                        -「몇 잎 단풍」

　　조락(凋落)에서의 반응은 슬픔이거나 우울이 짙을 것이다. 그러나 서늘
한 가을의 슬픔은 감정을 예민하게 반응하면서 주변의 모습에 슬픔을
고하는 것 같은 분위기에 젖게 된다. 이는 질축한 슬픔이 아니라 순수를
찾아나서는 인간의 보편적인 감정에 반응하는 양상이기 때문에 가을의
정서는 여린 마음이 더 많아진다. 고시인의 마음은 대상에 쉽게 반응하
는 가을 정서 때문에 쓸쓸한 가을 풍경에 비유-낙엽에서 삶의 아픔을
노래하게 된다. 1연에 '시들어간 풍경'과 서리꽃의 앙칼진 표정의 2연 그
리고 3연에는 만삭이 된 가을의 절정에서 느끼는 고개 숙임과 4연에서
슬픔을 노래하고 마지막에는 몇 잎의 단풍이 곡예(曲藝)하듯 위태로운 모
습에 연민의 정서가 앞장선다. 결국 시인의 마음에는 가을에서 슬픔을
반영하는 낙엽의 슬픔과 대칭을 이루는 인간의 모습에서 아름다운 가을
의 정서가 시로 나오는 것 같다.

초롱초롱 빛나는 별처럼
시리지 않은 가을이었으면 좋으련만

차갑게 안겨온 갈바람이 시리다

— 「그리움의 가을 밤」에서

추위를 걱정하는 시인의 마음에는 사랑에의 휴머니즘이 자리한다. 가을은 추위 그리고 이어 다가올 삭풍에 고통의 이름이 덮칠 것이기 때문에 이를 방지하려는 따스함과 안온함을 꿈꾸게 된다. 즉, '차갑게 안겨온 갈바람이 시리다' 때문에 물상에 옷을 입혀주고 싶은 정서가 시인의 마음을 나타내기 때문이다.

겨울은 식물이 잠자는 계절이다. 맨 먼저 눈이 오고 세상을 하얗게 덮어버리는 일이 역설적으로는 옷을 입는 것 같은 안온함을 느끼기도 한다. 더불어 흰색에서 오는 안도감에 감탄을 갖기도 하고, 흰색의 통일에서 오는 일체감에의 감동이 남게 된다. 눈은 마음의 안정을 선물하기 때문이다.

내가 만약 눈이라며
따스한 그대 가슴에 안기어
녹아나고 싶어

내가 만약 눈이라면
이 세상 어디까지
그대와 함께 날아갈 거야

내가 만약 눈이라면
그대 걷는 발자국 따라
예쁜 추억으로 동행할 거야

내가 만약 눈이라면
까만 밤을

하얗게 수놓아 갈 거야

내가 만약 눈이라면
더러운 곳까지 하얗게 하얗게
순백의 사랑으로 감싸줄 거야

— 「내가 만약 눈이라면」

가정법을 동원하여 다소 소녀적인 감상이 묻어난다. 그러나 눈은 인간 모두에게 감싸는 듯한 착각을 줄 것이고 '그대'라는 대상과 하나가 되는 꿈을 갖게 될 것이다. 순백에서 사랑의 감성이 일렁일 것이고, 행복한 꿈꾸기의 소망은 더욱 커지는 일이라면 눈은 친근함으로 세상의 모습을 완벽하게 통일한다. 추억과의 동행 그리고 더불어 하얗게 밤을 지새울 꿈꾸기의 겨울, 눈은 잡(雜)스러움이 섞이지 않는 순백색에서 순수와 사랑으로 동침을 꿈으로 실현하는 밤을 갈구하게 된다. 이것이 겨울눈의 위력이라면 누구나 겨울눈에서는 자기를 찾아나서는 행복도 함께하기를 소망하게 될 것이다. 시인은 이런 정서에 가장 민감한 반응을 지속하고 있어 행복한 겨울을 즐기고 싶어 한다.

3. 마무리에서

한 사람의 시인은 영혼을 얼러 주거나 밝은 곳으로 인도하는 임무를 부여받는다. 시가 밝아야하고 꿈과 사랑 그리고 행복의 전도사가 되어야 하는 이유가 여기에서 발원한다. 그러나 어둠이 곧 햇빛의 상관에서 출발하고 절망이나 불행조차도 행복을 맞아들이는 고통의 문(門)이라면 시인은 일상의 생활에서 이런 경험의 체득을 시화(詩化)하는 길을 스스로 만들고 여기서 개성을 발휘하게 된다. 시는 곧 시인의 개성의 문패가 되고 이를 확고하게 정착하는 일은 시적 성취를 구현하는 일이기 때문이다.

　미국에서 생활하는 고광이 시인의 경우는 낯선 정서에서 우리의 언어로 시를 만드는 고역에서도 매듭이 없는 인상을 준다. 그만큼 모국어의 표현과 숙달에 능숙하다는 말로 바꿀 수 있다. 한 편의 시는 언어의 결정(結晶)으로 나타나기 때문이다.

　그의 시는 비가 봄을 불러오는 상징으로 쓰이면서 다음 단계의 꽃이나 향기로 승화하는 순서를 갖는다. 꽃이 천상의 이미지 곧 향기에서 그의 시 또한 향기로 감싼다.

　갈증이 있어 봄은 더욱 싱싱한 인상을 더하면서 그대에게로 향하는 사랑의 신념이 굳어 보인다. 가을과 겨울의 정서는 시인의 심상에서 작동되는 개성의 표정일 뿐만 아니라 나이브하면서도 순수를 내포하는 정서로 일관된다. 다시 말해서 가을은 따스함을 추구하는 이미지라면 가을은 시심의 동력을 제공하는 뜻에서 시인의 마음과 일체화된 가락으로 채워진다. 이로 보면 김광이 시인은 가을의 중심을 배회하는 순수한 나그네의 시인이다.*

제3부

이미지 표정

최종규—지평, 엄뫼 그리고 만경강

—崔宗奎의 시적특질

1. 프롤로그—출발의 목소리

시는 개성이고 삶의 축도(縮圖)라는 점에서 한 편의 시는 곧 시인 자신으로 돌아가는 표정을 연출하게 된다. 그러나 시인은 항상 열려진 상태로 시에 대한 구애를 보내지만 언제나 성공하는 것은 아니다. 시를 만나는 일은 의식의 초점에 신명이 더하여질 때, 신기루처럼 나타는 시에 시인은 자기의 모든 것을 투척하여 그물을 던진다. 그렇더라도 시의 월척은 흐뭇할 수는 없다. 그렇게 끈임 없이 길을 갈 수 있을 때, 시인의 고달픈 여정은 때로 빛나는 이름과 대면할 수 있을 것—욕심 없는 마음 그리고 그렇게 투명한 의식의 상태를 가질 때 시의 모습은 간혹 미소와 만날 수 있기 때문이다. 오랜 경력의 시인에게서는 그만의 향기가 난다. 외골수로 의식의 고향을 창조하기도하고 또 의미의 팽창에 그만의 노하우를 갖고 세월의 강을 건너왔기 때문이다.

1964년『현대문학』으로 등단한 최종규 또한 시 제작의 독특한 정신

세계를 구축하고 있다. 고향에 대한 애착인 징게 명경 뜰을 시화(詩化)한 「지평선」이나 연작시 「엄뫼」의 전설을 발굴하는 일면 「섬」에 대한 시가 그의 정신 문법을 나타내는 정서의 주요 무리군(群)이다. 1970년에 발간한 첫 시집 『初雪』에서 제9시집까지 약 500여 편(장편 1편 포함)의 시를 창작하고 있다. 이제 대략적인 그의 정신 공간을 주마간산으로 답파(踏破)하려 한다.

> 門 열어라, 가시내야. 門 열고 나
> 와, 하늘의 어진 사랑이 내리는,
> 저 아무 것에도 견줄 수 없는 훈훈
> 한 은혜를, 네 치마폭에 받아라
>
> — 「초설」에서

첫 시집의 제목으로 쓴 「초설」은 최시인의 정신 거점(據點)을 암시하는 것 같은 순수와 투명 그리고 세상을 향한 선언적인 의도를 간파할 수 있을 것 같다. 시의 중심 모티브는 '가시내'라면 이는 시인 자신을 말하는 의도가 숨겨져 있을 뿐 만 아니라 '문을 열어라'는 명령을 내리는 이면의 목소리 또한 시인으로 다가든다. 때 묻지 않고 아름다운 가시내=처녀라는 의미에는 함축적인 이미지가 신선하면서 시인의 정서적인 복합체로 작동된다. 동정녀(Virgin)는 때 묻지 않는, 깨끗한, 순결한, 얌전한, 밟힌 일 없는, 섞이지 않은 등등의 상징성으로 볼 때 하늘(눈)과 가시내(시인)는 등가(等價)를 이루면서 순수와 깨끗함의 정점을 이룬다. 이런 처녀가 하늘에서 내리는 사랑의 은혜를 '치마폭에 받아라'의 지시적인 암시는 수태(受胎)의 상징을 내포하고 있다. '훈훈한', '견줄 수 없는', '은혜'가 하늘에서 내려올 때 이를 받아서 자기화 하라는 명령이 시의 중심을 관류하면서 치마폭은 곧 시인의 내면정서를 받치는 시어로써 최종규의 시적 출발의 상징에 접근된다. 하늘에서 내리는 눈(시)을 어떻게 받아서 수태(受胎)라는 구체적인 얼굴로 환치(換置)할 수 있을 것인가의 진로는 이후 오늘까지 500여 수의 시의 표정이 설명으로 대신하는 암시가 된다. 눈은 곧 하늘에서 내리는 사랑이고 사랑은 다시 시라는 순환적인 이미지로 충족될 때, 눈과 시인의 연결고리에는 오로지 사랑이라는 감동만이 드러나기 때문이다.

모든 시인은 의식적이든 무의식적이든 자기 시(詩)의 고향에 대한 정신 원형을 간직하고 시를 쓴다. 다시 말해서 시의 중심 사상을 이루는 요소가 무엇인가의 답안을 찾아 헤맨다는 뜻이다. 이는 평생의 작업이 될 테마가 될 수도 있고 또 간헐적으로 등장하는 방법도 있을 수 있지만 궁극적으로는 시인이 천착(穿鑿)하는 정서에 줄기가 있기 마련이다.

그런 조짐이 최시인에게는 ① 지평이나 ② 섬 ③ 엄뫼로 나타난다. 지평선은 김제평야의 너른 들을 시화(詩化)했고, 엄뫼는 의식의 중추가 되는 모악산, 그리고 섬은 시인의 정신에 담겨진 외로움 혹은 고독의 진원(震源)으로의 역할―만경강의 변형을 상징하고 있다.

2. 지평선을 가슴에 담고

바다에서 성장한 사람과 산을 밟고 살아온 사람 혹은 들판을 바라보면서 일생을 살아온 사람의 정서에는 크게 편차가 있다. 바다의 체험으로 성장한 사람의 경우는 시의 표현에 바다 정서에 시적 표정을 담을 것이고, 산에서 성장한 사람은 자연스레 산에 의지와 신념을 투영하고, 들을 바라보고 성장한 경우에는 활달(豁達)한 정신이 지배적인 현상으로 나타날 것이다. 물론 이를 계량적으로 말할 수는 없지만 셋의 요소가 복합적으로 출몰할 가능성은 허다할 것이다. 최종규의 시 또한 이런 요소가 종합적으로 조감된다.

바람이
스치다가 지쳐
풀잎에 쉬어가는 들판.

물도
흐르다가 졸려
고요히 잠드는 들길.

햇볕 진종일
쨍쨍 내리 쬐어도
다 채우지 못하는 아득함.

어쩌다 나앉은
마을 하나
들속에 묻히는데,

해거름 출렁이는
붉은 노을
하늘 땅 가득히 차고 넘친다.

─「지평의 들」

　지평선(地平線)은 시인의 고향인 전라북도의 금만(金堤 萬頃) 평야의 대
명사라 한다. 시선(視線)의 넓이가 '아스라이 트인/광활한 들녘'(「지평선
서시」)으로 시작한다. '바람이 쉬어가고', '물이 흐르다가 조용히 잠'이
드는 또는 '햇볕이 들판을 다 채우지 못하는 아득함' 속에 어쩌다 마을이
점처럼 박히는 정경은 얼마나 넓고 또 광대한 들판─가없이 넓고 끝없
이 전개된 평야의 풍경인가를 짐작할 수 있는 김제는 바라만 보아도 배
부른 고장이다. 김제는 본래 백제의 벽골군(碧骨郡)이었지만, 신라 때에
지금의 이름이 되었고 조선 태조 3년에 명나라 환자(宦者)인 한첩목아(韓

帖木兒)의 요청으로 김제군의 이름으로 고정된 역사를 가지고 있다. 명량산, 오적죽산, 승가산과 대평(大坪), 속칭 김제 萬頃坪을 이루는 지세는 인심이 순후하고 농사일에 부지런한 사람들이 사는 곳이라 「동국여지승람」은 기록하고 있다. 얼마나 비옥하고 농산물이 풍부했으면 읍내에 창(倉) 2곳이 있고, 동쪽으로 도창(杜倉), 서쪽으로 해창(海倉)이 있다는 옛 기록으로도 증명하고 있다.

최시인의 시적 원형은 배부르고, 따스하고, 인심 좋은 들판을 바라보고 어린 날부터 생장했기 때문에 그의 시는 언어의 질감(質感)이 유연하고, 언어의 탄력과 더불어 감수성이 풍부한 상상력의 벌판이 광활하다는 말로 대신할 수 있을 것이다.

봄에는 '푸르름이 난무(亂舞)하고 새싹들이 옹알이' 하는 '소리'로 듣는 계절의 에너지가 넘치듯 부산하다면, 진군을 독려하는 나팔소리가 들리는 것 같은 여름의 들판은 가득해진 마음이 금만평야에 가득해지는 충만이 시선을 사로잡을 때는 가을의 징게 맹경의 들판은 이미 '벼이삭들이 춤추는' 풍경으로 변모한다. 겨울은 '넓은 들이 어느 새 잠자는 거대한 사자'로 누워있는 형용을 보고 듣고 자란 시인의 마음속에는 시적 이미지의 저장고로 작동된다.

농사꾼은
새벽별 보며 들에 나가
달덩일 짊어지고 집에 온다.

굶어 죽는 한이 있어도
씨나락에 손대거나
절대로 까먹지 않는다.

흰쌀밥 한 사발은

남 줄망정
거름 한 그릇은 주는 법이 없다.

─「지평의 농사꾼」에서

징게 맹경을 지키는 사람들의 모습이 투영된다. 아침에 나가 별을 짊어지고 돌아오는 부지런함과 성실은 들판을 더욱 윤택하게 하는 요인─농부의 성실이 아니면 기름진 들판일지라도 아무런 쓸모가 없을 터이지만 밤낮을 잊고 땀 흘리는 사람들이 있기 때문에 지평의 옥토는 이름보다 더 빛나는 풍요를 누리는 요인─시인은 이런 체험의 추억을 시로 재생하는 점에서 그의 뇌수(腦髓)에는 의식의 지평이 넓이와 깊이로 언어를 조종하는 것 같다.

시는 상상력의 날개를 달고 출발하지만 상상의 바탕은 체험이라야 한다. 다시 말해서 체험의 다양성은 곧 시의 상상력의 의상을 걸치고 비로소 시의 형태로 나타나는 이치를 대입하면 어린 날의 체험이 정신의 바닥에 엎드려있다 어느 순간에 세상으로 나오는 모습이 곧 체험의 미화가 시라는 등식으로 성립된다. 결국 시는 체험을 어떻게 요리하고 어떤 경로로 언어의 의상을 걸치는가에 따라 시적 미감(美感)은 삶의 현장을 노래하는 일에 다름이 아닐 것이다. 최시인은 환경의 혜택을 받았다는 이유가 바로 풍요의 땅에서 그의 시심(詩心)을 일구는 작업에 행운이 따르는 결말이 된다. 사막에서 자란 사람은 사막의 표정을 많이 노래하고 산에서 일생을 보낸 사람은 산의 노래가 대부분일 것이라는 추정은 환경이 시에 미치는 요인이라는 점이 확인된다.

3. 강 그리고 물의 이미지 구사

물은 인간의 신체구조에서나 자연의 원리에서 절대요소로 나타난다. 지구는 물이 $\frac{2}{3}$를 차지하였고 인간의 신체조직도 이와 비슷하다는 점에서 인간은 환경의 지배 속에 있는 존재일 것이다. 태내(胎內) 양수를 비롯해서 물은 곧 생명의 근원으로의 절대 이름이면서 생활을 이어가는 에너지의 이름으로 작용된다. 베다의 경우엔 모성을 상징하는가하면 재생과 소생을 암시하는가하면서 소멸과 무라는 궁극에서 물은 언제나 순환의 이름을 생명으로 연장한다. 가령 물이 증발하면 수증기는 구름이 되고, 구름이 모여서 다시 비가 되는 이치-있음과 없음이 교차하면서 윤회의 거대한 생명의 바퀴살을 굴리는 우주의 신비는 물이 없으면 성립되지 않는 것이다. 물은 흐름이라는 유동성에서 살아있는 원형이 내포된다. 멈춤은 곧 썩음이 되고 이는 죽음이라는 물의 이중성을 나타내는 것이라면 죄를 씻는 세례의식이나 땅을 적시는 초목의 키움 또는 목욕재계의 정갈함 등은 모두 물이라는 원초적인 암시에서 시의 이미지는 근접된다. 강은 시인의 정신의 줄기를 구성하면서 면면(綿綿)이 이어지는 최초의 내면으로 통하는 길을 만들면서 시심의 개화를 위한 심리적인 물기로 작동된다. 그 취초의 조짐은 제3시집 『밀물과 썰물』에서 구체적인 형체를 나타낸다. 물로 제1시집에 「강변 일기」가 있기는 하지만 막연한 강으로 나타났고, 냇가나 바다 등이 있지만 고향을 흐르는 강에 대한 출발은 3시집에서 구체적으로 나타난다.

내 마음 가 없는 金萬평야
꼬리 길다란 한가닥 강이 있어
자진모리가락으로 출렁이며 흐르네

출렁임은 뽀얀 안개로 스러지느니
강가에 앉은 나 또한 이대로 흘러
덧없는 물거품 앙금으로 사라지리.

강물은 우리 모두의 어머니,
너와 나는 이로 부터 비롯되어
마침내 그에 합류하는
한줄기 水脈.

강은 나날이 한뼘씩 일어서며
있고 없음의 이저쪽 바람으로
철철이 굽이치며 즈믄해를 넘치네.

—「江 .2」 중

　　김제 만경평야가 의식 전면으로 등장하는 장면이다. 이는 잠재되었던
강의 이미지가 의식의 전면으로 나타나면서 제9시집(미발간)에 와서는
연작의 형태로 왕성한 수로를 형성한다. 제3시집이 1986년 발간이고 제
9시집이 2011년을 비교하면 그 간격은 4반세기라는 세월의 거리가 존
재하면서 물의 이미지가 섬으로 의식의 확대 현상에서 물(바다)과 만난
다. 민경강의 줄기는 무려 1531㎢로 호남평야의 중심부를 거쳐 서해바
다로 나가는 98㎞의 장강이다. 이 강을 바라보고 체험한 시인은 유동(流
動)의식의 잠재된 시심이 길을 떠나는 외형이지만 시인의 내면엔 불가(佛
家)적인 상징이 더해진다. '덧없는 물거품 앙금으로 사라지리'의 니힐의
식이 강물을 바라보면서 내면을 장악한 인상을 준다는 뜻이다. '있고 없
음의 이저쪽 바람으로'에서 차안(此岸)에서 피안(彼岸)으로의 강을 건너는
삶에의 고달픈 여정을 불심으로 채우는 허무는 곧 자기를 자각한 48세
무렵에 인생관이 드러나는 조짐이다. 이런 현상이 시인의 의식 바닥에
엎드려 있다 제9시집에 오면 강물이 바다의 외로운 섬으로 고독을 심화

하게 된다. 이는 나이의 깊음과 여기서 오는 허무는 인생의 깊이에서 나오는 체험의 강물일 것 같다.

바다에
옹기 종기 떠 있는 섬들은
이미 섬이 아니다.

세상에 예저기
얽혀 사는 이도
그는 외톨이가 아니다.

섬과 외톨이
외톨이와 섬은
서로의 어울림이다.

섬들 속의
외톨이
사람 속의 외딴섬,

아, 끝내 미치지 못하는
절대 고독의
차디찬 손이다.

　　　　　　　　　　　　　　　　　　　　　　　　－「섬.25」

　연작시는 해야 할 생각 그리고 하고 싶은 생각을 연결하면서 한 편의 풍경을 만드는 시적 작업이다. 소품으로의 단편적인 풍경이 아니라 장강의 풍경화를 위해 이미지의 겹침을 피하고 하나는 전체를, 전체는 하나의 풍경으로 만드는 일이기 때문에 의식의 수원지가 풍부해야 한다. 연작 25까지 연결되는 지구력은 놀랍다. 그만큼 시인의 내면을 장악하고 있는 이미지의 수량(水量)이 풍부하고 또 오래전부터 이어온 맥락을 느끼게 된다. 인간은 세상의 바다에 누구나 외톨이로 떠 있는 섬이고 구성원의 모두일 것이다. 곧 섬은 심연의 결과물이면서 누구나 피할 수 없는 숙명의 이름이기 때문에 피해갈 수도 없고 오로지 정면으로 맞아들여야 할 이름이라는 것—이를 아는 일은 젊어서는 모른다. 세상의 체험을 겪고 난 후에야 깨닫게 되는 숙제의 이름이기 때문이다. 최종규는 이런 숙제 앞에 정답을 골몰이 생각하면서 연작시를 끌고 가는 모습이 근엄하다. 왜냐하면 누구나 해야 할 일이지만 괴롭게 아픔을 받아들이는 것이 아니라 담담하고 순수한 순치(馴致)의 달관이 자리하고 있기 때문이다. '사람 속의 외딴 섬'이면서 또 외딴섬 속에서 삶을 바라보는 신선함에 인간미가 들어 있는 휴머니티의 물기가 따스하다.

4. 중추의 산—모악산

산은 의식의 중추이자 사고의 갈래를 이어주면서 작은 길을 만들게 된다면 하나의 비유—나무는 곧게 서있음 때문에 아름다움을 만들고 여기엔 작은 가지들이 나무라는 커다란 풍경을 만들 때, 미적 상상력을 부추기게 된다. 최종규 시인은 무악산 즉 모악산의 줄기를 받고 그의 시적 모티브를 키우고 뻗어나가는 시의 산맥을 이룩하게 된다. 제7시집 『엄뫼에 내리는 하늘』에서 엄뫼(毌岳) 연작시로 시 산맥의 줄기가 어떤 영향 혹은 작용하는가는 이미 시험을 마쳤다.

그동안 나는 시를 쓰면서 내 향토적인 것을 비교적 많이 소재로 썼지만 엄뫼에 대한 시는 감히 엄두를 내지 못했었다. 엄뫼가 너무 장엄한데다 골짜기 등성이마다 전설 등이 많아서 이를 모두 가려내어 쓰기가 쉽지 않은 것 같았고.....

- 『엄뫼에 내리는 하늘』, 「서문」에서

최종규와 대학동문이 쓴 채규판의 제2시집의 跋을 시작으로 제3시집
에 평설을 쓴 박진환은 「향토애와 현실의식의 심상미학」과 4시집에 김
동수 「구원의 코스모스를 향한 고독한 행려」, 제5시집엔 조병무의 「단
절의식과 심상 고뇌」, 6시집 이유식의 「향토애. 나. 현실—그 종합의 균
형감각」, 제7시집은 졸고 「정신의 안주처와 시적 장치」, 제8시집 「시공
을 초월한 존재의 푸른 그림자」로 제목을 달고 있다. 박진환과 이유식,
채수영 등은 고향의 정서가 최시인의 정신의 원형이라는 의미로 기록하
고 있다. 이로 보면 시인은 향토애의 정서가 시적 근간을 형성하고 있음
을 뜻한다. 제5시집 『장안산 억새꽃』부터 산의 구체성이 나타나는 바, 「산
의 서시」에는 '산은 태초부터 거기 서서/億劫을 혼자서 침묵하며/언제나
웅장하게 솟아있다'로 산의 웅장함이 의식의 전면으로 나오는 출발이
된다. 이 산의 의미는 마이산도 아니고 장안산도 아닌 바로 엄뫼의 산을
뜻하는 바 『엄뫼에 내리는 하늘』로 가기 위한 예비적인 준비라면 옳은
답이 될 것이다. 그러나 구체적인 등장은 6시집 『마음과 마음 사이로 흐
르는 강물』(1998년)에서 최초로 모악산의 이름이 시로 나타난다.

모악산(母岳山)은 호남의 어머니
따뜻한 그 품 안에
포근히 모두를 감싸 길러내고,
…(중략)…
전북 김제(金堤)시 금산면
금산(金山)리 산 1번지의 정상(頂上)
금(金)이 산(山)이 되어 가득 채워진 알짜,
인자한 어머니가
어린아일 꺼안고 있는

현모포자형격(賢母胞子形格)의 자태.

호남에 바람 불고 눈 비 내려도
모악산은 어머니 마음
흔들림 없이 모두를 감싸 안아준다.

―「모악산」에서

　호남을 지켜주고 호남의 비바람을 막아주는 어머니 산 모악산은 시인의 정신적인 지주(支柱)의식으로 뼈대가 된다. 이 뼈는 포근하고 따스하면서 모두를 감싸주는 모성애로 작용하는 사랑에 근본이 머물고 있다. 이런 산을 어린 날부터 토방 댓돌에서 바라볼 수 있는 지척의 거리에서 보고 느끼면서 정신 속에 공고(鞏固)한 정신의 중추가 되었다는 시인의 고백이 서문에 적시(摘示)된다. 더구나 어머니는 고향의 정서이면서 생의 원천을 점령하는 감수성이면서 언젠가는 돌아가야 할 필연의 이미지로 다가들 때, 수구초심(首丘初心)의 귀의처로 남게 된다. 어떤 사람이든 어머니 혹은 고향의 정서 앞에서는 숙연해지고 솔직해지는 마음을 갖는 것이 보편성이기 때문이다. 어떻든 모악산이 시로 출현하기까지는 상당한 시간을 소요했고 비로소 2000년 제7시집에 와서 전면으로 포진하게 된다. '호남 내륙 한가운데 서서,/전라도의 기상/전북인의 얼을 키우고 북돋으며/특유의 여성스러움/자애의 모성―그 음기(陰氣)로'(「엄뫼의 얼」)처럼 전라도의 기상을 키우고 어머니의 자애로 사랑을 펼쳐 보이는 모악산엔 10여 종의 파충류를 키우고 각시붕어, 휘파람새, 딱정벌레, 졸참나무 등 수많은 생명체를 안아 키우는 역할에 시심을 투영하는 최종규의 마음은 이미 산과 시인이 하나로 통합된 정서의 일치를 보일 때, 산과 시인은 구분이 안 되는 조화(調和)의 경지로 몰입된다. 시는 대상과 시인이 일체화할 때, 감동을 수반한다면 여기서 모악산은 이미 최종규의 의식과 통합의 풍경이 되었다는 뜻이다.

5. 에필로그—조화 그 정점

1) 산이 중추를 이루는 뼈라면 모악산은 시인과 육화된 정서가 되었을 때, 산이 아닌 마음속에서 살아있는 사상의 근간을 이루는 점에서 정신의 기둥을 넘어 모든 독자의 의식을 두드리는 깨달음의 메시지로 다 가드는 모악산에 시의 줄기가 화려하다.

2) 강은 생명의 원형이고 생의 윤활유로 작동될 때, 절대 필수적인 요소로 메시지를 남긴다면 자연의 실핏줄로 흐르는 물줄기에서 장강(長江)이 되고 다시 커다란 바다로 나아갈 때 비로소 대해의 넓이에 깊이를 충족할 수 있을 것이라면 생명의 강인 만경강은 시인의 의식을 옮기는 또 다른 이미지일 뿐만 아니라 노년의 고독을 섬으로 의인화하고 있다.

3) 지평의 들은 호남의 생명을 키운 양식(糧食)의 개념을 넘는 의식의 확대—배고픔을 해결하는 일은 자고로 중요한 인간의 덕목이었다면 호남평야—김제 만경 뜰은 시인의 가슴속에 자부심이자 의욕으로 에너지를 키우는 또 다른 시심의 원천을 담고 있는 들판이라 칭할 수 있을 것이다.

4) 이미지 운동의 선구자 E. Pound는 시어의 구사에 견고(hard), 간결하고(simple), 정확하고(precise), 선명(vivid)성을 현대시의 특질로 언급했다면, 여기에 최시인은 따스하고(warm) 안온함(soft)을 더한 휴머니스트적인 시선이 특기할 만한 시인이다.*

장경희－조화 그리고 의식의 풍경화 그리기

－장경희의 시

1. 시인, 그리고 시

시를 쓰면 시인이라 말한다. 물론 옳은 말로 치부할 수도 있다. 그러나 전래적으로 동양 사회에서 시는 심신 수양의 방편(方便)이었고, 인격 혹은 품성의 발로(發露)를 나타내는 의미에 더 가까운 것이 사실이다. 이는 시정신 즉 Poetry에 가까운 의미라면 시인의 인격이 시의 품격과 어울리는 의미로 환치(換置)할 수도 있을 것이다. 때문에 시를 쓴다 해서 시인이라는 칭호를 헌정(獻呈)할 수 있는 것은 아닐 것이다. 작금에 정신이 투영되지 않는 시를 접하는 일은 부지기수로 대면할 수 있지만 감동의 시는 희소(稀少)하다는 점－시와 시인의 상관이 삶의 질박성과 순수 그리고 시의 완성도에 따라 감동의 이미지가 살아나는 것으로 정리될 수 있을 것이다. 때문에 시인은 그가 짊어진 생의 의미 또한 시의 숙성과 등식으로 정리될 것이다. 시는 지식이 아니고 오히려 지혜적인 측면에 가깝기 때문에 생의 숙성과 시의 완성도를 분리할 수는 없다는 의미이다.

첫 시집을 상재(上梓)하는 장경희의 시는 순수가 첫 번째 목록으로 다가온다. 복잡하고 다기(多技)한 갈래로 엉킨 생의 현장에는 혼탁한 악머구리의 물살이 순수의 함량을 용인하지 않는 격랑과 맞서는 일이 비일비재할 것이다. 이 같은 상황에 오연(傲然)하게 자기를 지키는 일 또한 지난(至難)한 일이라면 순수는 자기를 지켜내는 개성의 의미로 살아나는 일이기 때문에 시의 가치와 궤(軌)를 함께하게 된다면, 장경희의 시정신에는 그만의 성(城)을 구축하는 순수의 이름이 선명하게 드러난다.

두 번째는 언어의 감각성이다. 시의 표현 도구가 언어일 때, 시적 의장(意匠)을 갖추는 일은 일상의 언어와 시적 언어의 구분을 이해하는 절차로 시작되어야 한다. 다시 말해서 시의 언어와 일상의 언어적인 차이를 구분하고 실행할 수 있을 때, 비로소 시와 대면하는 길이 열리게 된다는 뜻—장경희의 언어 감각은 그런 조건을 충족하고 있다.

세 번째는 사물을 바라보는 투시(透視)의 눈이 치밀하고 형형(炯炯)한 깊이 혹은 사물의 사상적인 내면의 승화—시인은 그런 경지를 방문했을 때, 시의 이미지가 친근미로 다가든다. 즉, 사물을 바라보는 눈이 피상적인 것이 아니라 mind's eye 즉 심안(心眼)으로 바라보는 데서 사물은 새로운 표정과 신선한 의미의 맛을 내는 참신한 재료가 될 수 있다는 뜻이다. 시는 사물을 어떻게 바라볼 것인가의 방법론이고 이를 독창적인 개성으로 표현할 때, 독자는 동화로의 손을 내밀 수 있기 때문에 장경희의 시는 친근함을 유지할 수 있는 인자(因子)가 내장된다.

끝으로 시의 잡다함 혹은 요설(饒舌)이 판치는 일이 시의 슬픔이라면 조사와 어미 그리고 간결함을 시의 요건으로 생각하는 간결성의 처리는 시의 가치를 높이는 시로 살아나는 일—산문 같은 설명의 시가 아니라 시 같은 시—이미지의 간결성에서 많은 의미를 수반하는 기교적인 특징이 있다. 이는 시적 특징이 애매성(Ambiguity)이라는 뜻을 대입하면 쉽게 이해되는 부분이다.

이제 장경희의 목소리를 직접 대면하면서 생생한 시의 속살에 도달하는 즐거움을 얻게 된다.

2. 표정 그리기

1) 봄 그리고 가을 의식

시의 표정은 곧 시인의 표정과 같다. 왜냐하면 시인은 자기 삶의 이미지를 시로 환치(換置)하기 때문이다. 물론 상상력의 의상을 화려하게 꾸미고 내면으로 성숙된 표정으로 외출 길에 서면, 행인은 단번에 어떤 사람인가를 헤아리는 일이 시작되면서 호불호의 단정이 준비된다. 왜냐하면 시의 표정은 거짓이 아닌 진정성이 주요한 모티브로 작동되어 나타나기 때문이다. 장경희의 시에 봄의식은 화려함보다는 순수하고 스미듯 다가오는 정서와 자연스레 만나는 일이다. 다시 말해서 교언영색(巧言令色)의 기교가 아니라 내면에서 발원하는 자연스러움의 이미지라는 뜻이다.

봄은 생명의 시작과 더불어 꽃을 준비하는 일면 향기로 승화의 정점을 마련하게 된다. 다음 시로부터 그 단초를 읽게 된다.

사알살
간질이는 향기

흐음 흠
파고드는 순수

꽃바람

솔시레로 부르는
합창

―「찔레꽃.1」

봄의 이미지는 생명의 출발이 담겨지고, 만물은 비로소 시작의 길에 서게 된다. 이는 겨울의 대척점에서 희망의 메시지가 꽃으로 접점을 이룬다. 꽃은 비단 화려의 의미뿐만 아니라 생명의 고귀한 이미지를 탄생하는 길을 만들게 될 뿐만 아니라, 엄혹하고 강고(强固)한 겨울의 층을 뚫고 세상과 대면하는 출발의 여정은 꽃으로 생명의 궁극에 이르게 된다. 시인은 이런 예비적인 겨울을 감추고 곧바로 꽃의 향기를 제시한다. '사알 살 간질이는 향기'는 수동적으로 가져오는 것이 아니라 저절로 다가오는 암시―능동적인 상징이 된다. 더불어 '향기'의 고귀성이 '순수'로 포장되어 시심(詩心)을 물들이는 역할을 감당하면서 다음 단계인 환희에의 합창을 이루면서―봄날의 풍경화를 만들게 될 때, 생명의 소중함 그리고 합창으로 이어지는 조화미를 구현하게 된다. 다시 말해서 꽃과 향기와 순수 그리고 합창으로 진전하는 단계별마다 의미의 확장이 유난스럽게 다가온다. 「벚꽃」, 「찔레꽃」, 「오월」, 「봄비」, 「목련」, 「3월 목련」, 「봄이 오는 소리」, 「봄의 의미」 등에 담겨진 시적 이미지에 생명의 역동을 가져오는 시가 많은 이유는 장경희의 정서에 어떤 의미를 갖는가를 뜻하는 시들이다. 왜냐하면 관심이 많은 사물은 항상 시를 이루는 동력을 제공하기 때문이다.

눈이 부시다
눈물이 난다
너를 보면

부서질 것 같아

손자국 날까봐
입만 벌리고
너를 맞는다

네가 나에게 오면
나는 어느새
꽃잎이 된다
네 안에
내 안에

─「목련」

의식이 균일하게 통합되면 균제미(均齊美)를 이룩하게 된다. 다시 말해서 사물과 의식이 하나로 결합하면 너도 없고 나도 없는 환상적 경지를 만들게 된다. 시의 완벽성은 이런 상태─무아경 혹은 불이(不二)의 상태를 이룰 때, 완전한 통합에 즐거움을 만끽하게 될 뿐만 아니라 황홀경(恍惚境)을 구체화한다는 뜻이다. 시는 이런 정서의 통합을 위해 항상 시인의 절제된 의식과 언어의 탄력을 요망한다. '눈이 부신다', '눈물이 난다'는 상황은 언어로 나타낼 수 없는 엑스터시의 경지를 방문할 때 나타나는 바, 시인은 가장 고조된 정서의 기쁨에 젖게 되었음을 의미한다. 장경희는 봄에서 시의 신명(神明)을 불러오고 가을에서 삶의 숙성을 이해하는 것 같다. 순수를 강화하면 눈물이 보인다. 이 눈물은 슬픔의 질축한 뜻이 아니라 정서적으로 가장 깨끗함을 의미한다면 장경희의 가을 의식은 그런 정서가 마음의 바탕을 구성하고 있다.

가슴이
아파 아파
문을 닫으면
지나던 바람도

다리아파 절룩 절룩

- 「낙엽 길」에서

비감(悲感)이라는 말은 정서적으로 맑음을 의미하는 경우가 있다. 오감에서 가장 맑고 깨끗한 정서가 모였을 때, 마음 안으로 다가오는 소리는 이 세상에서 만나기 어려운 순진무구가 자리하게 된다. 장시인은 가을에서 시의 순수한 정감을 획득하고 사물을 바라보는 투명성을 만나는 고조된 경지를 접촉하게 된다는 뜻이다. 다시 말해서 가을의 정서와 사물이 분리되는 것이 아니라 통합된 이미지로 환치하는 점에서 시의 품격을 고조시키는 작용을 한다는 의미이다.

가을을 물들이는 건
풍경소리가 아니다
푸르른 체온
물들이는 소리

가을을 물들이는 건
낙엽의 비명이 아니다
그리움의 책장
가슴으로 넘길 때
시리다 못해 아픈 사랑
입김으로 남는다

- 「가을 산에서」 중

위의 시에는 '소리'와 '그리움'의 이미지가 시인이 느끼는 마음을 대변하고 있다. 가을의 풍광을 소리로 느끼는 것은 내면에서 받아들이는 정서의 감수성이고 그리움 또한 시인의 정신에서 느끼는 갈증(渴症)의식일 것 같다. 즉, 대상을 생각하는 그리움도 갈망일 것이고, 가을이 낙엽으로 물든 상태에서 소리를 불러오는 일 또한 애착으로의 탐닉(耽溺)에서 오는 정서의 갈증 현상에 해당된다. 이런 경우 사르트르가 말한 '언어는 곧 사물일 것'이라는 유추가 성립된다. 시인은 언어로 사물을 보고 사물에 의상을 입혀 정신세계의 성주(城主)로 군림할 수 있기 때문이다. 장경희의 시에서 봄은 생명으로의 약동을 감지하고 가을에서는 시인의 정서가 고양(高揚)되는 높이에서, 천진하고 순수함과 조우(遭遇)하는 이미지의 중심이 되는 것 같은 가을의 투명성이 들어있다.

2) 그리움과 사랑

인간은 스스로를 깨닫는 인지능력이 있어 대상에 접근하는 양상이 공격적일 수도 있고 또 부드러운 양상을 나타낼 수도 있다. 전자에서는 힘의 논리가 작동되고 후자에는 부드러운 마음이 대상에 스며들려는 열망의 호소가 될 것이다. 시에서는 후자에서 자기의 정서를 대상과 통합하려는 투사(投射)의 경우가 우선할 것이다. 그리움을 사랑의 전단계적인 일이라면 사랑에 이르기 위한 필수적인 현상이 그리움에 대한 열망으로 나타난다.

애착에는 그리움이 나타난다. 이는 대상이거나 사물에 접근하기 위한 통로를 확보하기 위해 그리움은 스스로를 낮게 그리고 약(弱)한 척 하는 의미가 더욱 승(勝)하다. 만나지 못하는 친구들이거나 혹은 연민의 감정을 가진 대상 또는 사랑에 갈증을 가질 때, 그리움은 표정을 숨기면서 일정한 의도 혹은 구체적인 의식의 통로를 찾아 나선다.

잠들어버린 별빛
가슴으로 헤는 밤

양파 껍질 벗기듯

한숨 한 꺼풀 벗기면
알몸으로 누운
꽃 한 송이 눈물위에 머물고

별 하나 가슴으로 내리면
온 밤
주루루 흐르는 그리움

− 「눈물」

　장경희의 시 의식은 동적이기보다는 정적(靜的)인데서 명확한 시의 의도가 빛난다. 다시 말해서 요란하게 치장하고 꾸미는 것 보다는 오히려 안으로 감추고 바람결에 언뜻 나타나는 것 같은 대상의 출현에 놀람을 주는 기교라는 뜻이다. 예를 들면 밤이 부정적인 상징이기보다는 모든 물상을 포용하고 감싸는 모성적인 상징−별이 뜨고 의식이 헤아림으로 발동되고 또 꽃과 같은 사물이 숨을 고르는 정밀(靜謐)이 오히려 소곤거리는 밤의 이미지와 어울려 더욱 두드러진다. 별은 하늘의 꽃−이런 정서는 밤이 되어 오히려 살아 숨 쉬면서 속삭이는 고독이 눈물로 이어진다. 물론 칙칙한 비극에 눈물이 아니라 카타르시스의 순수가 눈물을 불러오고 이런 상항이 그리움의 통로를 만들면서 미지(未知)로 길을 내려는 발상이 구체화되기 때문이다.

사랑 한다는 것은
퍼덕이는 나래로
가파른 언덕을 오르는 일이다
한사코 절룩거리는 아픔을
침묵으로 끌어안을 일이다
…(중략)…
사랑한다는 것은

울창한 잎이 없어도
그늘을 만드는 일이다
머리로 푸른 하늘을 이고
부지런히 물을 찾으며
말없이 기다리는 일이다
지친 날개 접으며 흐르륵 날아오는
그댈 기다리는 일이다

－「사랑 한다는 것은」에서

시는 정의하는 일이 아니다. 다만 느낌을 보편적인 감동으로 바꾸는 길에서 감수성의 특성과 만나는 일이라면 장경희의 시는 항상 조용함으로 길을 만들려는 속삭임이 있다. 때문에 파도와 격랑이 아니라 조용한 파문(波紋)으로 물살을 만들기 때문에 안온하고 정겨움을 뒷맛으로 남긴다. 「사랑한다는 것은」의 시적 뉘앙스는 '아픔'에서 '향기'를 유추하고 마지막엔 '그늘과 기다림'의 뜻이 복합적으로 작용한다. 이런 특징은 식물적인 정서ー변함없이 그 자리에 서서 봄과 여름 그리고 가을과 겨울을 불러들이는 나무의 이미지에 닿고 있다. 사랑을 찾아나서는 투사적인 이미지보다는 다가오기를 바라는 점에서 여성적인 섬세함이 장경희의 의식을 이루는 요소들이라는 뜻이다.

3) 물 혹은 바다의 이미지

시인마다 특징을 이루는 정서의 목록이 있다. 바다에서 의식의 특성을 키운 사람은 자연 바다에 대한 애착이 있고, 산촌에서 살았던 사람에게서는 산천을 구성하는 물상이 시에 많이 나타난다. 이는 시인이 체험한 것을 시화(詩化)하는 특성ー일종의 개성의 표출이라 부를 것이다. 장경희의 시에는 물의 이미지가 번다(煩多)하다. 가령 비나 바다 등의 시적 요소가 많은 양으로 나타나기 때문이다. 바다나 물의 이미지로 이룩된 「다시 시작」이나 「동해에서」, 「섬」, 「파도」, 「늙은 바다」, 「비」 등은 바다 혹은 물의 이미지가 정신의 원형으로 작용하는 느낌을 준다. 이는 체험에서 얻어진 정서라는 뜻으로 보면 일종의 고향 의식으로 바라볼 수도 있을 것 같다.

> 배를 띄운다
> 출렁이는 바다에
> 희망의 등을 달고 나서는
> 아침
>
> 일렁이는 금빛 물살아래
> 어군을 찾아 그물을 놓는
> 외로운 싸움의 시작
> 인생의 무게들을 건져 올린다
>
> 터벅이는 발소리에
> 허기진 삶이
> 몸살로 젖어 올 때쯤
> 아이들의 웃음소리
> 날아오른다
>
> 해가 뜬다
> 금빛 해가 뜬다. 나는
> 바다로 간다
>
> ─「다시 시작」

바다에서 배는 목적지를 갖는다. 여행객을 나르는 임무이거나 고기를 잡는 일 들이 바다와 연결고리를 갖고 삶의 체험이 실현된다면 장시인은 바다에서 희망을 건지는 목표점으로 아침의 시간을 출발시킨다. 아울러 바다를 삶의 전쟁으로 확대하면서 '인생의 무게를 건져 올리는' 뜻으로 현실과 정면으로 맞닥뜨리는 행동을 예비한다. 아울러 바다에서 건져 올리는 고달픔이 아이들의 웃음과 어울리면 미래를 위한 웃음이 행복으로 길을 만들고 희망의 이미지가 더욱 선명함으로 아침을 채색하게 된다. 더구나 '금빛 해가 뜬다'에서 미래의 암시는 밝고 환한 세계를 지향(志向)하는 시심(詩心)의 뜻이 더욱 선명하게 빛나는 이유가 내장된다. 결국 바다는 장경희의 의식에 모태이면서 원형을 간직한 공간으로의 이미지가 빛난다.

비는 생명을 키우는 이름이다. 모든 물상은 물이라는 원소를 통해서 호흡하고 물이 순환의 뜻으로 작동되면 생명은 성장으로 나아갈 수 있기 때문이다.

> 소리 없이
> 찬 웃음으로 찾으시면
>
> 겨울 머문 자리
> 눈 못뜨고 헤매이는
>
> 꽃잎 바람에 날려
> 영혼 흐느낄 때
>
> 더 이상 흔들리지 않게
> 임께서 부르시면
>
> — 「봄비」

겨울을 깨우는 것은 봄비라야 한다. 이는 굳은 패각(貝殼)의 껍질을 부드러움으로 문을 열게 하는 이치에서 자연의 원리는 위대하다. 꾸미는 일이거나 억지로가 아닌 자연스러움을 유지할 때, 자연의 순리는 항상 제자리를 지키는 임무를 다하기 때문이다. 때문에 그리스의 피타고라스는 우주의 천체들이 일대 오케스트라를 연주하며 운행하여 모든 이법(理法)은 대자연의 질서정연한 조화에서 찾았다는 일이거나 공자도 余欲無言, 天何言哉, 四時行焉, 百物生焉, 天何言哉(나는 말이 없고자 한다, 하늘이 무엇을 말하리요, 사시가 스스로 움직이고, 백물이 생하니 하늘이 무엇을 말 하리요)라는 뜻으로 말이 없는 스승이 곧 자연이라는 뜻에 공감했다. 비가 내리면 누구의 간섭도 없이 생로병사의 운행이 지속된다. 비는 생명의 절대 개념이기 때문에 꽃이 피고 바람에 스스로를 맡기는 향기조차 자연의 원리에 내포된다.

4) 인생 그리고 삶의 이야기

인간은 누구나 그 스스로의 몫만큼의 삶을 살게 된다. 다시 말해서 욕심으로는 한계를 갖게 되고, 유유자적에서 자신에 할당된 삶의 영역을 누리게 된다. 때문에 스스로의 존재를 알고 살아가는 일이야 말로 충실한 생의 영위일 것이다. 장시인의 인생 모습은 고답적(高踏的)이거나 위엄으로 치장한 모습이기보다는 평범한 사람—이 평범의 유지는 참으로 어려운 숙제일 것이다. 어떤 태도나 어떤 사상으로 살아가는 길인가는 삶의 질에 중요한 의미를 갖기 때문이다.

오직
한 번뿐인 인생은
이미 시작된 연극

배역이 시시한들 어떠하리
충실하면 그 뿐

화려한 날개짓은 아니지만
누구도 할 수없는 역할
질퍽해진 흙탕물
시린 발로 건너가면 그 뿐

어쩌다
쪽빛 창으로 누군가
나의 이름을 불러준다면
기꺼이 생그레 웃고 싶은
드리워진 커튼위로
서서히 떠오르는 달빛 같은 연기

뒤돌아 설 때
괜찮았지? 라고 할 수 있다면....

ー「괜찮은 연기」

　인생의 명제는 누구를 위한 연기가 아닐 것이다. 오로지 자신만을 위한 몫에 충실하면 그것이 남편을 위한 일이 될 것이고, 자식들 혹은 대사회적인 의무를 수행하는 일이 된다는 일로 보면 '자신만을 위한'은 이기적인 것이 아니고 공적인 현상으로 승화하는 일이 된다. 삶의 기준은 보편적인 가치를 기준자(尺)로 설정하기 때문이다. '달빛 같은 연기(演技)'는 시인이 살고 싶은 가치의 문제ー드러나기보다는 안으로 숨기면서 모든 사람에게 은은한 빛을 나누어주고 싶은 의도가 보인다. 배역에 관심을 갖기보다는 '충실하게'라는 점에서 가치의 높이는 오히려 고귀한 배역이 된다는 점ー고난과 아픔을 감내하면서 충실을 수행하는 배역이야 말로 돌아보면 '괜찮았지?'라는 평가를 보낼 수 있는 장경희의 인생관은 건강하고 옳은 발설일 것이다. 그러나 돌아보면 항상 후회와 탄식이 앞장 설 것이다. 예수도 Vanity, vanity를 탄식했고, 공자는 흐르는 물을 보고 허무를 통곡했다는 일화는 범인(凡人)들에게는 귀감이 되는 일화일 것이다. 여기서 삶의 길을 돌아보아 '괜찮았지?'의 의미는 지난(至難)할지라도 삶의 기둥이 되는 말로 남게 된다.

인생에 정답은 있는가? 이 물음에 누구도 이렇다는 답안을 제출할 사람은 없을 것이다. 오로지 고민하고, 방황하고, 아파하면서 살아가는 일—스스로가 정답을 찾아가는 길이야 말로 옳은 조건의 합치일 것이다. 어차피 관객이 있건 없건을 불문하고 연극에 참가한 배우들이기 때문이다.

앞만 보고 가려했다
뒤틀린 세상
가슴 치는 세상
봐도 못 본 척

방정맞은 눈빛 힐끗거렸다
욕심만 늘었다
껍데기만 치장했다

— 「길을 걸으며」에서

시는 인생을 해석하는 몫에 시인의 사상이 담겨진다. 누구나 앞만 보려하지만 살다보면 함정에 휘말리는 일도 있고, 엇나가는 길에 허우적이는 일도 다반사일 것이다. 제 임무를 다하는 일이야 말로 가치 있는 길이라는 점에서 돌아보면 후회의 목록이 오히려 더 길게 느껴질 것이다. 욕심과 껍데기만 치장하는 일이 슬픔을 주는 일이지만 번뇌와 고통의 늪을 건너면서 옳은 길로 들어서는 것은 인간의 이성—깨어있는 이성으로 악마 메피스토펠레스의 유혹에서 나오는 파우스트의 승리처럼 인간은 약한 갈대의 운명에서 스스로를 찾아나서는 이성에 밝은 빛을 두어야 한다. 하면 '봐도 못 본 척'과 '아! 자유다'라는 승리의 소감을 나타낼 수 있게 될 때, 미상불 숙업의 인생은 탄성(歎聲)을 나타낼 것이다. 이리하여 '울긋불긋 활짝 핀 꽃/예쁜 바구니에 담겨왔다/사랑한다고/하얀 웃음 함께 왔다'(「인생」)처럼 사랑과 꽃의 교차가 삶의 큰 의미와 맞닿아 있음을 노래하게 된다.

5) 가족

사회학적으로 가족은 최소 단위일지라도 의미 있는 최대 단위로 승화할 때, 삶의 질이 높아진다. 우리네 일상에서 가화만사성(家和萬事成)이나 수신제가치국평천하(修身齊家治國平天下)의 의미에는 개인의 수신과 가정의 평화로움이 최대 가치의 목표라는 의미를 갖는다. 이처럼 가족은 모든 사회 기준의 원동력으로 작용하기 때문에 가족 구성원간의 화목은 행복의 기준이 될 수 있게 된다. 장경희의 가족은 남편과의 사랑이 우선한 느낌을 준다. 「사랑을 부르는 이름」, 「뒷모습이 아름답다」, 「햇빛」, 「부부」, 「시계」가 남편에 대한 소회(所懷)라면 「아가」와 「어머니」가 등장하는 비중에서 생의 주요한 의미가 남편이라는 뜻이 많이 드러난다.

> 사랑을 먹고 피는
> 꽃 중의 꽃
>
> — 「아가」 중에서

손녀인지 손자인지는 모르지만 꽃 중의 꽃이라는 단순한 표현에 모든 의미는 담겨진다. 가장 고귀하고도 가장 아름다움을 간직한 아가의 모습에서는 세상의 어떤 개념의 천사보다도 더 아름다움으로 포장된 생명 앞에 경건하게 된다. 자식에 대한 사랑보다도 더 깊은 마음이 손자들에게서 호흡하는 이유를 발견하는 시심(詩心)의 깊이를 본다.

당신의 가슴은
물들고 싶은 노을
언제나
잠기고 싶은 바다

그대 이름은
어머니!

— 「어머니」에서

　　헌신과 사랑으로 점철된 어머니의 모습에 감동하는 마음이 고귀하다. 고통 속에 진주를 키웠고, 상처와 아픔은 감내하면서 키운 '신비로운 빛'과 소망을 달성하기 위해 '울음을 삼키는 울음'과 '언제나 잠기고 싶은 깊은 바다'에의 어머니의 비유는 절절하고 또 폐부를 자극한다. 오늘의 나는 결국 이런 사랑을 받아 호흡하고 성장하는 과정에 감사하는 마음이 충만할 때, 나의 존재는 더욱 소중한 이름으로 문패를 달고 살아 왔음에 감사하는 마음이 깊고도 따스하다.
　　반려자로서의 남편과의 보조는 언제나 나와 같은 궤도에 있을 것이다. 남편의 웃음은 곧 나의 웃음이 되었고 남편의 보폭은 나의 보폭과 같음을 유지하는 일상이 세월의 켜를 이루었고 이런 통합은 생의 높이만큼 소중한 이름이 반려자일 것이다. 이제 증명의 길로 나간다.

무거운 시간
저녁노을에
실어 보내고

비인 가슴에
호롱불 밝히면
…(중략)…

말없이 쳐다보는
그대 얼굴엔
달빛처럼 환한
미소가 흐른다

－「부부」에서

　고단한 하루를 보내고 마주한 정겨운 모습이 투영된다. '무거운 시간'이 하루의 무게라면 이를 해결하면서 지나온 여정이 피곤으로 휩싸이겠지만 무언으로 이해하는 마음에 '달빛과 미소'가 은은하게 젖어드는 사랑의 눈빛이면 아늑해지는 정경을 연상하게 된다. 아마도 장시인의 시적 특성을 겉으로 요란을 떨지 않는 혹은 치장하는 기교가 아닌 정적(靜的)인 무드가 '달빛 혹은 미소'와 연결되는 것이 확실한 것 같다. 사랑은 요란도 아니고 증명도 아닌 다만 마음에서 피어나는 불빛이면 따스하기 때문이다.
　장시인의 남편은 정확(精確), 정확(正確), 정도(正道), 정밀(精密)에 신명을 걸고 사는 직업인처럼 보인다. 이는 다음의 작품으로 증명되기 때문이다.

저절로 열리는
일상의 문

일어난다 씻는다 약먹는다 운동간다
들어온다 씻는다 밥먹는다 출근한다
퇴근한다 씻는다 밥먹는다 잔다

어느 것 하나
삐그덕 거리면
오그라드는
내 가슴의 문

－「시계－남편」

1연은 일상의 시작을 일상의 문(門)으로 표현했고 3연에서는 시적 화자가 남편에 대한 마음을 나타낸다면 2연은 남편의 모습을 재치로 표현했다. 아마도 구체적인 직업이 뭔가 하는 물음을 던진다면 2연에서 퀴즈는 누구나 알아맞힐 수 있을 것 같다. '씻는다'의 3번 반복은 정갈함을 의미하고 운동은 건강을 염려하는 일상의 모습이고, 밥 먹는다는 반복에는 일어나서 퇴근하기 위한 에너지의 축적을 뜻한다면 기계적으로 하루를 사는 일이 정확하고 치밀하게 진행하는 직업이 떠오른다. 이런 일상에서 어느 것 하나 어긋나면 '오그라드는' 초조가 따라오는 것 같다. 이를 지켜보는 일은 행동하는 당사자보다 더 힘겨울 것이다. 그러나 믿음이 크면 이런 불안은 사랑에 용해되기 마련이다. 설혹 삶이 '바람마저/얼어붙은 날엔…(중략)…그대의 체온/맨살을 더듬어/꽃을 피우는/삶의 자락/ 내 안의 나도/고요하게 잠들어버린/그대의 품속'(「햇빛」)처럼 따스한 사랑의 신뢰에서 행복한 꿈꾸기는 안온하고 평안을 누리는 모습으로 다가들 수 있게 된다. 이는 신뢰와 사랑이 함께 이룩하는 가정의 소중함을 터득하고 있기 때문이다.

3. 에필로그

한사람의 시에는 그 사람의 전 생애가 담겨있어 과거와 현재 그리고 미래의 길이 보인다. 왜냐하면 시는 순수하고 투명한 의식을 포장하는 진실의 언어이기 때문이다. 마치 교언영색(巧言令色)의 언어일 때 그 사람의 궤적은 감동을 잉태할 수 없다는 뜻에서 시는 진실에의 바로미터가 되기 때문이다.

장경희 시인의 시는 화려하기보다는 검소하고 질박(質朴)하고 투명하다. 이는 삶의 가치와 시의 가치가 일치하는 동일성을 느끼기 때문에 나타나는 감동―순수의 여정(旅程)인 것 같다. 봄의 정서가 많은 비중을 차지하는 것은 마음이 봄의 생기로 가득한 꿈꾸기의 일환이라면 비 혹은 바다의 정서는 그런 정신의 뜻을 증명하는 일이 될 것이다. 특히 고향의 원형을 나타내는 바다는 어린 시절로 돌아가는 파도 소리와 연결되면서 생의 동력(動力)을 제공하는 정서로 보인다.

가을은 순수를 나타내는 내면 정서의 모습일 것이고 이런 정서는 미지(未知)의 그리움에 맞닿고 있다. 인생의 상념에는 고단하고 슬픔의 칙칙함보다는 희망과 꿈에 집착하는 건강이 유다르고, 정밀(靜謐)한 시적특질과 통로를 같이하는 일에서 감동을 생산한다.

가정의 소중함이 행복의 목표로 설정될 때, 남편은 항상 의식의 중심에서 살아 숨쉬는 존재로 크게 각인(刻印)된 일이 일상의 모습처럼 보이는 바, 장경희의 시는 곧 남편과 함께 호흡하고 써내려 가는 행복한 작업으로 풍경화를 연출하는 시인―그렇게 느껴지는 시인이다.*

이인환－사랑과 그리움 그리고 이별의식

－이인환의 첫 시집

1. 시의 밭을 일구는 일

좋아서 하는 일에는 신명(神明)이 난다. 이런 현상은 아마도 일에 대한 호불호의 상관이 능력으로 귀결되는 이유도 가미(加味)될 것이다. 능력이란 결과 앞에서 운위(云爲)하는 설득일 것이기 때문이다. 똑같은 일이라도 동일한 시간에 감탄을 보낼 수 있을 만큼 커다란 업적을 생산할 뿐만 아니라 그 업적의 성과에 대한 평판조차 훌륭할 수 있다면 이는 좋아서라는 피상적인 말이 핵심을 벗어나는 경우는 아닐 것이다. 물론 싫은 일에 능률은 저조할 것이 당연할 것이다. 글을 쓰는 일도 이런 이치에 합당한 예를 얼마든지 발견할 수 있을 것이다. 왜냐하면 글이란 정신의 작업이고 또 고도(高度)한 집중력을 필요로 할 때, 생산되는 결과물엔 언제나 한계를 갖게 된다. 그러나 시인은 결코 한계 앞에 자신의 의식을 포기하지 않을 때, 성주(城主)의 임무를 수행하는 길을 만들 줄 안다. 설혹 엄혹(嚴酷)하고 참담한 인생의 파도에 휩쓸리면서도 시는 구원의 메시지를 보내는 길을 노래하는 사람이기 때문이다. 상처를 아물기 위해 혹은 다가올 미래의 영지(領地)를 위해 시인의 노래는 위안의 목록이라는 사실이다. 농부는 땅의 척박을 탓하지 않고 오로지 땀과 감사로 운명을 개척하는 사람－시인의 운명도 그렇게 결정 지워져 있다.

첫 시집을 상재(上梓)하는 이인환의 시를 검토하면서 농부라는 말에 시인을 대입하면 그가 말하고 노래하는 정신의 근원이 농사짓는 일의 비유에 닿고 있기 때문이다. 성실과 노력이 보이고 운명에 밭을 헤쳐 나가는 슬픔에서도 웃음기 많은 표정이 밝게 다가오는－쓸쓸함도 예외는 아니다. 이제 그의 노랫가락의 길을 따라 숲으로 갈 뿐이다.

2. 회상과 현실사이

1) 아버지의 추억

가족은 사회 단위의 최소이면서 삶의 동력을 저장할 뿐만 아니라 생활의 가치를 구현하는 점에서 가장 중요한 공간을 이른다. 삶의 에너지를 충전하는 일뿐만 아니라 생의 의미에 따르는 질서의 개념을 익히는 출발이 되기 때문이다. 부모의 사랑이 자식에게 전달 될 때, 인간가치의 소중함을 익히고 타인에게 이를 전파하는 배움의 최소단위－윤리적인 문제를 배우고 익히는 도덕 앞에 인간의 가치를 터득하게 된다. 아버지로부터는 생의 신념과 군건한 의지나 사회규범의 질서를 배우고 또 인간관계의 중요성이 자식들에게 전달될 때, 가정의 전통을 형성하면서 사회 구성원의 일원으로써 사는 법을 배우게 된다. 이와는 달리 어머니는 사랑과 모성애가 질곡(桎梏)과 험난한 세상을 살아가는데 에너지원을 형성하면서 따스함이 얼마나 강한 힘을 가질 수 있는 가를 알게 된다. 다시 말해서 부모의 사랑을 받고 자람으로써 도덕성을 겸비한 인간으로 사는 법—휴머니즘의 가치를 알게 된다. 아울러 형제자매는 한줄기에서 나온 혹은 동일한 뿌리에서 저마다 다른 소임(所任)을 완수하면서 인간관계를 유연하게 형성할 뿐만 아니라 질서 속에 사는 기교를 배우는 역할을 주고받는다. 다시 말해서 가정은 곧 자기존재를 보호하면서 더 높은 가치로 진전(進展)하는 사회생활의 기초라는데 이의(異議)가 없을 것이다.

이인환의 시에 아버지는 정신의 줄기 즉 기둥의식을 가지고 있다. 기둥이 튼튼해야 비바람을 막을 수 있고 또 가족들을 잘 보호할 조건이 갖춰지는 이치 또는 집의 모습이 아름다울 수 있는 것과 같이 가장인 아버지의 역할은 기둥으로의 임무에 가까울 것이다. 설사 아버지가 고관대작이거나 또는 촌로의 삶을 산다 해도 자식을 위해 헌신하고 모든 것을 바치는 일로 묵묵함에는 모두 공통이 될 것이다. 어느 아버지나 이런 역할이 동일함에서 고귀한 이름이 아버지의 연상으로 남는다는 사실이다. 이시인의 경우는 이런 애착의 감정이 유독 강하게 표출된다.

봄이 오는 소식을
아버지는 등으로
짊어 지셨다

지게 가득
외양간
쇠똥 거름 뒷간 인분
논으로 밭으로

땅 속 깊숙한 곳에서
언 땅 뚫고 기지개 커는
봄의 생기를
뜨거운 입김 날리며

아버지는 거뜬히
등으로 짊어 지셨다

아버지의 봄에는
삼남 이녀의 봉오리가
망울져 있었다

―「아버지의 봄」에서

　계절을 아는 것은 직업에 따라 다른 이미지를 갖고 있다. 그러나 농부
는 농사를 짓기 위해서 예민한 계절 감각을 발휘한다. 씨앗을 뿌리고 물
을 건사하고 또 애정을 보임으로써 푸른 싹의 생명체로 거듭나는 봄에
는 노동의 계절이 힘겨워진다. 말없는 초목일지라도 애정을 분간하는
점에서 농부는 자연의 이치를 터득한 사람일 것이다. 왜냐하면 순리를
따를 때, 비로소 소득을 올릴 수 있고 자연의 순환에 대해 누구보다 예민
한 촉수를 두리번거리는 일이 농사짓는 일이기 때문이다. 봄이 오면 이
인환의 아버지는 '등으로 짊어 지셨다'는 노동의 시작이 봄에서 실마리
를 잡고 있다. 이는 '쇠똥 거름 뒷간 인분/논으로 밭으로' 옮기는 작업이
지게로 이루어지는 일이기 때문이다. 이 같은 노동은 오로지 식솔(食率)
들―삼남 이녀의 뒷바라지를 위해 헌신하는 아버지의 땀은 고달픈 노동
조차 망각에 묻고 사는 역할을 잊지 못하는 이인환의 정서는 고마움 그
리고 추억을 함께 엮어 그리움으로 회상(回想)한다.
　농부에게 겨울은 준비로의 계절이지만 이인환의 부친은 무료하게 노
는 것이 아니라 생산적인 노동을 위해 공방을 차린 모습에 감동의 물결
이 출렁인다.

1.
사랑방에 공방을

차리신
아버지

새끼 꼬아
가마니 돗자리 소쿠리
멍석에 수수빗자루

골방을 가득 채우던
한겨울의 땀 내음

2.
뒷산에 출근 도장을
찍으셨던
아버지

가랑잎 솔가지 고주박
소나무 아까시
참나무 장작

삼남 이녀의 온돌을 거뜬히
짊어지셨던 한겨울

지게질 거친 숨결 따라
혹한도 잠든 지
오래 오래

— 「아버지의 겨울」

시인의 아버지는 봄에서부터 겨울까지 오로지 자식이나 가정을 위해
헌신하고 땀흘린 모습이 고귀하게 연상된다. 이는 울타리의 역할이었고
가정의 높이를 위해 떠받친 튼튼한 기둥으로의 삶이라는 헌신—누가 알

아주어서가 아니라 가정의 행복만을 위해—그런 명분이 오로지 맹목의 사랑에 집중된다. 이는 숙명이고 해야 할 명제라는 점 이외는 생각의 여지가 없는 행동일 뿐이다. 결국 아버지 존재는 처자식의 미래와 행복을 실현하려는 일념의 목록 이외에는 끼어들 여지가 없는 순수의 행동만이 있을 뿐이다. 물론 아버지의 사랑은 보이지 않아 투박하고 무뚝뚝하다면 어머니의 사랑은 자상함에서 유가 다를 것이다. 다시 말해서 상호 보완적인 조화로써 원만한 가정을 구성하게 된다.

> 아버지 잠 드신
> 솔 숲에
> 함박눈이 내렸다
>
> 좌로 우로 생긴대로
> 사시사철 솔 향내 풍기는 숲으로
> 한 줌
> 거름이 되신 아버지
>
> ―「솔 향내 나는 풍경」에서

세상을 하직한 아버지의 모습이 솔 향내로 환생하여 시인의 가슴으로 찾아든다. 눈을 이고 있는 조선 소나무 가지 위에 소복히 내린—흰 눈의 모습으로 다가온 아버지는 이인환의 시심(詩心)을 자극하는 애절함이 되어 그리움을 부추기는 양상이 다정스럽다. 이는 부재에 대한 공간의 넓음이고 거기서 다가오는 서글픔이 아버지의 큰 이름으로 시의 깊이를 방문하는 것 같다. 특히「아버지의 잠바」,「아버지의 길」,「아버지의 신발」등은 아버지에 추억 그리고「개나리꽃」,「도드람산을 보며」등은 그리운 정서가 회오리치면서 돌아가신 이후 후회의 마음을 일렁이게 하는 이미지가 시간의 중심을 휘젓고 있다.

2) 어머니

인간사에 시작과 끝이 있다면 어머니는 시작을 의미 할 뿐만 아니라 원형(原型)으로의 고향이 되는 상징을 갖는다. 다시 말해서 시작이면서도 마지막엔 돌아가는 정신의 의지처라는 뜻을 갖는다. 아버지의 상징과 더불어 근원으로 이어지는 줄기의 가장 마지막을 장식하는 사랑의 헌신一 생명을 이어받아 키우는 어머니에서 지고(至高)한 사랑이 탄생된다. 사랑과 희생의 상징이면서 무한의 정신적인 에너지를 간직했고 여기서 존재의 길이 나타난다.

논밭일 팔십 평생
살 태우시고 뼈
삭혀 오신
어머니

앙상한 몸매
쪼그라든 주름
약으로 병원으로
의지하지만

약 한 봉지 드시더라도
짐이 될 수 없다며
자식부터
챙기시는
강단진 세월

애오라지
자식 걱정
한 점 부담마저
떨구려는

가없는 사랑

—「어머니」

　간명한 구조의 시(詩)이지만 '가없는 사랑'에 시적 의도(意圖)가 집중된다. 아울러 '애오라지/자식 걱정'으로 마음이 사그라드는 것이 모정의 본질이기 때문이다. 약한 듯 보이면서도 가장 강한 에너지원으로서의 어머니는 자식을 위해서는 두려움이 없는 전사(戰士)의 용맹을 간직하고 때로는 위대한 폭발력을 전달한다. 승리하는 자식을 위해 모든 걸 다 바치는 일이 일상이고 자기를 버리고 자식을 위하는 일로 사랑의 정서는 펼쳐진다. 다시 말해서 내가 없고 오로지 자식과 가정만이 관심인 어머니의 일생은 '약'과 '병원'으로 의지할지라도 무한의 사랑에 모든 걸 소진(消盡)하는 '팔십 평생'의 여정이 이 시인에게는 안타깝기만 하다. 「냉이」와 「백일홍」 그리고 「불효」, 「어머니와 낙엽」 등은 사랑의 마음을 의탁한 정서가 시인에게 후회와 안타까움을 생산하는 이미지로 전이(轉移)된다. 특히 어머니의 경우 꽃으로 비유되는 바, 사랑을 향기로 상징하는 특징이 있다.

"옛다. 다 가져라
죽으면
가져갈 것도 아닌데...."

—「어머니와 낙엽」에서

한 티끌 짐이라도 남길까봐
머문 자리 정리하듯
한 톨 꽃씨라도
애중지

어머니 꽃밭 속에
꿈 젖은 백일홍

― 「백일홍」에서

오뉴월 땡볕 아래
점점이 하얗게
피워 올린

은은한
향내

― 「찔레꽃」에서

　모든 걸 주는 것으로 본분을 삼는 「어머니와 낙엽」이라면 가진 것 모두를 자식에게 주어야 편안한 무소유의 「백일홍」, 고단하고 힘겹더라도 그 인생의 길이 아가페적인 행위에서 나오는 향내의 「찔레꽃」 등은 비유가 넘치는 시심(詩心)의 행방이 무한한 정감을 자극한다.

　위대한 표상의 어머니는 많다. 비록 평범한 어머니일지라도 자식에게는 가장 위대한 대상이 어머니이기 때문이다. 자식을 황제로 등극시키기 위해 남편을 죽인 네로의 어머니가 있는가 하면, 사생아를 낳았고 어머니를 발로 걷어찬 탕아를 기도로 하여 성인으로 키운 성 어거스틴의 어머니 모니카와 황제를 그만두는 일을 대비해 교원연금 100만 프랑을 반으로 쪼개어 아들을 위해 저축한 나폴레옹의 어머니 레티이치아, 한석봉의 어머니 또는 율곡의 어머니 사임당 신씨 등은 어머니의 힘이 얼마나 위대한가를 증거(證據)하는 예들이다. 그러나 어머니는 자식을 위대라는 수식사로 키울 경우만은 아니다. 비범하지 않을 지라도 건강하게 사회에 기여하는 자식으로 키운 어머니는 모두 위대라는 수식사를 받아 마땅한 일이다. 평범할지라도 자기 몫을 다하는 자식이면 어머니의 소망은 거기에서 끝난다. 무욕과 사랑이 모든 어머니의 바람이기 때문이다.

3) 고향의 애착

이인환의 시에 고향은 매우 끈적한 정감과 애착으로 점철되어 나타난다. 고향에 대한 정서는 어머니와 동일한 감수성으로 시의 진로를 형성하면서 돌아가고 싶은 마음이 애정과 그리움으로 형상화한다. 어머니가 생명을 잉태한 정서라면 고향은 의식이 뛰어놀던 추억의 이미지이기 때문이다. 이천의 호법면에 있는 단내는 이인환의 시심의 근원이면서 삶의 고단함과 아픔을 치유하는 또다른 내면의 성(城)과 같다. 이 의식의 성을 지키기 위해 애정으로 찾아가고 추억 묻은 에피소드를 발굴하는 노력이 배가되기 때문이다. 마을 앞으로 흐르는 단내천─개울이 지난날을 부추기는 표상이 되어 「단내별곡1~10」까지의 연작시로 추억을 찾아나선다. 어린 날의 기억들은 항상 아름답게 채색된다.

> 그리운 것이 어디 이름뿐이랴
>
> 자치기 비석치기 딱지치기
> 진돌이 빵울놀이 오징어놀이
>
> 벌거숭이 동무들
> 모이기만 하면 마냥 즐겁던 놀이들
>
> 건들바위 장수바위 삼형제바위
> 산이 있어 산에서 놀고
>
> 개헤엄 송장헤엄 개구리헤엄
> 내가 있어 내에서 살고

오방뜰 창뜰 물건너
들이 있어 들에서 뒹굴던

내 고향 단내
유년의 단물 쉼 없이 흘러 보내는

삼백 년 수호신 느티나무 가지 위로
붉게 타오르는 태양도

옥시울 옥수암 와룡산 너머
산 그림자 드리우는 황혼도

아스라이 고즈넉이
살아 오는데

그리운 것이 어디 이름뿐이랴

－「단내별곡.1」

　　어린 시절 동무들과 놀이의 즐거움, 그리고 산에서 놀던 추억의 회상, 더불어 냇물에서 헤엄치던 천둥벌거숭이의 천진한 모습의 추상(追想), 들판에서 놀았던 윤나는 기억들, 느티나무 아래서 바라본 낙조의 환희, 그리움을 자극하는 이름들이 파노라마처럼 지나갈 때, 나이를 망각하고 돌아가고 싶지만 시간의 간격에 막혀 방황하는 길은 회상의 그림자를 따르는 일이 고작이다. 그러나 추억은 긴 여운을 남길지라도 짠지밭로 가로지른 들판의 기억들은 시간의 숲 너머로 사라진 여백 위에 그리운 흔적들이 더욱 애상(哀想)감을 부추긴다.

　　이제는 콘크리트 덮어버린
　　골목골목 다람쥐 나무 타듯

스쳐가는 바람

결국 이렇게 그리워 할 것을
왜 그리도
떠나고 싶어 했던가

— 「내 고향 단내.3」에서

변화는 아쉬움을 주지만 이는 인간사에 필연으로써 어디나 변화로 몸살을 앓은 것이 고향의 이름일 것이다. 떠나고 싶어 안달하던 고향—그러나 정작 어디를 가든 고향으로 고개를 돌리는 수구초심(首丘初心)의 본능은 비단 인간만의 일은 아니다. 또 떠났던 고향에 다시 돌아간들 실망과 후회의 목록이 줄지어 기다리는 고향의 정서는 뇌리 속에 정지된 추억의 시간이 안타까움을 주는 대상만으로 화면은 정리된다. 시대는 앞으로 가고 추억의 시간은 그 자리에서 멈춰있기 때문이다.

4) 자화상 그리기

글쓰기는 결국 자기를 쓰는 일이고 자기만큼 표현한다. 이 명제 앞에서 당황하는 일은 자기를 벗어나는 황당한 수식이거나 과도한 상상의 숲에 갇히는 일이 될 것이다. 왜냐하면 글은 곧 자기의 모습을 어떻게 표현하는가의 방법과 기교적인 부분이 결합하여 대상과 대면하기 때문이다. 전자는 시인의 성품이 들어있을 것이고, 후자—기교에는 얼마나 많은 노력이 첨가 되느냐의 여부에 따라 글은 표정을 달리하기 때문이다. 대체로 자기를 표현하는데 글은 집중된다. 과거와 현재 그리고 미래를 추정할 수 있는 글쓰기의 종점은 글의 평가로 나타나기 때문이다. 이인환은 천성이 여리고 외로움에 길들어진 인상을 준다. 물론 선천적일 수도 있고 또 후천적인 이유도 내장될 수 있을 것이다. 왜냐하면 삶은 종합적인 판단위에서 오늘의 모습이 재현 될 것이기 때눈이다.

　　웃어 주니
　　좋다

　　입가에
　　눈매에
　　양 볼 가득

　　사람 좋은
　　모습으로

　　기쁨 채워주는
　　그대가
　　정말 좋다

—「표정」에서

　시는 비유의 작업이다. 때로는 직유 아니면 은유 더러는 역설의 강조—
응축의 방법으로 나타내기 위해서는 비유의 방법밖에 달리 길이 없기 때
문이다. '웃어 주니/좋다'의 간명한 요구는 바로 시인자신의 모습을 보여
주는 우회적인 표출이기 때문에 대상을 숨기면서 자화상을 나타내는 방
식이다. 웃는 표정의 시인 모습이 내면에 담겨진 의도와는 다르게 슬픔의
강물이 흐르는 것 같다.—낯설게라는 방법이 기교로 내장된다는 뜻이다.

　　조만치
　　보일 듯이
　　요만큼 들릴 듯이

　　애태우는 버릇은

누구에게
배웠는가

— 「안개」에서

자신의 소극적인 성품을 보이는 부분이다. '조만치'와 '요만치'의 짧은 거리에 담겨진 안개 속에서 명료한 모습을 보이지 못하는 이유는 그 자신의 성품에 있다는 뜻이 숨겨진다. 왜냐하면 '그대로 있는 그대로'조차 망설임에 익숙하기 때문에 안개가 스스로를 휘감는 이유가 된다. 소극성은 이인환의 삶을 결정짓는 이유—인생이란 때로 과감한 도전과 돌파에서 새로운 국면을 장악할 수 있지만 이시인의 경우는 주저와 망설임이 스스로 위축되는 상황을 후회로 나타낸다. '사랑한다는 말조차' '되뇌고 되뇌어도/입 안에만/맴돌 뿐'의 소극성은 곧 오늘의 이인환 모습이 오버랩 된다. 「슬픈 인연」이나 「겨울 감기」, 「실록의 속삭임」, 「가로등」 등의 시에서는 여리고 진솔한 모습이 담겨있다.

고독은 누구나 맛보는 이름이지만 이시인의 경우는 몸에 절어진 그림자처럼 길다. 그 깊은 이유를 알아낼 길은 없다. 왜냐하면 시는 곧은 길을 보여주는 것만이 아니고 때로는 우회의 먼 길에서 바라보는 아름다움도 제시하기 때문이다.

또렷이
살아 오는
얼굴 하나

진저리 치는
외로움에
몸살을 앓는다

— 「겨울 감기」에서

외로움과 고독은 같은 항목에서 살지만 고독은 경우에 따라 의도성이 있고, 외로움은 상황이나 처지에 갇힌 경우가 될 수도 있다. '진저리치는/외로움에/몸살을 앓는다'는 이유는 내면에서 끓어오르는 열망을 내보낼 수 없는 처지에서 감기는 변명의 이유—외로움의 간판이 되고 있는 것 같다. 특히 「추경애가」에서는 앞으로 나가지 못하고 그 자리에서 맴도는 안타까움과 여린 시인의 마음이 애절성을 부추기는 정도가 깊다.

5) 이별

누군가 좋은 사람이 '없다'는 의식은 큰 공간에 대한 두려움과 아쉬움이 더욱 깊은 수렁을 만들면서 다가들 때, 부재의 공간은 아픔을 부추기는 상황이 된다. 이인환은 대상이 세상에 사라졌다는 갈등이 교차하면서 어려운 고비를 넘어가는 모습이 배회하고 있는 것 같다.

「첫사랑」, 「짝사랑」, 「시작」 등은 사랑의 감성을 나타냈고, 「신록의 속삭임」은 홀로 의식이 슬픔을 느끼게 한다. 현재의 상태로 해석되면 아픈 이름이고 상상의 깊이로 보면 연민이 앞장 설 일이지만 전자의 이유가 승(勝)한 것 같은 뉘앙스가 더 많은 인상을 남긴다. 누군가와의 이별이다.

　　그렇게 가니
　　좋은가

　　철썩 철썩
　　시퍼렇게 때려 놓고

　　감쌀 듯 보듬 듯
　　다가왔다 돌아 서니

머물 수 없으면
내색이라도 말지

철썩 철썩
멍울지는 그리움

―「파도」에서

　파도처럼 다가오는 대상이 떠난 아픔을 토로한다. 이별의 통증이고
이로 인해 세상의 빛이 서러움으로 가득함을 느끼게 된다. 가까운 사람
과의 이별인 듯, 고통이 이내 그리움으로 변하는 것은 사랑의 깊이만큼
참담함을 연상하기 때문이다. 파도 소리의 '철썩 철썩'이 마음을 때리는
통증으로 변할 때, 사랑의 농도는 결국 아쉬움을 연상하는 길로 나아가
는 인상이다. 파도소리의 크기와 비례하여 그리움을 배가하는 일이 더
욱 절실성으로 변모할 때, 원망의 소리보다는 지난 일들에 대한 상념이
길을 잃어 방황하는 서러운 정서가 보인다.

가슴이 시릴수록
어려오는
그리움

이전에도 저렇게
설레임
뿜었을 게다
그때는 단지 그대가
함께 함으로
느끼지 못했을 뿐

―「눈꽃」에서

'이전에도'의 문맥으로 볼 때, 그리움의 향방이 과거와 현재가 연결고리를 형성하면서 이어진다. 다시 말해서 '그때는 단지 그대가/ 함께 함으로/ 느끼지 못했을 뿐'이라는 시어에 과거와 현재의 상태가 유추되기 때문이다. 아픔은 인간을 성숙하게도 하고 상실의 늪으로 빠지는 경우도 있을 수 있지만 이인환의 경우는 객관적으로 바라보는 지점—상당한 시간이 경과한 듯한 느낌을 준다. 그리움의 모습이 시간이 멀어진 거리감에서 비롯될 수 있는 슬픔은 시간과 비례하여 농도가 다르게 호소하기 때문이다.

3. 에필로그

  시는 인간의 의식을 나타내는 심리적인 회화(繪畵)라면 대체로 두 가지의 형태로 나타난다. 하나는 좌절과 슬픔의 깊이에서 헤어나지 못하는 비극의식과 또 하나는 자기를 객관화하면서 비교적 담담한 형태로 진행된다면 이인환의 정서 상태는 얼마만큼 떨어진 거리를 유지하면서 과거를 바라보는 시선인 것 같다. 유약(柔弱)한 것 같은 심성 즉 나이브함이 주류를 이루는 정서에는 수묵빛깔의 풍경이 전개된다.
  아버지의 길을 답파(踏破)하는 시심에는 엄숙과 이해의 감성이 교차하면서 애달픈 추억을 상기하고 있다. 때로는 삶에 큰 그릇이었고 고통을 혼자 짊어진 아버지의 그림자가 누구를 위함인가를 알아차린 시인의 마음에 빚으로 남아있어 후회의 느낌을 주는 것도 사실이다.
  어머니는 삶과 사랑의 원천이면서 오늘을 지탱할 수 있는 근간이면서 모성애는 곧 생의 원천임을 터득하는 효심으로 전이(轉移)되지만 여전히 방랑하는 의식이 보인다.
  고향의 추억은 나이들은 오늘에야 새삼 추억의 풍윤함에 시심의 물기를 찾아가는 듯 친밀하고 애틋하다. 그러나 돌아갈 수 없는 시간의 간격에서 추억은 항상 먼 거리에서 손짓하는 것 같은 안개의 이름이기에 더욱 아름다운 영상이 되는 것 같은 슬픔이다.

이별은 그리움으로 엮어지는 사랑의 마음과 파도를 일으키는 정서로 작동될 때, 슬픔의 이유에는 고독의 늪이 깊게 형성된 것 같다. 이는 여린 심성으로 세상을 헤쳐 가는 길에 돌발의 체험이었고 이것이 명에로 작동될 때, 넘어야할 숙제이자 외로움과 맞서는 상처 의식인 듯 보인다.

이인환의 시는 짧은 스타카토식 언어와 비유의 적절함이 유장(悠長)한 리듬을 내장하면서 시의 숲을 꾸미려는 의도가 보이는 순수와 투명의 시인이다.*

최명숙—기도와 사랑의 마음

—최명숙의 시

1. 프롤로그—정신의 깊이

시가 인간의 표정을 그리는 얼굴이라면 삶의 희노애락(喜怒哀樂)의 표정이 담겨지게 된다. 여기엔 삶의 진솔성이 있어야하고 시인의 삶은 곧 시와 동등(同等)한 높이를 유지하면서 미적 감동을 생산하는 근거에는 시인의 생이 뒷받침되어야 한다. T. S. Eliot이 「고전론」에서 고전의 조건을 첫째 정신의 원숙, 둘째 행동의 원숙, 셋째 언어의 원숙을 주장했을 때 행동의 원숙과 정신의 원숙이 남다른 경우, 작품의 영원한 생명을 득할 수 있다는 점에서 시인의 삶에 대한 평가는 매우 시사적인 암시를 준다. 거짓으로는 결코 좋은 시를 창조할 수 없는 의미에 가깝기 때문이다. 시인은 자기에 충실할 때 비로소 시의 가치를 건져 올리는 길을 확보할 수 있음은 어느 경우에도 확실하다.

최명숙의 시를 일별(一瞥)하면서 느낀 생각은 한마디로 선량한 사람이 쓰는 담담한 기도 혹은 사랑의 생각으로 가득한 호소(呼訴)처럼 나긋한 말

소리로 들려온다. 아울러 긴 호흡의 특징이 산문적이면서도 산문이 아닌 묘한 맛을 담고 있다. 그러나 전체를 관통하는 시적 풍경은 안온하고 따스하면서도 친근함이 가득하다는 인상에서 최명숙의 시는 편안하다.

시가 편안하면 독자의 마음을 가라앉힐 수 있는 어머니의 음성 같은 느낌을 주어야 한다. 왜냐하면 시는 선동하고 소리 지르는 선전문구가 아니기 때문이다. 시인의 가슴에서 진정성으로 나오는 음성에 깊이가 있고 정겹다면 이는 시로서의 가치에 충분한 소임을 다할 수 있다는 점이다. 이제 최명숙의 시적 의도(意圖)에 접하면서 정신의 깊이를 확인할 일이다. 「오월」은 시인의 시적 의도를 가장 잘 전달하는 표정이 담겨있다.

아침 숲에는
사랑이 찾아오는 길이 보인다

나무들 사이
지저귀는 산새들의 전령을 받기도 전에
먼 듯 가까이 다가가서
입맞춤하는 푸른 숨결이 설레인다.

아카시아 꽃 융단같은 숲길에서
기다렸던 하얀 미소가 가득하다

당신이 오고
당신에게 내가 다가서고
봄꽃이 떨구고 간 기억들이 난다

뿌리 내린 후로 자리를 떠나본 적 없는
숲 속의 나무 한 그루,
그 옆에 홀씨를 뿌린 또 한 그루
기나긴 이별은 영영 하지도 못할거면서

꽃이 피고 지고, 잎이 피면
이별했던 연인처럼 어서 오라고
푸른 손짓으로 포옹하며 오는 오월이다.
달콤한 입맞춤으로 오는 오월이다.

- 「오월」

　신선(新鮮)하고 푸른 마음이 담겨진 시인의 의도가 보이는 시이다. 近朱必赤, 近墨必淄라는 말이 있다. 붉은 색에 가까이 가면 더 붉어지고 검은색에 가까이가면 더 검어진다는 말은 동화(同化)를 뜻할 것이다. 최명숙의 시에 들어가면 모든 심성(心性)이 순수하고 투명해지는 햇살을 연상하면서 끌려가는 길을 걷게 된다. 오월의 나무들은 불평이 없고 타인의 일을 간섭함이 없는 저마다의 소임(所任)에 충실한 오월의 푸른 정경이 아름답다. 서로 사랑하고 포옹하는ㅡ밝은 눈으로 바라보면 모든 사물이 밝아지고 친근해진다는 이치를 내장한 최명숙의 마음은 푸른 색채로 감싼 오월에 사랑을 느끼는 감수성이 선명하게 빛난다. '산새'들의 소리가 있고, '미소'와 '융단같은 숲길'을 거닐면서 '당신의 기억'을 되살리는 봄날의 정경은 '소리'와 '미소' 그리고 바라보는 선한 '눈'에서 풍성하고 아름다움을 전달하기에 충분한 풍경화처럼 보인다.

2. 의식의 정경들

1) 비와 풍경

　비는 하늘에서 내린다는 현상을 시적 비유로 돌리면 높이에서 보내주는 자애(慈愛) 혹은 고마운 선물로 이미지가 생성된다. 최명숙의 시에는 비(물)의 시어(詩語)가 상당한 편이다. 이는 적시고 감싸는 뜻에서 사랑의 또 다른 시인의 의도를 의미한다. 「목이 말라 숲은 붉게 타고」나 「접시꽃 위에 비가」, 「비오는 날 아침, 창문을 열어」, 「비오는 청량사」 등은 비와 시인의 뜻이 결합하여 회화(繪畵)적인 인상을 전달한다. 기실 시는 언어로 회화(繪畵), 의미(意味), 리듬이라는 3박자를 갖추었을 때, 비로소 Poem의 진정한 의미를 구현하게 된다고 E. Pound는 주장하고 있다. 비의 최초 임무는 갈증(渴症)의 해소일 것이다. 왜냐하면 인간의 신체 구조는 ⅔가 물로 구성되었고 또 생명의 원활한 작동은 물이 아니면 안 되는 것처럼 물은 곧 생명의 필수 요소라는 뜻에 이른다.

> 단비 오면 푸른 꽃잎 돋고
> 푸른 꽃잎 돋아 꽃들이 만발한데
> 오롯한 길 위에 날리는 꽃잎들은
> 단비 맞고 돋던 푸른 잎은 아니어라
>
> 목이 말라 숲은 붉게 타고
> 숲이 붉게 타서 철새가 날아가는데
> 철새 날아간 하늘에 숲이 물들어도
> 목말라 붉게 타던 숲은 아니어라
>
> — 「목이 말라 숲은 붉게 타고」 중

시에 역설(Paradox)의 기법을 쓰면 강조의 의미를 부가한다. 다시 말해서 의도와 반대로 말을 하면 전혀 다른 의미인 부정에 대한 긍정의 강조로 살아난다. '돋고', '만발한데'에서 '꽃잎들은' 앞의 문장 조건에 마지막 '아니어라'의 부정적인 기법은 결국 앞의 전개를 강조하기 위한 방법으로 '아니다'라는 말에 힘을 주게 된다. 비가 오면 푸른색으로 변모하는 그리고 기쁨을 느끼는 '꽃들이 만발한데'와는 달리 비가 내리면 만발한 꽃잎들이 떨어지는 이별에의 아쉬움 ─ 식물이 성장하는 비의 고마움과

는 달리, 꽃잎으로 떨어지는 안타까움을 말하는 시인의 생각은 꽃이 지
는 슬픔에 대한 아쉬움을 갖는 마음에 서러움이 깃든다. 그러나 만남의
환희가 있는가 하면 이별에서는 슬픔과 괴로움이 따르기 마련이다. 꽃
과 꽃잎, 둘을 가질 수는 없다는 진리 앞에 인간은 다만 슬픈 전별(餞別)
을 보낼 뿐 - 최명숙의 아름다움의 추구는 그렇게 여리면서도 순수함이
투명함을 남긴다.

> 비오는 날 아침,
> 창문 열어 바람을 맞으니
> 붓다가 머물다 가신 길, 꿈길 처럼 보이네
> …(중략)…
> 바람에 흩어지지 않고
> 가슴을 적시는 저 비와 같다 하리.
>
> — 「비오는 날 아침, 창문 열어」에서

붓다는 만물을 포옹하는 - 마치 비가 세상을 적시는 자우(滋雨)라는 의
미와 등가(等價)를 이룩하는데서 일치한다. 갈증에 세상을 적시는 비는
곧 붓다의 말씀이고, 전령의 임무를 수행하는 의미를 공유할 때 사랑으
로 포괄된 자비(慈悲)의 말씀처럼 은혜로워진다. 다시 말해서 비가 붓다
의 말씀처럼 목마름을 해소하는 이미지에 닿을 때, 구원의 메시지를 전
달할 뿐만 아니라 생의 윤기를 더하면서 세상의 밝음을 더욱 고귀하게
연상하는 향기가 나게 된다. 왜냐하면 비가 만물을 적시는 일과 붓다의
말씀에는 동일화의 이미지가 사랑으로 세상을 감싸는 역할에서 부족함
이 없다는 결말이 그렇다. '비오는 날 아침'과 '붓다가 머물다 가신 길, 꿈
길처럼 보이네'에서 '아침'과 '보이네'의 상황전개는 시인의 마음에 그려
진 소망이자 부처에 대한 존경의 우회적인 표현이기 때문이다.

출근길 지하철 안에서 사람들의 모습을 살펴봅니다. 떠나려는 차를 타기 위해 계단을 뛰어내려 왔는지 숨을 몰아쉬는 학생, 신문이나 책을 읽는 몇몇의 사람들, 화장을 고치는 젊은 여자, 세상 모르고 자는 중년의 남자, 사람들이 놓고 내린 아침신문을 걷는 어르신, 사람들과 다른 점을 발견했는지 나를 바라보는 아주머니........

서로가 잘은 모르지만 하루를 시작한 수많은 사람들의 세계가 지하철 안에 존재하고 있습니다.

― 「출근길 지하철 안에서」 중

지하철 안은 세상의 축도(縮圖)를 보여준다. 여자와 남자 그리고 잠을 자는 사람, 정면을 응시하거나 책을 읽는 사람, 피곤한 어른 그리고 화장하는 여인들, 학생 등등 출근길의 모습은 세상을 압축한 모습으로 전개된다. 마치 악머구리 세상의 일면이 있는가하면 착한 사람의 표정 등 저마다 다른 풍경이고 모습이다. 그러나 인간은 서로 다르다는 것을 인정하는 지점에서 비로소 인간에 대한 사랑의 마음이 발동(發動)될 것이다. 마치 키가 큰 사람이 있고 작은 사람이 있듯―세상 사람들의 키가 모두 똑같다면 얼마나 무미건조한 세상일까를 연상하면 서로 다르다는 것을 인정하고 서로 간에 조화를 이루려는 생각은 곧 인간 사랑의 표상을 나타내는 직접적인 방법인 점에서 시인의 의도(意圖)와 일치된다.

2) 기도와 사랑

기도는 항상 엄숙과 진실의 불을 켜는 행위일 것이다. 이는 나와 대상이 하나로 통합하기위해 두 손을 모으는 절차에서도 대상과 나는 분리에서가 아니라 통합을 위한 몫으로 올리는 염원일 때, 간절함을 키우게 된다. 순결한 마음이 밝음을 위해 자기를 정화(淨化)하는 소망과 타인을 위한 기도의 마음에는 그 자체로 이미 선(善)의 정점에 이를 수 있을 것이기 때문이다. 최명숙의 시는 모두 기도로 이루어진 인상을 준다. 아마도 불교의 독실한 신심(信心)의 발로가 나를 위함이기보다는 자연에 감탄하고 또 경이로움에 환희를 갖는 모습과 붓다를 향한 경건(敬虔)이 조용하고 그윽함을 전달하는 조화로움인 듯하다.

　시는 정갈한 마음과 투명한 의식의 깨어남 그리고 언어의 치장(治粧)에 의해 가장 진솔한 마음을 보이는 기교라면 시는 곧 종교의 발심과 유사하다고 할 것이다. 「다시 또 눈이 온다고」, 「기도하는 오늘 밤은」, 「10월의 시」, 「한 송이 꽃이게 하소서」, 「기도」 등은 시인의 마음을 대상에 일치 시키려는 그리고 간절함을 나타내는 작품들이다.

> 그대를 기다리고 있습니다
> 넘어지지 않게, 서둘지 말고 천천히 오세요
> 그대 손을 이리 주세요
> 자! 제가 잡아 드릴게요
> …(중략)…
> "어서 오세요, 잘 오셨어요"
> 오늘 하루도 수고 많았을 그대,
> 이제 한 숨 돌리고 우리함께 기도해요
> …(중략)…
> 소외되고 아픈 이들의 치유를 위해 기도하는 그대
> 소외되고 아픈 이들과 손을 잡고
> 서로 안아줍니다
>
> 　　　　　　　　　　　　　　　－「기도」중에서

　최명숙의 기도는 나를 위한 구복의 수단이 아니라 헌신하고 낮추는 참된 기도의 양상이기에 호소력을 발휘하는 것 같다. 비록 나지막하고 속삭이는 듯한 음성이 오히려 먼 곳 까지 감동을 줄 수 있다는 것은 진실의 힘에 있을 것이다. 흔히 소리치고 아우성과 박수로 몰아가는 식의 기

도가 아니라 마음 깊은 곳에서 나오는 소리에는 감동이 따라오는 이유 ─
기도는 그런 것이다. 미지의 대상인 '그대'를 염려하고 근심하는 '그대
손을 이리주세요'라는 체온과 체온의 전달에는 사랑의 힘이 실리게 된
다. 내가 아니고 더불어 우리라는 인식을 가질 때 종교의 힘은 나온다.
여기서 기도는 공동의 선을 위한 몫으로 챙길 때 이른바 아가페적인 사
랑도 힘을 얻을 것이기 때문이다. '소외되고 아픈 이들과 치유를 위한 기
도' 그리고 '안아 줍니다'의 자세는 보살행 ─ 중생(衆生)을 이익케 하고, 모
든 파라밀의 행(行)을 닦아 미래에 불타의 깨달음을 알려는 사람의 뒷모
습은 아름답다. 최시인은 시를 기도처럼 쓰고 부처의 품에 안기려는 ─
자기 스스로가 아니라 타인의 손을 잡고 함께 가려는 모습에서 아름다
운 동행의 길이 열리는 비구니(Bhiksuni)의 모습 같다.

> 우리 모두 한 송이 꽃이게 하소서
> 송이 송이마다 고운 빛을 발하여
> 맑은 날의 좋은 인연을 맺게 하소서
>
> ─ 「 한 송이 꽃이게 하소서」에서

　'우리 모두'의 복수 개념이 최시인의 정신 거점에 있는 기도의 목록인
것 같다. 더불어 구원의 강을 건너 피안(彼岸)의 장소에 이를 때, 자기는
맨 뒷자리에서 웃고 있는 모습이 선연하다. 왜냐하면 '맑은 날의 좋은 인
연'을 이어주는 것으로 보살행은 소임을 다하는 것과 같기 때문이다. 헌
신과 헌신의 마음이 펼쳐지는 여백에 최명숙의 시에는 시원하여 좋은
삽상(颯爽)한 바람이 불어온다.
　사랑은 가장 따스한 체온을 가졌을 때, 비로소 밝은 빛을 내보내는 마
음의 에너지일 것이다. 마음 깊은 곳에 간직된 빛의 에너지이면서 인간과
인간을 하나로 통합하는 매듭일 때 세상은 더욱 밝아지고 따스해진다.

깊은 사랑과 그것을 위한 기도,
시간의 괘(궤)도를 벗어나 존재합니다
오늘 하루를 보내며 나는 손을 모읍니다
사랑하는 이가 있다면
서로를 더 깊이 사랑하고 이해하며
서로가 서로에게 아름다운 미소를 남길 수 있는
날이길 발원합니다

                                                    ―「토요일 아침에」서

　　기도는 '서로를 더 깊이 사랑하고 이해하며' 서로에게 깊은 미소를 남기는 행위를 위해 감사하는 마음으로 너와 나를 생각할 때, 평화는 찾아오고 화목함으로 얻는 즐거움이 생성될 것이다. 기도는 나만을 생각하는 이기심이 아니라 마음을 열어 서로를 보듬고 이해할 때, 세상의 역경이나 고난조차도 더불어 해결의 탑을 쌓을 수 있기 때문에 사랑과 기도는 내 것이 아니라 우리 모두의 것이라는 넓은 마음을 가지는 참된 기도―넓은 사랑으로 번질 수 있을 것이라는 최시인의 표정은 안온하다.

　3) 비움과 삶

　　삶은 고달프고 서러운 고해(苦海)라 말한다. 살아가는 일 곧 고통의 늪을 헤매는 도정을 벗어날 길은 없다―맹목의 방황이자 떠돌이의 운명을 이끌어야 한다. 누구도 조언해주는 사람이 없고 오로지 스스로 운명의 배를 끌고 차안(此岸)에서 피안(彼岸)의 목표를 향하는 존재―인간의 삶은 항상 위태로운 흔들림과 같이 가야 한다.

오늘이 있어 어제가 그립고, 내일은 희망입니다
죽음이 있어 우리의 삶은 좀 더 아름답게 살고자 합니다
물처럼 흘러가는 세월입니다

그냥 인연 따라 흘러갑니다
　　흐르는 물이 바다인지도 모르고 바다에 이르듯
　　우리도 그렇게 흘러 갈 때,
　　저 피안의 세계에 닿게 되겠지요.

—「하얀 눈, 꽃처럼 내리는 날」에서

　인간에게 죽음이란 삶과 하나로 이어진 줄일 뿐이다. 분리되는 것이 아니라 마치 윤회의 원(圓)을 연상하게 된다. 그렇다면 삶의 반대편인 죽음은 슬픔이나 불행의 이름이 아니라 오히려 친근하게 대해야 할 숙명의 동반자라는 생각을 가질 때, 편한 마음이 되고 친구가 될 것이다. 다시 말해서 죽음이 있기 때문에 삶을 아름답게 바라볼 수 있는 마음—돌아볼 때 편안한 생각으로 일상을 맞이하고 또 보낼 수 있을 것이라는 생각이다. 물처럼 흘러가는 세월—어차피 가야하는 날이고 세월이기에 숙명에 따르는 순치(馴致)의 자세야 말로 현실을 편하게 사는 방법일 것이다. '그냥 인연 따라 흘러갑니다'에 시인의 생각은 달관(達觀)된 마음이 아니면 맞아들이기 어려운 발성이다. 순리의 길을 따라갈 때 자연스레 바다의 넓은 곳, 피안(彼岸)의 세계에 도달 할 것이라는 생각—자연과 이치를 거스르는 사고가 아니라 합리와 순리에 운명을 맡기고 오로지 성실하게 살아가는 시인의 모습이 근엄하다.

　채우려면 욕망의 물살이 일어나고 채우려면 파도에 휩쓸리는 운명을 감내해야만 한다. 왜냐하면 욕망은 더 큰 욕망을 향해 스스로를 방기(放棄)하는 불운과 함께 가는 길이기 때문이다. 세상은 텅 비어 있기 때문에 채움이 있고 채우면 다시 비워야 하는 노장 철학은 이점에서 지혜의 철학인 것이다.

　　미움, 집착, 욕심 등으로 생긴 마음이 한 줌씩 줄 때마다 빈 마음의 자리
　　에는 함박눈이 쌓여 갑니다. 세속의 마음이 비워진 자리에는 어느새 평안

과 사랑의 전령사가 찾아듭니다.

－「잠시 마음을 비우는 일」에서

삼독(三毒)－탐(貪), 진(瞋), 치(痴)의 세 번뇌(煩惱)는 인간의 마음을 흐리게 하는 악의 근원이라면 이를 벗어나기 위해 욕망의 허물을 벗어던지는 일이야 말로 비움의 철학을 실천하는 일이리라. 채움은 욕심이고 비움은 허물을 던지는 일이라면 인간은 당연히 그런 목표에 헌신해야 할 일이지만 세속의 파도는 항상 검은 얼굴로 유혹하는 일이 일상이다. 채우기보다 비우는 일에는 지난(至難)하고 심한 갈등이 인간의 마음이기 때문이다. 그러나 미움과 집착, 욕심 등을 한 줌씩 지우는 노력이 있을 때 비로소 언젠가는 소망의 언덕에 기쁨으로 오를 수 있을 것이라는 암시는 위안을 준다. '비워진 자리에 어느새 평안과 사랑의 전령사가' 찾아들 때 삶의 가치는 아름다울 수 있다는 시인의 권고는 명료하다.

동행은 더불어 가야할 목표가 있을 때 친구가 될 수 있고 친구에게는 마음을 터놓은 진정성이 우선해야 한다면 최시인의 정서에는 순진무구의 맑은 음성이 쟁쟁하게 들린다.

세상이 지쳐있다는 것을 알아요
삶이 너무 힘들고 아프다는 것도
세상의 손 잡아주길 원해요
우리 함께 하는 동행이고 싶어요

나는 세상 사람들의 꿈을 다 알지 못하지만
그 깊은 마음속을 붓다는 알고 계시죠
지친 세상의 손 잡아 주길 원해요

밝은 등불 켜고 맞이하고 싶어요.

－「알고 있지요」에서

피곤하고 지친 나그네의 일생에 위안의 목소리는 어디서 찾을 수 있을 것인가? 힘겹고 아픔이 엄습했을 때 안아주는 이름의 위안은 어떻게 다가올 것인가? 이에 해답은 누구도 알려주지 않는다. 다만 열려진 자기 스스로의 자각에서 붓다의 깨달음을 만들 수 있을 뿐이다. 설혹 부처가 눈앞에서 손짓한다 해도 자기가 알려는 노력이 없다면 무위(無爲)의 일이기 때문이다. 이점에서 불교는 자기깨달음이지 여타 종교처럼 지시하고 싸움하고 명령하는 종교가 아니다. '지친 세상 등불로 손잡아 주는 안내자'는 결국 스스로의 마음에 불을 켜는 수고로움이 선행할 때 최시인이 말하는 세계의 중심에 설 것을 믿는 자세일 것이다.

3. 마무리에서

시는 마음의 거울―어쩌면 불을 켜는 일에 해당할 것이다. 왜냐하면 한 편의 시는 곧 시인의 전 생애를 걸고 쓰는 영혼의 등불이기 때문이다. 거짓과 위선의 요설(饒舌)로는 결코 감동을 생산할 수 없고 또 교언영색(巧言令色)으로 꾸민다 할지라도 결국은 자기 함정에서 헤어날 수 없는 표현이 곧 시이기 때문이다. 최명숙의 시에는 기도의 나직한 소리가 힘을 준다. 갈증을 느끼는 인간에게 비의 적심은 아름다운 정경을 그리는 풍경화로 다가선다. 이는 꿈을 만들어 빛으로 전달하는 소임(所任)에 피곤을 모르는 최시인의 정서에는 소박한 그리움이 붓다의 음성에 도달하기를 염원하는 기원(祈願)으로 채워져 있다.

기도는 너와 나를 합하는 합장(合掌)―대상과 내가 하나로 이룩되는 소원은 소박하지만 순수와 진실을 담았을 때, 자기 위안이면서 결국은 대상을 구원하는 메시지가 작동되는 가능의 에너지로 나타난다. 그러나 기도한다고 해서 모든 것이 이룩되는 양 호도(糊塗)하는 것은 위선이면서 자기기만의 아집(我執)에 해당된다. 작은 행동이라도 실천의 땀을 흘릴 때 비로소 희망의 문은 열리기 때문이다. 이점에서 최명숙의 기도는 자기 정화(淨化)의 파문(波紋)이 세상으로 떠도는 시원한 바람처럼 희망을 주는 이유가 되려는 집념이 있다. 종교는 희망과 꿈 그리고 사랑을 전달하는데서 존립의 근거가 있다면 불교는 강요함이 없고 힘으로 해결하는 복수의 칼날이 아닌 오로지 자기정화에서 깨달음을 추구하는 문이 넓게 열린 종교－최시인의 염원은 향기처럼 고요하다.

비우면서 채우는 삶의 자세야 말로 허정(虛靜)의 태도에 깃드는 선(善)함의 표정이라면, 최시인의 시에는 그런 음성이 나긋하게 다가오는－최명숙의 시에는 힘이 있다.*

홍진식－투명성의 변증법 혹은 사랑과 헌신

－홍진식의 시적 특질

1. 시작에서－소재의 표정들

시는 의식의 토로를 거쳐 나오는 정서의 질서현상이다. 다시 말해서 시인의 체험이 바탕을 이루면서 상상력의 조력을 받을 때, 일정한 질서의 규범을 갖추면서 시인의 정신세계를 구축하게 된다. 이런 전제－인간은 누구나 자기만의 세계를 만들기 위해 삶의 방안을 강구하면서 의미의 조직화에 혼신의 힘을 발휘하려 한다. 더러는 성공한 사람도 있고 도로(徒勞)에 그치는 행위도 있을 수 있다. 그러나 명망(名望)을 얻거나 그 반대인 가는 중요한 것이 아니다. 다만 새로움을 찾아 자기만의 성(城)을 구축하려는 일상의 노력이 가상한 것이지 유명의 대열과는 별로 의미가 없다. 왜냐하면 유명이란 말은 부풀어 오른 거품 현상이지 자신의 참된 의미와는 무의미할 경우가 대부분이기 때문이다. 시를 쓰는 일도 그렇다. 생(生)이라는 고해(苦海)의 바다에서 오로지 자기의 정화(淨化) 혹은 순수 수양의 도구일 때, 시의 가치는 참된 자기와의 만남 혹은 그런 표정을 연출할 수 있을 것이라는 의미이다. 때문에 시를 쓰는 일은 진실 혹은 순수와 대화를 나누는 일에 한정된다. 자기 삶의 오뇌(懊惱)와 고통 신산(辛酸)한 생의 이름들이 모여 순화(馴化)의 과정을 거칠 때, 비로소 시는 아름다움을 손짓하는 가락으로 탄생될 수 있는 역설의 이름이기 때문이다.

청탁에 의해 홍진식의 시를 접한다. 그의 시는 헌신과 사랑 그리고 삶에 대한 성찰 혹은 자기를 돌아보는 닦음의 소재가 의식의 통로를 통해서 가락을 형성한다. 물론 저변에는 부모나 고향의 정서 또한 시의 원형을 이루는 표정에도 따스한 햇살이 다가든다. 이제 점검의 코스를 통해 정신도(精神圖)를 확인할 차례이다.

2. 거느린 의식들

1) 헌신의 소리

낮은 자세로 흐르는 물은 속성이 겸손에 있다. 거스름이 없다는 것은 그만큼 달관의 높은 경지를 점했다는 의미도 되지만 인생에 커다란 교훈으로 남을 것이다. 지배보다는 헌신이고 교만보다는 겸손을 앞세울 때, 사랑의 마음이 깃들게 되고 사랑의 넓이는 따스함을 가져올 수 있기 때문이다. 가령 Van Gogh가 파리 시대에 그린 「Les Souliers」라는 작품이 있다. 한 켤레의 농부화에서 서럽게 살아온 농부의 슬픈 삶에 고달픔과 생의 아픔이 낡았고 지친 표현의 구두에는 충분히 담겨있다. 뿐만 아니라 Gogh가 그린 「La Chaise De Vincent」 또한 딱딱하고 비뚤어진 의자 모습에서 삶의 고단함을 유추하는 일은 쉬운 일이다. 이런 일은 작품은 작가의 모든 생을 압축하는 일이기 때문에 결국 체험과 상상력은 작품과 밀접한 상관 하에서 출발한다.

언제나 늘
내 발을 꼬옥 껴안는다.

무덥고 지쳐도
언제나 내 편인
남 보기 부끄러워도
전혀 싫은 내색 없다.

가다가 쓰러져도
제 몸 다 닳고 헤어져도
원망 한 번 하지 않고
언제나 보살핀다.

마음도 넓고 고운
아프지도 않는 봄화신처럼
언제나 나를 지켜준다.

                                   ─「내 신발」

    시인이 시집을 상재(上梓)할 때 의도적으로 작품의 순서를 배열하는 일은 독자의 첫인상을 휘어잡으려는 발상에서 맨 앞자리에 있는 작품은 눈여겨 볼 필요가 있다.

    머리위에 모자로부터 발끝을 지켜주는 신발에 이르기까지 인간을 감싸고 있는 의상은 다양하다. 그러나 의상과 어울리는 신발의 모습─깔끔하면 그 사람의 인상은 멋진 사람으로 인식을 심고 지저분할 때는 흐린 인상을 각인(刻印)시켜주는 일은 인상에서 좌우되는 현상이다. 앞에서 고흐가 그린 농부화에서 삶의 고단함과 서글픈 농부의 등식처럼, 시인과 구두는 비교가치로 연결된다. 시인의 약력에서 느끼는 일이지만 그는 중앙부처의 공무원─봉사와 헌신을 좌표로 살아가는 일이 삶의 방편이다. 공무원은 국민을 위하여 가장 낮음으로 봉사하는 자리일 때, 그의 임무는 비로소 화려할 수 있기 때문이다. 왜냐하면 신발은 곧 공무원이고 그 신을 신고 있는 사람은 국민이기 때문에 신발은 어떤 경우에서나 주인을 위해 아픔을 참고 끈기 있게 '너를 지켜준다'라는 임무에 헌신해야 한다. '가다가 쓰러져도/제 몸 다 닳고 헤어져도'의 무한 성실을 다할 때, 국가와 민족의 미래는 밝아지는 희망처럼 홍진식의 마음에는 희망의 푸른 이름이 빛나고 있다.

그러나 봉사와 헌신은 때로 고독할 수가 있다. 왜냐하면 이타행(利他行)은 자기를 희생하는 바탕위에서만 비로소 성립되는 Eros적인 희생이기 때문이다.

> 햇빛은 날마다
> 항상 변함없이
> 환한 웃음을 선물하고
> 우리는 그저 받기만 한다
>
> 세상 인연 맺은 날부터
> 이 시간까지
> 무한 사랑에너지를 주었지만
> 우리는 당연하다고 생각한다
>
> 빛은 우리를 향해
> 행복하게 살라고 알려주지만
> 그 의미를 모르고
> 우리는 깨닫지 못한다.
>
> ─ 「날마다 감사」에서

사랑은 대상과 대상의 교감이 성립될 때, 비로소 빛을 발하는 이치처럼 헌신과 봉사에도 그런 교감은 필요할 것이다. 왜냐하면 일방적일 경우 짝사랑에 불과하기 때문이다. 이점에서 신(神)에 드리는 기도조차도 응답을 기다리는 신도의 자세처럼 봉사에도 일정한 대가(代價)는 보여야 할 것이다. 시인은 햇빛의 일방적인 사랑에 '우리는' 감사함이 없이 마냥 받고 돌아서는 일에 서운함이 있을 것이다. 몰이해(沒理解)는 실망과 고단함이 따라올 것이지만 조건 없는 사랑을 바칠 때, 아가페적인 무한의 사랑은 고귀할 수 있다면, 일방적으로 받아서가 아니라 주었을 때, 비로소 빛나는 가치로 돌아서는 이유를 도외시할 수는 없을 것이다.

2) 사랑의 이름

시인은 사물을 바라보면서 사랑을 숙고하면서 또 찾아 나서고 그것을 아름답게 표현할 수 있을 것인가에 신명을 바치는 사람이다. 왜냐하면 시는 곧 인간을 사랑하는 일이고 자연을 끌어와서 인간과 하나로 통합하는 일을 대신하는 사람일 때, 시는 고귀한 가치로 표정을 갖게 된다. 홍시인의 시는 가장 많은 시적 정서가 사랑의 이미지로 채워져 있다. 말을 바꾸면 인간을 사랑하고 자연과 대상을 하나로 묶어 평화로운 땅을 만들 때, 그의 시는 공고(鞏固)한 성주(城主)의 임무를 수행할 수 있음에 목표를 설정하고 있는 시인이다. 「사랑의 그물망」, 「빈 의자」, 「하얀 눈」, 「사랑의 꽃」, 「사랑은 만삭처럼」, 「사랑하고 싶다」, 「당신은」, 「사랑하라」 등은 사랑의 이미지가 번다(煩多)하게 들어있다.

시는 체험의 요소와 상상력 그리고 의미와 신념이 교직(交織)되면서 한 편의 시를 만나는 일이기 때문에 결국 생각의 방향과 의지가 시화(詩化)되는 것은 당연한 이치라면 사랑의 감수성이 많은 이유는 시인의 정서의 모두가 그런 방향으로 설정되었음을 의미한다. 왜냐하면 시는 시인의 내적 고백이고, 이 고백은 진실의 함량이 우선하기 때문에 독자의 심금을 울릴 수 있게 된다는 뜻이다.

우리 인간들
앞으로 살아갈 시간
그리 많이 남아 있질 않아
행복하게 살라
서로 행복하게 살라
사랑하라
서로 사랑하며 살라
행복하고 사랑하라

-「사랑하라」에서

　'살라', '하라'의 형태로 사랑을 명령으로 강조한다. 이런 태도는 독자에게 위압적이고 때로는 독선적인 함정이 될 수도 있지만 합리적이고 타당했을 때는 오히려 감동의 작동 원리로 드러날 수가 있다. 시는 모든 인간에게 보편적인 진리의 정직을 외면해서는 안 되는 이유가 될 수 있기 때문이다. '우리 인간들'에서 누구나 해당될 수 있는 3인칭 복수의 지시적인 시어에서 사랑을 이룩하면 행복해지는 등식이 전개된다. '～하라와 살라'의 명령어가 거북스럽지 않은 이유는 사랑이 곧 행복으로의 길을 만들고 있다는 이유에서 시의 묘미는 한층 밝음을 주는 역설의 기교가 된다.

　사랑은 여러 방법으로 전개된다. 포용의 기대감도 있을 수 있고 하나로 결합하는 통합의 일도 기대되고 또는 포로 의식으로 나타나기도 한다면 홍시인은 저축의 의미―복리의 계산으로 부풀어 오르는 무한의 꿈을 꾼다.

어느 날
내게
당신이라는
은행이 하나 생겼어요

장기간
복리로 사랑계좌를
만들었어요

당신이
내게 사랑이라는
원금을 보낼 때마다
고스란히 입금시켰어요

— 「사랑은 만삭처럼」에서

　매우 신선한 비유의 사랑법이다. 많은 시인론을 썼지만 사랑을 은행에 저당하여 복리로 부풀리겠다는 비유는 홍시인이 처음인 것 같다. 시는 비유일 뿐만 아니라 상징의 도구를 통해 언어의 신선함을 위해서는 심지어 언어를 버리면서 언어를 획득하려는 역설의 기교까지 동원한다. 은행의 이름은 당신이고 시인은 사랑의 계좌에 수시로 입, 출금이 들락거리는 것이 아니라 복리를 위해 장기간 계약이라는 점에서 사랑의 가치가 한층 고조된다. 더불어 당신이 사랑이라는 '원금'을 보내올 때 '고스란히 입금시켰어요'의 진솔성은 사랑의 가치가 얼마나 지고(至高)한가에 이르게 된다. 여기서 사랑은 계산이 아니고 오로지 저금하는 일이라는 의미에서 뒷날 받을 자산 가치는 화려할 수 있게 된다. 이는 곧 행복이라는 궁극의 지점에 도달함을 뜻한다.

내게 오는 시간을
듬뿍 듬뿍 토막 내어
빈 의자에 올려놓고
당신을 기다리겠습니다

— 「빈 의자」에서

사랑이 기다림이라는 말은 사랑의 깊이와 비례하는 암시일 것이다. 왜냐하면 대상의 마음이 허락의 시간까지 기다림이 있어야만 사랑의 진정성에 도달할 수 있기 때문이다. 시인의 사랑은 기다림에서 진실의 불을 켜는 시간 앞에 엄숙한 마음을 가다듬고 긴 시간을 의미로 채우려는 발상이 지극하다. 다음은 포로(捕虜) 의식이다.

오늘 하루
이십 사 시간
전 시간을 정지시키고 싶다.

혹, 저 멀리 떠나간 내 님
마음 변하여 되돌아오면
내 쳐놓은 그물망에 걸려
오도 가도 못하게 가두고
오랫동안 묶어두고 싶다

— 「사랑의 그물망」에서

사랑의 포로라는 의미를—앞장서서 오히려 그물로 대상을 포획하여 내 것으로 만드는 강압적인 방법—이런 강압의 방법은 그 농도에 비례하여 진실함을 나타내는 언어의 기교일 뿐 실제로의 행위는 물론 아니다. '혹, 저멀리 떠나간 내 님'이라는 가정의 상태이기 때문에 쳐놓을 그물망은 기대할 수 없지만 대상을 사랑하는 깊이가 얼마나 진실한가에 이르게 된다. 사랑은 어떤 방법이든 진실—때로 진실이 불통하는 경우도 없는 것은 아니다. 그러나 홍진식의 사랑 법은 가능한 한 이룩하고 싶은 열망의 농도와 상관이 있는 것 같은 비유를 모두 동원한 인상이 특이하다.

사랑의 꽃은
시들지 아니하는
병들지 아니하는
영원한 불꽃
아가페 사랑이라고 했다.

                                        ―「사랑의 꽃」에서

    에피큐리언을 이기적인 삶의 태도라 하고 에로스는 자타(自他) 공존의
자세라면 아가페는 무한의 사랑으로 종교적인 삶을 뜻하는 생의 태도이
다. 시인은 사랑의 종점을 아가페의 무한 사랑에 초점을 두고 있다. 이를
이루기 위해서는 진실과 순수의 지고성(至高性)을 갖출 때 비로소 사랑은
높이에 이를 것이라는 기대감을 부추긴다. 마치 싱싱한―'병들지 아니
하고', '시들지 아니하고'의 조건을 함축할 때, 사랑으로 가는 길은 따스
하고 행복한 공간으로의 소임을 다하는 기대감을 갖는 시인의 사랑은
그만큼 시의 가치를 높이는 역할을 다하는 것 같다.

3) 삶 그리고 인생

    살아있는 인간에 의해 시는 등장한다. 왜냐하면 시는 인간의 삶에서
자연을 관조하거나 자연과 인간의 상관을 엮어서 바라보는 일 등―인간
은 자연을 대상화하면서 시로 변화하는 현상에 상상력의 옷을 입혀 표
현미를 찾는 시의 표현은 비로소 생명력을 획득하게 된다. 여기서 한 편
의 시는 곧 시인의 삶에 대한 가락이고 증거가 될 수 있기 때문에 시의
제작을 창조에 비교하기도 한다. 다시 말해서 시는 곧 시인이라는 등식
(等式)이 성립되면서 세상에 존재로 이름을 갖게 된다. 시인이 어떤 삶을
살았는가는 시의 표정에 매우 중요한 요소가 된다. 왜냐하면 체험은 상
상력의 조력을 받아 시의 형태로 나타날 수 있을 것이기 때문이다. 여기

서 시인은 살아있는 모든 체험을 소중하게 간직하고 언젠가 방문하는 시의 정신 에너지로 변모하는 과정을 겪게 된다. 때문에 어떻게 살고, 또 어찌 살아왔는가의 문제는 모두 시의 정신 속으로 흡수되어 표현으로 나타나게 된다. 시인의 삶에 대한 태도부터 점검한다.

오는 나의 삶은
가야 하는 길
그 길목에 서 있다.

그 많은 길 중에
피할 수 없는 길
소리 없이 다가오고
늘 새로운 만남으로
살게 된다

즐거움 열리는
내일은
열리는 햇빛처럼
간절한 마음
환하게 열렸으면 좋겠다.

사노라
가야 하는 길이라면
따스한 웃음과 너그러움이 있는
아름다운 삶을
남길 수 있는 길이었으면 좋겠다.

— 「아름다운 길」

시의 모두(冒頭)에 인상은 삶을 유동성 즉 흐름에 두고 있다. 이 유동성은 '가야 하는 길'의 필연적인 현상을 대입하면서 길의 다양성은 곧 선택의 문제를 생각하는 일로 집약된다. 인간이 사는 일은 곧 어느 길을 가는가의 여부에 따라 운명의 이름으로 분기(分岐)하게 되기 때문이다. 마치 새로운 만남에의 홍분이 당연한 것처럼 길은 그렇게 다가오고 있을 뿐이다.

  '길'은 생의 길이고 이 길이 아름다움을 남길 수 있는 의미에 초점을 두고 살아가는 모습이 보인다. 그렇다면 아름다움이란 무슨 의미에 한정할 것인가? 즐거운 또는 선량한 삶 그리고 모범이 될 수 있을 때, 시인이 생각하는 삶의 모습이 유추된다. 다시 말하면 시인은 지금까지 삶의 좌표를 '아름다움'에 맞추면서 살아왔다는 발성이기 때문이다. 가식(假飾)이거나 허세로 살아가는 것이 아니고 진실함을 앞세울 때 가장 커다란 힘을 발휘할 수 있는 인생의 숙제를 '화려하든 /화려하지 않든/태어난 그대로'(「실패하거든」)처럼 진실에 생의 중심을 놓을 때 해답은 자연스레 도출(導出)된다. 뜯어고치고 꾸미는 허세는 금시 거짓으로 판명이 나는 것이 세상의 이치이기 때문이다. 이런 자세는 「즐겁게 살자」에서도 같은 이미지를 사용하고 있으며 「삶의 질곡」에는 삶의 무게를 거론하고 「생의 아리랑」은 순리로 살아가는 강조가 빛난다.

> 슬퍼하지 마라, 슬퍼하지 마라
> 살았으니 살아가는 것이다
> 눈물이 마르고 피 말라가도
> 인생은 살아가는 것이다.
>
> — 「인생은」에서

  슬픔을 넘어가면 또다시 다가오는 슬픔의 물살은 쉬는 일이 없이 다가온다. 그러나 인간은 태어난 생명을 이끌고 이 파도를 넘어 갈 때, 비로소 승리자의 깃발을 날릴 수 있다. 인생에 체념이나 포기는 죄악이고 신에 대한 반역이다. 한때 여배우의 죽음이나 심지어 높은 자리에 있었던 사람—국민에게 귀감이 되어야 할 사람이 바위에서 떨어져 죽는 일에 동정을 보내는 사람이 있었다면, 홍시인의 시를 읽어야 한다. 생명은 고귀하고 아름다움이며, 어떤 경우에도 삶의 무게를 이끌고 살아가야하고 또 살아가는 것이 인간의 아름다운 숙업(宿業)이기 때문이다.

순리를 따르라는 말은 진리이다. 자기를 방기(放棄)하고 거역하였기 때문에 자살이라는 죄악을 범했다면 다음 시는 경귀(驚句)의 의미를 내포한다.

> 시간과 함께 왔다
> 시간과 함께 가는 것이다
> 모든 것은
> 한 순간에 살다가 떠나는 것
> 삼라만상 제 갈 길, 제 모습대로
> 살아가야 하는 것이다
> 대자연과 함께
> 물처럼, 바람처럼 사는 것
> 시간 멈춤 없고
> 공간 존재하는 한
> 제 모습
> 제 삶대로 살아가야 하는 것이다
> 시간처럼
> 대자연처럼 사는 것
> 그것이 지혜로운 삶이다
>
> ―「생의 아리랑」

누가 나오라는 재촉을 해서 세상에 태어난 인간의 삶이 아니다. 시간의 운명을 짊어지고 세상에 왔다는 의미는 결국 시간에 의해 사라지는 허무의 존재라는 암시가 겹친다. 인간은 결국 언젠가 사라지는 허무의 바람과 같은 이치에 소속되기 때문이다. 다만 '삼라만상 제 갈길'이 정해져 있기 때문에 순리를 따르는 '불처럼, 바람처럼' 살아가면 정답의 인생을 살고 있다는 시인의 주장이 된다. '제 모습'을 버리고 살아가기 때문에 역풍을 만나게 되고 고통의 늪에 빠져 자기를 버리는 불행은 곧 지혜 없는 인간의 표상이 된다는 뜻이다. 홍진식의 생에 대한 인식은 순리를 따르고 지혜를 동원하는 삶의 성찰(省察)이 아름다운 이유는 자기 생에 성실한 사람에게서 나오는 발성으로써 큰 울림을 준다. 진실은 항상 큰 힘이 들어있기 때문이다.

4) 자기 닦음

수양이란 자기를 이끌고 어떤 목표에 이를 것인가를 위한 '닦음'일 것이다. 때 묻은 자기를 닦고 닦아 반짝이는 모양으로 변모하는 것은 아름다움이고 행복한 일이기 때문이다. 여기엔 절제와 꾸준한 노력이 배가될 때, 비로소 자기발견의 수양은 소기의 목적을 달성할 수 있을 것이다. 소크라테스의 철학은 '무지(無知)에의 지(知)'라 말한다. '네가 무엇을 모르는가'를 알면 거기서 지혜의 출발이 시작되는 이치를 뜻한다. 이를 위해서는 나르시스의 자기애(自己愛)가 있어야만 스스로의 허물이 무엇이고 또 장점이 무엇인가를 알고 비로소 개선의 효과를 기대하게 된다는 뜻이다.

> 거울은 나를 보고
> 자신을 사랑하라고
> 최후 순간이 지금이라고
> 말한다
>
> — 「거울 앞에 서서」 중

거울에서 교훈을 발견하면 그 방법은 스스로 선택의 길을 찾기 마련이다. 다시 말해서 자기 발견의 길을 알았다는 뜻이다. 기실 자기를 아는 일은 가장 지난(至難)한 숙제를 해결하는 득의(得意)로운 승리의 발성이다. 왜냐하면 수만의 병사를 이끌고 개선장군으로 돌아오는 것 보다 자기가 자기를 알면 더 값진 승리자의 이름이 되기 때문이다. 맹목(盲目)의 장님이 대부분인 세상에 자기를 아는 일은-흙탕물을 재우고 재워서 맑은 물로 화(化)할 때, 푸른 하늘이 비치고 아름다운 세상의 바람이 호수를 스쳐가는 삽상(颯爽)한 행복이 발견되는 이치와 같기 때문이다. '세상 한가운데 흐르는/맑은 물이고 싶다'(「사나이 영혼」)를 되풀이 염송(念誦)하다보면 스스로는 자연스레 맑은 물이 된다. 더불어 거울 속에 있는 나를 사랑할 줄 알았을 때 비로소 타인을 사랑하는 방법으로 이어지는 수순이 기다린다. 「수덕사 맑은 물」이나 「맑은 물을 보라」의 시를 읽으면 시인이 질타하는 「썩어빠진 공무원」이나 「검은 얼굴」의 의미를 알게 되는-스스로 맑은 물이기를 소망하는 이 땅의 선량한 공무원인 홍시인의 모습이 근엄하다. 이제 자기를 닦는 압축된 시 한 편을 인용한다.

나는
매일 집 나서기 전
구두를 닦는다

어제 쌓인
일상의 하루 흔적들
빛바랜
먼지를 닦아 낸다

닦을 때마다
반짝반짝 윤기가 나고
그 빛에 반사된
내 마음은 맑아온다
또 다른 날

아침에도
나는 항상
구두를 닦는다.

- 「구두 닦기」

아마도 홍진식의 정신을 압축한 시가 「구두 닦기」로 나타난다. 깨끗해야 하고, 순수해야 하고 아름다워야 한다는 자기 정화(淨化)의 뜻이 들어 있기 때문이다. 날마다 자기 구두를 닦는 일은 자기 수양이고 일상의 자기반성의 의미 또한 함축된다. 여기서 자기를 알면 타인이 보인다는 철학이 실천으로 옮아가는 전이(轉移)를 체험하게 된다. 세상의 이치는 큰 것에서가 아니라 작은 것 그리고 버려진 하찮은 것에서도 진리가 숨쉬고 있음을 한 켤레의 구두에서 건져 올린 시의 힘은 시인의 능력으로 돌아간다. 자기 구두를 닦으면 마음이 밝아오고 다시 타인에게 즐거움을 전달하는 파급효과는 행복을 주는 행위로 전달될 때 세상은 환하게 밝아진다는 교훈을 위해 '나는 항상/구두를 닦는다'는 건강한 믿음이 호소력을 발휘한다.

5) 고향 그리고 부모

인간의 근본은 뿌리를 아는 일이다. 이 출발은 부모로부터 시작하고 다시 고향의 이미지로 전개될 때 나의 모습은 더욱 선명하게 부각된다. 물론 친구도 있어 추억의 이름이 더해질 때 생은 풍윤(豊潤)해질 수 있게 된다. 돌아가신 아버지를 그리워하는 「먼 나라 아버지」, 「아버지 영상」 그리고 「어머님 모습」 또한 고향을 생각하는 「고향 안강」과 「밤하늘 친구」 등 고향에 대한 추억은 많은 편이 아니다. 이런 이유는 '오십 성상 세월 망각한 채/고향 길 달려가서/그 때 밤하늘 쳐다보았네'(「밤하늘 친구」)처럼 오랜 세월 동안 단절된 그리움이 있을 뿐 특별한 추억의 이야기는 감춰져 있다. 오십 년이라는 긴 세월의 단절에서 추측의 길이 암시된다.

> 오늘 따라 이마엔
> 골 깊은 주름살이
> 큰 고랑 선명하게 드러나고
> 생살 도려내는 아픔처럼
> 마음이 아프다

—「어머님 모습」에서

'오늘 따라'에서 현재의 상황이 느껴진다. 그러나 주름살 낀 어머니의 모습에서 통증을 느끼는 효심에서 느끼는 인상은 가슴으로 따스하게 전달된다. 자기의 원형인 부모에 대한 마음에 통증이 클수록 스스로의 모습은 작아지는 것이 아니라 더욱 커지는 것 같은 형상이다. 효도는 곧 자기 사랑과 같은 이치이기 때문이다.

> 먼 나라에 계신 아버지
> 보고 싶습니다
> 세상살이 벅차고 힘들 때
> 더욱 보고 싶습니다

—「먼 나라 아버지」에서

부모는 자식의 반면교사가 될 때, 교훈이라는 지혜가 필요할 것이다. 자식을 사랑하기 때문에 더욱 엄격하고 강인함을 요구하는 아버지는 때로 외로운 모습이 될 때가 많다. 그러나 아버지가 부재(不在)할 때, 아들은 아버지를 이해하는 일이 대부분이다. 먼 나라에 계시는 아버지가 '밤에 몰래몰래 변신하여 오시기를' 바라는 마음에는 생전의 가난조차도 물려준 아버지를 이해하는 가슴에 그리움이 애절해진다.

3. 나가면서 — 시정신의 탑

1) 사랑은 헌신에서 나오고 헌신은 더 큰 사랑의 길을 내는 길이 만들어진다면, 홍시인의 시는 순수와 투명이 남다르게 시의 표정을 밝게 한다. 이는 그의 삶에 질료(質料)가 되기도 했으며 평생을 지속하는 삶의 에너지로 작동되는 것 같다.

2) 호수의 아름다움은 관조(觀照)의 경지에 이를 때라야 하늘이 보이고 맑은 바람조차 시원한 행복을 줄 수 있을 것이라면 이를 지키기 위해서는 끝없는 자기 수양 혹은 정화의 노력이 배가(倍加)되어야 할 것이다. 시인은 이런 이치를 수행하는 행동의 모범이 날마다 거울보기 혹은 구두를 닦으면서 지혜를 축적하는 비유로 살아난다.

3) 생을 지속하는 데는 정답이 없지만 자기 성(城)을 공고히 하기위해 절제와 균형을 갖추는 삶에의 모습이 투명해야 한다는 조건 앞에 시인은 당당하다.

4) 사회의 불합리에는 몸살을 앓고, 옳은 것을 위해 신명(神明)을 바치는 자세가 환하게 보이는 것 같은 정신은 바로 홍진식의 시정신을 이룩하는 원천이면서 삶의 지표로 작용하는 건강한 시인—홍진식의 시는 그렇다.*

이진숙(가람)-가람의 시적 특질

-이진숙의 시

1. 특징 찾기

시는 개성을 감추면서 나타내는 이유에서 결코 자유로울 수 없는 한계에 있다. 다시 말해서 개성을 표현하는 일이 궁극이지만 그 개성을 휘두르는 만용에서는 감추는 예의를 갖추어야만 한다. 이와 같은 방법에는 시적 장치라는 말이 합당한 논리적 보호 장치가 있어야 한다. 즉 시의 응축(凝縮)에는 비유 장치가 있어야 시인의 의도를 정확하게 내보일 근거가 있게 된다는 점이다. 시인은 자신의 의식을 과도하게 드러내서도 안되고 또 감추었지만 보일 수 있는 문을 만들어 놓을 때 시의 표정을 확인할 수 있기 때문이다. 여기서 시인은 시론(詩論)에 대한 이해의 중심에 서야하고 또 언어 운용의 전문가가 되어야 하는 끝 모를 공부의 길이 있어야만 한다. 즉, 자기의 시를 정체의 늪에 가두는 것이 아니라 변신과 변화의 길에서 방랑을 연속으로 맞이할 때, 나를 찾아가는 수도승처럼 중심을 갖고 비전의 길을 만들어나가야 한다. 시인은 범인(凡人)이 아니라 종교적인 태도와 신념이 요구되는 이유가 시의 창작과 유사하기 때문이다. 시적 특징은 자신의 이해와 언어의 결합에서 얼마나 치밀한 작업의 수행인가를 계산하는 면에서 그만의 개성이 선행되어야 할 것이다.

시의 개성은 곧 시의 특징으로 연결 고리를 갖고 호소력을 획득하게 된다는 이치는 변함이 없다. 그러나 시론의 포장은 항상 새로움을 찾으라는 재촉 일 때도 시인은 조바심을 감추고 자기 시의 심장소리를 들어야 한다. 그 길을 만들기 위해 혼신의 노력이 보일 때, 시의 호소력은 큰 울림 앞에 설 것이기 때문이다.

고독한 시인 가람의 시적 깊이에는 아득한 표정의 이미지가 퍼덕거린다. 그 근원을 추적하면 시인의 의식에 고인 맑은 물을 만나게 되고 거기에 얼굴을 비추면 삶의 아름다움이 길을 만들고 있음을 확인하게 된다.

2. 무엇이 시를 만들고 있는가

1) 「산너울」로 가는 시인

인간은 그가 존재하는 공간에서 자유를 꿈꾸고 삶의 건너편 혹은 현실에 대한 숙고가 진행될 때 혼자만의 공간을 생각한다. 이는 자유정신의 배태(胚胎)일 수도 있고 삶의 여백을 갖고 살아가려는 발상을 의미할 수도 있다. 아무튼 자기만의 공간적 의미는 생의 윤기를 더하는 일면 사고의 폭을 넓히려는 발상에서는 또 다른 영지를 확보하는 계기가 될 수 있을 것이다. 왜냐하면 변화를 포용하는 공간적인 상징에서는 정서의 질이 유연해지고 다양한 경험 층이 시적 높이로 진행하는 길을 만들 수 있기 때문이다. 시인에게는 일정한 수로(水路)를 통해 찾아가는 길이 있다면 가람에게는 산너울이라는 공간을 정서의 진원으로 삼고 시심(詩心)을 발굴하는 특징이 있다.

주말에는 치악산에 갑니다
가서 계곡의 찬바람을 마십니다
영혼은 고독하더라도 몸은 옷을 벗어버린 나무가 됩니다
홀홀 벗어던진 나목 끝의 하나 남은 잎새가 되어도 좋습니다

—「초겨울 치악산」

가람이 치악산으로 가는 주말이면 혼자와의 대화가 시작된다. 국립공원 입구 이른바 가람마을에 그의 처소는 모든 물상이 제자리에서 눈을 멀뚱이듯 한적하고 고요를 잡아간 물소리와 바람이 고작인 적요(寂寥)의 공간에 들어가는 나그네의 편안한 행색이 된다. 낮이면 산이나 들판의 풀들이나 나무에 걸리는 바람의 소리에 젖고, 밤이면 별이나 어둠과 대화를 나누는 일이 고작이지만 하늘의 소식에 더욱 깨어나는 의식으로 외로움을 선택한다. 독목(禿木)들의 밋밋한 몸들이 달빛을 받아 파수꾼이 되는 것 같고 사람들이 지나는 길은 흔적처럼 고요의 의상을 입는 곳—이곳이 시인이 주말을 보내는 장소이다.

혼자서
오랜만에 즐기는 고독
치악산 밤하늘엔 별이 흐르고
정적을 깨는 개 짖는 소리도 멈춘 밤

삶의 미학이
새벽이슬을 타고 내려 올 때까지
침묵의 지성
잠이 들기 아까운 평온함으로
시집과 문집의 알맹이에 취한다

—「가람마을에서」 중

제3부 이미지 표정 279

시인이 찾아가는 가람 마을은 그의 아호이자 시인에 의해 마을 이름이 정해진 곳이다. 순수와 깨끗이 머물고 있는 마을에 개 짖는 소리조차 적막으로 돌아눕는 밤이면 별들이나 풀벌레의 울음이 고작인 정적(靜寂)이 호흡으로 멈춘 곳—그곳을 찾아가는 시인의 마음에는 푸른 적막이 지성을 깨우고 시들이 외출을 서두르는 행복한 공간으로 인식된다. 새벽이슬이 찾아들 때까지 인간의 소리가 범접할 수 없는 고요의 강물은 멈출 수가 없는 풍광이 된다. 때문에 잠을 이룰 수 없어 깊이에 빠져드는 순수와의 대면이면서 행복한 고독의 숲은 넉넉하게 자리를 마련한다.

달이 훤해요
차실 뒤 장독대
나목에 걸린 감나무 달빛

지나는
객도 없고
음악도 멈추었습니다

마당의 벽돌
얼키설킨 화로에
장작 몇 개비 얹어서
모닥불을 피웁니다

차 한통 개방하여
햇차 마실 미각을 나눌
친구가 왔으면 좋겠네요

기별없이 찾아와도
달빛 운치에 향이 피어오르는
나눠도 될 마음 가지고 있습니다

달이 참 밝습니다
만월은 아닐지라도
감나무에 걸린 달님과
마음의 차 한 잔 나눕니다

— 「산너울에서」

「산너울」은 치악산 자락에 있는 시인의 집—택호(宅號)이다. 주말이면 찾아가 호사스런 자연의 정취에 취하고 차의 맛에 감미로움이 젖어들면 아름다움의 풍광은 살아있음의 흥취가 일렁이는 모습으로 살아 떠오른다. 이른바 도시의 풍진(風塵)에 시달리다 산너울에 이르러 외로움이 밀려올 때 '기별 없이 찾아줄 사람'의 체취를 그리워하는 마음에는 인간미의 따스함이 담겨 있어 안온함을 연상한다. 이른바 有朋自遠方來의 인간 체취에의 그리움은 착하고 선(善)한 사람이 갖는 따스한 속성일 것이란 유추가 앞선다. 물론 밝은 달과의 대화에는 차 한 잔의 여유로 대신할 고요함이 더욱 그윽함을 주는 것 같다. 이는 시인의 심성을 나타내는 의탁의 비유라는데서 산너울은 곧 시인의 정서가 저장된 공간의 이미지로 작동되는 것—모든 시에 관류(貫流)하는 시인 정서의 중심인 듯하다.

2) 고독 그리고 외로움

외로움과 고독의 순서는 구분이 없을 것이다. 때로는 외로움이 먼저 올 수도 있고 또 고독의 상황이 외로움을 불러올 수도 있을 것이기 때문이다. 아무튼 고독과 외로움은 서로 상보적인 관계 때문에 구별이 지난(至難)한 것도 사실이다. 외로움은 '느낌'이 승(勝)하고 고독은 '상태'라는 점에서 같은 명사일지라도 뉘앙스는 다르다. 어떻든 가람의 시에서 첫째의 인상은 고독과 외로움이 많은 빈도로 나타나는 특징이 시의 일관된 표정이다. 예로 직핍(直逼)한다.

툭하면 밀려드는 외로움
사람이 그리워서도
혼자이어서도 아닙니다

굴곡져 흐르는 시간 속에
작은 목적이나 소망이 빛을 발하고
힘든 고개를 넘어 평안을 찾는 순간
목표의 상실에서 찾아오는 통과의례가 외로움입니다

부산을 떨다
나도 모르게 가 버린 세월
통속이 허물어지고
현실은 저 홀로 남아
툭 하면 외로움으로 밀려듭니다
남은 미래는 원하는 가슴이 써야하는 시
사람은 신이 아니기에 외로움이 말을 거는 겁니다

                                        ─「툭하면 외로움」

　1연의 이유는 사람이 그리워서가 아니라는 점, 그리고 2연에 오면 목
표의 상실에서 오는 외로움이 주된 이유가 되는 것 같다. 더불어 3연에
서는 흘러가버린 세월의 뒷자락에서 허무로 남아있는 쓸쓸함의 진원이
외로움으로 남고 있다. 그러나 툭하면 찾아드는 외로움은 삶이 나뭇가
지에 가린 고달픔이거나 아픔들이 고독을 생산하는 이유로 대두될 때,
나약한 의지의 일단이 보이는 것도 사실인 것 같다. 이런 현상은 누구나
의 인간에게 찾아드는 불청객일 것이다. 왜냐하면 삶이란 실패의 반복
일 것이고 고달픈 여정을 이끌어야 할 소명이 따라오는 바, 가장(家長)으
로의 의무감을 대입하면 외로움은 당연한 그림자이기 때문이다. '툭하
면'의 시어에는 이런 아픔의 명칭이 자주 찾아오는 일이기에 도피의 심
사에 깃든 인간의 체취가 진술함을 준다. 시의 감동은 강하고 억센 이미

지보다는 오히려 약하면서도 섬세함에 더욱 쉽게 정서가 감염되는 이치는 당연하기 때문이다.

> 천 번을 씻어야
> 내 마음을 알까
>
> 파도야
> 세찬 폭풍우는 나도 버겁다
> 네 울음 삼키는 것도 슬프고
> 난파선이 밀려올 땐
> 바람 든 무우처럼 가슴 시리다
>
> 등대는 없어도
> 뱃길잡이 하 세월이었고
> 알아주는 이 없어도
> 갈매기 둥지는 많이 품었다
>
> 무인도라고 말 하지 말아 다오
> 나도 사람이 그립다
>
> — 「바위섬」

Brooks가 시를 유기체라고 했을 때, 언어의 결합에서 오는 감성을 의미할 것이다. 아울러 한 개의 이미지에 집중되는 언어의 생동감은 결국 시의 탄력을 줄 것이며 견고한 의미의 성(城)이 이룩할 것이다. '바위섬'은 곧 시인 자신의 모습을 시화(詩化)하고 있다. 속된 것들과 일정한 거리를 느끼고, 또 인간의 모습과 쉽게 섞이지 못하는 심성에서 오는 외로움은 고독과 우수가 깃들고 있다. 무작정으로 다가오는 파도의 아픔, 이는 삶의 고달픔으로 변할 것이고, 휘몰아치는 바람의 목청은 슬픔을 위협하는 상황에 '나도 버겁다'의 힘겨운 모습이 투영된다. 수많은 난파선들이 밀려오는 위협에 두려움과 슬픔이 교차하면서 '바람든 무우처럼'의 처지가 더욱 슬퍼진다. 마치 세상의 억센 파도에 맞설 수 있을 용기와 신념의 공고화를 강화하지만 무인도의 처지에서 사람에의 그리움은 곧 선량한 시인의 아픔이 드러나는 정서가 더욱 아프게 다가든다. 왜냐하면 '등대는 없어도'의 고백에서 삶의 아픔이 드러나기 때문이다.

인간은 투사(鬪士)이기를 소망하면서 꺾어지고 부러지는 일을 반복하면서 삶의 광야를 방황하게 된다. 더러는 피 흘리는 전사로의 죽음을 맞이하기도 할 것이고 또는 소박한 삶을 간구하는 자세로 일상을 바라볼 것이라면 시인은 후자에 더 가까운 것 같다. 이는 부드럽고 따스함을 갈망하는 정서가 앞서고 있음이 그 이유이다. 다시 말해서 조용하고 명상적인 정서가 가람의 시심을 이루는 중심 이미지라는 뜻이다.

> 혼자된 시간
> 참 좋다
> 숨어 있는 나를
> 그냥 풀어헤친 자유
>
> ─「혼자된 자유」에서

어울려 아우성치는 시장(市長)의 정서이기보다는 고요를 찾아가는 가람의 시적 정서가 특징을 이루는 「혼자된 자유」이다. 여기서 가람의 시는 부드럽고 따스하고 안온함을 추구하는 요구가 드러난다. 다시 말해서 아우성과 칼칼함의 정서가 아니라 정적(靜的)이고 명상적인 삶의 길을 갈망하는 의도가 들어 있다. '혼자된 시간/참 좋다'의 발성은 가람 정서의 특징을 요약한 시어(詩語)이기 때문이다. '좋다'의 의미에 최상의 감탄사 '참'엔 더할 만큼 혼자의 의미가 강해질 때, 시인의 모습은 때로 어린 것 같은 느낌도 수반되는 점은 심성의 본질로 돌려야 할 것 같다. 즉, 악착한 현실을 헤쳐 나가기에 벅찬 모습이 투영되는 것도 받아들여야 할 숙업(宿業)인 듯하다는 뜻이다.

3) 정(情)의 깊이에서

정은 이유가 아니고 논리의 해명으로는 답안이 마련 될 수가 없다. 다만 표정에서 감지되는 길이 있게 된다. 일반적으로 정이 많은 사람에겐 따라오는 따스한 이유가 있기 마련이다. 가람에게도 예외 없이 이런 장식으로의 언어의 길이 따라 온다. 그 이유는 무엇이고 어떤 정리의 길이 정답의 도리일 것인가는 아무도 모른다. 다만 언어로 포착된 표정의 설명이 있을 뿐이다.

> 사랑이 시간 속에 익으면
> 정이란 이름으로 포근해 지더라
>
> 더러는 매정하게 돌아서기도 하지만
> 그건 사랑이라고 부르지 말자
>
> 한겹 두겹 허물을 벗어서 그대에게 입혀주고
> 더 이상 벗을 허물이 없을 때
> 당신의 허물은 내 허물이 되더라
>
> 앞으로 뒤로
> 모로 보아도 무덤덤한 믿음만 남는
> 내가 못나서 익어버린 정이 좋더라
> 사랑에 찌들어 삭은 향기가 좋더라
>
> ― 「익어간 시간」

가람의 시는 유연미를 가지고 있어 생각의 깊이를 방문하는 기회가 된다. 이는 정이 많은 사람이면서 이를 그의 시에 투영하는 정서가 나이브하면서도 정직한 묘사-과장이 없는 진술에서 다가온 향기가 있다는 의미이다. 이를 달리 표현하면 인간미라는 성품이 시에 함량으로 작동된다는 뜻이다. 위의 시는 정(情) → 진실 → 사랑이라는 등식이 성립된다. 우선 시는 사람이 쓴다는 논리를 대입하면 최종 인간의 관계는 사랑에 도달하게 되고 그 시발(始發)은 성품에서 비롯될 것이다. 때문에 '시는 곧 그 사람 자신'이라는 등식이 자연스레 설정된다. 도둑이 시를 쓸 수 없다는 것-예외는 있다. 불란서의 프랑소아 뷔용은 도둑질, 투옥의 연속의 생애 속에서 유명한 『유언시집』을 출간했다. 감옥을 나서면 시를 쓰지 못한 사람-시는 진실의 언어이고 진실한 사람에 의해 기록되는 자기 고백이기 때문에 독자의 감동을 잉태할 수 있는 인자(因子)가 곧 진실의 언어라는 점이다. 가람의 언어는 이점에서 진솔하고 투명한 정서를 구성하는 특징이 내장된다. '익어버린 정'을 갈구하는 시인의 마음은 항상 갈증의 대상이 인간을 향한 정감이라는 뜻에 응축될 때, 고독에서 파생하는 원인도 갈증을 채우지 못하는 이유로 추정-이런 진행형의 감수성은 그의 시를 구성하는 정서의 모두를 점하고 있다.

> 사람아
> 아름다움만 주자
> 서두르지 않아도 가야 할 운명
> 따뜻한 눈빛 하나 마주하며 살자
> 안아도 좋을 가슴만 보여주며 살자
>
> — 「눈빛 이야기」에서

　인간의 창문은 눈으로 시작하고 다시 눈으로 나오게 된다. 다시 말해서 눈으로 첫인상을 확인하게 되고, 말로 그의 성품에 깊이를 분석하면서 눈에 모든 판단의 근거를 제공하는 역할을 하게 된다. 호오(好惡)의 감정을 첫눈에서 이미 알게 된다면 설혹 외면의 눈빛이었을 때는 부정적인 인식으로 정리된다. 이처럼 눈은 곧 인간 파악의 창구라는 점―'따뜻한 눈빛'을 강조하는 시인의 마음을 읽을 수 있다. 눈빛에서 판단이 서면 따스한 가슴의 결합―사랑의 정서가 최고조에 이르게 된다는 뜻을 강조하는 시인의 마음을 보여주는 시가 된다.

4) 담배의 중심에는

요즘 담배를 피우는 사람은 범죄인 취급을 한다. 그러나 소득을 많이 올리는 담배인삼공사는 여전히 존재하고 있다. 여기서 모순―왜, 정부는 공사를 없애지 않고 범죄를 계속 조장하고 있는가? 그렇다면 담배는 여전 효용의 가치가 있다는 의미가 아닌가? 물론 비싼 세금을 더 많이 거둬들이는 일을 멈출 수는 없을 것이다.

담배의 효능―둘의 기준이 필요하다. 첫째는 여백의 미학이다. 높은 지능의 작업을 하는 사람에겐 여백이 필요할 때, 집중의 중간에 필요한 것은 휴지(休止)로의 담배는 필수적일 것이다. 이를 가로막는 일은 창조의 순간을 가로막는 일이 될 것이다. 때문에 그 순간을 악으로 규정하는 일은 창조의 절대 순간을 방해하는 해악이 된다. 여기서 담배의 필요성은 창조와 연결된다는 확실성이다.

둘째는 잠시 쉬는 의미일 것이다. 순간은 때로 영원의 문을 열 수 있는 기회를 가져올 수 있다면 쉼은 새로운 의미로의 길을 만들게 된다. 이를 짓밟아 담배에 해악의 죄를 뒤집어 씌운다면 가슴에 멍을 지우는 일보다 더한 가치의 훼손을 가져올 수 있다. 집중의 끝을 마련해주는 아량이 필요한 이유가 여기에 있다. 또는 삶에 여백이 필요한 이유 때문에 담배를 피울 자유는 보장되어야 할 것을 앞세운다. 그러나 가람 시인은 절연을 했으면 하는 요망은 필자의 독선일 수 있을 것이다. 가람 시인은 담배로 인해 많은 시를 창작한 공이 앞서 자리한다. 인용으로 길을 재촉한다.

> 피우고 싶어
> 피우는 것만은 아니다
> 항상 같이 하는 위안
> 네가 없으면 삶이 허전하기 때문이야
>
> 위로가 될 수 없는 일상들이
> 허접하게 심중을 파고들 땐
> 애환의 길동무는 어디에도 없었다
> …(중략)…
> 담배는 힘든 영혼을 밝히는 등불
> 보듬어야하는 살덩이가 있기 때문이야

— 「담배.44」에서

　요즘 담배를 피우는 일은 참으로 용감한 사람이라야 한다. 그러나 고달프고 신산(辛酸)한 삶에 위안의 목록으로 담배는 가치를 인정한다. 왜냐하면 변덕 많은 인간보다 오히려 신뢰의 시간을 제공하는 역할이 있기 때문이다. 건강을 생각하기 이전에 담배는 정서적으로 안정감을 주는 기능이 확실하기 때문에 계속 담배를 찾는 이유가 될 것이라면, 가람이 담배를 소재로 하여 시로 제작하는 이유가 정리된다. '네가 없으면 허전하기 때문이야'의 처지에 누구도 손을 들고 내가 너를 위안의 숲으로 인도하겠다는 인간은 존재할 수 없기 때문이다. '애환의 길동무는 어디에도 없다'는 단언적인 언사(言辭)에서 담배는 필요의 손을 높이 들고 함께 동반의 친구가 되는 셈이다.
　담배가 교훈으로 변하면 의인(擬人)의 역할을 하게 된다. 시의 기능이 인간에게 유리한 쪽으로 해석의 문을 열어놓고 위안을 제공하는 점에서 담배의 효용은 또 다른 손을 들고 있는 역할론이다.

나는
당신을 위해서 타지만
당신은
세상을 위해서 타라

— 「담배.25」에서

나(담배)와 당신의 역할을 나의 적극성에서 너에게 강제적인 신념을 투사한다. 즉 내가 불타는 합리성의 이유와 같이 당신도 나처럼 일정한 역할을 수행하라는 확신은 곧 시인의 신념이 공고화한 뜻을 깨우치게 된다. 다시 말해서 담배가 불타면서 인간을 위무(慰撫)하는 것처럼, 그대 또한 세상의 어둠에 빛을 선사하는 역할을 다하면 그 결말은 환한 세상의 질서를 구성할 것이라는 신념이 보인다. 희생의 불꽃이면서 공존의 광장을 만들자는 인간애의 표상이 담배로부터 얻어진 영감이다.

시가 소재의 집중화를 통해서 시인의 의도를 내세울 수 있는 것은 결국 삶의 투영으로 나타난다. 어떻게 사는 것이 좋은가에 대답은 항상 삼라만상의 소재 속에서 시의 가치 또한 발굴되는 것이라면 시인은 사물의 이면에서 얻어진 독특성—이것이 마음의 눈으로 바라보는 통찰력인 점—담배에서 가치를 건져 올린 가람의 시적 재능이 돋보인다.

또 다른 일면은 의욕 충전이라는 역할이 담배에서 비롯된다. 「담배. 16~18」의 시에 흐르는 정서는 의욕을 배가하는 기능을 발견하는 시심에는 담배가 매우 긍정적인 면으로 부각된다. 기실 모든 사물은 어떤 각도, 어떤 면으로 바라볼 것인가의 여부에 따라 다가오는 편차는 다를 것이라면 가람 시인의 담배 예찬은 실의와 절망에 선 인간에게 의욕을 선사하는 통찰에서 긍정적이다.

날은 저물고
빠알간 불빛 한 점

연기되어 하늘로 오르지 못하고
가슴속 불나방
유성으로 흐르는 별이 된다
허물을 뒤덮은 어둠의 외투에
진실이 구겨진 몸을 가리고
한목숨 구걸하는 절박한 살이가
포효하는 바다에 떨고 있다
얼마나 뜨거운 것이었던가 나의 맹목은
자정의 어둠에 날개를 퍼덕거리며
잊혀져 가는 하루
아! 살아야겠다
바람에도 꺼지지 않는 담배불처럼

                                        ―「담배.16」

　절망의 어둠에 불빛 한 점이 선명하게 보이는 것은 희망의 좌표로 설정되어 인도하는 뜻으로 이해—담배의 가치가 희망의 이름을 대신하고 있다. 누구도 조력의 손길이 되지 못 할 때, 마치 '한목숨 구걸하는 절박한 살이'와 '뒤덮은 허물의 외투'라는 긴박한 절망 앞에서 길을 찾아 나설 수 있는 의욕의 불빛에서 삶의 가치는 재생의 의미로 시인의 손을 붙잡아주는 이미지가 선명하다. 더불어 '바람에도 꺼지지 않는'의 의지가 내면을 장악할 때, 생의 이름은 다시 도약의 의욕으로 깃발을 올리게 되면서 담배의 역할은 가람에게 절대 신뢰의 이름으로 환치된다.

세상을 상대로
나를 속이고 싶지 않다

한번 붙은 나의 불꽃

아무리 불어봐라 바람아

내가 꺼지는가.....

─ 「담배.17」

세상이 속일지라도 시인은 진실을 향해 발길을 옮기는 모습이 의연하다. 이 같은 신념은 결국 담배의 가치가 용기를 주었고 삶의 의욕을 부추기는 임무를 다할 것으로 믿기 때문에 고난과 아픔에서도 일어설 수 있는 에너지의 공급에 감사를 표하는 행위가 나타난다. 이는 의미의 정점인 '아무리 불어봐라 바람아/내가 꺼지는가.....'의 신명의 의지가 훼방의 이미지를 극복하는 삶의 또 다른 동력으로 솟구치는 모습이 된다. '한번 붙은 나의 불꽃'은 인생의 동반자로의 보조를 맞추면서 내일로 길을 인도하는 믿음을 나의 불꽃으로 만드는 방법을 알았기 때문이다. 담배의 긍정성은 결국 가람의 인생을 일으켜 세우는 기둥이었고 삶의 조력자라는 정리가 가능해진다.

3. 돌아보는 표정에는

시는 항상 무너지는 공간에 희망을 주는 임무가 주어지고 좌절과 신음에 꿈을 만들어 위로의 손길이 될 때, 시의 가치는 빛을 발한다. 비록 독자의 심금을 울리지 못하고 시인 자신으로 돌아오는 작은 손짓일지라도 생의 의미를 깨우치는 역할에서는 훌륭할 수 있을 것이다. 가람의 시에는 소리 큰 허세이기보다는 미소처럼 따스한 사랑의 물길이 흐르기 때문에 다감하고 안온함을 전달하는 뉘앙스가 울림을 준다. 시는 외침으로 압도하는 웅변이 아니고 스미듯 다가와 위로의 소곤거림일 때, 더욱 친근할 수 있다면 가람의 시는 그렇다.

일차적으로 사물을 바라보는 시선이 긍정적이고 따스함이 가람 시의 표정이라면 여기서 그리움의 마음이 발동되고 사랑의 정서가 갈증을 느낄 때 외로움도 배가된다. 외로움은 때로 선택적인 경우가 흔할 수 있다면 이는 성품의 이유가 앞설 것이다. 외향적인 성격에서보다는 내성적인 성격에서 고독은 친근한 우정을 교감하는 특성이 가람에는 유난하기 때문이다. 다시 말해서 고독이 있기 때문에 자기로 돌아가는 깨달음의 문이 넓고 깊은 숲으로 들어가는 길잡이가 고독으로 비롯된다는 점에서 가람의 시는 밀착된 정서화가 특성을 이룬다.

담배는 시련과 아픔 그리고 생의 곤고함을 위무(慰撫)하고 인도(引導)하는 교훈적인 기능을 수행하는 상징의 특성이 시인에게는 공존과 화해 그리고 변화를 모색하는 기회의 제공자로 긍정의 상징물이 된다. 시인은 여리고 선한 감수성으로 사물을 살아나게 하는 인간미에서 그의 시 또한 선량한 표정에 깊은 강물이 푸르게 흐르는 것 같은 시심의 소유자인 가람 이진숙의 시적 특성이 요약된다.*

이옥선−작은 연못에 담겨진 하늘과
노래의 향기

−이옥선의 시

1. 들어가면서−시를 향한 열정

시를 쓰는 일이나 살아가는 일이나 구분에서는 다름이 없을 것이다. 왜냐하면 시 또한 유기체라는 의미를 부여할 수 있기 때문에 생로병사의 과정이 인간의 생애와 유사하다는 점을 거론할 수 있을 것이다. 때문에 시의 표정은 삶의 표정과 같이 진지하고 때로는 땀흘리는 표정도 감지되고 더러는 생의 화려함을 대변하는 가락으로 나타날수도 있을 때, 인간의 오감을 자극하는 반응을 갖게 된다. 다시 말해서 시가 독자에 감동을 전달 할 수 있음은 인간의 감정과 반응의 감수성과 유사성을 가질 때 인간은 시에 열정을 투사하면서 감동의 종점에 이르게 된다. 여기서 감동이란 결국 인간의 정서와 시적인 정서가 함께 매치되었을 때 비로소 빛을 발하는 상징성에 이르게 된다는 뜻이다. 빛−밝음이면서 의미요 가치의 개념으로 환산되는 상징에서 시의 가치는 인간의 가슴을 장악하는 가락을 만들 수 있게 된다.

시인은 빛을 만드는 자요 삶의 의미를 고양(高揚)하는 점에서 정점(頂點)을 향한 노력이 투척되어야 한다. 그러나 삶의 의미 그리고 생의 심사(深思)한 명상의 숲을 지났을 때 비로소 의미와 빛을 알아차리는 인간의 체온을 가져야 한다. 따스하고 때로는 이지(理智)의 냉엄한 잣대를 가지고 사물과 대상을 투시하는 눈을 가졌을 경우 시의 이미지를 조종하고 창조하는 사람의 체온을 가질 수 있고 또 유지하는 정감의 소유자라야 한다. 왜냐하면 시인은 초감각 또는 범상한 의미를 위해 자신을 망각하면서 인간의 의미를 위해 의복을 제작하는 창조자라는 뜻이 곧 유기체를 창조하는 인간이라는 뜻이기 때문이다.

이옥선의 시는 다감하고 따스함으로 연결 될 뿐만 아니라 다양한 사물을 대면하면서 살아가는 생명의 소리가 들리는 창조의 입구를 장악하고 있다. 이제 그의 시적 특성이 독자 앞에 어떤 소리로 다가오는 가를 살핀다.

2. 감수성의 표정

1) 자기 그릇

인간은 자기만큼 살고, 자기만큼 표현하고, 자기만큼의 한계 속에서 삶을 영위하고 지나간다. 다시 말해서 자기라는 그릇을 가지고 그 그릇에 의미를 채우는 일이 고작일 뿐 과욕은 넘치게 되고 부족은 갈증을 유발하면서 일생을 살게 된다는 뜻이다. 결국 자기라는 몫을 모두 맛보고 사는가 아니면 부족에 안타까움을 갖느냐는 오로지 당사자의 능력으로 좌우되는 점에서 존재가 형성된다. 때문에 열성으로 자기를 계발(啓發)하고 자기의 존재를 확인하고 확장하는 일이 운명일지 모른다. 소크라테스가 '너 자신을 알라'는 델포이 신전의 명제를 당시 민중들에게 깨우침의 도구로 말한 것도 결국 존재를 확인하고 살아가는 의지의 사람과 맹목의 인간에게는 다른 결과가 도출된다는 뜻을 강조한 말일 것이다.

> 그대여
> 하얀 달빛 되어
> 연못 위를 비추어 주세요
>
> 그러면 난
> 희망의 꿈을 실은
> 종이배 하나를 띄우겠습니다.
>
> 예쁜 나의 꿈과
> 고운 사랑의 빛은
> 따스한 보금자리가 되어서
>
> 밤마다 별들이
> 또르르 내려와 놀고
> 새들의 노랫소리 떠나지 않는
>
> 아름다운
> 나의 작은 연못에
> 그대의 마음도 와주신다면
>
> 언제까지나
> 달을 품듯 별을 품듯
> 행복을 꼭 껴안을 수 있을 텐데.
>
> ─「작은 연못(小淵)」

이옥연의 아호가 소연으로 원고엔 적혀 있다. 이로 보면 작은 연못이 자기 자신을 암시하고 표징(表徵)하는 의미로 인식된다. 하필이면 우람하고 큰 연못이기 보다는 '작은'이라는 수식어를 사용하는 일은 아무래도 시인 자신의 상징성과 같은 일로 추측된다. 1연에 '그대'라는 미지칭에게 호소로 시작─그대는 미지의 대상이고 합하기를 염원하는 상징이라면 작은 연못에 찾아와 동일성을 이루는 일을 수행해주기를 바라는 의타적인 심리가 백색의 감각적인 '달빛'과 같은 은은함을 더하는 무드로 흐르고 있다. 공간적인 이미지가 밤이고 작은 연못 그리고 달빛이라는 뉘앙스가 정적(靜的)인 현상에서 기다림으로 점철되었다. 두 번째 연에는 희망을 실은 배는 이동의 이미지 그리고 3연에서는 보금자리에 꿈과 사랑의 아늑함을 부추기게 되고 4연에 이르면 별과 새가 어울리는 환상적인 연못에 소리의 울림이 노래로 진전하고 이 공간에 그대가 와준다면의 소망이 애처로워진다. 이런 조건이 이루어지면 시인은 달과 별들의 위호(衛護)를 받으면서 궁극의 지향점인 '행복'에 이를 것이라는 상상의 여백이 넓어진다. 이런 꿈은 곧 작은 연못의 소망이자 시인의 마음이 흐르고 있는 최종의 염원을 암시하고 있다. 소연만큼의 시인이고 여기서 행복과 따스함을 염원하는 여성적인 이미지가 가득한 느낌을 준다. 적극적인 심성보다는 소극적이고 크고 우람하기 보다는 작고 아담하면서 정다움을 느끼는 평화의 이미지가 앞장선다. 이런 총체적인 이미지가 이옥선의 시의 표정이고 인상인 듯하다.

2) 사계(四季)의 표정

봄, 여름, 가을, 겨울은 인생의 순환과 같이 서로 연계되어 인간의 생활과 밀접한 상관 하에서 진전의 바퀴를 굴린다. 이는 생로병사 혹은 동서남북 등 우주적인 현상과 인간의 삶은 항상 연결고리를 갖고 진행하기 때문에 봄에서 삶을 준비하고 여름에서 꽃을 피우면서 씨앗으로 가을의 준비를 갖출 때, 이미 겨울은 삶의 뿌리를 땅속 깊이 의식을 감추고 계절을 지나게 된다. 이런 비유는 시에서도 높은 빈도로 시인의 심금을 울리게 된다. 이옥선의 시에서 봄 의식은 태동(胎動)의 의미가 생명으로의 길을 찾으려 한다. 「사계절의 연가」, 「봄이어라」, 「꿈꾸는 봄」, 「천천히 오는 봄」, 「봄비가 내리는 이유」, 「봄의 노래」, 「봄비는 오는데」, 「기웃거리는 봄」 등 봄날의 이미지는 생동과 삶의 약동(躍動)을 준비하는 계절로 들어간다.

> 갈증 난 초록의 군상들
> 긴 목 뺀 기다림으로
> 반기면 마시는 빗방울
>
> 풀기 없는 웅달에도
> 귀하디귀한 감로주로
> 붉디붉은 꽃을 피우고 싶다
>
> 이 비를 흠뻑 맞으며
> 정처없이 훌쩍 떠나서
> 봄비의 향연을 즐기고 싶은데
> …(중략)…
> 촉촉이 젖어드는 비처럼
> 보고 싶은 이를 불러본다
> 돌아올 길 없는 그리운 이름을
>
> — 「봄비는 오는데」 중

봄은 비에 의해 비로소 문을 열게 된다. 마치 굳은 패각(貝殼)의 땅—맹위(猛威)를 떨치던 겨울의 두꺼운 의상을 벗고 비에 젖으면 잠을 깨는 자연의 숨소리가 푸른 이름을 불러오는 진행을 계속하게 된다. 때문에 봄은 비의 전령(傳令)이 있을 때, 문을 열어젖히는 생명의 약동이 준비를 넘어 세상의 입구에 이를 수 있는─환희의 준비가 갖춰진다. '긴 목 뺀 기다림'은 곧 봄의 특징이고 준비라는 점에서 여느 계절과는 다른 이미지가 풍부해진다. 왜냐하면 '붉디붉은 꽃을 피우고 싶다'의 소망이 자라는 계절─여기에 비가 올 때 비로소 봄날은 화려한 시절로 들어갈 수 있기 때문이다. 그러나 시인의 마음을 적극적이기 보다는 다소 소극적인 이미지─'돌아올 길 없는 그리운 이름을' 만나는 열정이 '봄비의 향연을 즐기고 싶은데'라는 '싶은데'의 소극성 때문에 여성적인 뉘앙스를 대입하면 쉽게 이해가 된다.

「분수대」, 「여름의 아침식탁」, 「소나기와 낙뢰」, 「아직도 여름은」 등 여름의 시는 맛과 소리와 화려한 꽃들의 이미지가 어울려 분주한 시절이 구가된다. 가장 왕성한 기운이 계절의 꽃을 피우고 절정의 높이가 녹음으로 덮이는 때를 여름이라 칭하면 인생의 화려한 꽃은 행복을 향한 이미지가 구축된다.

> 하늘은 높고 불타는 태양이 나를 맞는 날
> 파도로 넘실대는 너울이
> 귓전에 올라앉은 달콤한 속삭임
>
> 너와 나의 만남이 아름다운 것은
> 행복이란 이름으로 살포시 다가와
> 고운미소의 그 순수함이 너무 좋아
>
> 따가운 모래알이 빚어낸 조약돌도
> 뭐가 그리 좋아 동그라미 그릴까?
> 아마 행복한 웃음꽃 하트를 그리겠지
>
> ─「그 여름의 아름다운 날에」 중

모든 사물은 왕성한 시기를 견디는 성하(盛夏)의 계절은 주기적으로 다가든다. 그러나 새로움으로 가득한 변화일 뿐 전혀 이질적인 것은 아니다. 시인은 여름의 중심에서 행복한 꿈을 실현하기 위해 노력한다. 때문에 여름날이 아름다움으로 마음을 채우고 생의 의미가 한층 빛나는 듯 개화의 중심에 선다. 시원한 분수는 하늘을 향하고 때로 소나비와 낙뢰는 두려움을 키우는 듯 큰 소리로 심장을 자극한다. 여름은 요란과 극성 그리고 화려한 이미지들이 저마다 특색을 갖추는 때이기 때문에 쉽게 지나간다. 이 시인은 파도에서 달콤한 속삭임을 감상하고 만남에 아름다움을 느끼면서 행복이란 이름 앞에 스스로를 낮추는 겸손이 보인다.

가을은 조락(凋落)의 이미지가 왕성해진다. 그러나 모든 준비를 갖추고 삶의 미래를 위해 저장 공간을 넓히는 이미지 앞에 전별(餞別)을 준비한다. 정리의 마음이 앞서고 이별 같은 준비가 목록에 들어갈 때 바람은 스산한 노래를 부르는 계절—가을 앞에 시심(詩心)은 가락을 만든다.

반짝이는 별들 사이에 넌 달보다
더 환한 미소로 손짓하며
말을 걸어오는구나!

우리가 정다웠던 그 시절 생각난다
손잡고 눈짓만 해도 가슴 설레던 순간들
영상으로 그 순간이 머릿속을
회오리처럼 스치고 지나간다
…(중략)…
너의 모습 아득히 먼 곳에
다시 자꾸만 멀어져
저기 별이 되어 반짝이나
내 가슴 아린 추억이어라

— 「가을 밤에 널 생각하며」 중

가을은 사념(思念)의 길이 넓어지는 때이다. 왜냐하면 가을의 무드는 애상적이고 페이서스함이 여린 감정을 조장하는 때가 되기 때문이다. 마치 시가 분위기를 타고 날아오르는 감수성의 계절이라는 듯 시인은 가락을 가을의 이미지에 실어 보내는 분주함에 추억이 넓어진다. '반짝이는 별' 혹은 '달'의 분위기가 '미소'로 시인의 정서를 자극하면서 부풀어 오르는 추억 앞에 '내 가슴 아린'의 정조(情調)가 바람 앞에 더욱 흔들리게 된다. 즉 가을의 정취는 사념의 길을 넓히고 삶의 애틋함이 길을 만들게 된다. 「갈대의노래」, 「가을아! 가을아!」, 「추상」, 「이 가을에」, 「낙엽」, 「10월의 마지막 날에」 등 따스함을 열망하는 의식이 시인의 가슴으로 파고드는 노래 가락이 마음의 길로 유장하게 흐른다.

겨울은 눈의 계절이다. 그것도 흰빛의 이름에 포근함을 꿈꾸는 시절의 낭만이 더욱 여유로워질 때이다. 아울러 마지막을 준비하는 분주함도 겨울 입구에서는 예외가 아닐 것이다.

> 서럽도록 시린 향기 내 가슴에
> 꽃망울로 활짝 피어났다가
> 빛바랜 꽃잎처럼 시들어 갔었지
>
> 어젯밤 꿈속에서 토닥토닥 덮어준
> 목화 솜이불 그대가 놓고 간
> 수정보다 투명한 꽃밭 때문이었지!
>
> ― 「첫눈 오는 날」 중

겨울은 바람이 불고 파도는 높이를 위해 너울을 높이면, 따스한 사람의 열기가 더욱 갈증나고 혹독한 냉기 앞에 스스로를 감추는 연습을 진행하는 때이지만 죽음이 덮인 것은 아니다. 오로지 준비의 때이고 삶의 내일을 생각하는 양이 많이 쌓이는 계절이 겨울의 엄혹(嚴酷)한 특징이다.

그러나 어려움 속에서도 이옥선 시인은 순수로 하얀 계절의 여유를 알아차리는 이미지가 보이고 또 삶의 여백에 쌓이는 미소가 곱다.

계절은 변화 앞에 특징이 드러났고, 이는 시적 대상을 바라보는 투명한 정서의 가치로 돌릴 수 있는 부분이면서 봄, 여름 그리고 가을, 겨울 등 계절 마다 변화의 이미지가 생동성으로 특색을 시화(詩化)한 노고가 두드러진다. 미래로 문을 열기 위해 기다림의 씨앗은 언젠가의 날을 위해 숨을 고르는 겨울의 따스함―희망과 내일을 대동하고 견디는 인종(忍從)의 시간 앞에 펼쳐지는 겨울의 환타지가 조요(照耀)한 화음을 흰 눈 위에 그림을 그리는 겨울의 미감이 반짝인다.

3) 그리움의 빛깔

시인은 저마다 그리움이나 사랑을 위한 정서가 독특하게 의식으로 나타낸다. 어떤 시인은 적극적으로 드러나고 더러는 소극적으로 자기를 드러내는 은근미가 있는가하면 비유의 숲으로 감추는 자기 은신의 시인도 있다. 그러나 어느 것이든 시적 의상을 걸쳤는가 아닌가의 문제이지 방법의 특이성으로 구분하는 것은 아니다. 아마도 이옥선의 시적 특성을 능동적인 것 보다는 소극적이면서 쉽게 드러내지 않는 점에서 자리를 마련하는 것 같다. 그리움의 색깔이 요란하거나 꾸미는 것이 아니라 보여주는 것으로 만족하는 미학이라는 뜻이다.

> 바람 따라
> 꽃잎이 휘날리기에
> 멀리멀리 떠나는 줄 알았더니
> 찬바람으로
> 꽁꽁 언 낙엽이 되어
> 조그마한 가슴으로 모여든다
> 파도가

철썩이며 바위를 깨우듯
고요는 소용돌이 속에
아우성치고
어쩌라고 나더러 어쩌라고

소리치고 싶지만
널 꼭 안으며
언젠가 봄이 오는 그날을 위해
그리움의 씨눈을 틔운다

― 「그리움」

그리움이란 일종의 의식의 집중화 현상을 의미한다. 즉 어떤 대상을 자기 쪽으로 끌어당기는 인력(引力)을 의미하면서 그런 현상의 부족에 안타까움을 갖는 일이 그리움의 본질이다. 이는 꼭 사람이라는 의미로 한정할 일은 아니다. 희망일 수도 있고 또 꿈을 달성하기 위한 마음의 뜻을 의미할 수도 있다. 이런 현상은 누구나 갖는 일이고 생명이 있는 대상은 모두 그리움―이것이 진전하면 사랑으로 나타나게 된다. 그러니까 사랑의 전 단계라는 점이 된다. '떠남의 낙엽'이 분위기를 조성하고 다음 단계로 '파도'가 시인의 마음을 재촉하는 상징으로 변하면서 시인은 이를 어떤 방법으로 처리할 수 없을 때, '어쩌라고 나더러 어쩌라고'의 안쓰러움을 우회적으로 드러낸다. 이는 방법을 실행하기 위한 거리의 부족을 느끼는 상태로 볼 수 있을 것이다.

그대는 늘 계절을 잊은
그리움으로 내게 오시어

설레는 여인의 가슴
흔들어 놓고

작은 미소만 남기고
어느 결에 저만 마치 멀어집니다

가녀린 여심(女心)
슬픈 그리움의 노래를 부르며

찬란히 빛나는 그대
내 안 깊숙이 담아둡니다

           — 「그대 내게 그리움으로 와서」 중

그리움은 오는 이름일 경우 즐거움이 앞장서고, 반대로 가는 이름일 때는 분노와 증오가 일렁일 것이다. 그러나 따스함을 갖추고 살아가는 여심일 경우 '슬픈 그리움의 노래'가 되어 멀어지는 안타까움에 슬픔의 자욱이 선명함으로 가슴에 흔적으로 남게 된다. 이옥선은 어느 결에 '저만 마치 멀어집니다'의 거리(距離)감 때문에 체념의 뜻으로 찬란히 빛나는 그대를 '내안에 담아둡니다'의 추억으로 정리된다. 이런 추억은 질축거리는 것이 아니라 선명하고 담담함 때문에 곱고 아름다움을 연상하는 색깔이 그리움의 본질인 셈이다.

4) 가족

가족은 인간의 삶에 최소 단위이면서 삶의 근거를 마련하는 이름이기 때문에 가족의 유무는 그만큼 인간애의 바탕이 될 수 있다. 누구나 가족을 떠나서는 자기를 확인하는 방법이 없고 또 가족으로부터 사회생활의 시작이 비롯되는 점에서 사랑이 출발하는 공간이다. 왜냐하면 가족의 사랑을 받고 자란 사람과 그렇지 않은 사람의 차이는 엄격하게 성품에서 다르기 때문이다.

삶을 살다보면 참으로 사소한 것에서
사랑의 감정이 새록새록 묻어나죠?

내가 만든 음식을 가족이
맛있게 먹어 줄 때 행복합니다

그이의 따뜻한 말 한마디가
풍겨오는 그 마음에서 뭉클한
가슴 뿌듯함에 젖기도 하고
…(중략)…
거센 파도와 풍랑도 함께 헤쳐
미래를 향하여 항해하는

그대와 나는 행복이란 울타리 안의
진정한 동업자인가 봅니다

— 「행복이란 울타리」에서

　'사소한' 것에서 행복을 발견하는 일은 행복에 가치를 알기 때문에 나오는 발성(發聲)이다. 큰 것 보다는 작은 것들이 모여서 가족의 행복을 이룩하기 때문이다. 받아쓰기에 만점 받았다는 아이에게서나 커피 향기에 취한 때나 행복은 평화롭게 찾아들고 마음의 여유는 한층 행복을 고양시켜주는 일들—지극히 작은 것에서 지켜주고 감싸주는 따뜻한 마음들이 모여진 가정의 울타리는 곧 행복의 지수와 밀접한 연결을 갖게 된다. 시인은 행복의 이름이 곧 자기 충실이면서 삶의 절대 원인이 될 수 있다는 자각에서 여유롭다. 거센 풍랑과 미래의 안락이 곧 그대라는 대상과의 협조 속에서 이룩되는 사랑이라는 점에서 이기적인 행복 추구가 아니고 가정 속에서 가치를 소중히 여기는 시인의 마음이 밝고 환하다. 「당신을 향한 사랑」, 「당신은 고마운 사람」, 「어머니와 빨간고추」, 「어머니의 텃밭」 등은 가족의 소중함이 행복의 원천이라는 뜻에서 영감의 영역이 넓게 확장된다.

> 흙 파다가 고추 모종하시고
> 밤낮으로 지극정성 다하시더니
>
> 보은이라도 하려나 주렁주렁 열매 열려
> 어느새 정성이 붉게 물들었다
>
> 노모의 한 말씀
> "애야! 조것들도 내 노래와 이야기 들려주면
> 얼마나 좋아하는지 모른단다"
>
> — 「어머니의 빨간 고추」 중

　지극정성이 곧 큰 열매를 맺는다는 교훈을 주시는 어머니의 예이다. 가족이란 울타리도 무관심과 돌봄이 없다면 황폐화되고 살벌한 공간이 될 것이라면 작은 사랑을 투영하고 감싸는 일이면 튼튼한 행복의 열매를 수확하는 이치와 같다는 어머니의 경우처럼 사랑이 곧 가족의 행복을 가져오는 지름길이라는 뜻을 유추하게 된다.

　'당신은 고마운 사람'의 의미는 울타리를 지켜주는 남편의 경우로 이 시인의 가정을 밝고 따스한 공간으로 만드는 파수꾼에 대한 감사가 지극하다. 사랑은 일방적인 것이 아니라 공유하고 나누는 일이고 이를 아끼는 마음일 때, 사랑의 완성은 행복에 이를 것이라는 시인의 마음이 밝고 따스하다. 때문에 가정은 언제나 「우리」라는 공간에서 삶의 평화가 깃들게 되는 텃밭의 이치와 다름이 없다는 점에서 어머니의 텃밭은 곧 가정의 안락을 어떻게 지켜야하는가의 답안을 도출하는 셈이다. 장마가 오면 노심초사하는 일이나 모정의 연민에 안타까움을 갖는 자식으로서의 도리가 곧 사랑으로 지키는 가정의 행복이라는 궁극의 가치에서 삶의 가치도 함께하는 일이 된다는 뜻이다.

5) 친구

우정은 삶의 길을 넓히는 동반자일 것이고, 이를 유지하는 일은 서로의 노력이 전제될 때 긴 시간을 담보하는 역할을 하게 된다. 인간은 혼자 살아가는 것보다 더불어 어깨를 같이하는 시간이 길면 길수록 가치를 갖게 된다. 친구에게는 우정이 있어야 하고 이해의 계산이 있게 되면 그 우정은 끝나기 때문에 항상 신뢰의 탑이 높아야 한다. 왜냐하면 우정은 곧 삶의 표시이면서 자기를 확인하는 방법이기 때문이다. 그렇다면 친구가 꼭 많아야 한다는 일은 아니다. 믿음이라는 것이 없는 친구는 이미 친구가 아니기 때문이다.

> 까마득한 어린 시절
> 기나긴 무소식으로만 남았었는데
> 어렵사리 마련한 자리 반가운 친구들
> 하늘 자락별이 되어 소복이 모여앉아
>
> 산 중턱에 걸린 석양이 아쉬워하는 시간까지
> 추억을 나눠 먹고 저녁노을 얼굴 비추며
> 지난날 들여다보듯 영화감상하고 차도 마시며
> 나의 어린 시절 담소에 추억을 흐르고
>
> — 「친구」 중

여자는 추억을 확대 재생산하는 일이 과거의 추억과 만났을 때 더욱 윤기 흐르는 표정으로 시간을 장악한다. 다시 말해서 시간을 소비하는 것이 아니라 시간을 점령하여 시간을 망각하는 일이 나이든 여인들의 시간관이다. 거기엔 지난날들의 작은 에피소드가 웃음의 소재로 등장하고 어떤 개그보다도 재미가 있게 된다. 「친구」는 보편적인 중년 여인들이 갖는 풍경의 일종이다. 젊은 날은 출산과 살림에 과거를 묻어두고 살았지만 중년의 나이에 이르면 여유와 시간이 동시에 손을 잡고 우정을 교환하는 때가 된다. The friendship of a man is often a support; that of a woman is always a consolation.(남자의 우정은 의지물이 될 때가 많고, 여자의 우정은 언제나 위로가 된다)라는 Rochepedre말은 적절한 비유가 될 것이다. 「내 친구 숙이는」이나 「나의 친구야!」, 「친구」 등은 우정에 대한 갈증이 두드러진다. 이는 감정이 예민한 그리고 정감이 풍부한 사람에게서 나오는 따스한 음신(音信)을 의미할 때 시적 표정 또한 다양한 표정을 나타내는 요소가 된다.

> 가을바람 소슬하게 불어오니
> 하늘가 푸른 샘에 하얀 점하나
>
> 파문(波紋)되어 물결쳐 오면
> 괜스레 마음이 우울해
> 파랑새 같은 널 만나려
> 창문을 활짝 연다
>
> — 「나의 친구야!」 중

창문을 열어 우정을 받아들이는 길이 '가을 바람 소슬하게'의 분위기에 포장된다. 이는 나를 이해하고 모든 소통의 길이 우정으로 통하는 이유 때문에 '좋아하는' 원인을 의미하고 우정의 깊이에 푸른 물을 채운다. 이런 인연을 자연스러운 상태—물이 흐르듯 꾸밈이 없을 때 우정의 다리는 더욱 튼튼하다는 결론에 이른다. 이옥선의 정서는 그렇게 담백하고 투명한 감수성으로 시의 본질을 채우는 것 같다.

이옥선의 시에는 맛과 꽃에 대한 관심이 많이 등장한다. 맛을 후각의 요소이고 꽃은 향기로 승화하는 시각과 후각—공감각적인 이미지가 고귀함을 연상한다. 이는 일상의 사물을 무심결로 바라보는 것이 아니라 통찰의 집중화라는 표현미—사물의 다양한 등장은 그만큼 시의 화단을 풍부하게 만들고 있다는 증거일 것이다.

이옥선의 작품에는 꽃과 차 그리고 음식 등 많은 대상들이 시창작의 순서를 기다리는 것 같다.

산기슭 외로이 홀로 피어난
고운 모습 향기로워라

산새들과 정답게 뛰놀던 들짐승
어디로 숨었는지 보이지 않아도
묵묵히 자릴 지키고 있네!

— 「들국화 꽃」 중

들국화의 표정은 곧 시인의 모습을 오버랩하는 인상이다. '홀로 피어난'의 적당한 고독과 '고운 모습'에 간직한 향기의 승화와 서로 어울리는 열린 마음의 행방과 '묵묵히 자리를 지키려는' 의지의 표현미에서 시인의 모습을 겹치는 것으로 자화상을 삼는 것 같다. 왜냐하면 시는 곧 시인 자신을 말하는 일이기 때문이다. 스스로 향기를 내뿜는 꽃은 자발(自發)성 곧 시켜서 꽃을 피우고 향기를 발산하는 일이 아닌—스스로의 몫이기 때문이다. 시는 항상 시인 자신으로 향하는 점에서 비유와 은유 등의 의상을 갈치고 있을 뿐 진실의 모습을 은근히 감추고 있을 때 독자는 이를 알아차리는 수고 또한 있어야 한다.

3. 나가면서

시는 추상의 구름을 걷고 지상의 선명한 아름다움을 노래하는 가락을 만들어야 한다면 이옥선의 시는 다양한 사물의 모습에 자신의 표정을 대입하여 가락을 만든다. 아울러 여성적인 섬세한 눈으로 포착한 정서는 그만의 영역에서 훌륭하게 조합하고 어울리는 하모니의 표정에 밝고 환한 이미지들이 수런거린다. 사계절의 변화를 스케치하는 것이 아니라 이면(裏面)에 들어있는 계절의 다양한 표정들이 살아서 담소하는 정겨움이 유난함을 느끼게 하기 때문이다.

차와 음식에 대한 깊이가 맛으로 다가올 때, 신선미 또한 유난한 정서로 시의 맛을 부추기는 여유가 있다. 더불어 순수한 표정에의 그리움이 손짓처럼 다정하고 따스함으로 강이 흐르는 시의 품위가 다가오는 것 같다. 꽃을 사랑하고 속삭임에 귀를 열어 희망의 노래를 부르는 모습이 정겹다. 가족을 중히 여기는 것은 미덕이 아니라 품성의 본질이라면 이옥선의 시에는 그런 속삭임이 정갈하다. 이는 우정을 소중히 여기는 면에서도 이옥선의 시적 수원지는 매우 풍부하고 담백한 인상을 남기는 소박한 시인의 면모가 인상적이다.*

이소강―이별과 순수에의 미학과 감수성

―이소강의 시

1. 시의 무늬, 시인의 무늬

인생은 날줄과 씨줄로 삶의 그림을 그리는 행위라면 그 날줄과 씨줄로 엮어지는 바탕은 곧 시인의 정서가 아름다움으로 채색되는 풍경화일 것이다. 시인의 개성에 따라 그 무늬는 감동을 발산할 수도 있고 또 평범한 존재를 나타낼 수도 있을 것이다. 시가 개성의 발현일 때 시인의 개성과는 등식을 연결하면서 미감(美感)을 나타내는 길을 확보하게 된다. 여기서 시는 곧 시인이라는 명제가 독자에게 어떤 감흥을 유발할 것인가는 시적 소재와 시인의 재능이 결합하여 복합적인 감수성을 발산할 때, 시의 가치는 보다 높이를 지향하는 걸음을 옮기게 된다. 자연에 만재(滿載)한 시의 소재와 시인의 감수성이 일치할 경우―이런 궁합은 시의 아름다움과 완전한 매치를 이루는 소통의 경우가 될 때 비로소 시의 성공을 기대하게 된다. 여기서 시인의 개성―여성적인 눈으로는 부드럽고 섬세함을 유추할 수 있다면 보다 강인하고 힘찬 경우는 남성적인 이미지로 포장될 것이다. 이는 이미지 선택의 한계 즉 필연적인 경우에서 나오는 발성이라면 한 편의 시에는 곧 인간의 목소리가 저마다의 특성에서 나오는 유기체의 표정이 된다는 뜻이다. 그렇기 때문에 시는 곧 시인의 곁으로 돌아가는 의식의 완전성이라는 점에서 일체화를 이루는 조건과 합치된다. 시의 무늬는 곧 시인의 정신을 그리는 무늬라는 뜻이 성립된다. 시인의 정신도(精神圖)는 곧 시의 표정과 일치점을 찾는데서 비평의 길은 열리게 될 뿐이다.

이소강(이명주)의 시집『이별, 그 이후』는 시인의 정신도로 연결되고 아울러 그가 어떤 생각을 쌓아왔고 또 어떤 표정을 관리하면서 그의 삶을 진행하는가를 살피게 된다. 다시 말해서 과거와 현재 그리고 미래를 알게 되는 일이 시인 의식의 창문을 통해 그림을 그리는 내면을 관찰하게 된다.

2. 의식의 파노라마

1) 사랑

> I loved you once; that love perchance may yet
> Like hidden embers in my soul remain;
> (나는 일찌기 너를 사랑했었네, 그 사랑은 어쩌면 아직도
> 감춰진 불씨처럼 내 마음 속에 살아있을지도 모르네)
>
> — Aleksandr S. Pushkin, 「I Loved you once」

푸슈킨의 「나는 일찌기 너를 사랑했었네」처럼 사랑은 언제나 현재형일 때 애절하고 가슴 아픈 가락이 마음을 휘어잡는다. 애절함이 없다면 사랑은 이미 식은 화석의 냉기가 돌 것이고 기억의 공간에 지워진 이름

일 때, 사랑은 의미를 상실하게 된다. 때문에 사랑의 마음을 갖고 산다는 것은 생동의 기운이 있음을 의미하고 희망이 약동하는 때가 아니면 사랑은 이름을 남길 수가 없을 것이다. 때문에 여든 살이 넘었어도 18살의 처녀를 사랑한 Goethe의 문학 정신은 바로 사랑의 정신에서 출발한 에너지였던 셈이다. 왜냐하면 사랑이라는 에너지는 나이와는 상관이 없는 젊음의 샘물이기 때문에 꿈과 사랑은 인간의 표정을 가장 극명하게 또는 선명한 삶의 충만을 약속하는 시어(詩語)일 것이다. 하여 모든 시인들은 사랑이라는 샘물을 들고 저마다 다른 노래 가락을 합창하지만 개성의 사랑은 그만큼 지난(至難)한 일이기도하다. 사랑에는 진정이 있어야 하고 진실은 대상을 움직일 수 있는 힘을 가질 수 있기 때문이다. 대부분의 노인은 사랑의 무게에 질식하지만 괴테는 사랑의 무게를 조종하는 힘과 능력이 있었기 때문이다. 이소강의 시에 사랑은 「사랑.1~3」을 위시해서 「침묵.3」, 「사랑입니다」 등에서 정서의 무리를 이끌고 사랑의 호소를 나타낸다. 그러나 강한 그리고 힘찬 것과는 달리 다소 막연함도 사실이지만 사랑의 마음은 강인함과 약함이 문제가 아니라 얼마나 진정성과 연결된 의식인가를 따질 때, 이시인의 사랑법은 그 나름의 호소력을 갖고 있다.

사랑을 찾아나서는 일은 안개 속에서 출발하고 안개로 마감될 것이다. 왜냐하면 사랑의 대상은 명확하기보다는 항상 흐린 상태에서 찾아오고 또 가는 길도 그런 이미지가 우월하기 때문이다.

> 보이지 않는 진실게임
> 한 번은 너
> 또 한 번은 나
> 그렇게 몇 번은
> 당겼다 놓았을까
> …(중략)…

목련 같은 운무 속 내 사랑아

—「사랑.1」에서

　직유로 '목련 같은'을 사랑이라 칭하자. 그 사랑을 달성하기 위해 인간은 저마다 심혈을 기울이면서 찾아 나서지만 숨고, 다시 찾고 또 숨고의 반복이 수없이 되풀이되면서 마지막에 사랑의 실체인 흰 꽃을 만날 수 있을 때, 그 도정(道程)은 '보이지 않는' 어둠 속에서 '당겼다 놓았을까'를 반복하는 되풀이의 과정이 곧 사랑의 불을 켜기 위한 헌신이자 노력의 결정을 기울일 때 만나는 사랑＝꽃의 발견일 것이다. 이 시인의 사랑 찾기는 너와 나의 사이에 오고 가는 되풀이가 곧 노력의 이미지에 걸리면서 고귀하고 밝은 느낌을 형성하게 된다. 다시 말하면 이 시인의 사랑법은 어둠에서 빛으로의 진행이기 때문에 고귀하고 밝은 인상을 가져오는 것 같다. 그러나 이소강의 사랑에는 무언가 차가운 강물이 흐르는 느낌을 다음 시들은 말하고 있다.

그래도 사랑일까

나의 무심 죄
한 덩이 기쁨, 두 덩이 슬픔
너를 보낸다

—「사랑.2」에서

　기쁨과 슬픔이 너와 나의 사이에 흐르고 있다. 이는 '나의 무심 죄'라는 원인을 나로 돌리기 때문에 기쁨과 슬픔의 진원이 밝혀진다. 이를 사랑일까를 의문으로 설정한 시인의 마음에는 슬픔의 강물이 차갑게 흐르는 가슴의 원인을 말할 수는 없다. 왜냐하면 시는 그냥 노래할 뿐이지 원인과 해답을 찾는 일이 아니기 때문이다. 그러나 '너를 보낸다'에서 암울한 강물이 흐르고 있는 것 같다.

> 사랑으로 살아지다
> 사랑으로 사라지다
>
> 우리는 너와 나
>
> $\qquad\qquad\qquad\qquad$ ―「사랑.3」

　너와 나 즉 우리의 사랑은 사랑으로 '살아'와 이런 상태가 '사라지다'의 거부와 소멸이 자리하고 있기 때문에 사랑의 결합에 의문이 발생한다. 앞에서 말했지만 시는 노래할 뿐이지 해답 찾기가 아닐 때, 오히려 시의 특성과 만날 수 있을 것이다. 불가피하게 다음 시를 인용한다.

> 그대의 침묵이
>
> 사랑이라면
>
> 나의 침묵은
>
> 이별.
>
> $\qquad\qquad\qquad\qquad$ ―「침묵.3」

　사랑의 특성은 서로가 교감(交感)하는 과정에서 파생되는 감정을 만나는 일이라면 이소강의 이별의 원인―'침묵'이 한쪽에서는 '사랑'의 뜻이 되고 반대로 다른 쪽에서는 '이별'이라는 상반된 감수성을 만나는 이질성의 아픔이다. 물론 이별을 회전하면 사랑으로 가는 역설적인 만남일

수도 있지만 그런 오묘성에는 먼 것 같은 인상이다. 아울러 침묵과 침묵
이 어느 지점에서 대화로 돌아설 때를 기다리는 시간 여행일지도 모른
다는 추측을 앞세울 뿐 다른 유추의 문이 닫혀있음이 확실하다. 대화의
단절에 강물이 흐르고 이를 슬픔으로 승화시키는 방법이 없는 사랑의
호소─「사랑입니다」는 종교적인 마음이 표백된 것과는 다른 발상이 인
간의 사랑─이소강의 사랑의 마음인 듯하다.

2) 그리움

인간의 마음은 대상을 향하는 마음이 흐를 때, 그리움이 발생한다. 인
간에 대한 사랑으로 진전(進展)될 수도 있고 또 고향 혹은 어떤 특정의 사
물에 대한 염원을 강화할 때 그리움의 정서가 드러날 수도 있다. 물론 시
인의 고백을 직접 듣는다면 이는 가장 확실한 답안을 만나는 일이 될 수
도 있을 것이다.

> 사람이 그립다
> 아니 사랑이 그립다고
>
> 고독의 강 건너
> 사랑이 있다고
> 풀벌레 작은 숨결에도 소스라치는
> 긴긴밤 잠 못 드는 그리움
> 천 귀 연 채
> 홀로 피고 지고
>
> 행여 새벽이슬에 젖은 사랑
> 그 사람은 아니 올까
> 바람은 외로워서 울고
> 나는 서러워서 울고

사랑이 그립다
아니 사람이 그립다고

— 「그리움.2」

그리움의 대상이 사람이다. 그 사람은 곧 사랑의 이름으로는 오는 것 같다. 왜냐하면 '고독의 강'을 건너면 사랑이 있을 것이라는 생각 때문에 기다림의 시간을 늘어놓고 또 마음을 열어 재촉의 시간을 넘어가지만 애달픔은 긴긴 밤 '그리움의 고독'이 자리한다. 때문에 서러움과 외로움의 이미지가 바람과 사람으로 갈라지지만 그 본질에서는 시인 자신으로 의미가 모아진다. 사랑과 그리움과 사람이 결합하여 다가오기를 기다리는 정서로서의 밤 그리고 바람의 이미지들과 어울려 고독한 현재를 표현하는 우회적인 고백이 애절해진다. 이를 소화하기 위해 술이라는 매체에 기대기도 하지만 그리움은 다시 키를 세우면서 다가오는 길을 막을 수가 없다. '세찬 빗속에 갇혀 목 놓아 울까 봐/술잔을 기울이고 또 기울입니다'(「그리움.3」)의 고독 소화의 방법이 술에 의존하는 시인의 마음에는 귓전에 맴도는 그 목소리/울컥 울컥 목이 맵니다'의 처절한 상황을 연출하고 있어, 분위기는 '노을'과 '바람'의 결합이 서러움 혹은 아픔을 재촉하는 느낌을 주고 있다. 「그리움.1」은 '내 고향 마산으로 간다'로 고향에의 정서를 그리움으로 설정하면서 추억을 불러오는 '잠시 꿈속에 운다'의 대상이 구체화되어 시인의 마음을 우울로 적시는 모습이 되기도 한다.

3) 고독

고독은 인간이 스스로를 알게 하는 조짐이라면 이는 인간 자신이 만든 무드이지만 이 고독 속에서 자아발견의 실마리를 발견하는 일은 고독이 던져주는 물음이자 해답의 양면성을 가지고 있다. 왜냐하면 고독

속에서 스스로를 터득하고 깨닫는 과정이 자연스레 담겨 있기 때문이다. 자기를 돌아보고 자기를 깨닫는 일이 곧 고독과 길을 연결하는 자연스러움일 때 성숙의 모습으로 변모하면서 변화의 길을 가게 된다. 고독은 인간만이 누릴 수 있는 이성의 산물이면서 이를 통해 자기 성숙의 방편이 성립된다. 이소강도 고독의 깊이에서 자아 변화의 고통을 성숙으로 나가는 길을 찾는 방법으로 알고 있는 것 같지만 때로는 허무와 손을 잡기도 하고 암울한 어둠을 헤쳐 나오는 모습이 감명을 주기도 한다.

옆구리가 휑하다

숭
숭~
갈바람

산과 들
밤낮 가을 타는 냄새

해그림자
달그림자

바람에 부대낀다

― 「가을 타는 여자」

　바람이 주요한 기능을 수행하면서 시인 자신의 처지를 바람에 시달리는 상황을 암시하고 있다. 다시 말해서 역기능을 수행하는 훼방의 이미지인 바람에 의해 시달림을 받는 처지―'옆구리가 휑하다'는 '갈바람'에의 차가운 이미지가 시인의 정서를 포장하고 있어 마지막 구절인 '바람에 부대낀다'로 시련의 계절임을 암시한다. 이 시련은 허무의 무드와 연

결되어있고 또 고독의 그림자가 따라오는 것 같은 '해그림자/달그림자'
의 필연적인 연결고리를 끌고 가는 고달픈 여정이 보이는 것 같은 감성
이 드러난다. '사랑을 먹고/우주를 다 마셔도//이 허기진 갈증/미쳐, 미쳐
내가 운다'(「욕망」)의 처절성은 시인이 당면한 슬픔과 비극의 와중(渦中)
이 여전히 진행형으로 남겨진 고통으로 보인다. 이 같은 갈증은 한 가지
원인으로 집중된다. 따스함의 사랑 그리고 아늑한 정감 등으로부터 이
탈된 처지가 주된 원인으로 느껴지는 분위기가 된다. 가까운 사람이 돌
아서면 그 거리는 너무 멀어지는 인상—이별은 아픔 중에 가장 심대(深
大)한 아픔일 것이다.

사랑하면서도 늘 헤어져야하는
그 순간이 싫어
부부의 연(緣)을 맺었나

살아보면 헤아림이 안 되는 것
헤아려선 안 되는 것을

천륜 하나만으로 살아볼까

가버린 사랑 무너진 존경심에
신뢰를 잃어버리면
자유롭지 못하다

군고구마 동치미 한 사발
도란 도란 나눌 이 없어
길고 긴 겨울밤

몸 시리고, 마음 시리고
사람이 그리워

사랑이 그리워
달 그림자 기웃대는
천창의 밤

칼 바람만 이불 속을 든다

- 「이별, 그 이후」

아마도 사랑하는 사람과의 이별이 지난 것 같은 서러움이 보인다. '천 륜 하나만으로 살아볼까'의 의문점을 일차적인 시의 구성으로 보면 그 후반은 존경심이 사라졌을 때, 비로소 사랑이 떠난 것을 자각하는 순간에 '길고 긴 겨울밤'의 시련이 추위로 엄습한다. 고독의 키는 여기서 부터 자라고 추위는 사람과 사랑을 그리워하는 자아의 무게를 그리움으로 대치하는 긴 겨울의 시간과 마주한다. 이소강의 고독은 여기서 시작하고 여기서 해답을 찾아나서는 시련의 겨울과 맞서는 양상이다. 그러나 뚜렷한 방도를 찾지 못했을 때 '칼바람만 이불 속을 든다'의 참담함이 외로움을 더욱 부추기는 여심으로 변모하는 것 같다. 다시 말해서 기다림이 무너진 상태는 고독을 마주하는 일이고 여기서 시심(詩心)의 방향은 우울한 의상(衣裳)을 걸치고 방황의 넓이에 취하는 것 같다는 이미지이다. 아마도 이시인의 처지를 대변하는 이별의 시어에는 절대고독의 처지를 알고 있지만 어떻게 헤쳐 나갈 것인가를 헤아리는 일에 대답이 없다는 상태에서 고독은 시련의 여지가 있다는 점이다.

닻을 내리고 싶습니다

끝없는 항해

바다인지
하늘인지

안개에 가려 보이지 않는
수평선

철 철에 한 번
통곡으로 나 살아갈
용기를 얻고 싶습니다

그대 내 안에 들일 수는 없어도

-「오이도」

오이도라는 섬을 비유로 시인 자신의 처지를 극명하게 시화(詩化)한 것 같다. 고독한 항해에서 정박의 의미인 '닻을 내리고 싶습니다'의 간절한 소망이 있지만 주변의 여건은 이와는 달리 하늘과 바다조차 구분할 수 없는 암담함의 중심─안개라는 방향 부재(不在)의 처지가 곧 시인이 속하고 있는 현재의 모습이고 이 모습을 벗어나기 위한 깨달음으로 '용기를 얻고 싶습니다'의 소망이 드러나지만 끝내 원인의 제공자인 '그대'라는 미지의 대상을 외면하는 마음이 굳어있을 뿐이다. 아마도 고독의 원인이 그대로부터 왔다는 확신이 그런 마음을 공고하게 하는 것 같기 때문이다. '통곡으로 살아 갈' 슬픔의 길에 용기를 불러내는 시인의 마음에는 안개가 항로를 불안하게 할지라도 '가뭇거리는 어둠의 선상/슬픈 바람으로 돈다'(「무제.1」)는 방황이 현재진행형으로 길을 찾고 있음은 희망의 내일을 기대하는 열망이 들어 있어 위안의 목록이기를 바라는 심정이 담겨있는 것 같다.

4) 삶의 언덕 오르기

살아있기 때문에 인간은 삶의 문제에 깊이 들어가는 일을 되풀이 한다. 왜냐하면 문제는 또 다른 문제를 만들면서 앞으로 나아가는 일이 인간의 삶이기 때문이다. 즉 복잡한 문제가 싫어 문제를 외면하면 결국 문제없는 무사함은 곧 허무에 빠지기 때문에 적극적인 생의 자세는 아름다움을 보여주는 일이 될 수 있다. '인간의 역경에는 위안과 희망이 있다'는 F. 베이컨의 말처럼 희망의 뒷자리에는 항상 고난이 승선하고 있음을 잊어서는 안 된다는 뜻이다. 이때 인간은 진행하고 있는 방향에 의문을 표하면서 물음을 던진다.

어디로 가는 걸까

꿈을 쫓고 쫓기는 사람들

무임승차,
이기지 못한 눈꺼풀의 무게
무죄인가 유죄인가
달콤한 짧은 여행인가

연인들, 수많은 렌즈의 피사체

만파, 부딪기는 가슴
사랑의 춤사위 건너간다

핸드폰 엄지족 보이지 않게 바쁘다
........,

저마다 낯선 얼굴
낯선 향기, 긴 터널 헤집고

어디로 어디로 가는 걸까

  −「전철 안 풍속도」

일정한 공간인 전철 안에 인간의 모습이 다양성으로 채워진 세상의 모습일 것이다. 다시 말해서 인간 군상의 모습이 압축된 풍경이라면 그 모습은 시간에 따라 달라진다. 새벽이면 졸음을 참으면서 일찍 출근하는 노동자와 학생의 피곤이 보이는―때로는 졸음에 눈을 감고 몸을 맡기는 공간이 되고―이 흐름이 지나면 신문을 펴들거나 스마트폰의 화면을 응시하면서 흔들리는 전철 안은 직장으로 가는 사람들의 침묵도 더불어 흔들리면서 전철의 속도에 인생이 맡겨진다. 이른 아침이 지나면 퇴직족들이나 산으로 가는 배낭족이 이어지고 산을 응시하는 길들로 바빠진다. 늦은 아침이면 노인들의 행보가 전철 안에는 먼 여정의 시간이 고달파진다. 이처럼 아침의 시간은 그 구분에 따라 다른 풍경이 연출되고 하루는 그렇게 되풀이 장면과 장면이 이어진다. '낯선 향기'와 '낯선 얼굴'이 변화로 이어지는 하루의 전철 안은 삶의 축도(縮圖)이고 생이 신음하는 공간으로의 장면이 서글픔과 고독이 묶여 흐르는 정경들―렌즈에 포착된 장면들을 객관의 시점에서 '어디로 어디로 가는 걸까'를 묻는 시인의 마음이 무겁게 생의 이름을 부르고 있는 것 같다.

> 나 얼마나 더 살아야
> 우주에 떠다니는 독설의 파편이
> 내 심장 곳곳에 박혀
> 선혈이 흘러도
> 토할 것 같은 두근거림에 맞서
> 삶이 아파하지 않아도 될까
>
> 나 얼마나 더 살아야!
>
> ―「세월은 가도」에서

세월은 우주에 없는 시간개념이다. 다만 인간만이 시간을 알고 이를 나누고 분리하면서 역사라는 이름을 붙여 공간을 분리한다. 왜냐하면 인간만이 시간을 갖고 있지 우주에는 시간이 없고 다만 우주의 질서가 있을 뿐 시간은 애당초 없는 개념이다. 그러나 인간의 위대성은 시간의 개념은 관리하는데서 위대성을 드러난다. 결국 시간을 만들고 시간을 관리하면서 여타 동물과 다른 창조의 근원을 시간에서 만들어진다는 점에서 고난과 희망의 역사는 창조된다. '살아야 한다'는 명제에 충실하기 위해서는 고통과 지불되는 무게가 버거울지라도 이겨내야 하는 숙제는 인간 모두가 갖는 슬픔의 진원일 것이다. 이소강 역시 그런 시간의 늪에서 아픔을 호소하는 '나 얼마나 더 살아야'의 처절함을 토로한다. 이는 원인이 '독설의 파편'이 만드는 아픔으로 인식될 때, 세월을 높이로 끌어올리는 시간과의 싸움인 듯하다. 고통은 언젠가는 물러난다 그리고 지나는 고통은 희망과 꿈을 생각하는 도정에서 받아들이는 대가(代價)라는 뜻을 이해하고 긍정으로 만드는 에너지가 시인에게는 필요한 것 같다. 왜냐하면 고통은 지나가는 이름일 뿐이기 때문이다. 이 또한 지날 수밖에 없는 것이 세월에의 치료법이라는 신념을 가질 필요가 있을 것 같다는 뜻이다.

5) 시인

시를 쓰면 시인이라 말한다. 그러나 시를 쓰는 것과 참시인의 의미는 다르다. 시적으로 살면 시인일 수 있는 조건이 따라붙는다. 왜냐하면 시인은 그 삶 자체가 시를 쓰는 행동이 따라야 하기 때문이다. 한 편의 시는 언제든지 쓸 수 있지만 행동이 따르는 시인의 삶은 선택적인 요인이 필수이기 때문이다. 왜냐하면 시는 인간의 마음을 순화하는 정화제이면서 아름다움으로 포장하는 정서의 이름이 우선하기 때문이다.

기쁨이 슬픔을

슬픔이 기쁨을
고독이 그리움을 동반한 채
살아도 좋은
시인들의 노래

맑은 영혼들이 모였다

─「맑은 영혼들의 노래」에서

아마도 시인들의 모임에서 느낀 감회를 쓴 글로 보인다. 시는 기쁨과
슬픔 그리고 고독이나 그리움들을 미감(美感)으로 포장하여 독자 앞에 펼
치는 음식과 같은 비유이기 때문에 맛이 들어 있어야 한다. 추상명사인
맛의 분석은 결국 감동의 이유일 뿐이지 논리로는 설명이 되지 않는다.
때문에 깨끗한 영혼들이 모여서 가락을 만드는 사람들의 맑은 영혼에서
맑은 노래가 나온다는 시인의 의도는 명료한 감동을 수반한다.

달빛 창가
심장이 멎을 듯 아름다운
사랑의 세레나데
그 아름다움만큼이나 내가 아프다
…(중략)…
시인은 그렇게 시를 쓴다

─「시인은」에서

아름다움만큼 시를 쓰고 슬픔만큼도 시를 쓴다. 시인은 감성의 예민
함을 갖고 심금을 울리는 공명에 매우 민감한 사람이기 때문이다. 결국
시인이 시를 쓰는 이유엔 슬픔과 고통을 지불하고 반대의 이미지인 아
름다운 시를 창조하는 사람이기에 여느 사람들과는 촉수가 다르다. 날
카로우면서도 섬세하고, 무디면서도 너그러운, 조용하면서도 생의 약동

을 꿈꾸는 역설(Paradox)의 의도는 모두 순수와 아름다움으로 집약된다. 일상적이면서 비일상적일 때 사물의 진면목을 투시하는 예리함이 때로 필요한 것도 시인의 덕목이라면 오로지 순수라는 이름에 한정할 때 이 해의 문은 넓어질 수 있는 사람─시인은 그런 일에 신명을 바치는 인간 이다. 아픔과 아름다움의 가치를 알고 시를 쓰는 시심의 소유자 이소강 은 그렇게 순수하고 투명한 정서의 소유자이기에 그에게 다가온 아픔 역시 범인(凡人)과는 다른 통증을 호소하고 있다. 그 고백은 아래와 같이 마무리된다.

> 사계절 향기
> 얼굴로 비비고 코끝으로 취하며
> 내가 쓴 시
> 고독으로 채워진 순간들
> 아픔이 아픔이 아닌 것을
>
> ─「시인의 하루」에서

아픔을 기쁨으로 전환하고 고통을 희망으로 바꾸는 마술사인 시인의 하루는 평범한 사람과 다름이 없다. 그러나 시인은 코끝으로 미지의 향 기를 맡을 줄 알고 아픔과 절망에서 희망의 빛을 찾아나서는 점에서 시 인의 하루는 가치를 갖는다. 이는 인간에게 가장 필요한 꿈과 소망을 갖 게 해주는 일이 바로 창조의 가치에 해당하기 때문에 소중한 이름─시 인은 그렇다.

3. 에필로그─꿈과 사랑의 노래를 꿈꾸며

시인은 꿈꾸는 자이면서도 현실을 가장 극명하게 살아가는 사람이다.

왜냐하면 각박하고 쓰디 쓴 현실의 맛을 아는 사람만이 그 반대의 꿈과 희망을 말할 수 있기 때문이다. 때로는 몽환자의 꿈이 엮어져 희망의 해답을 가져올 때 독자는 환희할 수도 있고, 사랑의 참된 의미를 터득하는 일에서 행복의 진원을 아는 사람이 될 수도 있을 것이라면 이소강의 시엔 현실감과 미래를 관통하는 메시지가 선명하다. 그러나 사랑에 아픔을 이고 살아가는 신음이 들리는 것 같아 안타까움—그 원인은 알 길이 없으나 슬픔의 가락이 가득할 때 역설적으로 시의 가치가 빛난다. 이런 기저(基底)에서 그리움은 사랑의 아픔을 벗어나려는 의도를 내장하면서 길을 떠나는 여행을 꿈꾸는 이유가 처연(悽然)하다.

고독의 신음도 사랑의 고통이 주는 분위기로 이해될 때, 고독에의 긴 그림자를 끌면서 세월의 언덕을 오르는 고행자의 모습으로 비치는 시인의 슬픔에 동참하게 된다. 시는 위안과 동반자의 상대로 인식되면서 삶과의 보조를 함께하는 유일의 동반자로 인식될 때, 이소강의 고독은 선명한 내일에의 길로 접속을 기다리는 나그네의 모습인 듯하다.*

제4부

전통의 이미지

홍진기 시조 – 고독과 그리움 그리고 서정성의 깊이

– 홍진기의 시조집 『거울』

1. 프롤로그 – 시적 감수성의 조화

아름다움에 대한 대명사는 무엇일까? 어떤 사람은 꽃을 말할 것이고 더러는 자연의 신선한 모습에 찬탄을 발언할 사람 혹은 피어나는 아름다운 여인의 모습을 들 수도 있을 것이다. 명백한 것은 일일이 열거할 수 없을 만큼 많은 목록들이 첨가될 것이라는 사실이다. 그 중에 시 – 아마도 시의 아름다움도 빠질 수 없는 이름이 될 것이 자명하다. 그러나 꽃의 아름다움은 직관의 시선에서 나오는 감성이라면 시는 지적 감수성의 깊이에서 나오는 느낌이기 때문에 생각을 더해야하고 다시 분석하면서 얻어지는 지성적인 아름다움의 지칭 – 시는 심리적인 반응이 길고 또 판단의 정상적인 가치 혹은 순수한 지성에서 나오는 아름다움의 인식은 정서적 감동과 조화의 길이 상관을 맺게 될 것이다. 그러나 시는 지적 인식만을 앞세울 때엔 자칫 어지러운 함정에 빠져서 도그마의 편견을 갖게 된다면 그건 시가 아니라 딱딱한 돌멩이를 만지는 설명과 같을 것이다. 그러나 지성과 감성의 조화에는 시적 묘미의 깊은 맛을 부추길 수 있게 된다. 시는 조화의 미학이기 때문이다.

시는 일정한 거리만큼 떨어져서 바라보는 아름다움이다. 너무 가까이 가면 아름다움의 실체가 흐리게 되고 또 너무 멀리 자리 잡고 바라보면 분간하기 어려운 사물로 둔갑하기 때문에 균형이 있는 정서를 대동하고 목좋은 자리에서 감상하는 행복이 조건으로 갖춰져야 한다. 이를 감상자의 태도라 칭하면, 생산자인 시인은 고뇌와 아픔 그리고 탄식을 조합하여 아름다움을 생산하는 사람이 시인일 것이다.

홍진기 시인의 시조를 읽다보면 시의 아름다움이 새삼 앞자리로 자리하는 이유엔 신선함과 감각적인 표현미 그리고 이미지와 이미지가 교합하면서 잡아주는 탄력에서 오는 함축미는 시의 이름을 빛나게 한다.『빈잔』이후 12년 만에『거울』(11.6, 고요아침)을 상재한 시조에는 자유시가 누리지 못하는 긴장과 의미의 깊이 그리고 조화를 이룬 언어 결합의 뉘앙스에 박수를 보내게 된다.

홍진기의 시에는 요란이 없어 고요하고 금도(襟度)를 지키는 정신의 고양(高揚)을 대면하면 올곧은 정신이 숨 쉬고 있을 뿐만 아니라 때로는 고독의 깊이에서 그리움을 보내는 여린 정서가 보이기도 한다. 아울러 나이의 깊이에서 오는 이별의 아쉬움 혹은 돌아보는 생의 소회(所懷) 등이 어울려서 파노라마의 의식을 보여준다. 더불어 근엄한 시적 태도는 일관성을 유지하면서 관조하는 시선에는 정감이 흐르고 있음을 본다.

2. 감각적 서정 혹은 정서의 유연미

때로 시는 감각이고 정서를 풀어내는 감수성이 시인의 재능과 일치하는 점을 가질 때 시의 묘미는 아름다움과 보조를 함께하게 된다. 홍진기의 시에는 그런 감칠맛이 들어있고 의미와 가락의 조화에는 시조가 갖는 정서의 증폭에 일조하는 느낌을 배가하게 된다.

시조의 태생적인 특성이 가락 위주였음은 주지하는 바이지만 자유시와 경쟁 구도를 갖춘 이후에 시조의 자리는 의미와 가락을 함께 담으려는 데서 위축이거나 정체 혹은 현상 유지라는 점에서 답보(踏步)에 머물고 있음이 현재의 시조일 것이다. 다시 말해서 시조와 자유시의 경계가 엄존할 때, 오로지 정형에만 특징을 붙잡아두려는 데서 시조 시인의 노력 없음이 더해진다. 그러나 홍진기의 시—시조라는 구분의 말이 없으면 자유시와 다름이 없는 재미에 빠지게 된다.

> 자분자분 정을 주는 속살속살 비가 온다
> 산다화 살진 볼에 목덜미가 간지러워
> 배시시
> 왼고개 틀며
> 알듯하게 웃고 있다
>
> 숨겼던 사연들을 당사실 올로 감춘
> 안으로 차오르는 고요의 실핏줄에
> 들릴 듯
> 사랑의 밀어
> 봄기별이 바쁘다
>
> —「입춘 부근」

지극히 감각적이고 서정적이면서 의인법 혹은 동음반복에서 나오는 가락은 여유가 있고 맛깔스런 뉘앙스를 전달한다. 언어를 비틀거나 완곡하게 조종하는 것이 아니라 유연하고 부드러운 그러면서 반복적인 시어의 배치가 매듭 없는 마치 천의무봉(天衣無縫)의 경지를 소요하는 인상을 준다.

　'자분자분'과 의성어 '속살속살'에서 나오는 여운은 의미의 중첩—'속살속살'은 내면의 부드러움이면서 가는 빗소리—왁자한 비가 아니라 소곤거리는 암시를 포개는 인상을 준다. 비가 내리는 날은 무겁고 우울한 기분이 점령하지만 홍진기 시의 비는 무겁고 칙칙함보다는 귀엽고 산뜻한—'목덜미가 간지러워'와 '배시시' 그리고 '웃고 있다'는 시어의 조합이 가벼우면서도 경박하지 않고 흩어진 것이 아니라 정리된 의미로 옷을 입어 밝음의 상태를 전달한다. 이는 시의 전체적인 표정이 밝아 봄의 정서가 살아나는 것 같을 뿐만 아니라 산당화가 사랑의 모습으로 전이(轉移)되는 풍경이 따스하고 정겹게 느껴진다. 「우수지나」, 「해당화」 등은 홍진기의 서정적 이미지가 드러난 수작으로 시인의 재능과 원숙함을 의미한다.

3. 희망문법

　절망에서 희망 그리고 아픔에서 사랑을 추구하는 것은 시의 본령이다. 왜냐하면 시는 꿈과 사랑 그리고 희망의 미래를 말하는 손짓이고 예지의 노래이기 때문이다. 어려움에 처한 사람에게는 불빛의 역할을 하는 일면 평화로울 때는 화려한 장식으로의 소임은 시가 갖는 본령이고 시의 역할에 주된 임무일 것이기 때문이다.

　시의 특징을 Ambiguity에서 찾는 것도 시가 천의 얼굴을 소유한 보살

의 역할처럼 다양한 표정을 내장했을 때, 비로소 시의 기능은 희망의 문
법을 완수하게 될 것이다.

> 떠날 수도, 주저앉아
> 쉴 곳도 없는 세상
> 촘촘한 눈빛 시린
> 불모의 공간에도
>
> 봉곳이
> 예비한 가슴
> 신들의 꿈은 있다
>
> 지상에 널브러진
> 오탁의 그림자도
> 한 커를 걷고 보면
> 땅줄기 물이 올라
>
> 신들의
> 영혼을 닮은
> 꽃으로 피어난다

－「해토머리」

　매우 질서정연한 과정으로 엮어진 시이다. 즉 1연에서는 시련과 아픔
이 따르는 '불모의 공간' 2연은 '꿈'을 말하고 3연은 '땅줄기 물이 올라'의
희망을, 4연에서는 비로소 개화(開花)의 의미가 완성으로 이어지는 '꽃'에
최종 목적이 발현된다. 시련, 꿈, 희망, 꽃으로의 4단계 진전은 삶의 원
리를 대입해도 정확한 일정이 된다. 시는 비유로 진실을 말하는 기교라
면 홍시인의 시조에는 녹아있는 삶의 진수가 담겨있다. 이는 생을 통찰
하는 깊이 그리고 명상에서 건져 올린 정서의 내공 등이 복합적으로 작

용하면서 오랫동안 훈련된, 그리고 시의 장인(匠人)만이 이룰 수 있는 언어운용의 기법인 것이다. 이럴 경우 시와 정신의 결합이 공고했을 때 비로소 시의 속살을 꼭 채우는 의미에 도달할 수 있음을 증명한다. 왜냐하면 시는 시인의 정신을 나타내는 민감한 온도계와 같기 때문이다. 다시 말해서 시는 곧 시인의 삶을 시적으로 표현하는 표정(表情)이기 때문에 그가 어떤 삶을 살고 어떤 생각으로 오늘을 바라보고 내일을 생각하는가 조차 파악되는 길이 담겨있게 된다.

가슴에
물을 담아
배를 하나 띄울란다
구름 걷고 맨손으로
밤마다 별을 따는
봄 한날
살가운 저녁
조각달과 같은, 그런

가슴을
새로 닦아
이름 하나 새길란다
차운 밤 따스하게 황촉 밝혀 뜨고 새며
몸으로
몸을 태우는
목이 가는 여인, 그런

— 「가슴을 새로 닦아」

별과 달은 때로 어둠에서 좌표의 길잡이가 될 뿐만 아니라 생의 궁극을 말하는 의미조차 내포된다. 그러나 달과 별은 어둠을 전제로 했을 때, 빛의 의미를 구가할 수 있고 희망에의 노래가 합창될 수 있기 때문에 「가슴을 새로 닦아」는 어둠을 생략하고 밝은 빛과 달을 전면에 포진시키는 기법을 보이는 시가 된다. 2연에 '가슴을/새로 닦아/이름 하나 새길란다' 를 위해 '황촉'을 켜는 빛의 단계로 진입하기 때문에 시적 균형이 안정감을 가지면서 의미의 확장을 이룩하는 기교가 환하다.

4. 고독 그리고 황혼의 여운

홍진기의 시적 표정은 겉으로 확연하게 드러나지는 않지만 고독과 이별이 교차하는 모습이 다소 쓸쓸함을 느낄 수 있다. 아무래도 나이의 깊이에서 오는 감수성이 용약(勇躍)하는 정서이기 보다는 가라앉아 차분하고 쓸쓸함—황혼의 풍경이 오버랩 된다. 시는 시인과 정서의 일체화를 이루기 위해 사물을 앞세워 비유라는 도구를 사용하면서 자기로 돌아가는 설명을 상징으로 처리한다는 일은 새삼스러운 일이 아니다. 그러나 적절성의 비유에는 음식의 맛깔스러움을 더하는 역할과 같기 때문에 곰삭은 지혜가 들어있어야 한다면 홍진기의 고독은 현실에 대한 반응이 꾸미지 않았지만 아름다움과 같은 이치에 이른다.

> 선홍빛 물든 잎에 얼굴을
> 대어본다
> 잎맥을
> 타고 흐르며
> 어질게 늙는 소리
> 세월의
> 등성에 누워
> 감빛 놀만 담고 있다
>
> —「두껍다리 위에서」 2연

사물의 모습을 소리로 듣는 시인의 귀 밝음을 본다. 그러나 보아야 할 것들이 소리로 다가오는 일은 체험의 깊이에서 알아차린 쓸쓸함이다. 뼈와 뼈가 부딪히는 소리 그리고 귀에서 들리는 이명(耳鳴)의 낯설음, 아울러 시야에 다가온 흐린 사물의 윤곽들에서 시인은 소리와 직결되는 환청으로 들을 수 있을 때, 마치 멀리 떠나온 것 같은 소회에 잠길 수 있게 된다는 뜻이다. 더불어 달빛에서 소리를 듣는 일이나 꽃에서 아름다운 연인의 음성을 유추하는 일은 시인의 주된 상상력의 깊이와 연결되는 작업이다. '잎에 얼굴'을 대어볼 때, 들리는 '어질게 늙은 소리' 앞에 어떻게 삶을 진행해야 하는가의 숙제가 '어질게'에 모아든다. 즉 '어질게 늙음'과 '감빛 놀'이 아름답게 결합하는 방법을 찾는 도정(道程)에는 쓸쓸함과 고독이 다가올 수밖에 없다. 왜냐하면 둘의 이미지 모두 종점 의식을 암시하는 상징이기 때문이다.

> 난바다 물금 넘는 한 사내를 본다
>
> 영토를 잃어버린 알섬같은 사내를
>
> 하루가
> 잔광을 거두는
> 구부정한 저녁나절
>
> — 「가을 낙수(落穗)」 2연

수평선을 바라보는, 그리고 영토를 잃어 절망의 의상을 슬프게 걸친 사나이의 모습—무인도의 비유에서 처절한 표정의 슬픔을 읽는다. 더구나 하루가 마감되는 황혼 무렵의 구부정한 저녁나절은 곧 시인 자신을 보여주는(showing) 풍경이 서러움을 배가한다. 인간은 언젠가는 혼자 마지막으로 돌아가는 길을 가야한다. 그러나 그 길을 유추하면서 깊게 생각하는 사람의 모습이 떠오르면 숙연한 정감이 눈물을 불러오게 된다면 홍진기의 고독은 황혼의 그림자를 길게 드리우고 홀로 서있는 모습이 오히려 은은하고 정 깊은 풍경화가 된다.

고독은 자기 찾기이고 자기를 찾아가는 일은 삶의 모습을 어떻게 그림으로 아름답게 표출할 것인가의 기교적인 일이 될 것이다. 생의 궁극이 곧 아름다움을 연출하는데 목표가 있다면 젊음에서는 젊음의 미가 있고 노년에서는 노년의 표정이 있을 수 있다. 욕심 없이 무욕으로 그린 그림－홍진기가 그리는 생의 그림은 담담한 수묵화이면서 철학이 담겨진 풍경에는 그의 선량한 모습이 고독한 그림자를 이끌고 있는 황혼의 자화상에 여운이 길다.

5. 이별의 소리

회자정리(會者定離)의 이치는 인간만이 갖는 정서가 아니다. 우주의 섭리는 생로병사의 윤회를 굴리면서 만나면, 떠나고 떠나면 다시 돌아오는 바퀴 속에서 존재라는 이름을 키우게 된다. 석가모니의 고뇌는 곧 이런 이치를 가장 순수하게 설명하기위한 방편으로 정확한 이름표를 달고 있다. 만남에는 즐거움이 따르고 반면 이별에는 슬픔의 강물이 수런거리는 일은 누천년의 인간의 역사가 축적한 슬픔의 기록일 것이다. 이별 앞에서는 누구나 답안을 찾을 수 없어 두런거리고 슬픔의 깊이에 빠지게 된다. 그처럼 홍시인의 이별에는 건너지 못하는 미련의 줄기가 뒤따르면서 가락으로 형성된다.

한 사나흘
질긴 비로

봄눈은 트겠지만
아파서 자라는 고독
먼 폐가를 돌아 나온
바람도
어깨가 결려
곡비처럼 울고 있다
지우면 지울수록 꽃고무신 갈아 신고
출구가 막힌 회한
나선으로 감고 와서
추억의
물목에 앉아
눈뜬 자정을 지킨다

― 「이별 이후」

　　이별의 구체적인 사유는 알 수 없다. 누구인지 그리고 언제 이별의 사건이 시인을 슬픔의 강물에 띄웠는지―그러나 시는 리얼함을 나열하는 글이 아니고 상상의 생략 혹은 사실에 상상의 옷을 입힐 때, 더 넓은 상상의 반경을 소유할 수 있다면 홍진기 시인의 이별은 '아파서 자라는 고독'과 '곡비처럼 울고 있다'에서 슬픔의 농도가 처절함을 느끼게 하지만 지적(知的)인 제어로 매우 고담함을 인상 지운다. 더불어 '지우면 지울수록' 다가오는 기억들은 추억을 부추기는 이름이 되어 '눈뜬 자정을 지킨다'에서 불면의 함정에서 어찌할 수없는 각인(刻印)의 이름 앞에 흐느끼는 여운이 길게 느껴진다. 그러나 드러나는 이름에서는 허무와 같이 동행하는 「꿈이 없는 꿈」이 보다 구체적인 흔적으로 나타난다.

　　언제나 눈을 뜨면 동그마니 혼자 있다
　　손잡고 같이 가며 영혼을 나누자던

아내의
혼인서약은
시효가 이미 지났다

봄처럼 봄비처럼 아름답게 적시면서
꿈에서도 꿈을 꾸며 꿈처럼 살겠는데
꿈같은
세월이 흘러
베고 누울 꿈이 없다

            − 「꿈이 없는 꿈」

 시적 표현의 주체는 아내이고 회상 시제(時制)의 표현 '손잡고 같이 가면 영혼을 나누자던'과 상응하는 '혼인서약은/시효가 이미 지났다'의 부사 '이미'에서 '동그마니 혼자 있다'의 현재가 파악된다. 아울러 미래를 의미하는 약속인 '살겠는데'와 짝을 이루는 현재의 상태 '베고 누울 꿈이 없다'에 이르면 '세월이 흘러'와 '이미'에서 이별의 암시가 어떤 혹은 얼마나 지난 일과 연결되는 사연이 잡힌다.

계절의 두께만큼 무너지는 초겨울
비범한 고독 속을
외기러기 울고 갈 때
은하수
지는 새벽을
눈물 적셔 건넜을까

            − 「직녀에게」 2연

 견우와 직녀의 설화를 대입하면 이별에의 시간이 추위와 더불어 지극한 사랑의 마음이 고독으로 피어난다. '초겨울'의 추위와 '외기러기'의 쓸쓸한 비상(飛翔) 그리고 이를 바라보면서 염려하는 마음에는 슬프지만 따스함이 가슴깊이에 흐르는 줄기가 보인 이유이다. 사랑을 겉으로 보이는 것이 아니라 안으로 감추면서 축적하는 마음이기에 더욱 안타깝고 절절함이 묻어난다. 왜냐하면 부재(不在)에 따른 아픔을 드러내지 못하는 사연은 시인의 성품 탓으로 돌리면 이해의 문은 쉽게 열릴 것 같다는 뜻이다.

> 그리움 병이 되어 참다가 내민 입술
>
> 함부로 범할 수도 그냥 두고 갈 수 없어
>
> 향 묻은
> 이름 부르다
> 하루해를 넘는다
>
> — 「등꽃 아래서」 2연

　추억은 길이 없이 찾아온다. 등꽃 아래서 그리움의 이름이 찾아드는 것은 추억의 무게만큼 절실함이 되기 때문이다. 홍시인은 「땀」이나, 「아내의 손」에서 부재에 따른 쓸쓸함이 가슴 깊이에 저장된 추억이면서 되돌아가는 상상의 숲길이 넓게 보인다.
　누구나 돌아보는 일은 아름답게 느껴진다. '혼자서/가꾸며 사는/황금빛 별 하나 있다'(「땀」)의 '황금 별'의 아름다움 그러나 '혼자서'에서 쓸쓸함이 젖어있고 이를 연상하는 시인의 마음에는 서늘한 파문이 일렁이면서 반짝이는 물빛이 적요(寂寥)하게 젖어든다.

> 아내의 손가락은 낙목처럼
> 쓸쓸하다
> 두 돈반 금가락지 머물다
> 떠난 자리

장난감
혹진주만한
저승꽃이 피어있다

―「아내의 손」

　'떠난 자리', '저승꽃이 피어있다'와 현재 '쓸쓸하다'는 곧 시인의 마음을 대변하는 시어라고 가정하면 홍시인의 고독은 부재(不在)에서 오는 공허이면서 이별에 대한 상상으로 정리된다. 그러나 이별이나 슬픔이 그 나락(奈落)으로 떨어지면 동감의 뜻을 모을 수 없지만 오히려 적당히 슬픔을 바라보면서 전달해주는 기교에서는 더욱 애절성을 부추기게 된다. 이는 표현 대상과 시인의 정서가 감정과 지성이 조화를 이루는 지점에서 감동이 잉태할 수 있다는 예를 홍진기의 시조에서 발견하는 일이 될 때, 한국 시조의 푸른 지평을 바라보는 안도감이 있다.

6. 자화상 그리기

　시를 쓰는 일은 숙명이 자리 잡고 시를 재촉하는 운명이 있다. 다시 말해서 결국 시를 쓰는 일은 자기를 나타내는 방법─비록 우회적이고 낯설게라는 기교가 동원되지만 이의 외투를 벗기면 곧바로 시인 자신을 보여주는 일에 다름이 아니기 때문이다. 자화상을 운위(云爲)하는 일은 한편의 시 혹은 한권의 시집 속에서 수월하게 인지되는 일─심리학적인 조력을 받으면 결국 시인의 과거와 현재 그리고 미래의 예언조차도 손에 잡히게 된다는 점에서 비평은 심리적인 수로를 따라가는 정신현상인 것이다. 홍진기의 자화상은 거울─있음을 보여주는 나이와 상관이 있다. 다시 말해서 꾸미거나 과장 혹은 허세의 거품을 만드는 것 보다는 내면의 풍경을 보여주는 것에 한정하는 점이다.

> 무심코 곁에 놓인 쪽거울을 들여다보면
> 등살은 벗겨지고 빛이 바랜 어느 길목
> 거기엔
> 숨찬 나날의
> 피에 절은 땀이 있다
> 골 깊은 주름살에 갈아 끼운 앞니 하나
> 턱 높은 세상살이 바람만 굽이치는
> 또 하나
> 요지경 속 같은
> 건너야할 터널도 있다

－「거울」

현실로 바라보는 거울이기 보다는 심안(心眼)으로 바라보는 거울에서 지나온 일들이 주마등으로 다가오고 또 지나가는 것들이 애착의 끈에 달려 마음의 추를 무겁게 하기도 한다. 그러나 '숨찬 나날의/피에 절은 땀이 있다'를 느끼는 마음에 나이의 깊이가 출렁이는 파도를 접하게 한다. 과거는 항상 애달프고 아련한 추억의 길을 만들지만 올곧은 마음으로 건너온 세상의 기억은 오히려 위로의 목록에 손을 들어야 할 시인의 삶인 것 같다. 깨끗하고 순수함에는 항상 젖어진 슬픔의 길이 보이기 때문이다. 즉, 선량하고 곧게 산다는 것에는 외로움 그리고 고독의 그림자가 길게 따라오는 일－'요지경 속 같은'에 표현의 전부를 대신하고 있기 때문이다. 순수한 사람이 살기에는 세상이 너무 요지경이라는 말에 동감하게 된다.

> 박토만 걷어내면 낙원인줄 알았는데

때도 없이 몰아닥친 일진의 광풍 앞에

낙타는
등뼈가 휘었다
숱한 사구를 지나오며

눈 감고 부는 바람은 차라리 복이었다
열사를 가로질러 얼마나한 별이 떠야

낙타는
허리를 펼까
오아시스의 꽃을 볼까

— 「낙타」

　열사(熱沙) 그리고 사구(砂丘)는 삶의 현장에서 고통을 의미한다면 이를 건너가는—짐이나 생을 싣고 건너야하는 무게는 인생의 무게 자체가 된다. 누구나 이런 비유 앞에 긍정의 끄덕거림이 있을 것이고 숙명으로 알고 지나갈 수밖에 없는 운명적인 존재가 태어난 일—삶의 무게일 것이다. '일진의 광풍'이 불어오면 등이 굽은 낙타는 거역의 몸짓을 보낼 수도 없는 길에서 오로지 별이라는 구원의 메시지가 갈증의 이름일 것이다. 왜냐하면 '오아시스'는 그리움의 대상이고 또 가야할 명제 속에 있는 유혹의 손짓—지나가고 또 지나가면서 세월의 강을 건너야할 생명의 이름이기 때문이다. 결국 나를 거울 속에서 바라보는 일은 삶의 반추를 객관의 시각으로 설정하고 바라보는 명상의 길이 확보된 이름일 것 같다. 생명이 다하는 날까지 낙타의 운명은 계속 짐을 싣고 별이 뜨는 공간을 추구하면서 가야만 할 존재의 끝없는 형상—시인 자신을 거론하는 이름일 것이다.

7. 그리움

그리움은 먼 곳의 신기루였다가는 다시 가까운 이름으로 스쳐 지나는 뒷자락일 것이다. 잡을 수 있지만 결코 잡을 수 없고, 잡아서도 안 되는 흐름의 이름 앞에 경외의 모습이거나 애달픈 정감을 보낼수록 더욱 갈증이 더해지는 일이 그리움의 본질이다. 누구에게나 그리움의 길은 있고 또 그런 이름을 비밀스런 창고에 간직하고 살아가는 것이 당연한지 모른다. 왜냐하면 그리움은 살아있음을 나타내는 존재자의 의식이고 정신의 일부이기 때문이다. 시는 이런 현상을 높이의 별이나 달 혹은 낙원, 꽃으로 형상화할 때 생동감의 시로 나타난다.

> 열손가락 건반 위에 브람스가 흐르듯이
> 아름다운 상처 같은
> 고요의 실바람에
> 멀어서
> 더욱 찬란한
> 별로 뜨는 이름 하나
>
> — 「별로 뜨는 이름」 2연

이름 하나의 소재가 무엇인지 또 무슨 의미를 나타내는 가는 중요한 것이 아니다. 인간은 누구나 Hidden Flower를 간직하고 살아갈 때, 스스로 재산을 간직한 것 같은 미소가 있을 수 있기 때문이다. 비밀 하나 간직하는 일은 때로 가치를 높이는 일이 된다는 뜻이다. 투명함만이 아름다움의 전부가 아닌 살짝 가린 것 같은 모습에서 더욱 끌리는 일은 인간사에 흔한 일이다. '별로 뜨는 이름 하나'가 비록 멀리 있을 지라도 시인은 이를 바라보면서 고단한 일상을 살아가는 목표로 설정될 때, 삶의 또 다른 에너지 발산의 역할이 수행되기 때문이다. 이런 마음을 더욱 강화하는 시가 「가슴에 하나쯤은」으로 나타난다.

> 가지런히 웃는 눈썹 색실로 푸는 사월
> 꿈에서 잠을 깨면 학처럼 목을 세워
> 기뻐서
> 병이 될 만한
> 이름 하나 품고 살자

'기뻐서 병이 될 만한'의 역설은 이름 하나를 품고 살아야 하는 이유를 강조하는 기법이지만 '이름 하나를 품고 살자'의 절실성은 그만큼 대상에 대한 사고의 농도를 짙게 한다. 1연에 '아파서/더욱 그리운/이름 하나 담고 살자'와 대구(對句)를 이루면서 이름 하나의 강조는 인간일 수도 있고 또 그가 업(業)으로 삼고 있는 시의 이름일 수도 있을 때, 의미의 영역은 넓고 시적 완성도는 숙성의 상태를 잘 설명해주는 역할을 한다. 그만큼 의미 영역의 폭이 넓은 홍진기의 시에는 삶의 성숙도와 비례하는 표현에는 시의 숙련도가 담겨 있어 즐겁다.

8. 에필로그―가슴으로 보는 풍경화

시는 언어가 아니라 시인의 가슴을 열어 보이는 풍경화라는데 이의가 없다면 홍진기 시인의 시에는 한국시의 서정이 숲을 이루면서 시원하고 삽상(颯爽)한 바람을 미소로 건네준다. 이는 표현의 깊이를 간직한 셈이고 여기서 시의 숙성은 곧 체험과의 조화를 느끼게 한다. 아울러 대상을 바라보는 날카로움의 시선을 사랑으로 감싸는 동화(同化)에서 형식의 절제와 언어 탄력을 수용하는 미감과 내용의 무한성에는 여유로운 감상의 길이 보인다.

고독과 허무의식 그리고 그리움의 표정을 나타내는 기법이 시적 기교의 무아경을 방문하는 소감처럼 객관적인 표현일 때, 더욱 친근함을 전달하고 있다. Allan Tate가 말한 "문학은 인간 경험의 완전한 지식이다"에 미감을 더한 소득이 따라오는 감동의 시인－홍진기의 시가 그렇다.*

경규희 시조 – 동양화적인 풍경과
전통의 묵수(墨守)
– 경규희의 시조

1. 프롤로그
–시조의 성(城) 그리고 시정신의 특성

오랜 세월을 지켜온 성(城) 앞에서는 경외(敬畏)의 생각을 갖게 된다. 왜냐하면 세월의 켜와 위용에서는 그만한 이유를 발견할 수 있기 때문이다. 물론 비교가치를 셈하는 현대인의 사고에는 반짝거리는 건물에 혹(惑)할 수도 있지만 금시에 시선의 외면을 당하는 점에서는 불안이 따른다. 그러나 오랜 전통의 강줄기를 따라가는 전통의 표정–장(醬)맛처럼 깊이 있고 아늑한 위안을 주는 정서의 편함에는 비길 바가 아니다. 고향이나 어머니의 정서는 반짝거리고 화려한 것보다는 오히려 무겁고 때로는 낡은 것 같은 느낌이지만 그 속에는 무한의 길이 보이고 따스하고 아늑함을 주는 것 때문에 어머니 혹은 고향의 이미지에는 정감이 깊게 스

며있어 위안과 회복의 에너지를 방출하는 정서가 된다. 문학의 땅에서
도 이런 비유는 예외가 아닐 것이다. 고려 중엽 이후부터 지금까지—장
장 800여 년을 이어온 시조의 체온에는 고향과 어머니의 정서 그리고
의지하고 싶은 가락이 숨 쉬고 있는 정신 공간이 된다. 물론 현대시의 수
입은 이런 현상을 낡은 정서 혹은 뒷방으로 물러난 것 같은 사고에는 전
통의 물기가 빠진 의식이 대부분이다. 전통의 줄기를 부인하면 오늘의
자기 존재가 없다는 부정의 뜻에 함몰(陷沒)하기 때문이다. 시조는 우리의
자랑스러운 문학유산이다. 여기엔 그럴만한 이유가 내장된다. 시조의 율
조나 언어구조의 특징은 심장의 박동수와 비슷한 자연의 리듬(천·지·
인)과 시조의 리듬은 일치하는 점에서 우리의 정서와 밀접한 연결고리를
형성하고 있기 때문에 장구한 시간을 우리 곁에 머물고 있는 문학양식인
것이다. 그만큼 시조의 미래는 시인의 자세에 따라 문학의 줄기를 정체
혹은 답보에서 진전된 길을 확보할 수 있는 여지가 많을 것이다. 이는 한
국 시문학의 한 축을 구성하려는 시인의 의무이자 넘어야할 과업이기 때
문이다. 경규희 시의 관건은 그런 소명 속에 있음을 밝혀 나갈 일이다.

경규희의 시조에는 단아하고 품위 있는 풍경화가 확보되어 있다. 시
는 언어의 특성을 어떻게 기교적인 장치로 표현미(美)를 연출 할 것인가
의 문제 앞에 항상 방황한다. 그 첫 번째는 이미지의 구축술이다. 감각적
인가 혹은 언어와 언어의 결합—비유의 적절성에 어떤 시적 장치를 동
원하는가의 여부는 시의 성공과 상관 하에 출발하기 때문이다.

　　나 몰래 숨은 친구
　　휴대폰도 두고 갔다

　　그새 그리움에
　　싱크대는 울먹이고

내 소식
간절한 마음

기다림도 목마르다.

— 「단수(斷水)」

감각성은 시의 재치와 연결된다. 다시 말해서 시는 언어와 언어의 결합에 탄력을 가져야하고—이 탄력은 응축(凝縮)의 방법에서 나온다. 더불어 팽팽한 의식의 상태를 어느 지점에서 폭발력을 가질 수 있는 뇌관으로 작동될 때 비로소 강력한 에너지를 발산하는 것과 같은 이치—시가 산문과 다른 것은 이런 응축의 에너지를 구축하는 방법에서 나온다면 이는 언어의 조종에 우선되어야 한다. 시는 버림의 미학이기 때문에 무아경의 경지로 몰아넣는 방법은 언어 이전의 언어로 뜻을 전달하는 마치 부처님의 설법과 같이 이심전심(以心傳心)이거나 불립문자(不立文字)의 속성을 가져야만 한다. 또한 수도승의 언어처럼 생략에서 파생되는 의미는 증폭하는 에너지를 가질 수 있게 되는 이치—「단수」는 그런 이미지를 연출한다. '친구'와 '휴대폰'은 수돗물의 행방이겠지만 이를 의인화로 처리하면서 '울먹이는 싱크대'의 모습이 시인과 오버랩 되면서 기다림에 대한 갈증의 의미가 목마른 인간의 보편성에 닿을 때, 시는 감동을 전달하는 임무에 충실하게 된다. 이는 시인의 재치와 감각성의 재능이라면 다음 시 또한 여심(女心)의 표현이 섬세하고 충실하다.

갈 듯 갈 듯 하면서도
질척대며 오는 눈발

손가락 뽑아보니
하마 지난 춘분이네

갑오일(甲午日)
담근 장위에
꽃송이가 앉았다

ㅡ「장맛」

춘분이 지나 말날에 여인네는 장(醬)을 담근다. 정성과 정성이 더해져도 꽃이 피는 노릇을 못내 안타까워하는 여심의 마음이 보이는 것 같다. 장맛은 곧 스스로를 보여주는 상징으로 생각하기 때문에ㅡ더구나 한 집안의 장맛은 그 집안의 가풍과 연결되는 예로부터의 전통은 그만큼 소중한 음식의 가치와 연결고리를 갖고 있었다. 이런 사연을 시로 옮기는 경규회의 마음에는 소중한 전통의 줄기가 아름답게 인식을 심을 때, 시적 표정은 깊은 맛을 연출한다. 전통은 역사적 의식을 내포하는데서 영구적인 것과 일시적인 것을 더불어 인식하는 뜻으로 말한 T. S. Eliot의 시관(詩觀)에 닿고 있는 의미에서 중요한 시정신의 일부가 되는 것 같다. '시인이건 어느 부분의 예술가이든 혼자서 완전한 의미를 갖는 자는 없다'라는 뜻에 닿고 있기 때문에 전통은 곧 자기를 아는 길을 확보하는 일이 된다.

2. 의식의 갈래들

1) 길

인간은 길을 만들어 존재를 확장하는 일로 역사를 만들어간다. 동물도 길을 알고 찾아가지만 인간처럼 길에 대한 축적의 지혜를 갖지 않았기 때문에 인간의 길과는 다른 의미로 인식된다. 한번 간 길을 후대에 알려주기 위해 역사를 쌓으면서 넓이를 확보할 뿐만 아니라 길에 대한 새로운 개척의 문명사를 써나가는 것이 사람의 길이라면 역사라는 의미는 곧 길에 대한 압축인지 모른다. 경규회의 시조에 길은 「가는 길」, 「신발은」, 「길을 가다가」, 「정체중」, 「모래발자국」, 「삽화」 등 길에 대한 의미가 상징의 옷을 입고 나타난다.

길은 정신의 길과 현상적인 길이 있다면 경시인의 길은 전자에 가까우면서 다양한 상징의 의미를 갖게 된다. 전자는 추상적인 요소가 많다면 후자에는 구체적인 실물이 보일 것이지만 시로 소화되는 길은 항상 인생의 어떤 의미와 손짓을 나누는 점에서 추상적인 길을 암시할 수밖에 없을 것이다.

> 강줄기 따라 도는
> 발길은 굽이 굽이
>
> 솟아오른 산봉우리에 눈길 걸어놓고
>
> 산자락 두른 물결에
> 별로 뜨는 내가 있다
>
> — 「삽화」

길과 강물은 연결된다. 왜냐하면 길은 강따라 흐르고 산을 떠나서는 강의 요건이 성립되지 않기 때문이다. 산에서 강이 나오고 다시 강은 산에 호흡을 전달하는 물기가 생산되는 윤회(輪廻)의 이치는 그만큼 필수적인 관계를 갖게 된다. 자연의 이치는 분리에서가 아니라 하나로 통합되면서 서로가 서로에게 절대의 필요성을 갖는 것이 자연의 원리이기 때문이다.

길은 강과 산에 인간의 필요를 더하고 또 소용(所用)을 키우면서 존재의 근원이 뿌리를 내리게 된다. '강줄기'와 산의 '눈길'을 상보적인 관계를 유지하면서 시심(詩心)의 방향을 '별로 뜨는'으로 꿈의 높이를 강조하고, 그런 마음을 보여주려는 시인의 의도(意圖)에 '내가 있다'―높이에 꿈과 낮음에 마음의 길이 조화를 이루려 한다. 이는 시인의 마음을 담는 그릇의 상징에 이를 때 아름다움의 정서는 뒤를 따르고 있다.

> 밀리고 밀어내는 시간의 틈새에서
> 모래알만큼이나 셀 수 없는 바람줄기
> 점점이 찍고 간 길을 잊으라고 지워준다
>
> ―「모래 발자국」 2연

잊어야 하는 일은 기억해야 할 것만큼이나 당연한 일이다. 즉 잊음은 새로움에 대한 길을 연결하는 줄기가 되기 때문이다. 만약 망각의 강―레테가 없다면 인간의 뇌수(腦髓)에는 새로움에 대한 길을 만들지 못할 우려의 예측은 나변(那邊)이 아닐 것이다. 시간은 인간만이 만든 명사라면 이 시간의 의미는 곧 삶의 의미와 닿고 다시 시간에 인간이 끌려가는 존재로 전락했다. 왜냐하면 시간의 벽을 넘었다는 인간은 없고 또 불가능하기 때문에 시간을 토막으로 연결하여 역사라는 이름을 붙이면서 존재를 부각(浮刻)하려 노력한다. '모래 발자국'처럼 지우면서 새롭게 만들고 다시 지워지는 꼬리를 따라 인간 존재는 화려한 문명의 탑을 구축했음을 모래 발자국에서 유추(類推)해내는 시인의 역사관이 밝은 빛으로 다가든다.

2) 꽃에 대한 명상

경규희의 시조에는 꽃들이 유난히 많다. 물론 장미를 선호하고 딸을 장미와 견주는 이미지가 화려를 꿈꾸고 있다. 「속잎 터지는 몸짓」을 위시해서 「꽃」, 「꽃망울 맺혀」, 「암석 선인장」, 「꽃망울 따먹는 벌레」, 「설

중매」, 「돌꽃 핀다」, 「들꽃」, 「장미밭」, 「꽃 세 송이」, 「꽃셈이」, 「꽃 지
고 잎새 핀 봄」, 「꽃밭에서」, 「장미꽃밭에서」 등 꽃이 많은 빈도로 시를
구성하고 있다. 이는 시인의 정서 취향과 같은 점으로 해석된다. 왜냐하
면 시의 소재는 시인의 취향과 상관을 갖고 있고 또 표현의 의도는 시인
의 관심사가 집중되기 때문이다. 물론 장미꽃을 세 딸로 생각하는 의인적
인 표현도 꽃에 대한 취향이 아름다움과 귀여움을 의미하는 것으로 생각
되는 부분이, 꽃을 좋아하기 때문에 비유로 살아나는 이름 같은 점이다.

> 누구 눈물 훔쳐내어
> 봉오리로 맺혔던가
>
> 내 가슴 한 가운데
> 평생 피고 지고
>
> 바람도
> 넘볼 수 없는
> 그대 얼굴 품고 살지
>
> ― 「꽃」

　한 송이의 꽃을 만들기 위해서는 인고(忍苦)의 나날이 들어있을 뿐만
아니라 꽃의 최종 결정체는 시인의 전 삶에 대한 의미로 집약된다. 왜냐
하면 꽃은 봄부터 여름을 지나 결국 꽃으로 결과물을 만드는 의미에 이
르면 종착적인 아름다움으로 정리된다는 뜻이다. '눈물 훔쳐내어'는 곧
시인의 아픔을 지불하고 피운 '꽃봉오리'의 상징이고, 다시 '내 가슴 한
가운데'에서 평생을 지니고 살아야 하는 숙명의 이름을 가꾸기 위해 고
통으로 지불된 세월의 결과물이 꽃으로 다가들기 때문에 화려하고 아름
다움을 느끼게 하는 상징물로 환치된다. 더불어 훼방의 이미지인 '바람'

도 넘볼 수없는 고귀한 이름의 '그대 얼굴'을 품고 산다는 뜻에 집약되는 꽃의 의미는 시인에게 정신의 중심처로 인식되는 상징으로 보인다.

시인은 사물에 대한 반응을 가질 때, 미와 추의 구분이 명확해진다. 추 (醜)함에는 혐오의 마음이 흐르고 아름다움에는 감동 짙은 정서가 발동 되면서 시화(詩化)의 길로 나간다.

한 모금
생수 길어
갈증 푸는 새벽 풀 섶

있는 듯 없는 듯이
우연히 마주친 눈

이름표
달지 않고도
가장 예쁜 얼굴 있다

― 「들꽃」

시인의 마음이 미적 감흥을 일으키는 대상에 정서가 모아들면 시는 자연스레 길을 만들게 된다. 꽃에서 경규희는 항상 긴장의 정서를 대동 하는 특성이 있다. 가령 산에 정서가 집중되는 시인이거나 아니면 인간 사에 관심이 집중되면 그런 시(詩)쪽으로 마음을 쏟게 되듯 경시인은 꽃 에서 사물의 새로운 변용을 모색하는 경향이 우세하다. 들꽃이나 돌꽃 그리고 장미 등을 보면 흥미의 솟구침이 여성적인 뉘앙스에 부드러운 이미지가 덧붙여지면서 자연스레 '가장 예쁜 얼굴'을 발견하는 미감(美 感)의 광장으로 나아간다. 새벽의 신선함이나 우연에서 만나는 환희 그 리고 무명의 꽃일지라도 반가움을 갖는 정서에는 따스함이 묻은 길이 선명하게 투영되기 때문이다.

3) 가족으로 가는 시심(詩心)

시는 지성과 감성이 교차하는 도정(道程)에의 이름이다. 다시 말해서 지성이 앞장서면 드라이하고 또 감정이 질축하면 시의 탄력은 없어지고 허접스러워진다. 문제는 지성과 감성이 균형을 갖춘다는 것은 시적 표현에 가장 중요한 관건일 것이다. Head와 heart의 교차적 감각을 익히는 일은 시적인 감수성과 밀접하면서 표현에 작용하는 기준이 능숙할 때면, 시의 표정은 밝고 환한 명찰을 달 수 있게 된다. 아울러 사회 구성의 최소 단위인 가족의 의미는 사랑으로 집약되어 표현된다. 가족은 맹목의 사랑이 되면 시의 균형이 깨지고 또 원인불명의 표현에 매몰되는 경향을 배제해야만 한다. 왜냐하면 고슴도치도 제 새끼에는 함함하다는 일은 맹목의 사랑이고 한석봉 어머니의 자식사랑은 지성이 앞장선 사랑이라는 점에서 그 최종점은 전혀 다르다.

아버지의 사랑을 느끼는 시인의 마음은 아래와 같다.

> 저토록 환한 봄빛 부신 줄도 모르시고
> 꺼질듯 불씨 살라 목숨의 등 밝히시는
> 말문을 닫아 걸으신 아버지 우리 아버지
>
> — 「꽃 지고 잎새 핀 봄」 2연

병상에 아버지를 회상하는 모습의 딸이 처연하다. 밝고 환한 빛의 봄이 꽃을 준비하는 즈음의 회고에는 아버지에 대한 딸의 절절함이 깊고 따스함을 전달하기 때문이다. 회고에는 슬프고 때로 쓸쓸함을 불러온다. 왜냐하면 멀어진 거리(距離)에 대한 안타까움이고 다시 다가갈 수 없는 처절함에서 아버지의 기억은 '꺼질 듯한 불씨'에 대한 기억이 슬픔으로 다가들었기 때문이다. 봄날의 환함과 아버지 병실의 우울한 대비에서 딸의 심정에 찾아든 아버지의 체온에의 기억이 서늘한 슬픔을 불러온다. 아버지에 대한 기억과 어머니의 주억은 차이가 있다. 「먹통전화」와 「꿈길」, 「시계소리」, 「엄마 얼굴」, 「빈자리」, 「꽃밭에서」 등은 어머니의 추회(追懷)라면 거기엔 다가가 따스함에 젖고 싶은 마음이 애달프게 담겨있다.

> 사람들은
> 장미꽃이
> 예쁘다고 말하지만
>
> 우리 집 뜨락에 핀
> 꽃 중의 꽃
> 엄마 얼굴
>
> 왼 종일
> 바라보아도
> 달님처럼 환하지요
>
> — 「엄마 얼굴」

어머니와 달님의 비유가 밝고 명랑하다. 물론 그 이면(裏面)으로는 따스하고 온화한 미소가 흐르고 사랑이 강물로 흐르면서 모녀 사이를 연락한다. '꽃 중의 꽃'처럼 향기롭고 아름다움을 연상하는 시인은 어머니의 상(像)이 세상에 가장 높고 은은한 달로 형상의 그림을 그리면서 열려진 마음의 공간에 큰 이름으로 어머니에의 추억이 채워진다. 이런 현상은 지속적인 연결 고리를 가지면서 다가드는 큰 강물─어머니의 모습이 감동스럽게 다가든다.

> 지난 밤
> 머리맡에

어머니 다녀가셨나

눈뜨니
아른대는
그 옛날의 젊은 모습

사립문
반쯤 열렸네
내 손길이 따습네

- 「꿈길」

　어머니의 회상은 언제나 따습다. 그리고 항상 자재의 그림자가 되어 가슴속에서 살아있는 음성이고 모습일 때, 어머니는 그리움의 높은 산을 이루면서 평생의 동반자로 이름을 새긴다. '지난밤/머리맡에/다녀 가셨나'처럼 가까이 있어 젊은 날의 모습으로 살아있는 것 같은 현실감이 나이든 지금에도 아이가 되는 꿈을 꾸게 된다. '손길 따습네'의 착각은 그처럼 가까운 거리에서 살아계시는 상상에의 어머니의 정이 삶의 인자(因子)가 되면서 오늘의 고운 꿈을 꾸는 딸의 정감이 깊게 느껴진다. 그러나 「빈자리」의 공간은 현실에서 더욱 크게 인식되는 데서 세월의 강은 멀리 흐르고 있음을 터득하는 허무가 있을 수밖에 없을 때, 애달픈 마음이 초조해진다.
　딸에 대한 어머니의 생각은 항상 근심의 대상일 것이다. 낳아 키우는 데서 애증이 교차하고, 성장하여 키우느라 수심(愁心)이고, 짝을 찾아 시집을 가더라도 근심인 딸은 아들과는 달리 마음속에 항상 담겨있는 모습이 어머니의 애틋한 사랑이다. 「딸」, 「첫 마음」, 「꽃밭에서」, 「장미밭」, 「장미밭에서」, 「꽃 세 송이」를 읽다보면 경시인은 딸에 지극한 비유를 섞어 모성을 보인다.

열 번 보름달 품어
만삭이 된 산방에서
문고리에 매달려서
안간힘을 다 바친다
비로소 하늘 문 열며
웃음 터진 꽃망울

어머니 저고리 고름
적시며 키운 딸이
자라서 딸을 낳고 그 딸이 또 딸을 낳네
딸들은 엄마가 되어 세상을 꽉 채운다

－「딸」1 · 3연

딸이 또 딸을 낳았으니 어지간한 세월이 흐른 셈이다. 아마도 '장미 세
송이' 즉, 장미 같은 딸에 대한 이미지를 상상하면 지극히 아름다운 생각
으로 점철된 모습이 연상된다. 열 달은 품어 낳은 딸들이기에 꽃 같은 비
유─ 딸이 딸을 낳았으니 세상을 채우는 의미가 향기로 가득함을 채운
다. 「첫 마음」에서 큰 딸을 생각하는 어머니의 마음과 '딸아이 웃음소리
가 장미 밭에 번진다'(「장미 밭」)의 표현을 보면 온 세상이 딸의 꽃으로
가득함을 연상하게 된다.

4) 동화(同化)와 조화

시를 쓰는 데는 사물에 대한 시선에 동화(同化)와 투사(投射)가 있다. 다
시 말해서 자연의 인격화에 동화(assimilation)와 투사(projection)의 원리가 작
동된다. 동화란 시인이 모든 자연을 자신 속으로 끌어와서 그것을 내적
인격화하는 방법이고, 투사는 시인이란 정체가 없기 때문에 그가 계속
해서 어떤 다른 존재를 채우는 것, 즉 자연 속에 자신을 상상적으로 투여

하는 원리라 학자들은 말한다. 「가는 길」이나 「동행」, 「운두령」, 「숲속의 소리꾼」, 「가뭄 끝에」, 「고구마 싹도 눈길 주면」 등은 사물에 자신을 내포하여 시의 풍경을 이룩하려한다. 시는 결국 자연의 일부일 것이고 이를 하나로 통합하는 일은 시인의 주요 임무이지만 자연을 어떻게 일체화하는가의 방법은 각기 다를 것이다. 객관과 몰입(沒入)의 방법이 있다면 제3자의 입장에서 사물을 바라보는 태도와 하나로 통합된 몰입의 경우는 초입부터가 다를 것이기 때문이다.

> 젖기를 좋아하는 님 따라 젖고 싶은데
> 한사코 품을 열어 비바람 막아주며
> 둘이서
> 손잡은 우리
> 하나 되어 꽃길 가자
>
> ─「동행」 1연

둘이 하나로 가는 길과 둘이 하나로 통합되어 가는 길은 엄격하게 다를 것이다. 즉 둘이 각기 다른 둘이 되어 목적지를 가는 길과 둘이 하나처럼 가는 길─화합으로 가는 길은 후자에서 더욱 명확해질 것이기 때문이다. 동행은 하나로 결합된 둘이라는 의미에서 밝음을 준다. '한사코 품을 열어'의 지극한 정성이 있는 동행에는 즐거움이 따르지만 각기 다른 보조로 가는 길은 피곤할 것이라는 추상(追想)에서 경규희의 동화는 화목한 보폭이 연상된다. 이는 시인의 심성을 나타내는 일이 될 것이다. 요란하지 않고 안정감 있고 순수할 뿐만 아니라 정숙함을 연상하는 일이 경규희의 시적 무드라면 이는 동행에의 피곤이 없다는 일체감으로 정리된다.

> 아카시아, 솔향기 뿜어 하늘 거울 닦아내는

숲속의 소리꾼이 부르는 새타령에
먼발치
돌아앉은 산도
깨금발로 다가온다

─「숲속에 소리꾼」 2연

숲속은 조화의 공간이다. 저마다 잘난 척하지 않을 뿐만 아니라 공존으로 생명을 키우는 일에 모두가 열성이기 때문이다. 숲은 그런 안도감과 간섭 없는 공존에의 푸른 생명이 저마다 개성을 달리하면서 이름을 갖고 산다. 인간은 빼앗고, 죽이고, 배반의 일상을 살지만 자연은 그런 일에 오연(傲然)할 뿐만 아니라 평화로운 향기와 푸른 희망을 역설하는 모습으로 조화를 이루는 공간인 '숲의 소리'에는 평온이 자리하는 것이다. 이는 자연과 시인이 하나로 통합되는 동화의 경지에서 나오는 발성일 것이다.

5) 비와 새

경시인의 시에는 비가 여럿의 이름으로 출몰한다. 「가뭄 끝에」 내리는 반가운 비가 있는가 하면, 「이슬비」, 「여우비」, 「부슬비」, 「가랑비」, 「장대비」, 「소낙비」, 「겨울비」 등 비의 모습이 달리 세상에 내려온다. 비는 생명의 원천이다. 이는 지구의 $\frac{3}{4}$ 를 물로 채운 것이나 인간의 신체 구조 또한 같은 원리에 들어있다. 비는 곧 생명을 깨우는 이름이고, 키우는 역할을 다할 때 존재는 성장의 길을 말하게 된다. 천상에서 지상을 방문하는 반가운 이름이면서 기도로 맞아들였던 기우제의 소망은 곧 비가 얼마나 인간의 생명에 큰 역할을 하는가를 의미한다. 그러나 폭우로 내리는 비는 무서운 재앙을 가져오는 이름이라면 가랑비나 이슬비에는 낭만이 따라온다.

목마른 기다림을 바람에 얹어놓고
깊은 밤 깨워주는 창가에 단비소식
시들고 타들어가는 땅 흠뻑 적셔 일으킨다

ㅡ「부슬비」

사막을 깨우는 비이거나 목마른 땅을 적시는 비는 곧 살아나는 생명
의 원천이고 이는 하늘에서 내려오는 천상의 음악과 같은 이미지로 통
합된다. 깊은 밤을 '일깨워주는' 역할로 놀람을 주고 '적셔 일으킨다'는
경이로운 신비의 물에서 인간은 결코 자유롭지 못한 물에의 속박을 외
면해서는 안 된다. 때문에 비는 곧 생명이라는 등식이 옳은 이름으로 간
직될 수 있게 된다.

그냥 갈듯 싶어 주춤대는 소녀인 양
몇 발자국 가다말고 자꾸 뒤를 돌아본다
낮잠 든 풀꽃에게 자장가를 불러주는

ㅡ「가랑비」

이른바 세우(細雨)이다. 가늘게 젖어지는 가랑비는 어감의 뉘앙스가 귀
엽고 깨끗하다. 이런 비를 맞아 잠에서 깨어나는 풀꽃의 신선함은 푸름
과 손을 잡고 연출하는 녹색의 향연이 되어 꿈꾸는 장면에 다가든다. 자
장가는 곧 꿈을 연상하고 꿈에서는 행복이 키를 높이는 상상이 솟구칠
것이기 때문이다. '불호령 천둥번개'의 「장대비」나 그 '성깔 야무진' 「소
낙비」와 '긴 꼬리 팔딱팔딱 재주부리는' 「여우비」 등, 비의 연출이 재미
를 더하고 있어 재치의 뉘앙스가 흥미를 더한다.
천상을 날으는 새는 경외의 대상이었고 하늘의 소식처럼 환상과 기쁨
을 대신하는 메신저였다. 아울러 하늘을 점령하고 싶은 인간은 무수히
쏘아 올리는 탐험의 하늘은 곧 존경으로 가득한 모험의 공간ㅡ여기서

날아온 새들은 언제나 높이에서 공경이 모아졌다.

경규회의 새들은 인간의 땅에서 보이는 반가운 대상으로 시에 출몰한다. 귀를 모으는 「숲속에 소리꾼」을 위시해서 「내가 새가 되어」나 「굴뚝새」나 「접동새」, 동양 자수 속에 함박꽃 웃음의 상상 「불새」 등은 시의 나래를 펄럭이는 상징으로 시심을 자극하고 있다.

비워서 걸릴 것 없는 텅 빈 허공 속을

가벼운 몸짓으로 훨훨 날고 싶어

굴뚝새 욕심 다 버리고 천사의 날개 달았다

비워주고 채워주고 하나 되어 껴안으면

흙의 후한 인심에 솟아오른 산봉우리

하늘에 올리는 기도가 지평선을 긋는다

－「굴뚝새」

'허공' 그리고 날고 싶어의 '비상'과 '천사'로의 귀환을 첫 연에서 담았다면 비움과 채움의 반복은 하나로 통합되어 산봉우리를 이룩했고, 이내 하늘에 올리는 기도로 마감된다. 이런 메신저의 새는 곧 인간에게 봉사하는 혹은 하늘에 인간의 뜻을 알리는 임무에 헌신하는 것으로 기도의 목록은 정리된다. 시인의 기도이면서 모두에게 사랑으로 전달되기를 염원하는 우회적인 새의 임무는 곧 시인의 뜻이 담겨있음을 부인할 수는 없을 것이다. 그만큼 진술성과 순수가 담겨있기 때문이다.

새가 운다지만

그 눈물 안 비추고

지저귀는 그 목소리
노래 말 못 알아들어

오늘은
내가 새 되어
읊어보는 시조가락

—「내가 새가 되어」

인간은 새가 되기를 바란다. 그 염원은 여러 갈래가 있을 것이지만 자유정신을 도외시 할 수는 없을 것이다. 하늘은 곧 그런 공간이고 꿈이 깃들어 있으리라 생각을 묻는 곳이기 때문에, 새는 그런 길을 안내 할 것을 믿고 또 의탁한다면 '오늘은/ 내가 새되어/읊어보는 시조가락'에서 경규희는 새의 노래를 부르고 싶은 갈망이 시조와 연결된다. 이는 시에 대한 열망이고 꿈을 의탁하여 아름다운 노래 즉 그런 시를 제작하고 싶은 갈망이 새로 의탁된다.

시인은 누구나 새의 노래가락 같은 시—순수하고 꿈이 깃든 아름다운 새의 목소리를 창조하고 싶은 일는 모든 시인들이 소망하는 꿈이고 열망이기 때문이다.

3. 에필로그—동양화적인 의식의 풍경

시조는 가슴에서 나올 때, 순수와 아름다움을 동시에 소유할 수 있다면 경규희의 시에는 담담하고 꾸밈없는 소박성이 이채롭다. 이는 전통의 묵수(墨守)에서 나오는 진솔성이고 꿈을 꾸는 사람에게서 나오는 진실에의 가락에 힘이 실리는 것과 같이 정중함을 느끼게 된다.

경규희의 시조에는 투명한 정서로 길을 내는 감수성이 분리되지 않고 통합되어 깔끔한 인상을 자극한다. 이는 언어 운용의 기교가 현란하지 않으면서도 꾸밈이 없어야 하는 절제의 미감으로 생각된다. 아울러 이미지 구축에 신선함을 위해 고뇌의 모습이 담겨있어 상상의 여백을 넓히는 기교가 동양화적인 표현미를 남기고 있다.

꽃들이 많은 시의 소재에는 그만큼 향기로 수반되는 시적 맛깔이 깊이를 담고 있어 은근함을 안으로 감추고 있어 여운이 길게 느껴지는 것도 큰 특징일 것이다.

가족을 생각하는 정서에는 따스함에 젖은 평화가 안락함으로 연결되면서 행복의 궁극이 무엇인가를 메시지로 전달한다. 새와 비는 생명의 원천의식이면서 하늘의 메신저로서 시인의 소망을 시로 담으려는 의도가 우회적으로 담겨있는 상징이 이채롭다. 이는 언어의 비유와 상징 등의 수단이 기교로 옷을 입었지만 항상 절제(節制)의 다리를 조심스레 건너는 인상이다. 경규희의 시에는 삶에의 따스함이 나래를 펄럭이면서 꿈을 전달하려는 순수 투명의 시인이라는데 이견이 없을 것이다.*

이용식 시조—시의 성주(城主)와 정서표출

—이용식의 시조

1. 시조의 의미—척추의식

시조는 한국 문학의 등뼈 다시 말해서 척추의 역할을 해왔다. 중심이라는 말은 부족하고 모두라는 말에는 다시 부족한 문학—시조의 위치가 될 것이다. 이는 시조가 태생 이후 800여 년을 지켜온 우리의 정서를 대변하고 담아온 문학의 그릇일 뿐만 아니라 삶의 애환을 용해하면서 수용된 절대의 이름이었기에 시조에서는 애틋한 연민이 앞장선다. 왜냐하면 시조의 이름에는 시대와 보조를 맞추지 못하는 아쉬움뿐만 아니라 자유시의 그늘에서 독자적인 명성을 찾아야 하는 숙업(宿業)이 있기 때문이다. 다시 말해서 초창기의 시조는 노래 위주의 형태와 소용(所用)에서 민족의 가슴을 적시는 가락이었지만, 자유시의 등장에 따라 변화를 요구받고 있음이 자명한 이유이다. 자유시는 리듬과 의미의 교합에 따라 그 특성을 표현하는 전통성에서 시조 또한 별개의 자리를 확보할 수 있는 여지가 없다는 사실 때문에 작금에 시조는 자유시보다 정체된 길을 가고 있다는 뜻이다. 이에는 전통의 묵수(墨守)보다는 오히려 전통의 과감한 변혁이 필요할 수도 있고 또 자유시와는 다른 방향을 모색할 수도 있을 것이다. 요컨대 민족의 척추 혹은 의식의 등뼈였던 시조가 매력의 맛을 나타내기에는 많은 손님을 불러들일 수 있는 매력(맛)의 개발이 필요하다는 점이다. 이에는 이론─천편일률로 자연 예찬이나 도덕적인 훈계에 그쳤다면 새로운 이론의 정립과 창작의 두 바퀴가 보조를 맞출 때, 비로소 시조의 정체는 풀릴 수 있을 것이다. 일본의 5·7·5인 하이쿠가 세계적인 문학으로 취급받는 데는 이론의 기여가 있다면 우리의 시조는 빈곤하고 초라하다. 이는 프린스턴대학의 「시문학 사전」의 시조 초라한 설명이 증명하고 있다.

우리 것의 정서를 지키는 파수꾼인 시조시인 이용식의 시는 그런 한국시의 입구에서 짓는 표정 그리고 어떤 시어(詩語)의 잔치를 마련했는지 그의 시 정원(庭園)을 소요하려 한다.

2. 시의 집짓기

시인은 시의 집─성주(城主)가 되기를 염원한다. 그러나 나그네의 운명이 대부분이지만 일가(一家)를 이루려는 꿈을 버리지 않을 때, 시의 표정은 밝고 환한 모습으로 세상을 떠다니는 임무에 헌신하게 된다. 어떤 시인이든 자기 시의 모습이 뛰어난 역사의 주인공이기를 소망하지만 여기엔 끈기와 노력이 배가될 때라야 비로소 길을 만들게 된다면, 이용식은 그런 의식을 위해 헌신의 집념을 되뇐다.

유언을 쓰다시피 쓰기는 쓴다마는
공허한 메아리의 벌레소리만도 못해

뜨겁게 영혼을 흔드는 그런 노래 갖고 싶다

─ 「서시(序詩)」

유언은 마지막을 예상하고 쓴 결심을 의미한다. 강고(强固)하고 굳은 마음을 달리 표현할 수 없는 막다른 길에서 남기는 말이기 때문에 진정성이 담보되는 일 뿐만 아니라 혼신의 열정을 다한 말이 될 것이다. '유언을 하다시피'의 비유에서 시인은 자기 시에 대한 신념 혹은 의지가 표백된다. 그러나 그 소득은 항상 불만족과 비례하는 열정이 좌절 앞에 방황하는 일이 다반사일지라도 시심(詩心)의 연장은 계속되어야 한다. 왜냐하면 '뜨겁게 영혼을 흔드는' 그런 시를 갖고 싶기 때문이다. 그렇다면 이용식은 어떤 태도를 견지하면서 시에 매진해왔는가? '진실을 찾아 외곬수로 곧은 길만 달려왔던 내 삶의 행간을 더듬으며 삶의 진수를 찾아보려 한다. 더러는 만신창이가 되더라도 내 정신의 주막집 하나를 마련해 보고 싶다'(「시인의 말」)와 같은 굳은 마음이 주막집 한 채에의 소망이 피력된다. 비록 화려하지 않고 누옥(陋屋)일지라도 내 집에 안주하려는 마음은 누구나의 꿈일 시 분명하다. 왜냐하면 집 없는 일은 설움일 것이고 나그네의 초라한 행려(行旅)의 길이 다가들 것이기 때문이다. 그렇다면 어떤 주막─낭만과 여유가 있을 것인가 아니면 우거(寓居)하는 거처로만 한정할 것인가는 이용식의 시의 상상력이 결정하는 몫이 될 것이다.

3. 시인의 의식

1) 봄의 정서

약동하는 봄은 시작을 암시하고 개화(開花)의 준비가 한창일 때, 삶의 의미는 높은 이상을 지향하면서 길을 만들게 된다. 우주의 상징은 언제나 봄이라는 신화를 거치면서 전성기를 맞아들인다. 이용식의 시조에 봄날의 정서가 비교적 많은 것은 아니지만 선명성을 유지하면서 표정을 나타내는 모습은 뚜렷하다.

독감 품은 꽃샘추위
문풍지 속 떨고 있고
철늦은 함박눈은
호된 몸살 치르고 있어
삭히며 버티는 안간힘
옹두리에 윤기돈다

번뇌에 이끌리는
바람 길의 높은 옹벽
허둥지둥 진눈깨비
무너져 주저앉았다
우듬지 싹을 틔우나
조심 조심 짓는 웃음

― 「꽃샘추위」에서

무슨 일이나 처음 시작은 힘겹고 어려움에 직면할 때는 시작의 빛이 예비된다. 꽃을 화려하게 피우기 위해서는 시련의 언덕을 넘어야 하고 이런 도정(道程)을 마칠 때, 비로소 즐거움을 맞아들이는 순서가 값진 이름으로 다가들 것이라는 암시다. 이용식의 봄은 입구에서 '추위', '떨고 있는' 그리고 '몸살'과 '안간힘' 등의 고난이 지난 다음에 '옹두리에 윤기 돈다'의 징조(徵兆)를 만나게 된다. '윤기'는 초록으로 다가드는 봄날의 신호일 것이고 이를 통해 개화의 봄은 비로소 가슴을 환하게 열어젖히는 순서가 될 것이기 때문이다. 이처럼 이용식 시인의 시는 절차를 중히 여기는 질서의 의미와 동반의 걸음을 유지하기 때문에 편안하고 안온함을 마지막에 선사하게 된다. 2연에서도 '번뇌' 혹은 '옹벽', '진눈깨비' 등의 절차를 지날 때, 맞이하는 이름이 '웃음'을 만나게 된다. 즉 1연에 '윤기'가 2연에 오면 '웃음'으로 진전하고 3연에서는 '잠든 풀잎 깨운다'의 종장에 무게를 실리고 있다는 점이다. 그렇다면 웃음은 변화의 징조이면서 다시 개화의 질서가 이어져야 할 때 다음 시조는 그런 예를 충족한다.

> 하늘 열려 물오른 두둥실 신바람이
> 포스라운 벅찬 기운
> 뒤척이며 눈을 뜬다
> 속살 찬 햇빛을 거느려
> 우듬지에 트는 싹
>
> 산그늘 응달 속에 아롱지는 생의 빛깔
> 신열 앓던 산철쭉 꽃
> 피워내는 옹골찬 힘
> 여명의 앞산 물꼬 트자
> 흰 목련이 꽃잎 연다

―「혼불의 봄」1·3연

1연의 '싹'이 3연에 오면 '흰 목련이 꽃잎 연다'로 시의 종결어미가 나타난다. 이런 전제를 완성하기 위해서는 그 과정의 에너지가 우선되어야 한다면 '눈을 뜬다'의 실마리와 '햇빛'의 힘을 받아야 가능해진다. 조건의 합치는 항상 결과물에 대한 기대를 만족해야한다는 의미가 '꽃잎을 연다'에 최종의 상징이 수립된다. 개화는 봄의 완상(玩賞)을 의미하고 또 우주의 전성기를 뜻하는 일이 수반되면서 세상의 열림이 화려하게 치장되기 때문이다.

인간은 우주 운행을 지혜에 의해 터득한다면 식물이나 동물들은 본능에 의해 감득되는 질서가 있다. 다시 말하면 봄이 오기 위해서는 그 전조의 시련이 있어야하고 이어 개화의 장면을 연출한다는 것을 알기 때문에 조종자의 위치를 감수하는 문명에 이르게 된다. 때문에 이용식 시인은 봄에서 질서의 이치를 알고 또 꽃에서 발견하는 보폭의 진행이 자연스럽고 평화로운 기대감으로 정서의 숲을 소요하는 인상을 준다.

2) 허무 혹은 헌신

시는 시인의 정신을 나타내는 발언이다. 이 간단한 명제는 시인은 자기 表現하고 또 자기를 이끌고 가는 선장이 될 수 있다. 이 말을 바꾸면 시는 곧 '시인 자신의 모든 발언이다'라는 암시가 될 것이다. 어떻게 살았는가를 규지(窺知)할 수도 있고 또 무엇을 생각하는가의 사상적 추이(推移)조차 알 수 있는 이유―시어에서 포착되기 때문이다. 물론 시 또한 낯설게 하기라는 시치미를 뗄 수도 있고 또 우회적으로 독자의 뇌리를 혼란에 빠뜨리는 기교도 부릴 수 있을 것이지만, 궁극적으로는 시에 진실의 마음이 담겨야 비로소 독자를 감동하게 할 수 있을 뿐이다.

> 눈 위에 쓴 글자가 눈 녹자 지워진다
>
> 약속도 눈을 따라 지워져서 사라진다
>
> 선명히 새겼었지만 흔적마저 간 곳 없다
>
> ―「깨어진 약속」

의미와 그 의미가 수명을 다하면 다시 지워지고 이런 일이 반복되는 일―이는 삶의 윤회(輪廻)일 것이고 생명의 법칙일 것이다. 쓰고 다시 지우고 그리고 되풀이 연속을 헤맬 때 삶의 자리는 거기서 의미를 만들고 다시 지우는 무의미의 일이 반복될 경우 인연의 줄기는 나타난다.「깨어진 약속」은 허무를 유발하고 있지만 다시 약속의 원점으로 돌아가는 자연의 이치가 인간에게는 배신의 낙인으로 인식된다. 그러나 하얀 눈에 이르면 다르다. 눈 위에 글자가 녹으면 이내 사라지고 무(無)에의 인식이 절망과 손을 잡는다. 이런 일은 일상사의 일이면서 우주의 섭리이기도 하다. 있음은 항상 없음을 잇대는 일이 반복되는 것이기 때문이다. 삶의 궤적(軌跡)도 이런 일에 충실할 뿐 인간의 일은 언제나 여일(如一)함에 세월이 가는 일−허무 속에 있기 때문이다.

> 밟히면 밟힐수록 횡으로 이는 바람
> 태우며 불태우며 식은 불씨 검어지면
> 흰 수염 들판에 묻고 윤삼월에 돋는 새 싹
>
> −「억새밭을 태우며」 3연

억새밭을 태우면 검은 장막이 가리워지고 −거긴 허무의 검은 그림자가 흔들거리면서 지난 것들을 배웅할 때 추억조차 사라진다. 다시 말해서 억새의 전성기가 불에 타버리면 기다림의 먼 소식이 있을 때까지, 겨울은 검은 상처의 깊이에서도 희망의 끈을 놓지 않고 기다림의 계절 앞에 나타나는 환희의 싹이 예비 된다. '밟히면 밟힐수록'의 반복에서 강인한 상처의 아픔조차도 매몰되는 의미가 앞장설 것이고 이런 일은 희망에서 봄날에 새싹으로 보답을 받게 되면서 자연은 자혜(慈惠)의 손길로 돌아선다.

3) 손자와 놀기

윌리엄 워즈워스의 시 「무지개」 중 'The child is father of the man'(어린이는 어른의 아버지)라는 말은 인간의 원형을 지적한 말인지 모른다. 나이를 먹으면서도 천성(天性)스런 마음으로 살 수 있다는 것은 얼마나 좋은 일인가? 이는 어린애들을 바라보면 티없이 맑고 밝은 그리고 순수한 인간의 모습을 발견하고 감동하게 된다. 「기저귀 장군」과 「아가에게」, 「말 배우기」 등, 아마도 손자와의 즐거움을 나타낸 시조—미처 표현이 부족할 정도로 순수하고 깨끗한 영혼과 마주한 놀이가 손자와의 시간일 것이다. 떠듬거리는 말에서도 행복이 보이고 아장거리고 뒤뚱거리는 걸음걸이에서도 즐거움을 갖게 되는 이유는 순수와 맞잡은 개념일 것이다. 계산도 탐욕도 없는 아이들의 마음에 들어갈 수 있다는 것은 동화(同化)된 정서의 투명성이라면 이용식은 손자에게서 깊은 삶의 원리—어떤 삶이 중요한가를 헤아리는 일이 들어 있다.

> 떼쟁이 토라지면 드러누워 힘겨루기
> 의사 표시 분명하고 좋고 싫음 분명하지만
> 입 대신 몸으로 하는 말
> 알아듣지 못하는 나
>
> 뒤뚱뒤뚱 걷다가 힘들면 주저앉고
> 말문은 안 트였으나 말 몇 마디 알아듣고
> 병아리 눈짓 한 번에
> 할아범이 젊어진다
>
> ―「아가에게.2」 2ㆍ3연

　　의사표시를 말로하지 못하고 몸으로 하는 아이 그러나 싫고 좋음이 분명한 의사전달의 수단이 앙증스럽고 즐거움을 준다. 비록 몸으로의 대화일지라도 충분히 전달의 효과가 충족되기 때문에 나이 먹은 할아버지의 정서에 파문을 전달한다. 어쩌면 언어 이전의 언어는 몸으로의 대화일 거라는 유추가 성립되는—사랑의 언어를 꼭 사랑으로 말 안해도 이미 가슴이나 눈으로 결정되는 경험은 얼마든지 있을 수 있다. '병아리

눈짓 한번에/할아범이 젊어진다'는 충만의 사랑이 있기에 전달의 조화
는 감동을 줄 수 있기 때문이다.

　사랑은 일방적일 것이다. 보답을 바라고 보내는 사랑은 이미 상(傷)한
이유일 것이고 진정한 사랑이 아닌—아가페적인 사랑을 보내는 진실이
더욱 빛나는 이름이 될 것이다.

　　울어도 제 새끼라 미소뿐인 쭉정이 할배

　　손자에게 떳떳한 삶 보여주려 시린 눈

　　자라서 기저귀 벗는 날 작은 축제 벌릴까나

　　　　　　　　　　　　　　　　　　　　　—「기저귀 장군」 중 3연

　용서에 경계가 없을 때 비로소 참사랑의 맛이 우러난다면 이용식의
손자 사랑은 순수의 묘미가 진수(眞髓)를 이룬다. 물론 어느 손자나 다 같
은 이치이지만 순수와 투명으로 바라보는 이유에서 대상을 바라보는 눈
이 따스하기 때문에 조손(祖孫)관계는 사랑보다 더 깊은 사랑이 유지되는
이유일 것이다. 인간의 사랑은 조건이 없을 때, 비로소 진정의 경계가 사
라지고 더 높은 영지로 이동하는 꿈이 실현될 수 있다면, 어린이의 마음
을 얼마나 순수하게 유지할 수 있는가의 여부에 따라 어른의 품격은 높
아질 수 있음을 워즈워스는 이미 노래하고 있었던 셈이다. 그렇다면 천
사는 곧 하늘에 있음이 아니라 지상의 나의 곁에 있다는 자각이 필요한
것도 깨달음의 일종일 것이다.

　4) 세태

　시는 또 다른 비평의 일종이다. 왜냐하면 시인은 어떻게 살아야하는

가의 문제 앞에 항상 엄숙하고 깊이 숙고하면서 제 삶의 문제를 고민해야만 하기 때문이다. 시인은 언제나 깨어있는 자세로 대 사회적인 문제 앞에 솔직해야 하고 자신을 투영함으로써 그의 시는 감동을 잉태할 수 있을 것이다.

한국 사회의 간판은 모조리 외국어 투성이다. 이런 현실이 세계적인 의미의 강조일 수도 있지만 정작 순수를 지향하는 사회와는 너무 먼 거리의 실상일 것이다. 나의 것이 없이 나를 찾는 일은 모순이고 이 모순은 미래에 자화상을 상실하는 일과 같을 수 있기 때문이다. 일례로 우리 한글은 과학적이라는 말이나 우수한 문자라는 대신에 지금 참혹하게 천대를 받고 있다. 이것이 우리들의 슬픈 자화상이라면 문제는 심각—미래가 우울하기 때문이다.

> 영어가 잣대 되고
> 행세한 지 이미 오래
> 쇼핑 아닌 샤핑 해야
> 본토발음 대접한다
> 이 나라 살면서도
> 쓰는 말 영어라야 된다는데...
>
> 나라가 병이 들면
> 자기말도 시름 깊고
> 일제도 못 지운 글
> 스스로 해체하나
> 반만년 들추어 보며
> 후대가 염려된다
>
> —「죄송합니다 세종대왕님」

우리나라는 영어 천국이다. 설혹 발음이 원어민의 발음이 안 되어도 부끄러움이 아닐 것이고 의사소통이 되면 그만일 일도 극성으로 기준을 강화한다는 것은 어불성설이다. 왜냐하면 영어 또한 외국어이기 때문이다. 거리의 간판이나 회사의 이름조차도 모르는 약자로 쓰는―정작 외국인조차도 헷갈리는 이름들이 대부분이다. 한(漢)족이 만주족에게 300년 동안 지배를 받았지만 결국 문화의 힘에 의해 한족은 부활했던 역사는 귀감이 되어야 한다. 아울러 일제 시대에 국어를 지키려는 노력은 곧 독립의 정신을 의미했음은 잘 아는 일이 된다. 정신의 불구로 살고 있는 우리의 처지를 꼬집는 시인의 마음은 언어가 곧 문화의 중추이면서 후대에 이르면 정신없는 민족으로 살아갈 일이 근심스럽다는 염려가 무겁게 다가든다.

        불량배 행패에는 입 다물고 두 눈 감고
        제재는 관심 없고 선도조차 망각이다
        술 냄새 술술 풍기며 친구 욕만 퍼붓는다

                                           ―「노인을 위한 잠언」 3연

오늘날은 어른이 없는 시대가 되었다. 지하철의 풍경을 스케치한 시조로 노인들이 제 몫의 역할을 하지 못하는 세태를 걱정한다. 어른은 사회의 중심이 되어야 하고 그 중심이 엇나가면 바로잡으려는 지도가 있어야 함은 어른으로서 당연한 일이지만 눈감고 친구 욕이나 주절거리는 비굴이 아프다. 오늘의 비뚤어진 세태상은 대부분 어른들의 올바른 역할이 없는데서 비롯된 우울한 현실의 진단이기 때문이다.

5) 삶의 표정

시인은 살아있는 현실을 소재로 상상력을 증가한다면 시인은 곧 살아있는 생의 기록이 시의 모습으로 나타난다. 열성으로 산 자만이 삶의 진단이 정확할 수 있고 또 삶에 대한 체험이 용해되어 시의 근간을 이룩할 수 있을 것이다. 옳고 바르게 살아야 할 명제는 리얼리티를 신조로 삼는 소설가에게만이 아니라 시인에게도 필수적인 제목이어야 한다. 궁극적으로 시는 곧 삶의 기록—시적 표현이기 때문이다. 「모란시장에서」나 「잡초」는 치열성의 삶을 주문하는 시인의 우회적 강조일 것이다.

보도블록 틈새마다 뾰족이 내민 얼굴

잡초의 어린싹이 껍질 깨고 살아있다

어딘들 못살겠는가 블록 한 장 들어 올리고……

강렬한 뜨건 햇살 내려 쬐도 죽지 않는

가물어 물기 없이 바짝 마른 블록 틈새

끈적한 깡다구 하나로 버텨내는 잡초 근성

—「잡초」

생명은 원래 질기다. 극지의 혹한을 뚫고 생명의 싹을 키우는 것도 있고 물 한 방울이 없는 사막에서도 포아풀은 자란다. 이런 현상은 적응이라는 현실감이 작용하면서 스스로를 변화에 응대(應對)의 방법으로 존재를 연장하는 셈이다. 2011년 5월 16일 타디그레이드라는 이름의 벌레는 영하 273도, 영상 151도와 물이나 산소가 없어도 생존하는 일로, 우주 비행선에 승선하여 유기체의 생존의 비밀을 캐기 위해 엔데버호에 올랐다고 한다. 상상을 뛰어넘는 생존의 원리가 존재한다는 의미이다.

아울러 잡초가 무성한 곳에서는 오히려 풀들의 성장 속도는 평이한 곳 보다는 더 빠르게 성장한다. 경쟁을 부추기면 더 빨리 적응하면서 살아남으려는 뜻이 강하기 때문이다. 이용식은 잡초를 비유로 하여 삶의 끈질김을 강조하는 일이 '깡다구' 정신을 강조하는 의도가 곧 삶의 근성을 요구하는 설법이다.

> 고향 흔적 신고 와서
> 시장 바닥에 부린다
>
> 시름에 무딘 가슴
> 한숨 터져 갈라진다
>
> 시골길
> 되새겨가며
> 울고 섰는 흑염소
>
> ―「모란시장에서」

장바닥은 아우성의 악머구리와 아울려 생의 현장을 나타낸다. 어물(魚物)에서 동물 혹은 방물(方物)에 이르기까지 잡다한 것들이 팔려가기를 꿈꾸는 공간─생의 치열성이 나타나는 공간이다. 살아남기를 배우는 공간이면서 질서의 순리를 배우는 장소이기 때문에 존재의 모습이 극명(克明)스럽게 어울리는 곳이다. 성남의 모란시장은 그 규모에서 크고 또 온갖 물품들이 서민의 정서와 맞닥뜨리는 친근한 시장의 풍경이 연출된다. 시름도 용해되는 곳이고 애환도 섞이는 곳이기 때문에 생의 치열성만이 살아남는 존재의 공간에서 온갖 현상이 파노라마로 엮어진다. 살아있는 자만이 참여할 수 있고 살아있는 사람만이 다시 찾아올 수 있는 장날의 애환을 흑염소의 울음이 인간의 모습을 비유한 처연(凄然)함이 아프다.

6) 산에 오르는 마음

산을 찾아가는 일은 엄숙한 자기 수양의 방편일 것이다. 오만(傲慢)을 낮추어야 하고 겸손을 더욱 수줍음으로 대체할 때, 산은 항상 친근하지만 건방진 자세로 대면하면 위험을 선물하는 시험이 있게 된다. 아울러 산은 인간과 더불어 살아가는 적당한 거리를 유지할 때, 아름다움의 동경 혹은 다가갈수록 친근해지는 관계형성이 두드러진다. 동네 뒷산의 놀이터 혹은 꿈을 키우는 대상이나 정기를 이어받아 꿈을 높이는 일 등은 산과 인간의 관계가 밀착된 고향의 정서라는 암시일 것이다. 이용식은 비교적 많은 산행(山行)을 즐기는―산과 상당히 친근한 시적 접근을 하는 것 같다.

> 소쩍새 왜 우는지
> 뻐꾸기 따라 울고
> 부엉이 살쾡이는
> 눈에 불 쓰고 순찰 돈다
> 별빛이
> 깨운 숲 속에
> 달빛 장이 서는구나
>
> ―「야간 산행」

풍경에 밤과 낮은 서로 다른 뉘앙스를 풍긴다. 낮엔 색으로의 경치가 열린다면 야간엔 같은 장소도 넓고 한계를 가지므로 인해 두려움을 가질 수 있을 것이지만, 달빛이 환한 경치는 또 다른 고고함을 전달한다. 소쩍새 우는 무렵의 녹음에 묻힌 산은 부엉이나 삵이 어슬렁거리며 먹이를 찾는 두 눈의 불빛이 두려움을 줄 것이지만 이용식의 야간 산행은 오히려 동화 속을 거니는 것 같은 친숙미를 느끼게 한다. 별빛과 달빛이 교교함을 연출하고 달빛 장마당이 서는 것 같은 흥성(興盛)이 재미를 더하기 때문이다. 「석룡산」이나 「초겨울의 산」, 지리산 천왕봉에 오른 감회의 「야생에 대하여」 등 산을 소재로 쓴 작품들은 모두 산을 그 자체로 바라보려는 시선이 따스하다. 이는 시인의 심성과 연관을 갖고 좋아하는 대상화로 나타나는 인상을 준다.

> 하늘이 마주 앉아 소통하는 천왕봉
> 구름이 발밑으로 스쳐가며 말을 건다
> 몸뚱이 생채기 내지 말고
> 생긴 대로 놔두란다
>
> ─「야생에 대하여」 1연

 있는 그대로의 대상을 자연(自然)이라 말한다. 더하고 꾸밈이 없는 상태로 놔두면 설사 자연이 재해를 입었다 치더라도 언젠가는 복원력을 발휘하면서 원상태로 되돌아가기 때문이다. 그러나 문명의 발달은 자연을 훼손하여 인간의 편리로 치장하는 일 때문에 엄청난 시련을 예비하는 것이 자연의 복수일 것이다. 특히 서양의 자연관은 인간의 편리만을 위해 개조(改造)하거나 훼손(毀損)하고 간섭하는 것을 당연한 이치로 여겼던 일이 중세이후 서양문화의 기조였다면 동양은 이와 달리 天行健, 君子以自彊不息(천체의 운행은 굳건한 법이다. 때문에 군자는 자기할 일만 노력하면 된다)하는 사상이 동양의 자연관인 것은 잘 아는 일이다. '생긴 대로 놔두란다'는 이용식의 주장은 동양의 불교에서 말하는 자연관의 요체로 보인다.

4. 마무리

 시조는 민족의 정서를 응축하여 가락으로 정착한 장장(長長)의 시간동

안 한국 문학의 중추였고 등뼈였다. 그러나 점차 시대의 변화를 수용하는 그릇으로의 역할에 소홀했던 점은 간과할 수 없는 현상이다. 문학도 생로병사의 도정(道程)을 거치면서 변화를 수용하고 새로운 진로를 모색하는 치열성을 가져야 한다면 반성의 여지가 생긴다는 점이다. 왜냐하면 대체로 고려 중엽 발생이후 여일하게 진행해오다 임진왜란을 겪고 난 이후 사설시조의 등장 이외엔 별다른 특징을 가미(加味)하지 못했기 때문이다. 이는 전통에 길항(拮抗)하려는 정신의 부재였고 새로움을 찾아나서는 이론의 부족도 한몫을 했다면 한국시조의 문제는 이제부터 새로운 이론과 모습을 찾아 헤매는 나그네가 되어야 할 것이다.

이용식의 시조는 평이(平易)하고 안온하다. 돌발적이거나 악착(齷齪)한 정서이기보다는 내면으로 이미지를 포착하고 이를 조용하게 다스리는 모습이 평안을 준다. 봄날의 정서에서는 흥취를 느끼고, 나이에서 오는 허무는 담담함으로 생각을 다듬는 인상−이는 삶의 원숙이 가져오는 평상심이 순수로 나타나는 이유로 돌릴 수 있을 것 같다. 손자와의 친밀이나 산을 바라보는 시선에는 조용한 삶에의 이력이 투영되는 모습이 따스한 것도 순수와 연결되는 정서일 것이다.*

제5부

명품의 조건

시인의 삶과 작품에의 연관성

1.

　시인을 존경하는 것과 시에 경외의 마음을 갖는 것은 다르다. 다시 말해서 작가는 존경할 수 없으나 그가 쓴 작품이 훌륭한 것과는 다르다는 견해가 옳은가 그른가는 비평의 안목에 따라 다를 것이다. 가령 불란서의 도둑시인 뷔용—비록 감옥에서만 글을 썼지만 그의 글과 그의 비행과는 달리한다. 물론 어떤 연구의 목록으로 분석하는가의 여부에 따라 인생과 작품을 한데 묶어서 비평하는 경우와 따로 분리하는 경우와는 본질에서 다를 수 있지만 작품의 본질을 앞세우는 일은 당연한 의미일 것이다. 주관성만을 고집할 수도 없고 그렇다고 객관만의 고집 또한 옳은 판단은 아니다. 적어도 감상 단계를 지나 가치로 도달하려는 열망을 가질 때 비로소 작품은 생명력을 가질 수 있을 것이기 때문이다. 문학의 타락은 광고의 혼란 그리고 상업 선전에 함몰, 혹은 별난 행동의 에피소드로 유명해지는 경우―대부분의 작품은 가치 없는 경우가 많았다. 불란서의 V. 유고는 박수 부대를 동원하여 시낭송을 했고, S. 모음은 작품의 주인공과 같은 사랑을 위해 광고를 내고 결혼하겠다는 선전으로 일약 유명의 대열에 올랐지만 작품으로써 명망(名望)을 길을 지킬 수 있었기에 작품 가치는 우선한다. 우리에게 베스트셀러라는 이름으로 포장된 허명(虛名)을 많이 보아왔지만 그것들이 지금까지 생명을 이어온 경우는 희소하다.

물론 작가의 일생과 작품의 성과가 어긋남이 없다면 이는 교훈적인 일이겠지만 이는 매우 희소한 일이 된다. 왜냐하면 인간의 삶은 백설같이 하얗고 얼음같이 차가운 이성을 소유했다 하더라도 때로는 비난을 면치 못하리라는 셰익스피어의 말이 틀린 비유는 아니기 때문이다. 자국을 침범한 나폴레옹을 세계의 양심이라 칭하면서 그의 말발굽에 무릎을 꿇은 괴테의 경우나 나치에 협력한 하이데거의 경우를 어떻게 평가할 것인가는 이미 판정 난 사실이다. 다만 모순을 어떻게 슬기롭게 극복할 수 있을 것인가에 해답은 숨어있을 것이기 때문이다. 금번 월평은 『한국문인 2008.12.1월호』에 소개한 「한국복지문화예술인협회」의 회원 작품에 한한다.

2. 안재익 「옹달샘」

시인은 저마다의 비밀같은 의식이 잠재되어 있기 마련이다. 겉으로 표현하는 것보다 오히려 안으로 감추면서 꺼내보는 의식은 삶의 에너지를 이어가는 동력이 될 수 있다. 왜냐하면 고귀한 자기 삶의 가치로 환산할 수 있는 이유가 되기 때문이다.

나에게는 아주 작고
아름다운 분홍빛
옹달샘 하나 있습니다

봄에는 진달래 빛으로
붉게 물들었다가
세상이 잠든 고요한 밤에는
달빛처럼 은은한

아주 맑고 밝은 미소로
내 얼굴을 비춰주는
희망의 샘, 사랑의 샘
작은 옹달샘 하나

오늘도 나는 내 피 묻은 얼굴
비린내 나는 내 얼굴을
들여다보고 또 들여다봅니다

푸른 하늘에
파랑새 한 마리 속삭이는
내 작은 옹달샘 하나
당신이 있습니다

— 안재익, 「옹달샘」

'당신'이 누구인가는 이 시의 핵심어이다. 다시 말해서 당신＝옹달샘
이라는 등식으로 시의 전개가 일관성을 나타낸다. '아름다운 분홍빛',
'진달래 빛' 혹은 '달빛처럼 은은한', '희망과 사랑의 샘', '파랑새 한 마리
속삭이는' 등은 옹달샘을 수식하기위한 시인의 진정한 마음을 나타내는
당신에 대한 시어(詩語)라면−4연엔 '피묻은 내 얼굴'과 '비린내 나는 내
얼굴'을 옹달샘에 비춰보는 행위가 반복되면서 당신에 대한 정화(淨化)의

식이 담겨진다. 그렇다면 당신은 아내일수도 있고 또 하늘일수도 있고 멀리 바라보이는 산이 될 수도 있을 때, 앰비규어티의 시적 묘미를 감수하게 된다. 그러나 대상이 무엇이건 간에 당신이라는 미지의 대상으로 삶의 순수를 지켜내는 이유를 발견하는 행복임이 분명하다.

3. 이금자 「태풍 비」

아마도 시인에 가장 흔한 정서가 그리움일 것이다. 이는 사랑의 또 다른 이름이면서 아름답고 순수한 마음을 표현하는 길을 만들 수 있는 순수결정체로서의 이미지에 적합하기 때문이다. 그러나 남발되는 그리움은 천박(淺薄)할 수도 있지만 대부분의 이미지는 진정함을 나타내는 방도로 사용된다. 그리움의 이미지가 순수와 결합하는 이름이기 때문이다.

억누르던 그리움
폭발하던 날
사각사각
새벽을 밟으며 찾아온 너

부비는 가슴으로
소리 없이 흐르던 눈물
부딪히는 살결에선
타는 냄새가 났다

온밤을 밝히며
아픔까지 감미로워
세포마디마디 전율이 흐르던
너의 향기, 너의 사랑

창가에 드리운 불빛, 또
찾아드는 그리움
나는, 너를 먹고 산다
멈추어 섰던 시간, 그 사랑을......

- 이금자, 「태풍 비」

그리움이 폭발 직전에 이르는 위험의 순간에 찾아오는 대상, 그리고 '흐르던 눈물'이 '타는'의 고조된 순간에 이를 때까지의 위기의 순간과 절박성은 완화된 3연에서 시인의 의도를 드러낸다. 온 밤을 밝히는 아픔과 시련까지도 대상에 헌신하는 그리움의 의미로 돌아가기 때문에 '너의 향기'와 '너의 사랑'이 비로소 '나는, 너를 먹고 산다'라는 의지의 대상이 명료해진다. 이는 '그 사랑을'이라는 시어에서 태풍 비는 실제의 자연현상이 아니라 거대하게 몰려오는 '너'에 대한 절대의 의미를 감지하게 된다. 결국 사랑의 이미지가 태풍이라는 거대 에너지를 소유한 대상에 멈추면서 안온함을 회복하는 느낌에 도달할 때 안정감을 준다.

4. 임성옥 「아카시아 사랑」

시는 비유라는 에너지를 먹고 살아나는 화장술이다. 물론 진정함이라는 순수성과 아름다움으로 바꾸어지는 정서의 재료를 통해 고귀한 이미지로 탄생되는 일종의 연금술이면서 인간 정서가 지고(至高)함으로 포장되는 순수한 정서의 결정체라는 의미에 가깝다. 이는 언어의 경제성 – 절제된 언어와 로고스적인 지성과 감성의 혼합이 가져오는 앙상블과 같다는 뜻이다.

아카시아 꽃

한창 젖을 주고 있습니다
벌과 나비에게
젖 내어주는 아카시아
제 어머님 같습니다

산기슭에
겨울 뿌리박고 서서
하얀 꽃잎, 그윽한 향기
가없이 내어주는 아카시아

만고풍상 다 겪으면서도
오로지 저만을 사랑해주시던
제 어머님 같습니다

꽃 필 때만
잠시 사랑주다가
꽃이 지면 그 존재마저도
까마득히 잊어버리는
이 못난 자식의 아카시아 사랑

그러나
당신은 언제나
꽃이 지면 그늘주고
잎이 지면 옛 추억 지어주시며
항상 저만을 바라봐 주셨지요

— 임성욱, 「아카시아 사랑」

　　다소 신파조의 정서가 남발된 느낌이다. 왜냐하면 '나'로 향하는 어머니의 사랑이 극진하고 지극하여 이를 감동으로 생각하는 인상을 절제된 언어로 다듬어야 했기 때문이다. 특히 3연의 경우에서 아카시아와 어머니의 사랑이 비유로써 너무 직접적이다. 그러나 어머니의 사랑—'젖과 꿀'을 주는 어머니의 비유와 아카시아는 꽃—흰 꽃의 순수에서 다가오는 어머니의 순진무구와 향기로 승화되는 고귀성—그리고 망각으로 젖과 꿀에 대한 고마움을 망각하고 살아가는 자식의 경우가 비유로 생생하게 다가온다. 아마도 가장 가깝기 때문에 어머니의 사랑을 때로 외면해도 좋은 것으로 생각하는—긴장 없는 마음이 송구함으로 느껴지는 데서 오히려 어머니에 대한 사랑은 더욱 아름다울 것이다.

5. 최성원 「기다림」

　그리움은 기다림이 되고 기다림은 그리움으로 길을 만들기 때문에 두 어휘의 상관은 밀접하고 순수하다. 시는 항상 깨끗하고, 순수하고 아름다움을 찾아 방황하는 시심이 있기 마련이다. 시인의 임무는 정서의 순화이면서 미화라는 임무에서 벗어날 수는 없다. 왜냐하면 시의 목적은 희망과 꿈과 그리움을 나타내는 사랑에 대한 감수성이 주요 목록이기 때문이다.

> 운무에 가린 달빛 바라보니
> 방향마저 분간 못해 갸웃거리니
> 쌓여만 가는 외로움 뉘라서 알랴
> 적막강산 밝힌 등불 아래
> 소리쳐 불러보며
> 기다리는 속절없는 연정
> 앙상한 나무 벗 삼아
> 평상모퉁이에 덥석 주저앉아
> 서산 노을 지켜보며

땅거미 어떠랴
초조한 마음으로 덧없이 기다리니
내 곁에 다가선 지척없는 그림자
칠흑 같은 깊은 밤 눈보라 헤치고
다홍치마 차려입고 찾아오려니
바람타고 오려나
춘설타고 오려나
사무친 그리움에 야삼경 날리어
비몽사몽간에 차려입고 기다리니
텅―빈 이내 가슴 깊이 파고드네.

– 최성원, 「기다림」

　‘외로움’의 중심 시어가 방사적인 의미로 나타난다. 다시 말해서 기다림의 중심이 외로움이고 이는 기다림으로 연결되면서 ‘속절없는 연정(戀情)’에 대한 고독감이 자리한다. 그러나 신파조의 감성은 너무 지루하게 자신을 결부시킴으로 감동의 수순을 벗어나는 수식에 머무는 점을 간과할 수 없을 것 같다. 다시 말해서 중심어에서 너무 많은 수식(修飾)으로 자신을 내 보이는 점에 시의 묘미를 자극하지 못한 인상이다. 그러나 사랑을 기다리는 절실성이 시심을 불러오는 길이 넓은 것은 사실인 듯하다.*

시의 지평을 위하여

1.

시를 쓰는 것은 마음을 쓰는 것이다. 즉 시는 시인의 마음을 언어라는 도구로 그림을 그리는 행위이기 때문에 문자로 포착된 한 편의 시에는 삶에의 호흡과 배경 혹은 미래를 향하는 시적 의도가 선명히 드러난다. 이는 공자가 시를 사무사(思無邪)라 칭한 것에서도 시의 표정은 순박하고 정갈한 아름다움이 표백되어야 한다는 함축을 갖고 있다. 왜냐하면 시는 거짓으로 위장하는 것이 아니라 오로지 은유와 비교의 장치를 통해 진솔하고 투명한 자기를 나타내는 일이 되기 때문이다.

작금에 행과 연을 끊어 쉬운 시를 쓰는 사람들이 흘러넘치고 있다. 물론 문학잡지의 포화에 따른 발표의 용이함은 시가 아닌 시가 무작정 나타나는─마치 오뉴월 잡초의 기승처럼 정신을 차릴 수 없을 지경으로 흘러넘치고 있지만 정작 고뇌의 표현은 갈증처럼 희소하다.

잘 된 시들을 많이 읽어 길을 따르려는 노력이 없이 남발되는 작품들에게서 시의 고독을 보는 것 같아 초라한 연민을 보낼 수밖에 없다. 왜냐하면 시가 아닌 글을 시로 바라보아야 하는 일에 고통이 앞서기 때문이다. 열 달의 고통과 산고(産苦)를 마친 다음에 신생아를 맞이하는 어머니의 기쁨이기를 바라는 비유는 틀림이 아닐 것이다.

2. 연규봉 「풍상」

시는 비유로 사물에 생명을 부여하는 점에서 물활론적인 특성이 있고 이로부터 생명의 여행은 시작된다. 다시 말해서 한 편의 시는 그대로 생명체에 속하기 때문에 하찮은 돌이나 나무 혹은 자연물상이 모두 시의 이름으로 살아나는 것은 시인의 섬세한 관찰과 언어 기교를 통해서 세상에 나타나는 이름들이다.

> 세월의 흔적으로 곰이 삭힌 채
> 반세기 그늘 속
> 검은 땟국으로 덧칠해진
> 아버지 지게
> 인분장군 볏가래 오곡가마 겨울 장작
> 그
> 모진 역정
> 저린 어깨로
> 자식 키워 성장 시킨
> 연륜의 가보는
> 문명의 여울
> 가파른 파고에
> 자취를 잃어간다.

> — 연규봉, 「풍상」

지게와 아버지는 등가(等價)로 나타난다. 다시 말해서 지게는 곧 아버지고 아버지는 지게를 짊어지고 '인분장군'을 나르기도 했고 혹은 '볏가래'나 곡식 가마나 장작 등을 운반하면서 노동의 대가로 '자식 키워'의 도구가 아버지의 아픔을 대변하는 기능을 하고 있다. 그러나 이제 지게는 다른 운반 도구로 대체되었고 점차 사라지는 아쉬움이 아버지의 그리움과 연상 작용을 부추긴다. 왜냐하면 문명의 진전은 과거의 물건들이 점차 사라지고 그 자리에 새로운 편리가 자리하기 때문이다. 이런 비유처럼 아버지 또한 세월의 곰삭임과 더불어 자취를 잃어가는 안쓰러움이 연민으로 작용하기 때문이다.

3. 정해옥 「구두를 닦는다」

시는 수양이고 자기를 닦는 정신 작업이기 때문에 고행의 의미가 동반된다. 이는 시와 종교의 유사성이 가져오는 의미일 뿐만 아니라 결국 자기로 돌아가는 진실의 길을 발견하는 노래를 시로 형상화 한다. 그러나 종교는 절대(絶對)의 성(城)에 갇힌 반면 시는 무한의 자유를 구사하는 점에서 차이를 갖는다.

나는
일요일마다
구두를 닦는다

지난 일주일간
모아둔 기억들을
하나씩 하나씩 꺼내서

잊어야 할 기억들은
내 마음 한 구석에 자리잡기 전
흔적도 없이 닦아내고
얼룩진 기억들은
깨끗이 빨아
건조대에 걸어서 말리고

간직해야 할
아름다운 기억들은 곱게 접어
서랍 안에 차곡차곡 쌓아둔다

그리고는 다음 일주일을 위해
잘 정돈된 거실처럼
하얀 여백을 마련해 둔다.

— 정해옥, 「구두를 닦는다」

　마음을 수양하는 방법은 세상에 다양한 일들이 될 것이다. 청소를 하는 것은 불가(佛家)에서는 수양의 방편이고 구두를 닦는 것은 광채(光彩)가 곧 자아 변신의 도구가 될 수 있기 때문에 희생에 대한 깨달음을 얻게 된다. 인간이 살아가는 궁극은 깨달음의 지혜를 어떻게 얻을 수 있는가의 길에 대한 천착이라면 구두를 닦거나 청소를 하는 일들이 모두 시를 쓰는 이치와 연결된다. 시는 끝없는 연마와 천착의 노력을 배가(倍加)한 다음에 비로소 만날 수 있는 대상이기 때문이다. '일요일 마다/구두를 닦는다'는 일은 마지막 구절에 '잘 정돈 된 거실처럼. 여백을 마련해둔다'는 일과 연결되면서 시심이 곧 정갈하고 아름다움을 추구하는 길에서 만나는 모습이 담담하다.

4. 카타리나「목련」

세상에는 일정한 가치를 지불하고 목표의 대상과 만날 수 있다. 이는 경제학의 이치와 접맥되는 문학 또한 다름이 없는 일이다. 다시 말해서 모든 세상사의 총론의 이치는 모두 한가지의 진리로 향하는 길을 만들고 있지만 저마다의 각론에서는 각기 다를 뿐이다. 한 송이의 꽃조차 겨울의 신산(辛酸)함이 없다면 기하학적인 꽃의 아름다움과 향기를 만나볼 수는 없기 때문이다.

> 젖은 바람이 붑니다
> 꽃이 피려나 봅니다
>
> 지독히도 매섭고 독한 바람이 붑니다
> 더욱 고운 꽃이 필 모양입니다
>
> 꽃샘바람 지나간 가지 끝에
> 참다못해 고개 내민
> 목련꽃 피는 아침.

> — 카타리나,「목련」

비바람 태풍이 지나가면 깨끗하고 아름다운 하늘이 나오는 이치나 겨울의 혹독한 추위에 매서운 시련의 끝에서 만나는 봄의 개화에는 희망과 사랑의 표상이 번진다. 인생사도 꽃이 피는 것과 같이 고생 끝에 맞이하는 행복은 누구나 갖는 소망이다. 그러나 고통의 중심에서 견디는 통증은 외면하고 싶은 소망일지라도 신념의 불을 켜고 희망의 내일을 믿는 성실성에서는 고진감래(苦盡甘來)의 비유가 옳은 예증이 된다. '지독한 바람' 그리고 '매섭고 독한 바람'은 시련의 목록이고 이를 통해서 '고운 꽃', '목련꽃 아침'의 환희 젖은 기쁨을 만나는 비유—언어의 탄력에서 만나는 비유가 신선하다.*

마음의 눈으로 사물 바라보기

1. 시를 쓰는 조건에 일차적인 관문은 사물을 바라보는 시선이 될 것이다. 그러나 실재의 사물보다는 마음의 눈을 통해서 바라보는 시인의 눈은 범인(凡人)들의 눈과는 다르다. 사물의 특징을 포착할 수 있을 때, 마음의 눈을 통해서 바라보는 방법일 것이다. 왜냐하면 시인이 바라보는 사물은 화석화된 것이 아니라 살아있는 모습을 포착하는 혹은 바위나 무생물조차도 살아나게 하는 물활적인 역할을 보일 때, 시적 창조라는 말을 헌정(獻呈)할 수 있기 때문이다. 사물 현상을 바라보는 것이 아니라 사물의 이면을 바라보면 한 그루의 나무에도 철학이 숨 쉬고 있음을 포착하는 시인의 눈은 결국 마음으로 시를 쓰는 이유가 설명된다. 다시 말해서 시는 머리로 쓰는 것이 아니라 마음으로 쓰는 글일 때, 진정성의 감동을 잉태할 수 있다는 의미가 된다.

2. 색채는 마음에 작용한다. 가령 『천자문(千字文)』에서 天地玄黃ー하늘은 검고 땅은 누렇다는 뜻으로 주흥사의 4언 250구의 시ー색채로 시작했다. 빛이 없으면 우주는 검은 색이고, 중국의 정색(正色)은 황화를 닮은 누런색이다. 물론 색채는 민족마다 다른 상징을 갖는 바, 우리는 죽음

을 백색으로 상징하고 서구는 검은색을 상징한다. 색채는 시인마다 다른 시적 의도를 표현했으니, 이육사나 한용운의 청색은 각기 의미에서는 다른 시적 상징을 나타낸다.

> 노오란 조끼 입은 아저씨가/노오란 은행잎을 쓸고 있다.//노오란 말을 하다가/문득 고향생각에/눈물을 흘렸다.//고향의 산이/온통 가을을 안고/황금자랑을 하고 있다.//대관령 아래/몇 산골짜기에선/장례가 일어나/온 단풍들이 상주되어/울고 있다.
>
> — 이성교, 「가을의 독백」

가령 신석정의 전성기의 시엔 온통 노란색이 주조를 이루었다면, 이는 어머니를 그리워하는 유아적인 감수성을 의미한다. 왜냐하면 노란색의 파장은 가장 길고 유아의 선호도에 적합하기 때문이다. 이성교 시인의 경우는 고향으로 떠나는 향수병과 단풍이 교접(交接)을 이루면서 '황금'이라는 고귀한 이미지로 상상의 옷을 입히는 의식의 독백을 접한다. 아울러 고향과 황금의 이미지가 겹치면서 지고(至高)의 암시를 설득할 때, 울고 있는 마음속 가을이 시인에의 현재 정서가 된다.

애초에 시간이란 없다. 아침과 밤은 우주 운행의 질서일 뿐이고 동물들이 아침과 밤을 구분하고 행동하는 것은 모두 본능일 뿐이다. 시간은 오로지 인간만이 소유물로 독특한 문화를 만들었고, 시간에 발목이 잡혀 끌려가는 일면 시간을 단위로 쪼개어 생명의 개념을 확장하려 한다. 시간의 멍에에 끌려가는 현상은 어쩔 수 없는 인간의 숙명적인 현상일 뿐 시간은 항상 어떤 응답도 없이 흐를 뿐이다.

> 보이지 않는/시간을 보고 싶구나/지금 이렇게 웅크리고 있는 동안에도/흐르고 있는 시간을…//뿌옇게 물든 노을/태곳적 고요에 잠긴 채/멈춰 서면 보이는 것은/아무것도 없고/다만 떨어져 가는 사람의 소리,/스쳐 지나가는

시간의 소리뿐//아무리 눈 번쩍, 귀 쫑긋 곤두세워도/들리지도 보이지도 않고/있는 듯이 아무것도 없구나//보이지 않는 시간을/꼭 보고 싶구나/그리하여/'티로파'의 노래를/부르고싶구나.

– 전규태, 「보이지 않는 시간」

보이는 현상의 시간보다는 보이지 않는 저쪽의 시간은 아마도 숙업(宿業)을 이룬 후에 도달할 수 있는 깊은 시간의 늪인지 모른다. 이 피안(彼岸)의 시간은 '들리지도 보이지도 않는' 허무를 접하면서 언젠가 받아들여야 할 명제로 남을 때, 보이는 현실은 더욱 미지(未知)의 소리에 갈증이 따라붙으면서 '아무것도 없구나'와 더불어 '노래를 부르고 싶구나' 소망이 자리한다. 이도 살아있는 현실에서 또 다른 공간으로 지향(志向)하는 깊이의 소리를 들으려는 시인의 마음이 보인다.

살아있기 때문에 그 반대편에 관심을 갖는 것은 당연하다. 왜냐하면 인간은 지혜를 축적하면서 스스로를 판단하고 판별하는 능력을 발휘하는 삶을 지속하기 때문이다. 그러나 삶의 건너편에 관심을 축적한다 해도 결국 허무라는 답안을 들고 방황하는 것이 삶의 모두일 때 무상의 노래가 나온다.

내가 죽으면/종이 몇 장과 볼펜 한 자루 넣어 주게/저승길 가는 길에/시 몇 줄 떠오르면 쓸 수 있도록.//내가 죽으면/소주 한 병, 안주 몇 점 넣어 주게/저승길 가다가다 출출해지면/요기라도 할 수 있도록.//내가 죽으면/화투 한 목, 동전 몇 닢 넣어주게/저승길에서 친구 만나면/고스톱 몇 판 칠 수 있도록.//그리하여/내가 죽으면,// 그 사람 그예 갔구나/입성 한 벌 달랑 입고 갈 줄 알았는데/역시 미련을 못 버렸구나/혀를 끌 끌 차겠지.

– 윤채한, 「내가 죽으면」

시인 자신의 생전 행위가 4연 전후로 전개된다. 시를 쓰는 사람이라는

1연과 소주를 좋아하고 친구들과 고스톱놀이를 즐겨했음—'있도록'의 반복으로 시인 자신의 취향을 저승길까지 이어가겠다는 소망을 알 수 있다면, 후반에서는 그런 행위가 별로 좋은 일이 아님을 객관적인 시선—'혀를 끌끌 차겠지'의 못마땅한 자각에 도달한다. 나이가 깊어지면 죽음이라는 공간을 향해 상상의 나래를 펼치는 일—짧아지는 시간에 의식이 첨부되면서 나타나는 현상인 것 같다.

현실을 살아가는 것도 미지(未知)이듯 죽음의 땅도 미지의 공간일 것이다. 그러나 상상의 의상을 걸치고 떠나는 미지는 항상 꿈꾸듯 화려함에 치장되는 경향이 농후하다. 왜냐하면 상상의 길은 현실과는 달리 장식(裝飾)으로 출발하는 이유에서 부족이 충만으로 혹은 각박함이 여유로 길을 낼 수 있을 것이기 때문이다.

> 내가 만약/저 세상으로 가게 된다면/이왕이면/꽃비 내리는 마을/머나먼 그 집으로 가고 싶다.//복사꽃 피고 복사꽃 지고/사시사철 꽃비가 내리는 그 마을,/늙은 소년들이/복사꽃처럼 웃으며 살고 있을 그 집.//그 집을 향하여/물안개 자욱한 저녁/아슴푸레하게 노 저어 강을 건너면,//어쩌면 아슬아슬/도달할 수도 있을 것 같은/아, 머나먼 그 집.//나는 그 때에는/늙은 소년이 되어, 복사꽃처럼 웃으며,/바보처럼 가물가물 그 집으로 가고 싶다.
>
> — 송하선, 「머나먼 그 집」

현실의 강을 건너는 '그 집'은 피안(彼岸)의 먼 곳에 있기에 자의적으로 도달할 수 있는 공간이 아니다. 그러나 언젠가 필연으로 도달해야 할, 그 집은 두려움이나 공포로 채색된 회색의 공간이 아니라 화려한 복사꽃이 만발한 곳에 사는 '늙은 소년'이라는 역설적인 감수성이 기다림의 이름으로 전환한다. 이는 다가올 죽음에 대한 상상이 어둠의 공간이기보다는 오히려 화려한 믿음의 뜻이 꽃피는 공간에 대한 기대—'바보처럼'의 직유가 꽃피는 마을로 길을 인도하는 시인의 의식이 아름다워 보인다.*

상품 목록 - 중도

좌파라는 말은 작금에 공공연히 사용되는 말이다. 한때는 공산당은 뿔 달린 괴물처럼 금기시되던 말이 이젠 리버럴하거나 시대 앞에 고민하는 사람쯤으로 허용의 폭이 매우 관대해졌다. 이런 현상은 대한민국의 정신 공간이 성숙을 의미할 수도 있고, 과거의 금기시까지 수용하는 다양성의 사회를 뜻할 수도 있는 긍정의 효과가 있을 것이다. 물론 진정성이 담보되었을 때, 변화는 아름다울 수 있지만 일시적 방편일 때는 변절자의 말로가 될 것이다. 그러나 개구리 떼가 소리치는 연못의 수준을 벗어나지 못하는 것도 사실이다.

1. 1960년 초 박정희가 집권한 철권통치이후 나타난 문학의 현상은 이른바 민중문학(나는 능동적 소수라 부른다)의 잔치였다. 그러나 이 무렵의 군인들의 비민주적 통치에 저항의 당위성이 민중문학의 당위성으로 오도된 이후 현란한 변화의 상품목록을 생산-민주화, 민중, 통일, 민족, 요즘엔 중도(中道) 등의 현란한 변화-김대중, 노무현 시대의 좌파 전성기를 구가했다. 이명박 정권의 출범은 이들의 진로에 혼란을 가져왔고 급기야 그들의 민족문학이라는 금과옥조의 간판조차 명칭을 변경했

다. 아울러 백낙청이나 황석영의 태도 돌변―백낙청은 지난 2009년 3월 23일자 도하 신문에 "우리의 목표는 한반도의 평화, 통일은 수단일 뿐"이라는 표제 하에 "분단으로 이득 보는 세력 남한에도 북한에도 있어 건전 중도세력 형성되야"를 주장하는 변화를 보였고, 이어 2009년 5월 14일에는 이명박 대통령의 중앙아시아 순방 특별 수행원 자격으로 동행하면서 "중도실용노선 큰 틀에서 동참하겠다"는 주장을 했다. 대통령의 비행기에 동승하는 일도 기가 찰 일이지만―문화 정신이나 줏대가 없는 이명박 문화 정책의 화해인지는 몰라도 기막히게 중도를 표방하는 일에 그들의 또 다른 잔치가 시작되고 있다. 대한민국의 문학이나 문화는 좌파시대나 우파 시대를 막론하고 어느 정권이든 변함없이 이들의 활동무대라는 점에서 한국 문학은 줏대나 정신없는 청맹과니의 신세처럼 보인다. 적어도 대통령의 비행기에 동승하는 일은 개인적인 의미보다는 국가적인 상징성을 의미한다면 과거 김일성 앞에 불법적으로 달려간 황석영의 행위를 용납해준 대통령의 "배은망덕"의 처지가 더욱 배은망덕 스럽다. 혹여 어떤 숨겨진 의도가 있는지는 알 수 없는 일이지만, 수백만 명의 동포가 굶어죽어도 핵을 만들고 미사일을 발사하는―꽃다운 젊은 여인들이 꽃제비로 팔려가는 슬픈 북한의 실상―개인의 돌출행동으로 얻은 악명의 명성(notorious)은 선량한 이 나라 대부분의 작가들과는 다른 가치 기준자(尺)이기 때문이다. 그렇다면 지금까지 수모와 봉변까지 당하면서 외롭게 소리쳤던 이문열은 대통령의 비행기에 왜, 동승할 수 없는가? 이 상징은 무엇을 의미하는가? 눈이 작은 대통령과 연극하는 문화부장관은 대답할 일이다. 또 시인 누구는 이문열의 소설을 폄훼(貶毁)하여 거론하지만 이런 말은 확실히 잘못된 아집의 발언이다. 그렇다면 비난하는 자의 시는 잘된 작품이 무엇인가? 모든 시인이나 작가들이 생산하는 작품은 그 나름의 개성과 표정을 가진 살아있는 얼굴들임을 알아야 한다.

　2. 죽음은 참담한 슬픔일 것이다. 그것도 자식의 타계를 앞서 겪어야

하는 어버이의 심정을 헤아리기는 그 당사자가 아니라면 필설로 형언할 수는 없을 것이다. 정지용의 「유리창」이나 허난설헌의 「곡자」 같은 작품은 자식을 보내는 비참한 심정이 가슴을 적신다. 황금찬의 「목련꽃」 은 참렬(慘烈)이 묻어있는 시이다.

> 집 앞에/목련 두 그루가 서 있다./키가 좀 크고 가지가 적은 나무는/백목련//키가 좀 작고/가지가 많은 나무는 자목련이다.//해마다/목련 철이 되면/도제가 와서/목련꽃 시를 쓴다면서/반나절씩/꽃나무 밑에 섰다가 가곤했다.//금년에는/꽃이 다 지고 말아도/시인의 모습은 보이지 않았다.//울고 있었다./내가 아니고/꽃나무들이다./눈물도 울음소리도 없이 우는/목련꽃 나무//시인이 간 그 나라에도/목련꽃이 피어 있겠지//내게 그 소식/전해 달라./시인아.
>
> — 황금찬, 「목련꽃」

시인 황도제─자식의 죽음이 주는 통증을 감추고 있다. 이는 절제의 미학이 되겠지만, 이를 감내하기 위해 안으로 흐르는 눈물의 추억이 보인다. 이미 가슴에는 흘러넘치는 아픔과 슬픔이 노시인의 마음을 의탁하는 목련꽃의 '눈물도 울음소리도 없이' 시나브로 떨어지는 꽃잎의 날림 앞에 처절한 정경이 감추어졌다. 마치 '浪吟黃臺詞/血泣悲吞聲'(하염없이 슬픔의 노래 부르며, 피눈물 나오는 슬픈 울음 삼키고 있네) 허초희 「哭子」처럼 울음을 삼키고 꽃나무에 의탁하는 마음─시적(詩的) 위의(威儀)를 위한 감정의 절제에서 시의 미적 승화를 위한 지적 내공이 가득 담겨있다. 떠나간 시인은 소식을 보내는 방법이 없을지라도 사랑으로 지켜본 자식에 대한 연민은 '내게 그 소식/전해 달라./시인아'의 절규에는 허공에 쓸쓸한 메아리가 되어 다시 가슴으로 파고드는 피울음인 것을 어찌 위로할 수 있겠는가?

인간의 호기심은 항상 미지의 공간을 위해 모험이라는 방법을 앞세운다. 그러나 그 대답은 쓸쓸한 비유 앞에 홀로 서게 된다. 시는 이런 이치를 적당한 비유로 에둘러 스스로를 말하는 독백의 길에 나설 때, 시의 깊이는 함축된다. 인간이 새가 되거나 꽃이 되거나 결국 인간의 모습을 형상화하는 방법일 뿐이다. 왜냐하면 시는 앰비규어티라는 특징을 내장하기 때문이다.

> 새들/푸른 하늘 그리워/무작정 날아갔다가/다다를 수 없는 하늘이기에/되돌아왔다/발 디딜 데 없는 하늘이기에/되돌아왔다/그 하늘 무한하여/되돌아왔다/되돌아와서/날개 지치어/나뭇가지에 앉아/두리번거리는 새들.
>
> — 금동식, 「새들」

인간은 길을 만들어 떠나고 다시 되돌아오는 일로 일생을 가늠한다. 그러나 설사 멀리 떠난다 해도 결국 제자리로 돌아오는 여정에서 나그네라는 운명을 감내하는 것이 고작이다. '새'를 인간으로 환치(換置)하면 무한으로 길을 떠났다 결국 '날개 지치어'를 확인하면 고작 '나뭇가지에 앉아' 두리번거리는 일—이런 모습을 허무라 할 수도 있고, 도로(徒勞)라 말할 수도 있지만, 지친 상태 앞에 무기력해지는 자화상의 발견일 것이다. 그렇더라도 길을 떠나는 연습이지만 제자리로 돌아와 자기 앞에 설 때, 비로소 삶의 깊이는 성숙의 모습으로 남게 된다. 그러나 오늘도 새들은 하늘로 비상(飛翔)하는 꿈을 가질 때, 새의 운명은 아름다울 수 있을 뿐만 아니라 삶의 모습 또한 저마다의 자리를 소유한 빛나는 존재가 될 것이라는 함축이다.*

시, 시, 시

1. 우리나라 지식인이 대학을 졸업할 때까지 교과서에서 읽은 시에 대한 선생님의 강의를 들었다면, 시를 생각하는 반응은 두 가지쯤으로 나타날 것이다. 인생의 깊이를 명찰하고 삶의 에너지를 공급해주는 미적 대상으로 받아들이는 사람이 있는가하면, 시가 무슨 괴물의 언어쯤으로 여기면서 시를 전혀 모른다는 반응을 자랑하는 사람―의외에도 후자의 반응이 다수를 점하고 있다. 미국 대통령인 버락 오바마는 대학시절에 문학잡지에 두 편의 시를 발표했고, 대통령으로 당선된 후 정권 인수시절 1992년 노벨상을 받은 데릭 월코트(Walcott)의 500 페이지짜리 시집을 읽고 있었다는 사실은 차라리 놀랍다. 백악관에서는 이른바 '시의 잔치 (poetry jam)' 행사를 치르면서 "우리는 말의 힘(power of words)을 찬양하기위해 모였다. 말은 우리가 아름다움을 알고 그 고통을 이해하도록 돕는다"는 말을 했다. 아울러 "시를 읽지 않고 대학을 졸업해서는 안된다"는 말도 했다. 시를 아는 대통령의 모습에서 초라한 우리의 자화상을 발견하는 일 뿐만 아니라, 시가 곧 지혜의 동력으로 인식하는 일이 지성인의 요건에 해당되는 문제를 생각하게 한다. 물론 초대 대통인 이승만의 고목

가-(현대시의 출발을 여기서 잡아야 한다고 본다)가 있지만, 정치가들도 길거리에서 주먹 쥐고 선동하고 싸움하는 것이 아니라 생각하면서 행동하는 여유를 가질 때도 되었을 것이다. 먼 아프리카 시인 대통령이었던 생고르까지는 안되더라도 말이다.

시는 인생을 훈도하는 도덕 교과서는 아닐지라도 삶의 아름다움을 인식시키고 눈을 뜨게 하는 창구라는 사실은 명확하다. 때문에 젊은 날이나 노년을 막론하고 좋은 시를 읽어야할 명분이 있다. 왜냐하면 시는 정신의 다이아몬드-가치를 아는 사람만이 아름다움과 진실에 길을 빛나게 해주는 이름이기 때문이다. 시가 없어도 삶을 지탱할 수는 있지만 인간미가 없는 삭막한 사람을 면하지 못할 것이라는 대답은 자명한 일이다.

2. 한 편의 시를 대면하면 일정한 향기가 난다. 다시 말해서 시인의 체취가 들어있어 그 시인만의 독특한 정서를 대면하는 뜻이 된다. 물론 시인의 생장(生長)에 따른 환경의 요소에 따라 성장의 방법은 달라진다. 가령 잡초 속에서 위기를 느끼면서 자라는 나무는 훨씬 속도전을 펴면서 자라고, 잡초를 제거해주고 좋은 환경만을 제공하면 그 나무는 긴장을 느끼지 못하고 자란다. 시 창조의 길 또한 이런 이치에 다름이 없을 것이다. 이처럼 시인의 정서환경은 시의 체취를 나타내는 기준이 될 것이다.

> 문득 /저녁 호수의 그 윤슬이/그때 눈부시게 아름다웠던 것이 생각난다/이따금 멀리서 천둥소리가 들릴 뿐/아무 일 없이 가고 오는 나날/누구처럼 꿈에 나비가 되어/팔랑팔랑 날아보고 싶지만/가슴이 메말라서/쉬이 잠을 이루지 못한다/새로 들려오는 것 하나 없고/소슬한 바람이 끊임없이 불어도/있는 것이 모두 조용히/그것을 받아들이고 있다.
>
> — 宋永擇, 「소슬한 바람」

바람은 이동하는 것으로 존재를 알린다. 아마도 소슬함이란, 으스스하고 쓸쓸한 가을 바람이라는 의미로 한정할 때, 인생 노년의 시간표가 내포되었고, 아울러 삶의 깊이에서 달관의 시선이 보인다. 생에 대한 기진한 상태에서 나비의 꿈을 생각하지만 이미 쇠진한 상태인 것 같다. '잠을 이루지 못하고, 새로 들려오는 것 하나 없고'의 삭막한 상태에서 체념의 긴 터널이 보인다. 列子는 바람을 타고 다녔고, 길을 나서면 15일 만에 돌아올 수 있었던 근거(根據)는 바람의 순조로움을 터득하는 지혜에 있었다면 노년의 깊이는 꿈은 가져오는 근거를 상실했다는 데서 소슬한 바람에 휩싸인 모습이 차라리 처연(悽然)한 풍경화 같다.

시간은 문학에서 중요한 구분의 모티브를 제공한다. 그러나 애당초 우주에는 시간이란 개념은 존재하지 않는다. 오로지 인간만이 시간을 발명하여 쪼개고 접합하고, 혹은 축적하면서 시간의 매듭을 적절히 이용하는 문명을 만들어간다. 소설은 시간의 배열과 요리라면, 시는 시간을 인간 의식의 도구로 사용하는 점에서 차이가 있다. 인간을 말하는 도구일 때 회상이나 추측 혹은 상상의 재료가 된다.

> 부챗살로 뻗어나는 가시광선에/눈부셔 졸린 듯 감기우는 눈/목숨의 바다에서 새처럼 자유롭게/무한 공간을 비상하고 싶은/충동은 천근(千斤)처럼 무겁다//오늘도 뒤뚱거리며 운명처럼/분홍의 맨발로 물가나 맴도는 오리/언제부터 강의 흐름 같은 세월의 징표로/황홀한 일몰에 손톱이나 키우는/흔들리는 고독한 그림자가 되었나.
>
> — 엄창섭, 「세월과 물총새」에서

세월의 빠름을 물총새로 가정하고, 오리를 시인 자신으로 비유하면 우선 속도의 문제로 갈라진다. 빠른 세월의 의미인 물총새와 느린 오리의 비교에서는 허무가 내려앉는다. '천근처럼 무겁다'와 '뒤뚱거리는 운명'이 가져오는 세월의 표징에서 황혼이 채색되면 고독한 그림자를 이끌고 노년의 길을 답파(踏破)하고 있는 시인의 모습과 오버랩되는 풍경이기 때문이다. 그러나 우주의 시간은 빠름과 느림에 대한 의미는 없다. 오로지 모든 존재물이 시간 속에서 변하는 일이 본래의 모습일 뿐일지라도 인간은 이런 구분조차 애달픔으로 그림을 그리는 지혜의 존재이기 때문이다.

문학은 길을 운명으로 설정하면서 존재를 말한다. 그러나 그 길은 항상 나른하거나 지워지는 것이 아니라 새로운 길을 찾아가는 의지를 앞세울 때, 비로소 길은 신비를 앞세우는 상징의 옷을 입는다.

꽃송이 하나하나가/쥐똥나무 꽃잎 하나 하나가/고개 숙이고 생각했다/보송보송 숨쉬는 언덕으로/걸어가는 눈물을 왜 몰랐을까/길은 걸어도 걸어도/길인데 꽃잎은 길 위에 앉아/그대로 숨을 죽이는 것을.

— 차한수, 「머나먼 길」

모든 존재물에는 이동하는 존재와 정지하여 생을 유희하는 두 가지의 양상이 보인다. 꽃은 정지에서 생을 누리지만, 이름다운 자태와 향기로 스스로를 드러낸다면 꽃이 '걸어가는 눈물'에서는 이동의 아픔이 따라올 수밖에 없다. 꽃이 먼 길을 가는 꿈을 갖는다면 또 다른 숙업이 있겠지만 '길 위에 앉은 꽃'은 결국 '고개 숙이고 생각했다'의 상상으로 떠나는 길이기에 정지된 운명에 대한 자화상이 남는다. 정지는 이동을 꿈꾸고 이동은 다시 정지를 원하는 교차 상상—운명을 길에 대입하는 미지의 여행임을 느끼게 하는 시인의 뜻이 보인다.*

시—명품의 조건

1. 시의 명품나라 건설

시의 나라는 공화정의 형태를 취할 것이다. 왜냐하면 누구에게나 공평하게 무드를 나누어주고 즐길 수 있는 평등의 공간이며, 또, 공감의 공유를 절대로 강요하지 않는 점에서 자기 의무를 충실히 이행하는 특색이 있고, 누구나 참여하는 직접성에서 민주주의의 입구를 장악할 수 있을 것이다. 그러나 강요함이 없고 또 자발적인 점에서는 자칫 이완된 무드를 조성할 수도 있다. 때문에 시를 몰라도 살 수 있는 것처럼 시의 특성은 항상 자기로 돌아오는 길을 묻고 있지만 시를 사랑하는 조건에서만 살아나는 이름이 될 것이다. 때문에 시는 짓밟혀도 저항 없는 이름으로 존재한다. 확실히 시는 존재하는 것이지 무료(無聊)할 때 찾아가서 위로를 청하는 이름이 아니다. 물론 무료를 위로하는 경우도 없는 것이 아니다. 마치 이웃집을 몰라도 혹은 소통하지 않아도 살아가는 것과 같이 외면했을 때의 경우는 교양 없음이거나 침거로 인한 고독을 맞아들이는 결과이외는 없을 것이다. 시는 없어야 되겠다는 사람에게는 없는 존재로 또 있어야 한다는 사람에게는 품위와 고상한 향기를 전해준다. 마치 명품－시는 확실히 인간에게 명품의 소유냐 가짜냐의 구분만 있을 뿐－시는 그런 존재일 것이다. 시를 아는 것은 지혜를 수득(收得)하는 일이 될 것이고, 시를 외면하는 사람은 밥 먹고 사는 인간으로의 품위밖에 없을 것이다. 명품과 짝퉁의 구별은 내면에 있는 정신－거기에 있지 외관으로는 구분할 수 없기에 가짜는 역시 알맹이 없는 허무 같은 일이다. 시에도 명품이 있고 또 가짜가 있다면 분명 정신이 있고 시적 가치가 들어 있는 시는 분명 고귀한 이름으로 영생할 것이다.

2. 김연동 「절정」

시의 탄생은 엑스터시에서 나온다. 이를 달리 말하면 섹스의 무아경과 같은 순간에 시의 얼굴은 나타났다 금시 사라진다. 그렇다면 무아경의 초대는 어떻게 이루어질까? 아마도 무당이 작둣날 위에서 맨발로 춤을 추는 경지를 이를 수 있을 것이다. 여기엔 과학이 없고 오로지 통일된 정신만이 있는 곳－결코 이론으로 설명할 수 없는 이치 앞에 무당의 춤사위는 이루어지고 시의 창조도 이런 경지를 불러 모으는 정신의 고도한 경지라야 이룰 수 있을 것이다.

수컷을 등에 지고 갈퀴 같은 앞발을 꼬나들고
누구든 근접 말라 먹히고 싶지 않거들랑 눈 감고 입 다물어라
흔들 건들 나뭇가지 기어올라
물럿거라! 우주 한복판 천지합일의 몸을 푼다.
어쩌나. 이를 어쩌나 암놈의 아가리에 희열하듯 씹히고 있는,

파르르 꽁지 떨며 숨겨가는 수컷 보게.
기막힌 절정의 순간
파적(破寂)하듯 바람이 분다

―「절정―당랑(螳螂)」

　사랑의 순간―그런 정서가 최고조의 경지에 도달되었을 때, 설사 잡아먹힌다 해도 그 순간은 오로지 희열(喜悅)의 경지가 남아있을 것이고 제3의 어떤 대상도 없는 오로지 우주의 중앙에서 죽음조차 기쁜―그런 사랑은 당랑(螳螂)의 사랑에 특징이다. 미물의 사랑일지라도 경건과 엄숙이 자리하고 우주가 멈추는 엄숙성을 외면할 수는 없다. '기막힌 절정의 순간'에 바람의 흔적조차 적요(寂寥)를 감싸고 달아나지만, 이를 정관하는 시인의 마음에는 깊은 인상이 일렁인다. 사랑의 엑스터시에서 느끼는 감성의 깊이―이는 암수가 아니라 전범(典範)으로 증명하는 사랑의 깊이라는 상징에 이른다. 그런 사랑은 누구나 꿈꾸지만 겉치레 때문에 스스로를 속이는 일이 인간사의 모습일 것이다.

3. 신수아 「그림자」

　나를 찾는 여행은 결국 도로(徒勞)에 그칠지라도 인간은 자기를 찾아 길을 나서는 삶이 있을 뿐이다. 그러나 순간에도 결코 떨어지지 않는 그림자를 대동하고 있지만 이를 의식하는 경우는 드물다. 결국 생명이 있다는 것은 그림자를 이끌고 살아야 하는 별개의 숙명과 날마다 조우(遭遇)하는 일이다. 하나는 의식으로 느끼는 자아이고 또 다른 하나의 그림자는 의식이 지휘하고 움직임에 따라 생명을 얻는 점에서 차이가 있지만 둘은 분리되는 것이 아니라 하나 속에 숨겨진 자아라는 점에서 그림자는 곧 존재의 표정을 연출하는 모습이 된다.

천천히 걷다가
문득 그림자를
만났다
살며시 말을 걸어 본다
대답이 없는
그대
다시 따라온다.

―「그림자」

　신수아는 그림자를 존재로 파악하고 말을 걸고 동행의 개념으로 파악
하고 상대한다. 이는 '문득 그림자를/만났다'라는 순간적인 깨달음을 얻
은 순간에 자각의 문이 열리는 것이다. 그리고 대상으로 인식하지 않았
던 그림자와 인격적인 만남이 진행된다. 이는 '말을 걸어본다'라는 조심
스런 대화의 창구―음신(音信)이 없는 고요한 상태를 이끌면서 인격적인
'그대'라는 미지의 존재를 위해 동행의 걸음이 호기심을 낳게 된다. 이
호기심은 자신으로 돌아오는 목소리이지만 이를 또 다른 대상으로 인격
화할 때, 자신의 영역은 더욱 깊은 존재의 파장을 의식하게 된다. 결국
떼어버릴 수 없는 자기와의 숙명적인 관계를 알고 같은 길에 선 운명의
동반자로 살아가는 일에 체념의 발길이 있을 뿐이다.

4. 황영순
　「그대 곁으로 띄우는 편지.15―오월에」

　계절은 순환하는 점에서는 윤회(輪廻)의 바퀴를 돌리는 일이다. 다시
반복의 물살을 타고 봄과 여름 그리고 가을, 겨울이 반복되지만 이를 같
은 의미로 해석할 수없는 변화 속에 살고 있는 인간의 모습이다. 왜냐하

면 지난봄의 의미가 올해와 같은 체험으로 지낼 수는 없기 때문이다. 결국 시인은 봄이라는 개념의 동질성 속에서 전혀 다른 경험의 축적을 쌓으면서 살아가는 존재일 뿐이다. 그러나 봄이 오면 홍취 그리고 여름엔 개화를 노래하는 공통점이 있기 마련이다.

> 바라보면 가슴이 두근거리는
> 작은 한 송이 꽃
> 눈뜨며 일어서는
> 부활 같은 봄꽃들 보아요
> 사랑, 그 하나의 신비로움
> 빨갛게 타고 있는 장미를 보아요
> 이 은총 은혜 햇살로
> 스며들어요, 솟구쳐 와요
> 열 송아리 스무 송아리로 하늘을 향해
> 칭 칭 칭 피어나는 그리움
> 또 이 사무침
> 울 밖을 한없이 서성대는
> 나를 보아요
>
> 사랑, 오월에 시작하여
> 가슴 가득 떨고 있는
> 기쁨과 행복을 보아요
> 입술은 타고 온몸이 부끄러운
> 기쁜 속엣 말

—「그대 곁으로 띄우는 편지.15」

봄에 찬란한 개화의 꽃들과 그 꽃의 모습에 사랑과 그리움의 사연이 엉켜있는 정서인 듯하다. 장미가 피는 것과 같이 그리움의 모습도 아름다움으로 포장되는 절차를 눈여기게 되기 때문이다. 이는 '그대'라는 미지의 대상에 대한 동경과 사랑의 감정이 고조되는 아름다움의 극치를 맛보는 정점(頂點)의식이 시인의 마음을 꽃으로 대신하고 있다.

　시인은 사물에 자신을 의탁하는 방법엔 여러 기교가 있지만 황영순의 경우는 장미와 그리움의 대칭을 직설적인 방법으로 대신한다. 아울러 꽃 하나에 그리움의 고조가 서성대는 초조로 환치(換置)되면서 스미듯 다가오는 '기쁨과 행복'을 느끼는 이미지로 시심을 교체하고 있다. 결국 연작시의 의도는 그대 곁으로 가는 길에서 다양한 사물과의 교섭을 통해 시인의 의도를 순수와 아름다움으로 비유의 성(城)을 축조(築造)하는 시가 된다는 특징을 소유하고 있다.*

시의 질서 찾기

1. 시의 자리는 어디에 있는가

무엇 때문에 시를 제작하고 또 읽는가라는 원초적인 질문 앞에 시인들은 정답을 마련하지 못할 것이다. 왜냐하면 그만큼 시를 찾아가는 길에는 많은 방법이 놓여 있고, 또 시가 갖는 광범위한 영역—방향을 제대로 소화하지 못한 결과로 혼동을 가져올 수도 있고, 존재의 위치를 감지하지 못하는 우려 속에 빠지는 맹목(盲目)의 발길을 가질 수도 있기 때문이다. 우선 시의 그릇엔 한눈으로 파악할 수 없을 정도로 넓은 공간의 문제 앞에 직면한다. 다시 말해서 지나치게 넓은 곳에서는 방향감각을 상실하고 당황할 수 있기 때문에 지각 능력의 회복은 지극히 한계적일 것이다. 마치 내비게이션을 따라가는 운전자의 모습은 어찌 보면 타인의 음성에 의존하면서 목적지를 향하는 것과 다름이 없을 것이다.

시 쓰기는 결코 과학적인 방법에 의존하는 것이기보다는 오히려 자기 암시 혹은 자각에 의한 영감의 획득—오히려 영매(靈媒)적 의존이 더욱 친근할지도 모른다. 요약하면 자기에서 자기로 돌아가는 방법의 모색에서 광활한 우주의 길조차 내 것이 되는 방법—시는 그런 자리에서 나타나는 신기루 찾기의 일이 된다.

2. 진헌성의 「하나의 기연」

시적 표현은 과학이 아닌 과학이 들어있다. 정치(精緻)한 논리 이전의 논리가 숨어있고 자유로운 사고의 기저(基底)를 통해 사유의 깊이를 철학으로 포장할 수도 있다. 때문에 과학이나 철학조차 은유로 포장하여 전달의 임무를 수행한다.

데이비드 봄은 감각이나 사고에 의해서 파악할 수 있는 세계를 '나타난 질서(explicate order)', 그 배후에 있으면서 분단도 경계도 없이 유동적인 관계를 이루는 전체를 '내장된 질서(implicate order)'라 부르고, 후자로부터 의식과 물질이 전개해온다고 생각한다. 시는 나타난 질서이기보다는 오히려 내장된 질서를 만나는 일이 될 것이다. 거기엔 미로와 같은 길을 수 없이 만나야 하는 부담이 다가오기 때문에 시의 숲은 때로 어둠에 감춰진 존재일 것이다. 어떤 방법으로 꺼내고 어떻게 표현하는가는 전적으로 시인만의 개성이 해결하는 몫이다.

반 고흐가 살아 그림 한 점
팔아본 신기함

금세기 굴지의 과학자 스티븐 와인버그의
경입자에 대한 논문이 이태 뒤에서야 인용되던 희한함.

1분당 /1㎠/1.99㎈의 태양 에너지의
지구프라임에 간신히 다달은 식은땀의 이 지구 홀로

나 하나의 이 인연!
영원의 끝에 어디 뉘 하나 더 있다던?

어금니는 하나 남아 유복하고
벗도 하나 남은 노년은 천금(天衾)이다.

— 진헌성, 「하나의 기연—당아 어둑 새벽」

　진헌성의 시는 과학의 숲에 들어있기 때문에 신의 얼굴이 보이지 않는다. 그러나 어둠을 부재(不在)라는 맹목(盲目)의 해석에서는 그렇게 보일 수 있다. 과학은 철학에 궁극의 도달점일 때 대화의 문이 열리고 모든 연결 고리를 갖게 된다. 그러나 나타난 질서를 믿는 것은 우둔한 사고의 결과이기에 오히려 내장된 질서를 발굴하는 것이 시의 임무이고 해석의 본질이다. 현대물리학에서는 궁극적인 입자는 존재하지 않으며, 한 개의 입자에 다른 모든 입자의 운동이 투영된다고 생각하는 입장—따라서 부분은 전체와 연결되어 있으며 "부분은 전체이고 전체가 부분"이라는 입장은 구두끈 이론(bootstrap theory)이나 홀로그래피와 연결되지만 우주를 상호의존적으로 생각하는 입장은 동양의 사상—불교나 도교 혹은 어둠에서 에너지를 발견하는 '기(氣) 이론'과 접맥된다. 고흐의 그림 한 점 (나타난 질서)은 고흐의 모든 작품(내장(內藏)된 질서)과 연결되기 때문에 가치를 말하는 '하나'의 결과가 되고 '나 하나'의 존재는 우주의 모든 것과 상관을 갖기 때문에 나의 존재는 우주의 중심에 이를 수 있다. 숫자 1은 모든 숫자에 상호 연결이 될 때, 비로소 1이 가치로 승화하는 이치— 진헌성의 시는 지금 3차원의 세계를 넘어—4차원의 공간을 배회하는 말 찾기에 땀을 흘리고 있다. 이른바 무질서에서 질서를 찾는 과학은 때로 고독이 엄습하는 — 진헌성 시의 고독은 지금 진지함에 빠져 있다.

3. 박지연 「광화문의 밤」

시의 그릇은 한계를 갖지 않기 때문에 영원한 자유의 덕목이 따라온다. 정치, 경제, 문화의 모든 영역뿐만 아니라 우주의 소리 까지도 감득(感得)하는 영감의 산물 앞에 시인은 예민한 촉수를 갖고 안테나를 높인다. 시인이 살고 있는 사회의 합리와 불합리조차도 시의 소재로 작용할 때, 시는 살아있는 현실의 체온을 유지하는 임무가 주어진다. 2008년 이명박 정권의 등장은 과거의 왼쪽 이념의 입맛을 부추긴 정권과 다르다는 이유로 이념의 스펙트럼이 촛불이라는 미명(美名)으로 혼란을 부추긴 나날이었다. 다시 말해서 미국 산 쇠고기라는 꼬리를 잡고 춤추는 광대들의 소리가 어지러웠다.

　　뒷골목 낡은 건물에는
　　맛 집 술집이 즐비하다
　　미국산 쇠고기 수입 반대
　　촛불 시위 마당에 광화문

　　청와대 진격에 대치
　　전경버스 골목을 메우고
　　허기진 자도 술 한 잔 생각난 자
　　발길 막고 있다

　　개점휴업 애태우는 주인들
　　시위는 무심한 서민
　　적막한 광화문의 밤은

점주들의 한 숨 소리만

— 박지연, 「광화문의 밤」

　사물에는 모순의 양면이 있기 마련이다. 이를 조화하는 것은 정치의 요체일 것이다. 이른바 광우병이 무서운 것이 아니라 기득권의 잃음이 두려워서 광우병이라는 옷을 빌려 입고―빈자일등(貧者一燈)의 임무인 촛불을 들고 본질의 소리를 위장한 행위의 연속―이른바 낙선한 야당의 대통령 후보조차 미국에서 쇠고기를 먹고 공부하는 아이러니를 설명하는 질타의 목청이 없는 사람들의 행위는 당위성이 없다. 오히려 그들의 촛불이 광화문 일대의 가난한 사람들의 슬픔을 가리는 '점주들의 한 숨 소리'를 가중하는 모순 앞에 이념의 촛불은 시인의 한숨 소리를 불러오고 있다. 맹목의 이념은 촛불의 빛까지도 잡아먹은 무서운 경험이 된다는 교훈을 얻게 된다.

4. 김혜원 「반전에 대한 생각」

　시는 역설의 언어일 것이다. C. Brooks는 『잘 빚은 항아리』에서 시골 사람들의 언어는 꾸밈이 없는 언어를 꾸밈있게 표현한 언어―"시의 언어는 역설의 언어다"라 했다. 진술 자체에 모순이 생기는 표현의 기교이다. 사월이 가장 위대하다는 뜻을 '4월은 가장 잔인한 달'이라는 엘리어트의 언어기교는 곧 시를 강조하는 역설 기법의 신선함이었다.

　　추락이 겁나는 건
　　아래서 기다리는 초록의 융단이다
　　그 안에 숨어 있는
　　알지 못할 것들의 보호색이다

쓰러짐의 반전이 꼭 일어남이 아니듯
추락하는 것의 소망도
상승이 아니다
누군가 뽑아 낸 신경 줄의 살아남이다

— 김혜원, 「반전에 대한 생각—목장일기」에서

실패하는 일은 성공의 지름길이다. 목장을 운영하면서 실패의 두려움을 갖고 있다면 이미 실패의 나락(奈落)이 기다릴 뿐이라면, 어린이의 걸음은 수많은 실패의 결과—두 다리로 설 수 있고 또 달려 나가는 진전의 예—넘어질 줄 모른다는 것은 불구자이기 때문이다. 그러나 이 평범한 진리의 경우조차 두려움의 대상인 것은 실패는 쓴맛을 주고, 그 쓰디쓴 체험의 극복에서 인생의 묘미를 발견하는 진리가 있다는 시화(詩化)의 교훈을 얻을 수 있음이다.

5. 정금열 「지팡이」

나는 단독자의 내가 아니라 우리가 될 때, 나의 가치는 승화될 뿐만 아니라 조화로운 세상을 만들 수 있다. 나는 곧 우리에 내포된 나로서의 가치를 발견하는 것은 사회생활—혹은 존재의 의미로 승화한다.

산길, 비탈길도
언덕처럼 받쳐주며

혹시나 넘어질까
내 중심에 심지 꽂아

언제나

나를 지키는
가족보다 나은 친구

                                        - 정금열, 「지팡이」

　　단시조에 의인화의 비유법을 차용하여 내가 설 수 있는 존재의 근거
를 유추한다. 다시 말해서 나는 타인에 의해 비로소 설 수 있는 가치로의
개념이 된다. 모든 사물은 유기적인 관계 속에서 비로소 사물이 되는
철학을 수용할 때, 시의 높이로 지향한다. 나를 지탱하고 나를 유지하는
것은 가족일 수도 있지만 때로는 나무 지팡이가 더욱 요긴할 수 있을 때,
세상을 바라보는 눈은 따스해야 하고 넓이로 시선을 돌려보는 투시의
눈 ─ 시인은 그런 마음의 눈을 가져야 한다는 묵언이다.*

시의 탄생을 위한 성찰

1. 시를 찾아가는 길

좋은 시를 쓰고 싶은 소망은 시인 누구나의 소망일 것이다. 그러나 '좋은'이라는 애매모호한 말에 명료한 답안을 제시할 수 있는 사람은 없을 것이다. 한 편의 시는 아침에 읽을 때의 느낌과 밤에 느끼는 시의 인상은 각기 다르기 때문이다. 다시 말해서 시는 일종의 분위기에 끌리는 특징을 예외로 할 수 없다는 암시이기도하다. 마치 좋은 사람이라는 말과 좋은 시라는 말의 유사성은 서로 밀접한 동질성에 이르게 된다. 그러나 많은 인생의 경험을 축적한 사람은 단박에 좋은 사람과 그른 사람의 구분을 해낼 수 있다. 이는 체험의 축적에서 오는 다양한 대비책과 노하우에서 얻어진 판단-지혜일 수 있기 때문이다. 때문에 좋은 시와 격이 낮은 시를 판별하는 감식안은 다소 어긋난다 하더라도 어림잡는 신뢰도를 확보할 수 있을 것이다.

좋은 시를 쓰고 싶은 마음은 어느 시인이나 같을 것이다. 그러나 좋은 시의 출현은 갈증으로 점철되고 항상 기다림의 언덕이 높아지는 경험을 가졌을 것이다. 우선 그릇이 있어야 한다는 것—일종의 품성에서 용량이 결정되는 점이다. 다시 말해서 '좋은'의 바탕이 있어야 할 것이다. 아울러 많은 체험과 상상의 훈련이 가미된다면 감동을 줄 수 있는 기회를 쉽게 포착할 수 있을 것이다. 상상력의 훈련—천성의 요소도 있지만 집중된 상상력의 훈련을 거친다면 아마도 시에 대한 표정은 달라질 수 있을 것이다. 문제는 집중된 의식에 따라 시의 수준은 달라질 수 있기 때문에 땀과 노력이 배가되는 조건에 따라 시의 표정은 호오(好惡)의 분기를 맞을 수 있게 된다.

시 쓰기는 찾아가는 훈련이라는 결론이다. 결코 기다림으로는 해결할 수없는 조건에서 시는 남다른 여정을 갖추게 될 것이다.

2. 주봉구「빈집」

들어있는 것은 비우게 되고 다시 채우는 반복은 사람이 살아가는 일의 모두일 것이다. 비움과 채움은 우주의 원리이고 이런 이치는 살아가는 현상에서도 예외가 아니다. 한때는 흥성거렸던 생활도 건조한 바람이 지나가는 공간으로 변하는 일이 있는가 하면 음지의 냉랭함이 햇살 밝은 양지로 변하는 일—인간사에 흔한 예일 것이다. 문제는 중심을 가지고 어떻게 대처하고 살아가는가의 문제는 답이 될 수도 있을 것이다. 즉 삶은 다만 변화하는 풍경일 뿐이라는 사실이다.

　　바람처럼 머물다 갑니다
　　잡초들이 모여서 구수회의를 엽니다

졸지에 부모를 잃은 성철이의 혼불이 날아갑니다.
융자금에 짓눌린 변선이가 떠나가고
농약중독에다 의처증까지 겹쳐 반편이가 다 된
판진이네 집이 날아갑니다.
평생을 업으로 삼겠다던
'농자천하지대본'도
절뚝거리던 토종개마저 떠났습니다
밤마다 깊은 밤마다
귀를 막아도 들리는 풍문
벌판엔 도깨비불 하나 보이지 않습니다

- 「빈집」

  한때 인간의 체취와 소리로 가득했던 농갓집-모두 떠나고 바람이 왕래하는 쓸쓸함과 삭막이 자리한다. 부모를 잃어서 떠나고, 융자금에 짓눌려 도시로 떠나고, 농자의 임무를 버리고도 떠나고, 이런저런 이유 때문에 떠나는-마을을 지키던 개마저 떠나고-바람만이 아우성치는 빈집의 처참한 모습이 비극적인 인간의 모습과 오버랩 된다. 도깨비도 인간의 터전에서 사는 이름이지만, 농촌은 이미 도깨비의 전설조차 사라진 허망이 고개를 젓는다. 반면에 도시의 불빛이 도깨비의 잔치로 화려의 극치를 다한다. 마치 농촌의 도깨비와 도시의 도깨비가 연합 전선을 형성하면서 해괴한 놀이를 연출하는 공간으로 변했다. 여기서 순수를 잃었고 질서를 잃었고 오로지 악머구리와 난장판이 질펀하게 연출되는 속에서 인간의 심성은 삭막과 공허 그리고 절망이 더불어 횡행하게 되는 농촌의 실정에 대한 전개도(展開圖)가 된다.

3. 신진 「미련」

시는 의식의 풍경을 만드는 일이다. 다시 말해서 언어로 직조(織造)하여 일정한 풍경화를 만들어 이를 장식용으로나 아니면 마음의 거울로 사용하는 점에서 신념의 좌표가 될 수도 있고 필요를 꺼내 사용하는 사치품의 목록이 될 수도 있다. 전자에서는 절대의 위력을 발휘하고 후자에서는 장식용의 품목이 되는 분기를 갖는다. 왜냐하면 시는 선택적인 이름이기 때문이다.

> 나그네 없어도
> 길은 저물고
> 흐르는 여울
> 소리 없이
> 산 하나 지우고 가네.
> 자취 다 지운들
> 남지 않으랴, 사연.
> 돌에서 떠나가는
> 여울물처럼.

― 「미련」

「미련」은 정밀(靜謐)의 풍경화를 연상한다. 자연은 간섭 없이도 오고 가고 변하고 생성하는 절차를 수행한다. 해는 아침에 뜨고 저녁이면 황혼으로의 전환이 어김없이 다가온다. 이런 사고는 서양적인 의식이 아니라 동양적인 사고를 의미한다. 동양의 문화―불교문화는 간섭이 없고 서양은 이와는 반대다. 정적(靜的)인 풍경 속에 시인은 관조자의 위치에서 자연의 변화에 따라가는 순응의 모습이 보인다. 어둠에서 산이나 길이 자연스레 지워지지만 다시 살아오는 기다림이 있어 순리의 흐름에 맡기는 이법(理法)이 들어있다. 이런 이치는 보이는 현상에서만이 아니라 돌에서도 같은 원리가 적용될 때, 자연은 분리되는 것이 아니라 하나로 통합된 원리―일이관지(一以貫之)라는 말로 설명된다.

4. 정연덕 「화사목의 눈」

사물을 관찰하면 항상 두 개의 의미를 내장하다. 움직임이 있으면 정지의 모습이 있고 오는 것이 있으면 가는 것이 있음을 발견하는―이런 반복에서 세월이 자라고 밤과 낮은 서로 떼어지는 것이 아니라 하나로 연결된 운명으로 처리하게 된다. 죽은 나무조차 삶의 이치가 내장되었고 이를 알아차리는 것은 개인적인 감수성에서 처리될 문제이다.

> 숲의 바람을 태우며
> 생기된 얼굴에 박혀
> 찢기고 닳아진 모습으로
> 나풀나풀 춤추며 나선다
>
> 산 쪽이나 강 길에
> 때로는 추락하는 과녁
> 어떤 곳에서도 울컥울컥
> 검붉은 가슴을 열고 있다.
>
> 떠나는 자들을 위해
> 이별의 노래를 뿌리며
> 남은 자의 등줄기에
> 수많은 못으로 박힌다.

― 「화사목(火死木)의 눈」

1연에 춤, 2연에 가슴이 동적(動的)인 활동성을 뜻하고 3연에 정지(靜止)의 나무를 대립시킨다. 즉 동적인 것과 정적인 대립에서 교훈적인 삶을 도출한다. 이는 시인의 통찰의 눈에서 포착한 시화(詩化)의 재료─불에 탄 나무에서 물활적인 의미를 발견하는 시인의 안목이 남다른 느낌을 준다. 비록 검은 모습의 나무일지라도 거기서 철학의 생성을 발견하는 일은 무심으로 지나치는 사람의 판단과는 다른 삶의 이치를 발견할 수 있음─'남은 자의 등줄기/수많은 못으로 박힌다'의 아픔을 받아들이는 시심이 관통하기 때문이다.

5. 정성수 「지구를 굴리는 자」

정통이란 말은 때로 일정한 질서에 예속된 의미를 암시한다. 그러나 이방성에서는 미친 혹은 예외자의 고독이 따라온다. 그러나 예외자의 고독은 질서에서 벗어나는 것이 아니라 오히려 질서를 지키는 또 다른 방법이기 때문에 역사를 새롭게 쓰는 자의 헌사(獻辭)를 들을 수 있을 것이다. 왜냐하면 '미친'은 질서를 벗어난 현실적인 용어이기 때문이다.

> 지구를 굴리는 건 언제나
> 미친 자들이지
>
> 가장 고독한
> 지상의 외계인들.
>
> ─「지구를 굴리는 자」

정성수의 시는 돌발적인 저돌성을 갖는다. 이는 일상의 사고가 질서에 편승하는 것이 아니라 저만의 길을 가려는 고독이 함께 하게 된다. 여기서 고독은 선택적인 의미이기 때문에 현실성과는 거리가 있다. '지구를 굴리는 자'는 '미친 자들이지'와 '외계인'의 결합에서 지구를 이끌고 가는 사람이 곧 '굴리는'과 결합한다. 즉 외계인이나 미친 자와 동등한 의미를 갖고 지구를 새롭게 변화시키는 자들이 된다는 점에서 선지자들의 모습과 연결된다. 결국 이들은 고독한 선택의 길에서 인류를 위한 창조자의 역할을 통찰한 정성수의 고독은 바람이 숭숭한 벌판에 있는 것 같은 외침으로 들린다.*

시와 숙명

1. 창조 그리고 숙업

시를 쓰는 시인은 숙명의 업을 짊어지고 살아가는 사람일 것이다. 다시 말해서 시를 받아들이는 일은 마치 무당이 내림굿을 받아야 하듯, 결정된 운명 앞에 순종해야 할 길일지 모른다. 시의 신은 그렇듯 무속의 길과 유사한 점이 느껴진다. 엑스터시의 정점에서 무아경의 경지를 맞아들일 때 시의 얼굴은 잠시 현현(顯現)하는 순간에 포착해야할 대상─창조의 결과물과 만나게 된다. 그러나 시인은 결과물에 책임을 갖지는 않는다. 다만 창조의 순간과 그 여정을 설명한다는 일은 불가능─우주의 창조를 밝혀내지 못하는 것과 같은 이치일 것이다. 그런 미지의 대상 앞에 떠나지 못하는 갈망과 기원의 뜻이 응축되어 어느 순간에 만나는 희망의 메시지에 때로는 찬탄하고 때로는 경악하면서 되풀이되는 시와의 대면을 고대한다. 언제 올지도 모르는 사람을 기다리듯이…….

모든 시인은 창조주라는 말에 책임을 져야 한다. 이는 가장 독특한 이름으로 탄생되는 이름 앞에 경견해야 한다. 자신의 온 정신을 투척하거나 아니면 신명을 걸고 시를 불러오는 열정 앞에 서야 할 시인의 이름이어야 한다는 뜻이다. 그러나 시와 시인의 관계가 방관자이거나 멀건히 바라보는 객관의 거리가 있어서는 안 된다. 이를 멸각(滅却)이라고 현상학에서 말하는 그 같은 소멸(消滅)된 거리에 있어야 한다. 시와 시인의 관계는 어둠—깊은 어둠에서도 알아보는 환한 이름의 관계—열려진 마음의 관계라야 한다.

2. 강만의 「퍽 오래」

시인의 눈은 단순히 사물을 바라보는 존재 찾기의 게임이 아니다. 마음의 눈으로 대상을 만나기 때문에 사물의 이면에서 만나는 대화를 나눌 줄 아는 사람일 것이다. 무생물에 생명을 불어넣고 품격의 옷을 입히는 존재—의인(擬人)의 기교가 남다른 시와 만난다.

> 제법 멋진 숲을 머리에 이고/휘파람새 소리도 날리며/들녘으로 내려오던 산이/우뚝 걸음을 멈춰 섰다/발 아래로 어린 강이 아장아장/지나가고 있기 때문이었다//어린 강이 다 지나가기를 기다리며/산을 퍽 오래도 서 있다.
>
> — 강만, 「퍽 오래」

매우 단순한 풍경을 유장하고, 유늬하게 표현하고 있다. 산이 있고—결코 높은 산은 아닌—아래로 강이 천천히 흐르는 풍경이 다가온다. 물론 산 아래 작은 집들이 옹기종기 모여 있고, 강물은 바쁠 것이 없는 모양으로 흐르는 정경(情景)에서 친근함이 연기처럼 솟아오른다. '아장아장'의 의태어의 등장은 시의 맛에 귀여움을 실었고, '어린 강이 다 지나가기를' 기다리는 산의 의젓함이 매우 인상적인 표현미를 발굴했다.

3. 문인호 「인생」

　인생이라는 말은 매우 광범위하다. 더불어 인생을 정의하는 일 또한 다양하게 전개된다. 그만큼 인생에서는 복잡한 길이 들어있음을 의미한다. 마치 선택의 폭이 넓은 대상 앞에 의견을 제시하는―언어의 다양성으로 나타내는 것 같은 이치가 될 것이기 때문이다. 누구나 인생에 대해서는 많은 말을 하지만 정작 해답이 없는 길을 방황하는 것 같은 이름이 인생일 것이다.

　　가로도 긋고/세로도 긋다보면/온갖 도형 새겨지듯/인생살이/슬픈 일도
　　당해보고/기쁜 일도 겪다보면/옹이 박힌 삶이라도/들꽃 같은 의미들이/가
　　을 햇살 내려앉은 /바람 가는 길목에/홍엽처럼 무늬 든 고운 그림 되겠지

　　　　　　　　　　　　　　　　　　　　　　　　― 문인호, 「인생」

　인생의 비유―마치 날줄과 씨줄이 엮어져 피륙이 되듯 가로와 세로의 교직(交織)은 인생의 의미를 창안하는 길에 도달한다. 그러나 애당초 인생의 그림을 미리 정하고 살아가는 것은 아니다. 다만 열심히 살다보면 고운 문양(紋樣)으로의 피륙이 되어 아름다움으로 바라보는 풍경이 될 것이다. 때로는 고달픈 삶의 옹이도 있을 것이고 더러는 가을 햇살을 받은 만산홍엽의 풍경도 연출 될 것이라는 시인의 생각은 '고운 그림'을 그리고 싶은 순수와 만나는 일이 된다.

4. 이현숙 「모양성.2」

시는 마음의 거울을 보여주는 일이다. 다시 말해서 마음에 들어있는 생각을 그림으로 나타내면서 시인의 의도를 설명하는 길이 될 것이다. 그러나 그 설명은 이미지라는 절차를 통해서 보여주는(Showing) 일에 한정할 때, 시적 아름다움을 만나는 길이 열린다. 겨울의 조용한 성(城)이 다가온다.

> 적막한/옛 성곽 위에//눈은 내려/자꾸만 내리어//명주필/사르르 풀려간 길//아무도 가지 않는 길 위에//발자국/마음자국
>
> — 이현숙, 「모양성.2」

여성의 섬세한 정서가 들어있다. 흰 눈이 세상을 덮고—명주필이 사르르 깔린 연상은 매우 부드럽고 아늑한 감수성으로 다가든다. '아무도 가지 않는 길'은 오래 간직하고 싶은 소망의 뜻이 될 뿐만 아니라 고운 심성을 내장하고 있음을 의미한다. 그러면서 시인만이 하얀 명주필 위에 발자국을 새기고 싶은 소망—마음속에 지니고 싶은 의도가 한층 빛난다.

5. 임문자 「남광주 시장」

시조는 전통의 리듬을 표현하는 정형의 틀이 독특하다. 이른바 3음 중심의 틀은 우리의 고유한 정서—자연의 리듬과 인간의 리듬이 조응(照應)하는 점에서 우주의 원리와 상통하고 있다. 때문에 시조는 오래 전부터 알고 지내온 것처럼 친근하고 다감한 정서가 들어있게 된다.

새벽 찬 바람결에/밀물지는/갯 내음//청태들/파도처와/눈대중 계산을 하고//해무에/젖은 풀잎에/썰물 지는/갯벌 강

　　　　　　　　　　　　　　　　　　　　　－ 임문자, 「남광주 시장」

　시장은 악머구리로 아우성치는 공간이다. 새벽 밀물지는 바다 그리고 갯내음의 인간 체취를 표현미로 비유적인 정서를 내장한다. '청태들'의 군상(群像) 이미지와 계산의 모습 그리고 금시 썰물처럼 조용한 풍경의 장바닥을 대비한 시인의 의도는 매우 깔끔하다. 장 바닥의 소용돌이를 앞에 내세우기보다는 오히려 철저하게 감추면서 바다의 이미지만을 비유로 처리한 표현이 매우 감각적이고 인상적인 느낌을 준다.*

갈증의 정신과 태도

1. 갈증은 살아있는 자의 신체 증상이라는 점에서 생명현상이 작용함을 의미한다. 아울러 갈증이 따라오면 이를 해소하는 일이 우선되어야 하고 이로부터 모든 의도의 길은 열리게 된다. 길은 곧 삶을 이끌어가는 존재의 형태가 시작하기 때문에 판단이 앞서야하고 이를 위해 지혜가 발동될 때 그 나름의 특성이 드러난다.

한국시 100여 년을 넘어 오늘의 표정은 어떨까? 어쩌다 시인이 된 최남선의 「해에게서 소년에게」 이후 얼마나 진척을 보였고 또 감동의 유산은 어떤 높이로 축적되어 있는가? 시류에 영합하는 문학의 일그러진 모습이 횡행했고, 이념이나 코드라는 바이러스에 감염된 정서가 개구리 떼가 노는 연못을 연출한 현상은 한국문학 발전의 저해요소가 되었다.

이명박 정권에서의 변화는 지금까지의 좌파 경도(傾倒)의 문학적인 양상에서 급변하고 있을 뿐만 아니라 시류에 영합한 모습에 의아해진다. 이른바 70년대 이후—아우성으로 민중문학을 이끌었던 백모 평론가는 최근(중앙일보, 09.3.23) 통일 지상주의의 사도직을 버리고 "우리의 목표는 한반도 평화, 통일은 수단일 뿐"이라는 모호한 변신을 꾀하면서

'중도'를 취하는 태도의 발언에서 경악을 느낄 수밖에 없다. 이전에는 전혀 들어보지 못했던 발언의 취지는 시대가 바뀌었다는 데서 제3의 지대로 자리를 옮기는 변명—자복(雌伏)기의 초라함을 읽게 된다. 핵무기, 로켓, 최악의 북한 인권에는 입을 다물었던 그들의 문학 냄새는 이제 좌표를 잃은 방황에서 몸 낮추기의 시대가 오늘의 현상이기 때문이다. 평화를 위해서는 핵무기 그리고 로켓과 문학의 영원한 갈증인 휴머니즘이 고갈된 북한을 위해 진정성의 문학이 갈증의 목록이 되어야 한다. 핵이나 칼이 평화의 대체물이 될 수는 없기 때문이다. 한국문학은 모순의 바이러스 속에서 아우성 그리고 떼로 노는 판을 지나왔다. 이제 문학의 판도가 이성을 회복하는 휴머니즘의 시대로 돌아가야 할 명분이 다가왔다는 뜻이다.

이하 『월간문학』 4월호에 소재한 시를 월평의 대상으로 한정한다.

2. 가족은 사회 단위의 최소이지만 이는 인간 가치의 모든 요소가 담겨있기 때문에 중요한 목록으로 처리한다. 인간의 의지처라는 개념으로 보면 울타리의 역할이면서 모성애적 진원을 내장하고 있다. 인간이 마지막으로 돌아가 꿈을 만드는 공간이 가족이고 가정이기 때문이다.

> 거치른 밤/매운 바람의 지문이/유리창에 가득하다/오늘도 세상의 알프스산에서/얼음꽃을 먹고/무너진 돌담길 고쳐 쌓으며/힘겨웠던 사람들/그러나 돌아갈 곳이 있다/비탈길에 작은 풀꽃이/줄지어 피어있다/멀리서/가까이서/돌아올 가족의 발자국 소리가/피아니시모로 울릴 때/집안에 감도는 훈기/기다리는 사람이 있다.
>
> — 김후란,「가족」

서술형 종결어미 '유리창에 가득하다', '돌아갈 곳이 있다', '줄지어 피어있다', '기다리는 사람이 있다'의 네 부분이 연결 고리를 가지면서 가족이라는 이미지를 구축한다. 마치 비유의 껍질을 모두 제거하고 '하다', '있다', '있다' 그리고 '사람이 있다'의 연결 의미가 매운바람의 시련과 힘겨운 노동의 여정을 마치고, 가족의 사랑이 담겨진 '훈기'의 따스함이 피아니시모의 선율에 실리워지면서, 기다리는 사람과의 조우가 평화로움을 잉태하는 암시를 함축한다. '바람의 지문'과 '무너진 돌담길'에서 만나는 시련의 이미지들이 풀꽃이 피어있는 아름다운 공간으로 귀향하는 발자국 소리는 평화로움을 피우고 가꾸는 가족의 의미가 향기로 상승하는 효과를 동반하고 있기 때문이다.

　허무는 살아가는 결과로 얻어진 의미가 될 때, 삶의 가치문제가 대두된다. 이는 인생이 무엇을 위한다거나 아니면 생의 궁극적인 요소에 대한 대답으로 삼는 어휘이기 때문이다. 공자의 '흘러가는 물도 저와 같구나'의 川上의 嘆이나 예수의 'Vanity of vanities; all is vanity'의 탄식은 인생의 끝이 무엇을 의미하는가에 집중된 고백일 것이다.

> 　양피 껍질을 벗긴다//한 겹 한 겹 벗길 때마다/윤기나는 속살은 드러나고//초등학교 시절/대통령이 되겠다던 꿈이/가계(家計)걱정이나 하는 범부가 되듯/자꾸만 작아지는 알맹이/알맹이//껍질을 다 벗기면/무엇으로 남을까//잦아드는 의식 속에서/버러지 한 마리/문을 열고 나와/넓은 벌판으로/기약없이 뒤뚱대며 걸어가누나.
>
> 　　　　　　　　　　　　　　　　　　　　－ 최병헌, 「꿈 이야기.2」

　살아 있는 자는 꿈을 꾼다. 그러나 꿈은 현실과 항상 대척적인 거리를 유지하면서 떠오르는 상상의 줄기가 될 때 현실은 꿈과 연결 고리를 형성하면서 미적 의미를 구축한다. 양파의 껍질을 벗기면 궁극은 허무라는 종착지에 이르지만 시인은 '버러지 한 마리'의 환상을 갖는다. 물론 시적 화자인 자신의 이미지를 오버랩하지만 객관의 거리를 유지하기 때문에 의미의 선명도는 보다 확실한 상(像)을 나타낸다. 땀 흘리면서 살아가기 때문에 허무의 밭에서 건져 올리는 이미지가 '걸어가는' 길의 미래가 시의 호흡을 재촉하는 인상을 준다.

거리(距離)는 인간관계의 설정에서 비롯된다. T. E. Hall은 인간 관계를 거리로 정리했다. 가장 가까운 거리와 적당한 거리 그리고 사회적인 거리 등 숫자로 인간관계를 표시했다. 그러나 실재의 거리가 꼭 인간의 친밀도를 나타내는 것과는 같을 수가 없을 것이다. 왜냐하면 마음이라는 보이지 않는 거리는 결코 측정할 수는 없을 것이기 때문이다.

> 닿을 듯/맞닿을 듯 가까운 거리//사랑이 피어난다//아득히/까마득히 먼 거리//기억마저 무겁다.
>
> — 권순형, 「사람과 사람」

거리는 삶의 문제로 귀속된다. 다시 말해서 살아있는 관계는 어차피 얼마의 거리를 유지하느냐에 따라 친소 관계가 나타나고 일정하게 유지하는 결과에 따라 애인이냐 아니면 친구냐 혹은 울타리를 마주한 공식적인 거리가 형성된다. '닿을 듯 맞닿을 듯'의 거리는 육친이나 애인의 관계를 암시할 때 '사랑'이 형성되는 암시가 되고 아득히 먼 거리에서는 기억에의 무게가 '까마득히'로 사라지는 안타까움이 교차한다. 사랑이라는 의미가 거리로 환산될 때는 이미 사랑의 따스함이 아닌 다만 기억의 층을 형성하는 안타까움으로 존재하는 이유를 대입하면 '피어난다'와 '무겁다'의 의미는 확연한 이미지로 돌아올 뿐이다.*

시 쓰기의 횡재는 있는가

1. 시 쓰기의 횡재는 있는가

시를 쓰는 시인들은 언제나 시의 숲을 찾아 횡재하기를 꿈꾼다. 그러나 로또 복권처럼 시는 무더기로 행운을 안겨주는 법이 없고―있다면 천재의 재능으로 빛을 본 예외는 있을 것이다. 그러나 이 경우도 정작 에피소드적인 요소가 가미되어 부풀리는 영향으로 치부되는 경우가 허다하다. 아무튼 시는 공짜가 없고 오로지 땀과 노력을 쏟아 부으면 어느 날인가 얼굴을 보여주는 대상일 뿐이다. 이도 시인에게 항상 시를 생각하는 혹은 시에 미친 듯 구애를 보내는 기도가 있을 경우 잠시 얼굴을 보이고 이내 사라지는 신기루라는 명칭이다.

시인은 시를 쓴다. 죽은 뒤에도 시를 쓴다. 이 멍청한 명제가 나서는 이유는 시를 쓰지 않고 시인 행세를 하는 수다한 사람들―혹은 에피소드로 시인의 명성에 옷을 입고 행세하는 잘못된 풍토가 지금까지 한국 시단의 문제로 거론조차 하지 않았다는 사실이다. 김수영의 「풀」은 마지막 '날이 흐리고 풀뿌리가 눕는다'는 표현을 전후 맥락으로 보면 이상한 표현—나는 이를 퇴고 못한 작품으로 본다. 그러나 이 작품이 완성도 높은 명작(?)으로 회자(膾炙)되는 풍토를 '죽은 뒤에도 시를 쓴다'라는 예가 될 것이고 전자는 등단이후 이름만 즐기는 사람을 지칭한다.

우리 시단은 혼돈과 맞서는 질서의 길이 보이지 않고 오로지 정체와 답보 앞에 망연함도 사실이다. 오로지 시를 향한 집념의 흔적이 드러나지 않는 그날그날식의 시를 접하는 일이 오늘의 숙제이다. 이는 시적 실험의 부재에서 오는 아픈 현상일 것이다.

2. 김종「기억 빼고」

기억이란 뇌리에 남아있는 잔상(殘像)의 영향을 얼마나 지속하는 가의 여부에 따라 기억에 대한 충계는 달라질 것이다. 이는 과거와 현재 그리고 미래를 예감하는 능력의 층계를 밟아 올라가면 윤나는 의식의 풍경을 접하는 즐거움을 만끽할 수 있을 것이라는 추측이다. 기억력이 좋은 사람과 그렇지 않는 사람의 구분은 결국 의식의 풍경을 얼마나 재현에 명료할 것인가에 대한 측정이 될 것이다. 시적 톤은 이런 현상에도 간여하면서 시의 밭을 기름진 공간으로 만드는 일조가 될 것이기 때문이다.

무섭다는 서울 가며 과천서부터 기었던 기억 빼고

돌 던져 새 떼 날리며 좋아라 손뼉치던 기억 빼고

껌딱지처럼 딱딱거린 사투리 한 토막씩 떼어내며

하루하루 사람 만나러 다닌 정신없었던 기억 빼고

쳇바퀴 돌리는 다람쥐처럼 나는 무엇을 돌렸던가

— 김종, 「기억 빼고」

시의 의미 연계는 '빼고'의 3번 반복에 '나는 무엇을 돌렸던가' 의문을 설정하고 있다. 서울이 무섭다는 풍편을 믿고 서울의 입구인 과천부터 몸을 낮추는 비굴성이 없었던가의 자괴감(自愧感), 그리고 돌을 던져 새 떼 날리며 좋아했던 어린 날의 층계를 바라보는 회고의 마음에 남아있는 추억의 자락을 기억에서 '빼고'싶은 시인의 역설적인 현상은 아무래도 현실에서는 이상 징후로 여겨진다. 또 사투리—정겨운 특징을 뭉개였던 마음을 빼버리고 싶은—일상을 반복하면서 무엇을 얻었고 무엇을 정체성으로 확립했던가 돌아보면 의문이 앞서고 이 의문은 앞으로 가는 길을 찾는 자의 방황일 것이다. 왜냐하면 '빼는'것은 지난 것에 대한 의미이고 '더하는' 것은 현실과 미래에 대한 각오이기 때문이다.

3. 김정희 「호수」

마음이 평정하면 세상을 있는 그대로 보이고, 바람이 불면 마음에 불안의 파도가 일어 사물은 왜곡되고 일그러지는 모습이 된다. 거울은 이런 이치와 같아 수양의 자기발견의 길이 된다. 관조(觀照)라는 말은 적어도 호수와 인간의 마음을 나타내는 비유로는 제격일 것이다. 평온을 유지하면서 사물을 바라보는 것은 시를 쓰는 시인의 덕목일지 모른다. 사물은 항상 사물 본연의 형태를 유지하지만 이를 바라보는 인간은 수시로 변화하는 상태를 정상적인 관조의 경지로 이끌어야 시의 모습이 나타나기 때문이다.

누가 기척하지 않아도
호수는
몸을 조금씩 뒤척인다
물젖은 마음으로
내게로 다가온다

꽃잎 몇 장
가벼이 섬이 된다
바람의 저 말간 눈빛으로
물무늬 물무늬
섬이 되어 떠다닌다

노을 있던 자리에
봄꽃이 피고 있다
누군가 두고 간 저 숭숭한
섬들의 기억만
호수에 가득 차오른다.

― 김정희, 「호수」

   시인이 시를 접하는 마음은 호수와 같을 필요가 있을 것이다. 왜냐하면 정확하고 또 이로부터 순수를 맛보는 일이 되기 때문이다. 호수가 시인 곁으로 다가오는 심리는 시인이 호수를 받아들이는 정신에서 '내게로 다가온다'는 상상을 부풀리면서 꽃잎이 '섬이 되는' 확대된 상상의 숲을 만나게 된다. 이로 하여 '봄꽃'의 화려한 개화와 섬들의 조화에서 시심을 북돋우는 길이 다기(多岐)한 갈래로 호수의 투명과 동행의 심리가 엮어진다. 김정희 시인의 내성적인 정서가 호수로 심리적인 대변을 마련하고 있다. 시적 대상을 시화하는 것은 시인의 정서와 밀접한 상관 하에서 표현되기 때문이다.

4. 김준경 「시장에서」

사람이 가장 살아있는 공간이 시장일 것이다. 악머구리의 목청과 싸움과 생존의 원리가 춤추고 삶의 무질서가 질서로 형태를 잡아가는 원초적인 공간이기 때문이다. 사람이 살고 있는 것을 증명하는 일들이 거래라는 이름으로 이루어지고 또 삶의 원형이 보존되면서 진화하는 절차를 수행하는 공간이다. 비단 물건이 거래되는 곳만이 아니라 물건을 통해 생의 의미가 생산되고 소비되는 공간으로의 의미를 구유하기 때문에 생동적이고 역동적인 장소가 된다. 즉 생존의 법칙이 엄격하게 적용되면서 살아남는 자의 의미가 나타나는 공간이다.

> 동태 고등어 조기 참치들을
> 내 놓고 파는 시장 아주머니들의
> 방이 없다
> 작은 의자들뿐
> 겨울을
> 어떻게 지낼까
> 매서운 칼바람에도 일찍 나와
> 장사해야하는 먹고 살이
> 주름 많고 늙으신 아주머니들
>
> 시장 아주머니들에게
> 하느님 축복을 끝없이
> 내려드리고 싶다
>
> 이제 아주머니들을 위한
> 사랑의 눈송이가
> 높은 하늘에서 내려오겠지
>
> － 김준경, 「시장에서」

다소 섬세한 표현미가 없는 시이지만, 시인의 사상을 나타내는 데는 지장이 없는 것 같다. 다시 말해서 휴머니티를 나타내고 대상을 바라보는 가슴이 따스하기 때문이다. 모든 문학의 궁극은 인간의 사랑을 어떻게 미감(美感)으로 나타낼 수 있을 것인가에 중점이 있다면 김준경 시인의 의도는 추운 아주머니들에게 방이 없는 걱정과 사는 문제 앞에 절박한 심사를 위로하는 선한 마음이 표출되었다. '하느님 축복을 끝없이/내려드리고 싶다'에서 하느님의 대행자로서의 따스함은 곧 세상을 훈훈하게 혹은 따뜻한 체온을 나눌 수 있는 '사랑의 눈송이'로 시인의 마음이 감싸질 것 같은 의도가 비유로 살아나고 있음이다.

5. 임해원 「빈 그네에는 바람이 앉아 있다」

시는 의식의 풍경화를 표현하는 기술이다. 현대시는 아무런 목적도 없이 스스로 존재하는 실체에서 다만 존재로 나타나는 방법—사물시(physical poetry)는 사물에 대한 화자의 판단이 중지된 시를 의미한다. 이미지 그 자체가 사물의 의미를 관통하고 있기 때문에 보다 고양된 정서가 유추된다.

> 철 잃어 텃새가 된 나는
> 시린 강에 발을 담그고도
> 잃어버린 시간을 안달하지 않는다
>
> 부대낌의 어깨 위를 부유하던 바람
> 울울한 생각들로 어두워져
> 별 하나 끌어안고 빈 그네에 앉는다
> 길게 발 뻗은 모기장 같은 하늘

촘촘히 물배이면
어서 작은곰자리로 데려가야 한다
높이 오를수록 하늘은 멀어
길을 버리고서야 닿을 수 있는 빈 별자리
어디 숨었나

바람의
긴 숨 쓸어내린다.

— 임해원, 「빈 그네에는 바람이 앉아있다」

　다소 장식적인 상징이 있지만 풍경화를 연상하는 데는 무리가 없다. 그만큼 비유가 생동감을 얻었고 언어의 운용에 탄력이 들어 있다. '빈 그네'의 유추는 높이 하늘을 바라보는 일이지만 바람이 쓸쓸하게 지나가고 홀로 흔들리는 뉘앙스에서 뒤로 물러난 시인의 마음을 바라보는 우수가 느껴진다. 여기서 시는 존재라는 말에 실감을 더하는 독자의 느낌이다. 별이 떠있는 공간의 정밀감과 그네의 쓸쓸함은 필연적으로 높은 하늘과의 거리감만큼 외로운 존재의 실감으로 이어지기 때문이다. 이미지의 선명성은 시를 존재로 만들지만, 말로 설명하는 시에서는 역겨운 변명이 들리는 확실한 분간을 임해원의 시는 보여주고 있다.*

시의식의 균형과 감각성

1. 정서의 균형화

인간의 의식은 자기만의 공간을 건설하기 위해 심혈을 경주하려 한다. 다시 말해서 자기의 생각이나 감동을 공인화 하고 이를 더욱 넓히려는 발상으로 온갖 방법을 수단화한다. 이는 공감의 공간을 확장하는 일이라 칭한다면 시인은 항상 그 나라의 주인이 되려는 생각으로 시와 대면하게 된다. 때문에 시를 제작하는 일은 시인의 생각을 넓히기 위해 타인의 의사를 궁리하고 무엇을 원하는가에 대한 사려와 배려를 주목적으로 시를 쓰려한다. 이를 다시 정리하면 시는 나를 위해 쓰는 일이면서도 결국은 타인을 위해―보편적인 감동을 생산하기위해 노력하고 헌신하는 일이라는 결론에 도달한다. 물론 시인 스스로의 사고는 특수한 소재라 할지라도 이를 보편적인 잣대로 환산하는 기능이 표현으로 나타나야 한다는 것은 강조할 필요가 없을 것이다. 사회학은 공동의 의식을 표준

화하는데서 출발하기 때문에 시 쓰기는 결국 나를 넘어 또 다른 사회의 건설—이를 의식 공화국에 최종 목표를 맞춘다면 시의 임무와 기능은 사회적인 선(善)에 초점을 맞추게 된다. 때문에 시는 어둠을 혹은 죽음을 강조하는 것 보다 아름답고 깨끗하고 순수한 재료로 만들어지는 음식과 같을 것이다.

시에 특성에는 몇 갈래가 있다. 첫째는 자기를 위한 일상의 고백에 충실한 시—모든 시는 자기 고백이라는 형태로 태동되는 것도 사실이다. 그러나 지나치게 자기를 소재화 하는 것은 시야가 좁고 그만큼 편협성을 모면할 수 없게 된다. 아마도 시에 가장 낮은 쪽에 자리한 시의 위상이라면 대부분의 시는 여기서 헤어나지 못하는 편—의식이 그런 쪽에 있는 시인의 모습일 것이다. 두 번째는 나와 자연현상을 유추하는 시에 특성은 대부분 자연을 소재로 인간사와 우주를 말하는 특성을 소유한다. 아마도 한용운은 이런 쪽에 가까운 의식일 것 같다. 세 번째는 나를 넘어 공익성을 추구하는 쪽에 헌신하는 이육사의 정서와 같은 시를 이름할 것이다. 조국의 독립을 위해 평생을 감옥에 들락거리고, 신산(辛酸)한 생애를 살았지만 개인사(史)의 흔적은 시의 어디에도 머리카락을 숨기고 있다. 승화란 소재가 시인의 뇌리를 통해 전혀 다른 제3의 얼굴로 변화하여 나타나는 이름이라면 두 번째와 세 번째는 일종의 승화된 정서로 시를 쓰는 시인이 될 것이다. 그러나 이를 이해하는 독자의 임무는 항상 고급한 이상을 지향하는 박자와 맞아질 때, 비로소 시는 부활하는 것 같은 비상을 준비한다. 돼지우리에 진주는 아무런 가치를 나타내는 것이 아니고—가령 먹는다면 돼지의 건강을 해치는 대상만 될 뿐이기 때문이다. 이점에서 시는 선택의 대상이면서 독자의 마음속에 들어와 화학적인 결합을 이루면서 고귀한 가치로 승화되는 이름이 될 것이다.

나는 잡지에 시평을 쓸 때는 항상 그 잡지에 발표한 작품 위주로 써왔다. 대체로 잡지에 시의 비중은 거의 절반을 점할 뿐만 아니라 시인의 숫자 또한 많기에 편집에 애로를 해소하는 역할도 외면할 수 없는 것이 시의 자리였다. 그러나 「한국문인」 지난 호부터 당황한 것은 시가 줄어든 점이다. 그 이유를 알 수는 없지만 이번 호엔 더욱 줄었다. 특집 '조강지처(糟糠之妻)'를 쓴 16명이 쓴 글과 연중 기획의 수필문학회 12명의 수필 그리고 신작 수필 3인의 글이 중심을 차지하고 있으며, 총 285페이지 중에 시가 점한 비중은 5명의 시인에 발표작 10편의 시에 도합 13페이지가 된다. 적지 않을까?

2. 석정희 「입춘」

시는 말하는 것이 아니라 다만 의미로 나타나는 표현일 뿐이다. 다시 말해서 의미화로 나타난 대상은 보는 사람에 따라 각기 다른 말로 다가든다. 같은 돌이라도 보는 각도 혹은 위치에 따라 전달되는 이미지가 다른 개념을 잉태하는 것처럼 시 또한 그런 점에서 물활론의 근거를 제기하기도 한다. 단순한 언어의 조합에서 우주를 노래하고 승화하려는 시의 날개는 이점에서 자유의 깃발이면서 인간의 정서를 높이로 끌어올리는 마음이라면 봄은 순환의 개념에서 이치를 터득하는 이름이 된다.

> 내 가슴 그리도 적시고
> 먼 바다로 흘러 가버린 강물소리
> 강물 속에 소롯이 살아나
> 밤새 내 영혼 적시고 간 아침
> 창가에 다가선 목련이
> 잠 깨어 꽃봉에 새 물길 열고
>
> 둥지 찾아 날아온 새

부리 끝에 묻어온 봄소식
온 들에 소란을 피우고
봄바람에 잠이 깬 들풀들
하늘 향해 소리치며 일어선다

겨우 내내 가슴속에 흐르던
회색빛 겨울 강에
햇살은 빛살처럼 쏟아지고
머언 바다로 다시 흘러가는
옛 강물 소리 다시 들리고.

— 석정희, 「입춘」

　　겨울을 지나 봄은 재생의 이미지를 구축한다. 이는 불가(佛家)의 인연
설을 되풀이하는 일—기독교는 지구의 일에 몰두하고, 불교는 우주의
이치에 몰입하는 경향—이 추론은 전적으로 상상의 산물이지만 봄은 다
시 살아나는 비유 속에서 생명의 순환이 들어있고, 삶의 희망을 노래하
는 길이 만들어진다. 1연에 꽃으로 살아나는 봄날의 이미지가 2연으로
오면 새의 날갯짓으로 신명을 깨우치는 들풀들의 일어남이 '소리치면서
일어나는' 생명의 약동을 느끼게 된다. 더불어 마지막에 이르면 오늘의
환희(歡喜), 작약(雀躍)은 다시 과거의 길과 연결될 때 시의 안정감을 유지
하면서 '소리'의 길이 오늘만의 한정이 아니고 과거와 오늘과 내일이라
는 공간을 확대하는 개념을 유도하게 된다. 결국 3연은 다시 맨 앞으로
의미를 연결하는 점에서 시의 안정성은 더욱 의미를 강조하는 기교가
될 수 있음을 보여준다.

3. 이원로「불바람」

인간의 감각은 우주와 연결되었기에 그 외출(外出)은 항상 미지(未知)의 길로 신비를 대동하고 나타난다. 물론 동양적인 감성으로 볼 때는 신비라는 말로 나타나지만 이는 정해진 궤도를 순환하는 우주적인 현상일 뿐이다. 과학—서양의 과학이라는 말은 천체와 우주의 진행에 일정성을 말하는 뜻이지만 인간의 지식은 극히 일부를 과학이라는 말로 포장하는 우(愚)를 확신하는 이름이 과학이라 한다. 그러나 과학은 얼마나 부정확하고 말의 모순에서 인간의 신념은 우롱당하고 있는가, 오히려 일상적인 것조차 풀어내지 못하는 우둔한 과학의 탑(塔) 아래 맹목의 비극—오히려 단순한 자연의 신비 앞에 고개를 숙여야 함을 숙고하게 된다.

오묘한 가락
흘러 나오네
깊으나 깊은
그윽한 곳에서
맑은 날이나
흐린 날이나

신비한 속삭임
피어 내리네
높으나 높은
은밀한 곳에서
기쁜 날에도
슬픈 날에도

지평을 넘어와
하늘이 닿은 날

가락과 속삭임이
우주를 채우네
영혼을 뒤흔드는
불바람이 되네

— 이원로,「불바람」

시의 특성을 Ambiguity라는 말로 설명한다. 이현령비현령(耳懸鈴鼻懸鈴) 혹은 '녹피(鹿皮)에 가로 왈(曰)자' 처럼 해석의 다양성을 가질 때, 오히려 시는 혼란이 아니라 잘된 시라 말한다. 마치 한용운의「임」의 다양한 해석이 시의 가치로 승화되는 것과 같이─'불바람'은 종교적인 신비성과 느끼는 힘을 강조할 수도 있고, 인간 내면의 의식이 분출하는 형상을 나타내는 것으로 돌아갈 수도 있다. 그러나 '오묘한 가락'의 이치와 '신비한 속삭임'의 에너지가 맑은 날이나 흐린 날의 항상성을 대동하고, 2연에 '기쁜 날이나 슬픈 날에도'와 짝을 이루면서 3연에 '가락과 속삭임'이 호응하는 형태로 우주를 채우는 에너지를 느끼게 되고 영혼을 흔드는 감성을 인지하는 점에서 시인의 내면에 약동하는 불같은 바람의 종교적 의식이 느껴진다. 이는 감추면서 나타내는 시의 깊이에 닿는 언어의 기교적 슬기라는 점이다.

4. 임규택「가을비는 내리고」

인간은 자연에 반응하는 데는 두 가지의 입장이 드러난다. 즉 자연에 순응하거나 그 반대의 입장을 취함으로써 자기 존재의 영역을 확보할 수 있다. 순응은 대상에 합일(合一) 되는 일이고 거역은 대상을 자기 존재 양식으로 통합하는 방법이다. 전자에선 긍정의 지속 효과가 나타나고 후자에서는 새로운 방법으로의 세계가 나타난다. 어떤 것을 취택하든 우열이라거나 호오(好惡)의 대상으로 정리할 수는 없다. 모든 존재물은 이런 선택 앞에 나서야 하기 때문에 진화하거나 돌연변이의 존재물이 되거나의 결과로 나타난다. 때문에 Herbert Spencer의 생물학—생명적인 여러 현상은 극히 착잡한 기계적 변화의 현상에 불과한 것이라고 해석하고, 생명을 환경에의 적응이라 정의했던 것—그러나 니체나 딜타이, 베르그송 등에 의하면 생명적인 현상은 결코 기계적인 것이 아니므로 물리학적인 법칙으로 기술하는 것은 헛된 것이라 알게 되었다.

시인은 때로 우주의 주제자가 될 때, 창조라는 말을 쓴다. 자연은 시심을 자극하고 인도하는 두 가지의 역할을 수행할 때 시인의 선택에서 자연을 느끼는 이미지가 시의 속성을 나타낸다.

> 여름을 벗은
> 구불진 하늘
> 가을을 뿌리는 구월 치마 입은 바람
> 감나무 잎에
> 눈물로 떨어 집니다
> 풀숲에 웅크린 청개구리들
> 또 한해
> 불꽃놀이 삶이
> 땅 속으로 스며드는
> 적막감에 수런거리고
> 긴 여름 물들인 붕숭아 꽃잎
> 빗방울 물로 요동 합니다
> 망촛대에 흔들리는
> 부끄러운 약속
> 빈 쌀푸대에 남은
> 상처의 부스러기가
> 귀뚤귀뚤

귀뚜라미와 함께 웁니다

　　　　　　　- 임규택, 「가을비는 내리고('08. 경기 신인문학상 당선작)」

　　시의 구조는 여름이 지나 가을로 오는 과정에 담겨진 여러 이미지들이 구성원으로 정서를 조합하고 있다. 여름의 흥청스런 자연의 모습이 스러지고, 가을로 다가들면 그 변화는 추억들을 불러오는 이미지가 다양한 모습으로 전개된다. '감나무에 잎' 그리고 '청개구리의 삶'이 접어지고, '봉숭아 꽃잎'의 흔적이 슬픔처럼 사라지는 즈음, 망초 꽃대에 흔들거리는 바람의 부스러기들이 가을의 푸름에 젖어 돌아가는 길을 묻는 풍광 속─시인은 스산하고 애련한 작별의 이미지들 앞에 처연(凄然)함을 나타낸다. 결국 이런 정조(情調)를 '귀뚜라미의 울음'으로 대신하는 시적 화자의 마음이 보인다. 이는 자연에 동화(同化)함으로써 시인 자신이 자연이 되는 일체화의 모습이 되는 정서라는 뜻이다.*

허기의식과 창작의 표정

1. 허기의식

어느 축구 감독의 인터뷰 중 '나는 계속 배가 고프다'라는 말이 회자(膾 炙)된 적이 있다. 아마도 계속 진전하여 승리의 정점에 서고 싶다는 소망 을 그렇게 표현했을 것이다. 그러나 이런 소망은 운동뿐만 아니라 글쓰 기라는 공간에서도 유효하게 적용되는 비유일 것이다. 끝없는 식욕에의 욕망을 갖는다는 것은 무한의 진전을 위한 행동이라는 점에서 고무적인 일이 될 것이다.

문학도 시대에 따라 정체(停滯)와 답보(踏步)를 겪는 시기가 있다. 다시 말 해서 국가적인 격랑에 따라 창작의 방향에서도 다른 모습을 나타내는 특 성의 시기가 있다는 뜻이다. 문학적 환경에 따라 그에 알맞은 문학의 특 성을 가져왔다. 이에 대응하는 개인의 문학적인 성과물도 그에 걸맞는 표정을 연출했다. 창작열기의 쇠퇴이거나 의욕의 상실이 가져오는 일은 결국 작품 속에 투영되어 일정한 현상으로 나타난다. 평화로운 시대엔 그에 따른 문학의 치장(治粧)이 등장하고 고난의 시대 속엔 예언의 소리가 합창된다. 그러나 창작은 항상 배고픈 혹은 갈증의 상태를 유지하고 찾아나서는 작가의 열정이 선행되어야 새로운 작품은 나타날 것이다.

오늘 우리의 시대는 어떤가? 묻고 찾아가는 작가 정신의 배고픈 허기의식－창작에의 갈증은 오늘의 표정에 활력을 줄 수 있는 에너지가 될 것이기에 두리번거리는 방황은 탐색되어야 한다.

2. 홍금자 「잎새 바람」

시인에게는 그에 정신을 옮기는 시적 대상이 있다. 다시 말해서 시인의 생각을 이동하는 수단이 있어야 한다. 이를 시적 의도(意圖)－이동의 에너지라 부를 수 있다. 강물이나 바다 혹은 빛, 바람 등이 될 수도 있다.

바람은 시대의 간격을 넘어 과거와 오늘 그리고 미래로 가는 시적인 에너지원이 된다. 다시 말해서 시인의 의도를 옮기는 힘이 되기 때문에 시인의 정신은 바람으로 포장하여 말의 본질을 비유로 감춘다.

> 그대
> 맑은 이슬로만 이는 바람이여
> 눈부신 햇살 속에서
> 남몰래 키워 온 잎새의 비밀
> 서로의 가슴과 가슴 맞대고
> 세상의 거센 폭풍 맞으면서도
> 넉넉히 눕는 그리움이여
> 고향의 순하디 순한 풀밭에서
> 맨발로 일어서는 잎새 바람이여
>
> － 홍금자, 「잎새 바람」

바람에 의인화(擬人化)의 옷을 입혀 시인의 의도를 순수와 투명으로 포장하여 '그리움이여'라는 시적 화자의 정서를 이동하는 시심(詩心)이다. 그대＝바람이 등가(等價)를 이루면서 '눈부신 햇살'의 선명함과 '키워온 비밀'의 소중함 그리고 훼방의 거센 폭풍 속에서도 견지(堅持)하려는 '그리움'의 정서가 이동하는 공간의 비유와 어울리면서 '고향의 순하디 순한 풀밭'에 도달하는 것으로 시인의 마음은 안정감을 얻게 된다. 결국 시인은 바람에 의지하여 자신의 의도를 말하는 것으로 대상과 일체화를 이루는 기교의 시를 만난다.

3. 김희경「가랑비에도 척추는 시렸다」

시는 버리는 것으로 무심(無心)의 경지에서 대상을 만나는 작업이다. 이는 수도승의 마음을 갖는 경지에 이를 때, 비로소 사물의 진면목을 바라볼 수 있음이다. 이는 실제의 눈으로 보는 것이 아니라 마음의 눈으로 바라보는 실상이 될 때, 천리안의 안목을 갖출 수 있을 것이고 심안(心眼)으로 통하는 길에는 우주의 섭리 또한 다가온다. 다시 말해서 사물을 사물 그 자체로 보는 시선이 아니라 사물의 이면을 통찰하는 눈을 갖는 것이 시인의 눈이다.

돌담 얕으막이 쌓아올린
강가 작은 쉼터엔

들쑥꽃 향기

모닥불처럼 타오르는 오후
사랑은

조금쯤 먼 곳에 누고 보아야 겠네

질그릇 같은
남자

　　　　　　　　　　　　　　　　— 김희경, 「가랑비에도 척추는 시렸다」

　　대상의 단순화는 아름답다. 꾸미고 치장하는 사물에는 식상한 입맛이 따라오지만 단순한 직핍(直逼)의 정서에서는 향기가 수반되기 때문—들판의 이름 없는 작은 꽃에서의 향기는 짙고 아름다운 조화미는 우수할 수 있다. 들쑥 '향기'와 질그릇 같은 '남자'를 '사랑'의 눈으로 바라보는 풍경이다. 투박하고 질박(質朴)한 남자를 얼마의 거리에서 바라볼 때 사랑의 마음이 드러나는 연민(憐憫)의 정서가 단순하면서도 인상을 자극하는 시가 된다.

4. 윤여왕 「자유」

　　남에게 구속을 받거나 무엇에 얽매이지 아니하고 자기 의지대로 행동함을 자유라 정의한다. 자기가 하고 싶은 길을 가는 것을 자유라는 의미로 해석하면 선택과 지혜가 자유 앞에는 따라온다. 즉 남에 의해 조종(操縱)을 받는 일이 아니기 때문에 자기 뜻에 따라 행동하는 양식은 필연적으로 선택하고 행동에 옮기는 뜻이 때로는 아픔을 수반할 수도 있다는 의미다. 자유에는 항상 자기의 한계와 책무가 수반되기 때문이다. 동료를 따라가는 하늘에의 새는 혼자가 되었을 때, 슬픈 방황이 있을 수도 있다. 인간의 삶도 이와 다름이 없는 비유일 것이다.

　　호~불면 꺼질 것 같아 좋다

오돌오돌 떨고 있는 따뜻함이 좋다

털만 소유하면 되고
그저 훨훨 날면 되고
세상을 발아래 놓기만 하면 되고
지쳐 눕는 곳이 집이려니 하면 되고

그러나 새는 안다
자유를 얻으려면 굶주린 날개짓이 따른다는 것을.

— 윤여왕, 「자유」

자유라는 가벼운 깃털은 경우에 따라 방향을 잡을 수없는 가벼움일 수도 있고, 천 근의 무게일 수도 있다. 책무를 가질 때는 무게로 다가오고, 무책임의 경우엔 깃털 같은 바람의 지남에 불과할 수도 있기 때문이다. '좋다, 좋다'의 처지의 상황에 따른 조건이 '되고 되고'를 4번을 반복하면 '자유를 얻으려면'의 엄정한 조건을 충족할 때, 시의 주인공인 '새'는 비로소 삶의 원리를 터득하게 된다. 존재를 충족하기 위해서는 거기에 맞는 대가를 치러야만 얻을 수 있다는 점에서 자유는 조건의 합치에서 얻게 되는 자기만족의 의미라는 생각이다. 새가 얻는 자유의 가치와 인간의 생에서 얻는 가치는 다름이 아니라 하나 속에 내포(內包)되는 의미인 점에서 비유에의 가치가 드러난다.

5. 박판석 「내 것이 아닌 것들」

소유는 한계를 결정하는 일이지만 엄정한 의미에서는 내 것이 없을 뿐─모든 것은 허무로 돌아가는 이름일 뿐이다. 그러나 맹목(盲目)의 어리석음으로 내 것을 주장하는 욕망이 지배하는 마음에는 이미 실체가 없는 방황을 얻게 된다. 가치를 상실한 생애는 자기를 잃은 껍질의 삶이기 때문이다. 시는 그런 인생에 조언을 하지만 이를 깨닫기까지의 호소를 보내지는 않는다. 여기서 독자의 현명을 요망하는 시의 자리가 있다.

> 내 것 아닌 것도
> 자주 사용하다 보면
> 내 것인 양 돼버린다
> 빌려 태어나
> 빌려 농사지어 먹고
> 시진 것 없이 돌아가는 땅
> 모두 끌어들여 버리고 간다
>
> 멀리 운행 중인
> 태양과 별
> 가까이 다가라 수 없으므로
> 모두의 것
> 그들은 영원하다
>
> 우지끈 꺾어 꽂아두는 꽃병
> 가득 채워 썩혀 버리는 냉장고
> 내 것 아닌 것들로 출렁인다

— 「내 것이 아닌 것들」에서

'내 것'이라는 소유의 관념은 다만 인간의 가치로 생각하는 점—멀리 있는 태양은 누구나 소유하지만 내 것이라는 말을 하지 않는다. 이 의미는 내 것의 필요성이 얼마나 허무한 일인가를 꼬집는 시인의 의도가 들어 있다. 욕망을 앞세워 냉장고의 물건 혹은 소유의 욕망으로 꺾어 온 꽃—시들고 썩어버리는 이 무모한 노릇은 욕망에서 얻은 허망함을 꾸짖

는 시인의 의도가 빛난다. '내 것'의 소유권인 부동산도 죽음에서는 아무
런 의미를 갖지 못하는 이치를 내세우면 사는 일의 길─무소유에서는
보이기 때문에 바라보는 대상이 내 것이 아니라는 이치를 터득하면 실
체가 아름답게 보이고, 시는 그 자리에 있다.*

시와 나무의 비유

1. 시와 나무

　시와 나무는 전혀 이질적인 사물이다. 전자는 관념에서 나오는 명칭이지만 후자는 실재하는 존재물이다. 시는 존재일 수는 있지만 형상이 보이지 않음에서 추상성을 암시하고 나무는 형상을 갖춘 점에서는 시와 나무는 다르다. 그러나 공히 정성(精誠)이라는 에너지를 필요로 한다는 점에서는 공통성을 가지고 있다. 다시 말해서 사랑과 보살핌이라는 요소가 없다면 둘은 앙상한 몰골을 가진 이름에 불과하다.

　작금에 시(詩)들은 억지로 뽑아내는 이름에 불과하다는 폄하를 주저할 필요가 없을 것 같다. 이 불행한 진단은 간단하다. 습작에 대한 노력이 부족하거나 아예 없는 증거들이 보이기 때문이다. 시는 시의 형태를 갖춘다고 시가 되는 것이 아니다. 내용과 형식에 충족 요건을 갖추었을 때, 비로소 시의 이름은 탄생할 수 있기 때문이다. 그러나 요즘 시들은 형태만은 시의 모습이고 내용이나 형식에서는 전혀 시가 아닌 모양들이 횡행하고 있다. 이는 쉽게 시인이 되는 이유와 노력이 배가 되지 않는 원인으로 돌릴 수 있기 때문에 시가 아닌 당혹감을 갖게 된다. 이런 현상에 대한 치유 방법은 등단(登壇)시키는 잡지에서 일정한 교육 시스템을 갖출 필요가 있을 것이다. 등단이라는 순간부터 기성 시인이 아니라 스스로 수준에 이를 수 있도록 잡지사와 개인의 노력이 결합할 때, 결국은 한국 시단의 건강을 담보할 수 있을 것이기 때문이다.

노력 없는 결과물은 쉽게 지나가는 바람과 같을 뿐만 아니라 거기서 기억을 살찌게 하는 이름은 나타날 수 없다. 윤기 흐르는 나무와 감동을 자극하는 시는 결국 기교가 아니고 정성과 땀과 노력이 낳은 이름이기에 소중하고 고귀할 것이다.

2. 박유석 「수타사의 가을」

아마도 봄이거나 가을은 시인들의 감성을 자극하는 대표적인 이미지일 것이다. 감수성이란 외부로부터의 자극에 대한 반응을 일컫는 일이라면 자극(刺戟)은 인간의 심성을 움직이는 무드와 상관이 있게 된다. 결국 시는 이런 자극에 대한 반응이 표현으로 나타난 일이기에 봄이나 가을 혹은 눈 내린 겨울의 무드는 인간의 정서를 자극하는 경치로 다가온다. 가을은 물감이 풀어놓은 찬란한 풍경의 자극에 반응하는 시심이 동원된다는 암시이다.

명주실꾸리
하나가
다 풀렸다는

귀웅소

단풍든 나무들이
안개 속에서
머리 감고
나올 때

절벽에 기대 선
늙은 소나무
소용돌이치며 가는
가을을
지켜보고 있다

— 박유석, 「수타사의 가을」

　홍천에 있는 수타사의 가을풍경을 객관적인 모습으로 바라보는 시인의 모습이 오버랩 된다. '귀웅소'의 전설과 단풍든 가을의 청명한 하늘이 동일한 이미지를 선사하면서 '머리 감고'의 정갈한 느낌과 하늘의 깨끗함의 각인(刻印)—상징적 임무를 지키면서 이런 풍광을 증언하는 '늙은 소나무'의 아름다운 자태 곧 시인의 모습이지만—'가을을 지켜보고 있다'라는 정물적인 모습이 액자 속에 담겨진 풍경으로 나타난다.
　시가 마음의 풍경을 그리는 그림이라면 박유석의 가을 이미지는 순수와 투명이 결합된 아름다움의 묘사일 것이다.

3. 김재분 「삼월」

　봄은 생명의 약동을 준비하는 때이다. 다시 말해서 준비와 시작이 동일선상에서 계절의 이름과 등가(等價)를 이루면서 꽃에 대한 기대감 그리고 추위와의 경계를 나타내는 정서물을 동원한다. 이는 시인과 계절의 반응이 저마다의 개성을 나타내는 길을 만들면서 시화(詩化)를 위한 조건을 성숙시키는 결말로 나타난다.

몸살을 합니다
해마다 이맘 때
차를 끓여 마셔도
목마름이 더한 아침
꽃봉오리 맺는 추운 날
매화 생각이나 하리라
이런 날
쨍한 햇살이 선물 같은 날
나만의 찻잔에
더운 차를 가득 채우고
병아린 양 한 모금 마시고는
하늘 한 번 쳐다보고
추우면서 피우는
꽃나무를 바라봅니다
꽃피는 사월을
기다려야 하는
삼월인가 봅니다
목마른
내 마음인가 봅니다

                      − 김재분, 「삼월」

시의 형식은 3연−'매화 생각이나 하리라'와 '꽃나무를 바라봅니다'를 2연의 끝으로 보면 1연엔 추운 날에 피는 매화 생각, 2연엔 시인과 추운 봄날의 경계를 지나면서 따스함을 추구하는 차와 나무의 상관성 그리고 마지막 연은 개화의 4월을 기다리는 시인의 열망과 꽃피는 나무의 결합에서 공히 '목마름'이라는 동일성에 이른다. 다시 말해서 시인과 3월의 나무는 기다림의 의미—4월의 찬란한 예약의 땅으로 가려는 갈망 혹은 이를 실현하려는 목마름이라는 동화(assimilation)에의 모습으로 연결된다. 동화란 시인이 세계를 자신의 내부로 끌어들여서 그것을 내적 인격화하는 이른바 세계의 자아화라는 점에서 일체화의 방식이다.

4. 서기호 「울안 딸기꽃」

문학의 임무는 인간에게 꿈과 사랑 그리고 희망을 주는데 있을 것이다. 절망을 헤매는 인간에게 구원의 손짓—문학이 갖는 근본이기 때문에 문학의 생명은 영원할 수 있을 것이다. 리얼리즘의 본질—소설이 추한 모습을 그리는 것도 인간의 선량한 모습을 추구하기 위한 몫이기 때문에 휴머니즘의 사상을 담아야 한다. 시 역시 희망의 메시지를 갖는 것은 감동의 진원이 곧 사랑과 희망에 있기 때문일 것이다. 시는 이런 메시지를 비유로 포장하여 독자 앞에 나서게 된다.

> 담장머리 감나무 가지에
> 눈망울 맞춘 산비둘기 한 쌍이
> 울안으로 나들이 왔다
>
> 4월의 햇살 속
> 뒷뜰 딸기밭엔
> 히죽 히죽 웃어주는
> 하이얀 꽃이
>
> 작은 꿀벌들의 날개짓이 바쁘다
> 흰나비가 날고

검은 나비도, 또
호랑나비가 담벽을 훌쩍 넘어와

모두가
희망의 울안이다

– 서기호, 「울안 딸기꽃」

4월은 초목에 아우성이 한창인 계절이다. 모든 초목들이 햇살에 얼굴을 자랑하면서 꽃을 피우는 분주한 계절이기 때문이다. 뿐만 아니라 산비둘기를 위시해서 모든 새들이 자손 번식을 위해 집을 짓는 날갯짓이 바쁜 때이다. 웃어 주는 꽃들에 의인(擬人)이 주는 감각적인 묘사는 자연의 흥취와 시적인 흥미가 조화를 이루면서 나비들의 군무(群舞)에서 울안은 조화의 풍경이 연출된다. 시인이 이런 정경을 시화하는 데는 인간사와 자연의 일부가 동일성으로 결합하는 근거를 제시하려는 발상인 듯하지만 흐릿한 시야를 갖고 있는 것 같은 부조화의 모습이 보인다. '검은 나비'(?)의 뉘앙스와 2연 끝부분에 '꽃이'와 다음 연의 첫 부분과 다소 상충하는 조사 '이'의 사용에서 리듬이 상실되는 느낌을 갖기 때문이다. 시에는 조사나 어미 등이 시적인 전체의 무드를 좌우하기 때문이다. 산문은 보행(步行)이고 시는 무용(舞踊)이라는 말을 음미할 필요가 있다.

5. 윤향기 「섬」

시적인 묘사는 비유로 생성된다. 다시 말해서 어떤 사물에 비유의 옷을 입히면 실재의 물상보다 더 화려한 생명을 획득하기 때문이다. 비록 간결하고 단순한 몇 구절의 언어 조합에서 상상의 탑을 높게 그리고 길게 자극할 수 있을 것이기 때문이다.

아직도 기다리는 구나 흙 모자 쓴 저 사람!

— 윤향기, 「섬」

    시는 제목뿐만 아니라 조사, 어미 그리고 마침표까지도 의미를 갖고 있다. 부분 부분의 의미가 결합하여 전체의 의미로 나아갈 때, 상상의 길을 확보하는 일이 시의 주된 임무이기 때문이다. 부사 '아직도'에서는 지금까지의 연속적인 존재의 모습을 갖게 되고 '흙 모자'에서는 숲이 우거진 섬이 아닌 황폐함을 느끼고 '저'의 거리 지칭에서는 시인과 얼마만큼 떨어진 거리감에서 바라보는 인상—시의 중심어는 '기다리는 구나'에서 고독과 기다림 그리고 쓸쓸함의 모양—!는 시인에게 각별한 인상을 심어준 기억—이런 느낌은 삶의 모습 또한 다름이 없다는 의미의 상상—시는 상상의 산물이 비유로 포장될 때 진가를 발휘하는 예를 접한다.

제6부

표정의 다양성

이재욱 – 시의 내면 풍경 그리고 서정미학

1. 시인의 운명

시인은 자기 시에 온 생애를 투척함으로써 시인 자신의 성(城)을 만들고 여기에 성주의 임무를 마치려 한다. 더구나 오랜 집권을 위해 온갖 수사와 지혜를 투사하여 시의 이름에 빛나는 옷을 입혀야 하는 피나는 노력은 일평생을 계속하게 된다. 다시 말해서 시인이 쓴 시는 명작으로서의 영생을 누리고 싶은 생각에 떠날 줄 모르는 땀을 흘려야 하고 더불어 관심을 가져야 한다. 단 한편의 좋은 시는 영생을 누릴 수 있는 조건이 되지만, 이 쉬운 것 같은 목표를 달성하기 위해 수많은 시를 창작하고 되풀이 하는 일이 일상적이 된다. 모든 시인은 이런 신화를 창조하기 위해 자기의 신명(身命)을 걸고 시 앞에 선다.

시인은 저마다의 삶의 색깔이 다르게 나타날 때, 묘미를 간직한 개성이 나타날 뿐만 아니라 시적 특징이 곧 시인의 초상화로 나타나게 된다면 다양한 체험의 재료는 곧 시의 다양성으로 진전하게 될 것이다.

국당 이재욱의 시는 순수의 눈빛이 선하고 따스하다. 그의 시적 특징은 나긋함이 유장(悠長)한 강줄기처럼 포근하고 다감(多感)스럽다는 인상으로 출발한다.

예리하고 날카로운 것에서 느끼는 칼칼함이 아니라 이웃집 아저씨의 소곤거림 같은 시가 갖는 매력은 「아낙네」나 「초승달」에서 잡히는 손짓이고, 「민들레」나 「가을비」 그리고 「고향하늘」에서 감지되는 정서의 특징은 순진무구함의 표정이 천진스럽다.

2. 고독한 내면풍경

문학은 인간을 말하는 일로 처음과 끝이 있다. 그것도 특수한 인간의 정서를 나타내는 것만이 아니라 보통의 사람들이 느끼는 상념(想念)이 감동을 줄 수 있는 이유는 누구나 갖는 생각을 시적으로 나타냈을 때일 것이다. 그렇다면 추적추적 내리는 가을비에서는 서글픈 마음이 방황하게 될 것이다. 이는 환경적인 분위기가 들뜨고 용약(踊躍)하는 것이 아니라 차분하게 가라앉히는 마치 먼 기억의 슬픔이 다가오는 것 같은 분위기— 「가을비」에는 처연(凄然)한 가을의 상념이 들어있고 시인의 심성을 나타내는 부분이 이채롭다. 특히 '낙엽은/오돌오돌 떨고 있는데'와 같은 표현은 휴머니즘—인간을 사랑하는 마음의 여백을 의미하기 때문이다. '단 잠 못 이뤄'의 긴 밤을 서성이는 시인의 모습—시가 인간을 사랑하는 일이 아니면 소재의 고갈(枯渴)을 부를 수 있을 뿐만 아니라 입지(立地)가 없어지는 일이기에 인간의 모습에 자연의 요소를 가미하여 은유의 의상을 입히는 이유가 될 것이다.

어머니나 고향에서는 누구나 따스함과 정 깊음을 느끼고 또 생각하기 때문에 찾아가 의지하고 싶은 감수성이 일렁일 것이다. 때문에 수구초심(首丘初心)의 고향은 곧 어머니의 정서와 같은 모태 의식이라는 점에서 마지막에 찾아가야 할 숙명의 공간으로 자리한다. 그러나 고향은 떨어져있는 공간적인 거리만큼의 애달픔을 부추기는 대상일 때, 아련한 향수의 메아리가 손짓하게 된다. 국당의 고향은 돌아가야 할 절대의 명제처럼 숙연함을 준다.

> 하늘을 오려 접고
> 바다를 그려 접어
> 천학을 접는다 해도
>
> 쉽사리 마음속에
> 내 고향 지울 수 없어라
>
> —「고향하늘」 중

'푸르고 젊은 고향'은 변하지 않는 고향의 이미지일 것이라면, 지금쯤은 변하고 변하여 알아볼 수 없을 정도로 변모되었을 것이기에 추억을 되돌려 '젊은 고향'에의 원형을 되찾고 싶어 하는 시심(詩心)이 애잔해진다. 이런 처지의 고향을 이미 알고 있기 때문에 '멍석 깔고 누워/고향하늘 바라본다'의 모습에 그리움이 담겨있다. 그렇다, 고향은 이미 젊은 날의 고향이 아니고 오로지 마음속에 자리한 이름이기 때문에 애달픔과 서러움이 교차하면서 시의 공간으로 찾아오는 이유를 만들고 있음이다.

시는 시인의 표정과 심성을 담을 때, 곧 같은 유형의 시를 생산하게 된다. 이재욱의 심성은 내면을 다스리는 정서가 안으로 삭여지는 것 같은 표현미를 가지고 있다. 아울러 앞서는 외향적인 성품의 정서가 아니라 정적(靜的)이면서도 단안을 준비한 강직성을 내장하고 있는 것 같다.「초승달」은 그런 시심을 나타낸 증거가 된다.

초승달 엉거주춤
서쪽 산허리 걸터앉아

노을빛 놓칠까
덜미 잡고 있다

강둑어귀 외딴집
고요한 섬처럼

― 「초승달」에서

　시는 항상 시인의 내면 정서를 표출함으로써 정서의 순화를 꾀하게
된다면 이재욱의 초승달은 시인 자신의 내면 표정을 나타내는 표현이
담겨있다. 이는 '강둑 어귀/고요한 섬처럼'이 주는 고독한 뉘앙스라는 뜻
이다. 바람이 소리치며 지나는 강둑이 아니라 조용하면서도 한적한 강
어귀의 무대가 설정되고―마치 '고요한 섬처럼' 홀로 서있는 '외딴집'은
곧 시인 자신의 심사를 나타내는 내면 풍경의 모습이라는 점이다. 섬과
외딴집은 오늘의 시인의 모습―고독함이 배회하는 이유는 아마도 노년
의 깊이에서 삶의 본질적인 느낌일 것이다. 언젠가는 세상과의 결별이
있을 나이쯤에서는 아무래도 서글픈 생(生)에의 회고가 일렁일 것이고,
살아온 날들의 추억들이 아픔처럼 장명등(長明燈)을 켤 때, 인생은 결국
허무(虛無)라는 종착지에 도달하는 심경이 환희이거나 즐거움 보다는 외
딴집 혹은 섬(島) 의식이 앞장 설 것이다. 이는 인간이 갖는 본질에서 다
가온 종점 의식이라는 점에서 곱고 따스함을 찾아나서는 이재욱 시의 내
면 풍경인 셈이다.*

임금재―언어의 그림 혹은 희망 찾기

1. 시와 자화상 그리기

　한 편의 시 앞에 시인은 벗겨진 상태가 된다. 왜냐하면 의식의 창구를 통해서 나타난 모습이 곧 시인 자신으로 돌아가는 그림을 그리고 있기 때문이다. 물론 '낯설게 하기'라는 기교적인 비유를 동원한다 해도 궁극에는 자신의 목소리와 모습을 그리고 있기 때문이다. 이런 현상은 부모의 유전자를 물려받은 증거가 얼굴이 닮아진다거나 목소리의 유사성을 갖는 일은 일상에서 만나는 일이다. 자식은 곧 그 부모의 모든 것을 내포(內包)하고 있기 때문에 거울과 같은 동일성에서 크게 벗어나지 않을 뿐만 아니라 훈습(薰習)이나 교육을 통해서도 같아지는 길을 확보하게 된다. 모든 예술은 결국 나를 말하는 기교의 차이일 뿐만 아니라 자기 거울은 곧 자기의 성(城)을 만드는 일과 다름이 없다는 뜻이다. 시인은 오로지 말할 수 있는 통로가 시 이외에 어떤 것도 용납하지 않을 때 비로소 시의 표정이 확연하게 드러나는 점이 시의 특성과 연결되기 때문이다. 기실 한국시는 에피소드로 악명(Notorious)을 얻은 후에 유명(Famous)을 장악하는 오도(誤導)된 통로에 익숙했다는 점은 인정되어야 한다. 왜냐하면 문학은 문학적인 함량이 말하는 것이지 문학 이외에 요소가 작동되면 그 순간부터 잘못된 길이 넓게 열리고 만다. 결국 시는 시인 자신으로 돌아가는 몫에 헌신할 때, 비로소 진정한 시의 모습을 회복하게 된다. 그러나 이런 절차를 시인 자신이 얼마나 신념화 할 수 있을 것인가는 오로지 시인만이 얻게 될 훗날의 명성의 조건일지 모른다.

임금재의 정서는 자화상을 그리는 수채화처럼 보인다. 안으로 다져진 의지의 숨결이 보이는 듯하다가도 이내 속내를 감지하기 어려운 현상이라거나 표현의 명확성에서 벗어난 듯한 감정의 기복이 슬픈 표정으로 돌아가는 길이 번다(煩多)하기 때문이다. 「가을」, 「설월리 연가.2」, 「언강」, 「거울 앞에서」 등은 그런 정서가 보이는 작품들이다.

> 거울 속의 한 여자
> 본 듯한 얼굴이
> 낯설다
>
> — 「거울 앞에서—자화상」 중

자기가 자기를 확인 불가로 판정하는 현상은 인간의 '무지에의 지'를 말한 소크라테스의 변명일 것이다. 델포이 신전에 쓰인 '너 자신을 알라'는 각성의 메시지는 비단 임금재 만의 현상이 아니기 때문이다. '본 듯 한 얼굴'이면서 낯설게 느껴지는 이방성의 문제는 곧 신산(辛酸)한 삶의 문제가 얽혀진 것과 상관으로 유추할 수 있는 가늠자로 보이기 때문이다.

2. 고독 그리고 그리움

누구나 고독한 것은 삶의 본질 일 것이다. 이를 극복하고 넘어가는 도정(道程)이 곧 삶의 문제이면서 해결의 단서가 될 것이기 때문에 시인에게도 '어떻게 살아야 하는가'는 영원한 명제로 대두된다. 물론 '어떻게'에 이은 구체적 방법은 '무엇을' 선택한 이후에 나타나는 점에서 지적(知的)인 결정이라야 한다. 다시 말해서 '무엇' 다음에 '어떻게'라는 방법론의 구체성이 나타난다는 뜻이다.

> 하늘 향한 갈망
> 납덩이처럼 서 있을 뿐
> 풀벌레도 울지 않는 나무
> 새들은 떠나고
>
> — 「설월리 연가.2」

절망은 항상 희망의 전 단계일 뿐 절망 자체가 우려스러운 것은 아니다. 즉 희망은 절망에서 나오는 이름이고 이를 어떻게 극복하는가의 문제가 있을 뿐 선택의 여지가 없는 상황을 의미한다. 임금재의 정서는 하늘이라는 구원의 공간을 설정하고 지상에 서 있는 나무들은 새조차 올 수없는 아픔이 내재한다. 모든 예술은 본질적으로 메시지를 전달하는 방법의 기교를 갖춰야 한다면 시 또한 그런 이유에 충실할 수 있어야 한다면 하늘은 희망의 공간이다. 푸른 하늘을 이고 살고 싶은 소망이 삶의 이유인지 모르는 내면 상황—그렇게 보인다.

시는 절망에서 구원의 메시지를 내장할 때라야 가치가 있을 것이고 시(詩)로서의 임무가 주어진다면 다음 단계는 그런 절차를 수용하고 있어 안도감을 준다. '지나는 바람/혼을 흔들어 깨워/군불을 지필 새'의 표현—바람이라는 에너지에 의해 새로운 영지를 선택하게 된다.

> 풀 향기로
> 숨 쉬는 나무
>
> 새파랗게 돋아날
> 봄을 품었다

　절망의 나무—독목(禿木)의 처절함에서 다시 봄을 맞아들이는 정서의 개화가 준비된다면 이는 시적 성공과 맞물리는 부분이다. 나무에게 봄은 곧 생명의 일어섬이고 개화 그리고 결실을 향한 손짓이 될 수 있기 때문이다. 임금재의 시는 이런 도정을 소화하면서 내일로 가는 길을 예비하는 정서가 건강한 문법이다.

> 언 강에 서서
> 내게로 올 나의 봄을 기다렸다
>
> 억겁의 윤회에 감춰진
> 봄 여름 가을 겨울
> 봄은 언제나 내 생명의 시작이었다
> …(중략)…
> 나는 비로소
> 출렁이는 바다를 가슴에 담는다
>
> 　　　　　　　　　　　　　— 「언 강」에서

　시의 도입부분과 마지막을 옮겼다. 봄이 시작을 알리면 세상은 일어나고 먼 예약의 땅을 향해 걸음을 옮기게 된다. 다시 말해서 참담함의 절망을 딛고 일어서는 봄날이기에 화려할 수 있고 충만한 즐거움을 잉태할 수 있게 된다. 아울러 대상과 나의 하나 됨은 곧 사물과 시인의 의식에 일체화를 구현하는 이름이기에 꿈과 행복의 정서로 환치(換置)된다.

3. 신념의 불 켜기

시는 의식의 중추가 확고할 때, 비로소 가치의 이름으로 나타난다면 임금재의 시는 뚜렷한 문법이 내재한다. 절망에서 희망 찾기 혹은 고독에서 자기만의 공간을 확보하여 성주(城主)로서의 임무를 수행하려한다. 이는 시적 신념이 낳은 산물이면서 생을 살아가는 일정한 룰을 가질 때, 비로소 신념이 불을 켜게 된다. 일상을 도처춘풍(到處春風)으로 사는 사람에게서는 시적 신념도 향기 없이 흔들리는 무의미를 감수한다면, 임금재의 시에는 확고한 의지의 줄기가 밝은 공간으로 지향하는 길이 보이는 것 같은 신념의 시−그런 시를 쓰는 의미의 시인이다.*

정성수 – 경계의 소유권

1. 조건 – 시는 짧은가?

요즘 시를 모르는 사람들이 시를 쓰는 경향이 시의 혼란을 야기했다. 그 원인(原因)의 원인(遠因)을 살펴보면 70년대부터 몰아친 이른바 민중소용돌이와 연관이 있다. 다시 말해서 박정희 철권통치의 반항이 문화계 쪽으로 번질 때, 시는 투쟁의 유용한 수단이었다. 쉽게 말해서 민중문학의 본질은 사설조의 산문이 대세였다면 이의 역사적인 근거는 사설시조에서 파격을 보이기 시작했고 이어 소설이라는 이야기로 민중들의 답답한 심정을 소화 내지 해소하는 방편이었다. 물론 판소리도 그런 유형의 줄기로 보면 – 문학적인 소양이 부족한 사람들의 넋두리는 자연 긴 사설의 산문적인 형태로 나타났었고 현대 민중문학의 목록에서 시가 주류를 이룬 것도 기실 이런 전통과 무관한 것이 아니었다. 주지하는바 시는 문학의 가장 고급한 형태이면서 응축의 묘미에 각종 비유의 장치를 담아야 비로소 시의 이름을 얻을 수 있었다. 그러나 문학적 소양이 없는 사람들에게 격정의 토로가 행과 연을 끊어 시라는 이름으로 위정자나 자본가를 욕하면서 배설의 쾌감을 누렸던 것이 민중문학의 실체였다. 그러니 한국 현대 민중문학사는 조악(粗惡)하고 문학적인 가치 부재의 앙상한 몰골로 끝을 고한 불행의 표정이 되고 말았다.

시는 짧음에서 시의 가치는 일단 출발한다. 그러나 은유와 직유, 더는 역설이나 아이러니, 어조, 퍼소나, 패러디, 상징, 리듬, 이미지 등으로 의미의 숲을 구성하면서 의미의 증폭을 고하는 시는 가급적 짧아야 맛깔스런 시의 본색이 나타난다는 형식 논리는 옳은 일이다.

정성수의 최근 시집은 이런 조건에 부합한 『세상에서 가장 짧은 시』(2011. 월간문학발행)와 『기호여러분』(2012.1)의 두 권을 읽으면 기존의 의식을 뒤집는 시의 맛을 만나게 된다. 지금까지 가장 짧은 시는 장 콕토의 '너무 길다'(「뱀」)이었던 것으로 생각하면 정성수 시는 그런 관념을 뒤집었기 때문이다.

　　+

　　　　　　　　　　　　　　　　　　　－「나는 너의, 너는 나의」

　　H

　　　　　　　　　　　　　　　　　　　－「사람과 사람」『부호 여러분』,

위의 두 작품은 내용이 기호에 불과하다. 그러나 제목을 읽고 내용인 부호를 살피면 의미의 곁가지를 짐작할 수 있고 또 증폭되는 상상력의 무한한 바다를 유영할 수 있게 된다. +와 H라는 의미가 독자에게 어떤 전달의 메시지가 되는 가는 독자의 몫이지 시인의 책무는 아니다. 오로지 시인은 부호이든 마침표이든 아니면 띄어쓰기를 없앤다 해서 시가 아니라는 주장은 독자가 알아서 받아들일 일이기 때문이다. 이상의 「오감도」를 헛소리라고 타매(唾罵)했던 과거의 시 역사 또한 빛나는 사건이었음을 상기할 필요가 있다. 인간사는 정답이 없고 오로지 모호한 해설서들이 횡행하는 현상이 펄럭일 뿐이다.

2. 경계의 소유권─신의 영역과 인간의 영역

인간 중심이냐 신(神)중심이냐의 구분은 중세 이후 무의미해졌다. 왜냐하면 끝없이 인간 중심의 역사는 지속되어왔기 때문이다. 다시 말해서 최종 가치의 문제는 인간 중심의 휴머니즘을 실천하는 일이 중심 과제로 등장한 이후 신과 인간의 관계에 일정한 거리가 형성되었지만 여전히 혼란의 와중(渦中)은 헷갈리고 있음 또한 사실이다. 지금까지 신들은 인간의 무수한 질문을 받고서도 암호와 같은 대답에 모호한 신호로 혼란의 난폭함을 휘둘렀기 때문이다.

우선 정성수의 신작시 5편을 옮기면서 논지를 출발한다.

새벽마다 신에게 편지를 씁니다

그는 오늘도 암호 해독 중...!

－「왜 답장이 오지 않나, 하느님에게선」

돌아갑니다

한평생 외발자전거 타고 지구 위를!

－「곡예사 지구인」

나에게 마지막 남은 것은

두 개의 눈...!

―「두 개의 눈」

오래오래 신에게 악수를 청하지만

차디찬 오른손 하나 허공에 떠있네

―「보이지 않는 손」

날아가네, 날개가 없어도 지구는

추락하네, 날개가 있어도 새는

―「날개」

「왜 답장이 오지 않나, 하느님에게선」, 「곡예사 지구인」, 「두 개의 눈」, 「보이지 않는 손」, 「날개」의 5편을 접하고 기존의 시적 눈으로 본 독자는 매우 의아한 생각으로 지나칠 것이다. 그러나 기존의 질서 앞에 도전하는 시적 양상은 당황과 혼란의 충격파가 클수록 시적 성공은 확실하기 때문에 정성수의 시에 눈이 가는 이유가 내장된다.

종교는 절대의 감옥에서 인간을 빼내려 하기보다는 오히려 감옥에 깊숙이 처넣고 헤어나올 길을 차단하는 것이 속성이다. 이른바 절대 명령형으로 포장하여 끝까지 침묵을 강요하는 종교에 반항의 깃발은 용납되지 않기 때문이다. 하여 중세기의 신(神) 만능에 항거하여 쓴 소설 「가르강튀아 팡타그뤼엘」에 첫 번째 부분은 주인공이 태어나자마자 '술이 마시고 싶다'라는 황당한 주장을 한다. 그러나 그 의미는 신으로부터 인간은 해방하고 싶다는 발언이었으니 술은 곧 엄숙하고 지성적인 신성으로부터 흔들리는 인간의 모습으로 돌아가고 싶다는 발언이었고, 주인공이

29세 때 전쟁에서 이긴 공로로 그 부친이 성(城)을 물려주었을 때 그 성 앞에 '너 하고 싶은 데로 하라'는 표어를 써 붙였다. 이는 르네상스의 인간해방 즉 휴머니즘의 발단이 되었음은 시로부터 인간의 해방─자유정신의 발현을 의미한다. 전지전능의 신은 오늘도 오로지 암호를 남발하고 이를 팔아 소득을 올리는 사람들은 여전히 하느님을 열성으로 부르고 있는 모순의 경우는 흔하다. 이는 마치 실체를 앞에 놓고 신에게 경건(敬虔)한 악수를 청하지만, '차디찬 오른 손에 담긴' 허무처럼 암담하고 흐린 안개로 구원의 임무가 땀을 흘리지만 침묵의 지속은 더욱 기승을 부리는 현혹─다만 상징의 불빛이 하늘을 점령하는 일이 오늘날 종교와 인간의 대립적인 목청이다. 다시 말해서 해답을 갈구하지만 오로지 암호의 침묵으로 끌고 가는 일에의 대립각이다.

정성수의 요즘 시는 암호가 아니라 현대인의 모순과 현상 앞에 펼쳐진 암담함을 고발하는 임무를 부여받은 것처럼 인간이 만든 암호를 다시 신에게 보내는 것으로 복수를 시도하는 느낌을 주는 시를 쓴다. 이런 도발성은 신(神)조차도 망연하게 답답중을 호소할 것이기 때문에 인간의 처지에서는 희열을 갖기에 충분할지 모른다. 너무 농락당한 인간의 복수이기 때문이다. 「보이지 않는 손」과 「왜 답장이오지 않는가, 하느님에게선」에는 인간의 입장에서 신에게 암호를 해독하라는 재촉에 신은 무슨 대답을 할 것인가를 듣고 싶은 인간의 마음이 발동한다. 다시 말해서 신의 영역과 인간의 영역 사이에 경계의 소유권을 주장하는 일이 벌어진다. 정성수의 부호로의 시는 그런 문제 앞에 지금 제 목청을 발휘하고 있는 것 같다.

「추락」과 「곡예사 지구인」은 인간의 삶이 어디까지 무엇을 위해 살고 있는가에 의문을 설정하는 길이 보인다. 한평생 외발자전거를 타고 가지만 그 목적지가 어딘지 그리고 무엇을 위해 땀을 흘리는가의 행동에 의문부호가 펄럭인다. '돌아 갑니다'와 '지구 위를'이라는 상관은 인간과 어떤 연계성을 갖고 있는가의 여부 앞에 망연한 호흡이 가파를 뿐 '보여주는' 것으로 인간의 초라함이 '보아지는' 풍경이 될 때 인간의 이성적인 자각이 돋보이게 된다. 아울러 날개가 있어도 추락하고 또 없어도 추락하는 일이 모두인 상황—중력은 무엇이고 물리학의 설명은 무엇인가의 처절한 현상 앞에 인간은 초라한 깃발을 들고 어딘가 무작정 가야하는 일이 숙명으로 살아가는 이유는 오늘도 진행형일 때, 객관의 시점에서 인간의 맹목이 보인다. 추락은 추락이 아니고 상승은 상승이 아닌 다만 멈추어 있는 것이라는 설명이 결코 틀린 것이라는 백과사전은 모두 백지와 같다. 마치 신이 약속한 것을 믿어야 하는 암담이나 인간이 만든 것들에 의문을 갖는 일이 등가(等價)를 이루고 있다는 존재의 허망에 정성수의 시는 그 틈새를 비집고 들어와 표정을 관리하는 느낌이 요즘의 정신 도학(圖學)인 듯하다. 다시 말해서 신과 인간 영역의 경계에서 그 영토를 관리하는 시인의 목청이 들린다는 의미—아무도 소유권을 주장한 적이 없는 미답(未踏)의 땅이 곧 정성수의 시적 영토라는 뜻이다.*

정판길 — 그리움의 손짓 그리고 그림자

1. 만약 당신은?

시를 쓰는 당신이 독자로부터 당신은 왜 시를 쓰는가라는 질문을 받으면 무슨 대답을 준비하고 있는가? 이에 대한 답안이 마련된 시인도 있고 또 그런 준비가 없이 시를 제작하는 사람도 있을 것이다. 확실한 대답은 시를 창작하는 일에는 두 가지가 모두 정답이 될 것이라는 점 — 전자는 일정한 논리의 구축을 갖춘 다음에 시를 만나는 일이고 둘째는 단순한 감수성만으로 시를 쓰는 사람으로 습관적인 반응이라 말할 수 있을 것이다.

나를 바라보는 방법은 불가능한 일이다. 만약 거울이라는 도구가 없다면 나의 발견은 영원한 미지수의 숙제로 돌아갈 것이지만 — 나르시스의 신화는 나를 발견함으로부터 비극의 문이 열리는 일에는 또 다른 인간의 숙제가 되었다. 왜냐하면 거울을 볼수록 스스로가 무엇이고 또 무엇이어야 하는 가의 질문에 답을 마련할 수없는 경우가 대부분이기 때문이다. 「자화상」의 모습을 들여다보는 행위는 항상 당혹감에 침잠(沈潛)하는 일이 비일비재할 것이다. '내 곁을 따라다니는 사람'의 그림자는 항상 낯선 모습처럼 따라다니지만 정작 자기의 그림자를 정면으로 만나는 일은 불가능하기 때문이다. 왜냐하면 나를 만났다 싶으면 다시 멀어지는 일정한 거리로 존재하는 일이 자화상의 문제라는 뜻이다. 그러나 정판길 시인은 '오늘도 두려움 없는 하루가/꿈처럼 아름답게 지나간다'에서 나를 찾는 자화상의 소득이 아름다운 삶에 목적이 있음을 명확하게 정리된다.

그리움이란 말에는 항상 아득하고 깊은 의미의 파문이 숨어있다. 명확하지 않고—마치 파스텔 톤이나 수묵화 같은 흐린 농담(濃淡)으로 처리된 의식에는 시의 특징인 ambiguity가 시적 의무에 충실한 감동을 잉태하기 때문이다. 시는 하나 더하기는 하나가 아닌 둘이요 셋으로 의미를 구축할 때 좋은 시라는 이름이 헌증된다.

> 가까이 있다 해도
> 구천의 은하에 있는 듯
> 몹시 그리워지는 그대
> 마음으로 옥같은 눈물 배입니다
>
> —「그리움」에서

그리움은 막연한 생각이지만 가까이 있음이 아닌 얼마의 거리(distance)가 존재할 때 생각이 집중되는 현상을 이른다. 전혀 관심이 없으면 거리가 발생하지 않지만 대상에 대한 관심이 모아지면 생각의 외골수 현상이 발생하게 된다. '가까이 있다 해도'와 같이 거리가 나타나기 때문에 그리움은 노출되지 않으면서도 안으로 파고드는 이유를 만들고 '마음으로 옥 같은 눈물 배'라는 고백이 누선(淚腺)을 자극하게 된다. 더불어 그리움의 대상은 '달려가도 끝내 닿지 않으니/가슴은 타서 재가 됩니다'의 슬픈 인식을 남기면서 정판길 시인의 정서는 활로를 찾아 새로운 길을 만들고 있는 인상이다.

> 그리움으로 해서 시작되는 오늘
> 고독 그것만이 아니게 되었으면 한다
> 그리움과 서러움이 구분되었으면 한다
>
> — 「그리운 시간들」 중

아무런 생각이 없는 사람에게는 무료(無聊)를 건너는 방법으로 쾌락이 따른다. 그러나 누구를 생각하고 그리워하는 일은 살아있음을 나타내는 확인의 절차가 될 것이기에 보다 진지한 생(生)의 자세가 나타난다. 이 확인으로 부터 해결을 위한 방법이 모색되고 또 노력의 배가(倍加)에 따라 목적을 달성하는 절차가 만들어진다. 모든 인간사는 문제를 만들고 이를 해결하는 데서 자아 발견의 변화가 나타나게 된다면 정판길 시인의 시적 사고는 자기를 알아가는 방편으로 시의 숲속에 들어가 때로는 방황하고 더러는 즐거움을 찾아나서는 나그네의 여정을 즐기는 내면 정서가 온화한 느낌을 준다. 왜냐하면 '그리움으로 해서 시작되는 오늘'의 선언적인 표현이 삶의 언덕을 넘어가는 에너지를 공급받는 대상처럼 인식된다는 뜻이다.

외로움은 고독의 다른 이름이지만 곧 자기를 알기위한 일로 외로움의 길은 열리게 된다. 다시 말해서 자기가 무엇인가를 모르는 상태에서는 외로움이라는 상황을 알 수 없기 때문이다. 가령 짐승들의 경우 외로움을 느낄 수는 있지만 그 외로움을 극복하는 자기발견의 지혜를 갖지 못했기에 변화를 받아들이지 못한다. 다시 말해서 인간만이 고독과 외로움을 느끼면서 이를 지혜로 넘어가는 방법을 찾을 때, 비로소 새로운 세계에 대한 도전이 시작된다.

> 한 구루 나무처럼
> 하늘과 땅을 바라본다
> 산다는 것은 가치만이 아닌 것,
> 외로움도 삶의 의미를 부여 한다.
>
> — 「외로움」에서

'한 그루 나무처럼'의 직유에는 고독한 발성이 내장된다. 아울러 '하늘과 땅'을 응시하는 이유가 고독이라는 징후를 감내하는 도정(道程)에 있음을 깨닫고 '가치'와 '의무'라는 숙제 앞에 해결의 의도가 드러난다.

문명(文明)이란 사람에게 다가온 역경을 넘어가는데서 나타난 결과물이라 가정하면 역경을 넘기 위해 더 많은 자기 확인의 방법을 거치면서 전환의 길을 답파(踏破)하려 한다. 개인으로 초점을 돌리면 자기 발견에 대한 진전이고 변화라는 명명이 가능해진다. 이는 자기를 아는 고독 속에서 비로소 길 찾기의 모색이 가능하다는 뜻에서 외로움이나 고독은 지혜의 밭을 일구는 첩경이라는 말이 옳은 뜻이 될 것이다.

2. 운명의 안내자

시인은 사물에 자기를 투영하여 새로운 세계를 창조하거나 접근하는 길을 모색하는 커다란 그릇일 것이다. 정판길의 시에는 주로 식물적인 정서와 자연과의 대화가 조화에 집중되는 인상을 준다. 이런 정서는 시의 소재에서 자연 친화적이고 시인의 성품이 온화한 정서가 주를 이루는 것으로 증거로 삼을 수 있을 것이다. 아울러 시는 자기의 거울을 만드는 일이기에 때로는 고백하고 감추면서 미감(美感)을 찾아나서는 나그네의 여정이라면 정판길의 시적 정서는 나이브하고 부드러운 정감이 스며 있다. 더불어 삶을 숙고하면서 자아 정립의 방법으로 시를 쓰는 일이 곧 지혜의 발굴이라는 점에서 정판길의 시는 운명의 안내자로서의 역할에 알맞은 인상을 주는 시인이다.*

이명우–테마 시의 필요성

1. 필요

  꽃에 대한 연작시를 쓰는 시인은 장열, 섬에 대한 연작시 하면 이생진 그리고 사람에 대한 연작시는 김년균을 연상할 수 있다. 이들은 수백 편의 시로 그만의 특성을 보여주고 있기 때문에 이름을 들으면 우선 테마로 쓰는 연작을 금시 연상하게 된다. 다시 말해서 그 시의 우열 혹은 성패를 따지기 이전에 이미 친근하게 다가온 관념이 이름으로 튀어 오르기 때문이다. 이런 일은 일종의 전문가라는 인상을 줄 수 있고 또 그 방면의 다양한 식견을 보여주는 집념으로 생각할 수도 있다. 이런 이유로 연작시 혹은 테마로 시를 쓰는 일은 우선 반은 성공적인 길을 확보한 결과가 된다. 더구나 한국문인협회 회원 1만여 명 중에 시인이 5,111명을 헤아리는 위압된 숫자에서 금시 떠오르는 이름을 만들 수 있다면 이는 반쯤 성공이라는 이유가 합당해진다. 그러나 굳이 시를 테마시로 쓰라거나 어떤 명분으로 구분을 해서 말하는 것은 창작의 길에 옳은 조언은 아닐지 모른다. 그러나 인상을 각인하거나 시인의 어떤 특성으로 독자의 기억을 쉽고 용이하게 만드는 일은 필요한 서비스일 것이다.

2. 이명우의 산골 풍경 연작의 특성

이명우 시인은 산골의 풍경을 연작으로 쓰는 이유를 굳이 설명으로 나타내지 않고 오로지 시적 표현으로 마음을 나타내는 과묵한 모습을 접하게 된다. 왜냐하면 교언(巧言)으로 꾸미는 것이 아니고 오로지 시의 숲속에서 자신의 모습을 드러내기보다는 오히려 감추면서 보여주는 속성을 갖고 있기 때문이다. 그가 이런 시를 쓰는 단순한 이유는 그의 삶의 원형을 이룬 공간에서 이유를 찾을 수밖에 없을 것이다. 이는 고향 문경에 대한 애착이고 회고의 정감이 깊기 때문일 것이다.

이명우의 시는 간결하고 담백하다. 또 지고지순(至高至純)하고 투명하여 가슴 시린 특징을 내장한다. 이는 그의 정서가 문경 산골에서 자랐던 감수성이 아직도 푸른 하늘을 배회하고, 산골 물소리가 청아한 소리로 다가오고, 하늘과 별과 구름과 꿈이 유일한 놀이의 대상인 것처럼 출몰하는 풍경화로 다가오는 유장한 표현미가 그렇다.

우선 「산골 풍경.1」을 옮겨 시의 진로와 의식의 촉수를 점검하는 길로 들어간다. 처음의 시적 의도는 이후의 시에 지대한 영향을 간파할 수 있기 때문이다.

거짓말 같았다.
소나기가 왔다는 소리가

안개도 이삿짐을 지고
시지프스의 가쁜 숨결로 산을 넘고

등목하고 나온 햇살
아직 젖어 있는
버드나무 머리칼을 빗질하고 있다.

나리꽃을 터뜨린
나비 한 쌍이
정오의 꿈을 꾸며
하늘을 끓어 먹고

불어나는 물거품이
빚어내는 풍금소리
산너머 가는 구름
그늘로 춤을 춘다.

마음 팔매 원을 그린 먼 하늘에
낮달로 뜬 술잔에 고여 있는 유년을
바라보다 바라보다 장승이 된다.

— 「산골 풍경.1('89년 ㅂ ㄹ 시 소재)」

    여름날 느닷없이 소나기가 내린 이후의 상쾌한 청량감의 풍경이 전개된다. 매우 감각적이고 투명하고 순수가 다가오면서 꿈을 꾸는 유년의 모습에 아아한 모습이 담겨있는—앞으로의 진로를 암시하는 전원 풍경이다. 즉, '마음 팔매 원을 그린 먼 하늘'이 시인의 의식에 무대로 자리 잡았고 거기에 '유년'의 추억이 앞으로의 진로를 상상으로 헤집어 가는 암시를 발견하게 되기 때문이다. 또한 '장승이 된다.'는 시어에서 추억으로의 여행이 길게 이어질 것을 느끼기엔 어려운 인상이 아니다. 왜냐하면

'바라보다'의 반복이 주는 뉘앙스에서 시심(詩心)과 시인의 시적 의도(意圖)가 일치하기 때문이다. 산골 문경의 정경이 시심의 원형을 이루면서 노년의 나이에 이르러서도 이를 잊지 못하는 고향이 되어 찾아가고 또 찾아가 쉴 수 있는 안락한 공간으로 설정된 일종의 유토피아적인 혹은 무릉도원의 개념이 승(勝)한 것 같다. 이런 기저는 「산골 풍경 235」편까지에도 변함없음을 유지하는 것으로 볼 때, 이명우의 시는 결국 산골 풍경이 비단 고향 문경만의 공간이 아니라 인간이 편히 살아야 할 곳으로 확장된 뜻을 보이는 것 같다.

2. 문제

시는 변화를 특징으로 삼아야 한다. 다시 말해서 언어의 탄력에 의해 신선감을 주어야 하고 또 소재의 다양성에서 변화를 줄 수 있을 때, 관심의 고조를 이룩할 수 있기 때문이다. 그러나 숫자가 이어지는 무한정의 나열은 변화에서 지루하고 신선미에서 문제가 내포된다. 그러나 부제를 달았을 경우라면 천편일률이 주는 것보다 진보된 생각일 것이다.

이울러 한 가지에 수백 편의 시적 정서에 변화가 있어야 한다는 것 – 매우 지난(至難)한 일이 될 것이다. 즉, 산골의 변화가 아무리 심하다 해도 200여 편이 넘을 때 과연 지루하지 않을 수 있을 것인가 의문이 앞선다. 때문에 적당한 선에서 다음 장면을 생각하는 장면 전환의 필요성을 강조해도 될 것 같다. 왜냐하면 인간의 심리는 어느 지점에서 인내의 한계가 변화를 수용하려는 발상이 살아나기 때문이다. 한 편의 짧은 시는 결국 인간의 삶을 압축하여 보여주는 파노라마일지라도 변화는 항상 갈망을 필요로 하기 때문이다.

또 한 가지의 우려는 추억(追憶)에 볼모로 잡힐 수 있다는 점이다. 인간에게 추억은 회상의 미학으로의 정감을 부추길 수 있지만 이는 과거지향(過去指向)일 때 나타나는 특성이다. 앞으로 혹은 진취적인 사고와 행동을 필요로 하는 것은 삶의 진보와 상관이 있기 때문에 추억의 편중은 자칫 나른한 삶을 만들 수 있을 것이다. 추억이나 고향의 이미지가 번다한 시는 상상력의 왕성한 길을 자칫 차단하는 염려가 발생할 수 있기 때문에 과도한 지향은 굴레를 만들 수 있을 것이기에 경계하는 점이다.

그러나 일정한 방면에 정신을 투척하여 성과를 올리는 것과 백화점식으로 나열된 정서와는 집중(集中)면에서 차이가 있다면 의당 시험해 볼만한 가치가 있는 것이 테마시의 매력일 것이다. 아마도 이명우가 평생 추구하는 산골 풍경은 쉽게 끝날 것 같지 않다. 여전히 숫자는 증가할지라도 소재의 변경—자연 현상이 시의 구체적인 상징으로 자리하고 있음이 현재의 시적 자리이기 때문이다.*

장문영 - 모성애적인 시의 관찰법

1. 시의 소리

시는 언제나 독자와의 대화를 갈망한다. 그렇다고 소리 지르고 아우성 치면서 말을 건네는 것이 아니라 때로는 나긋하고 더러는 아우성의 입담 도 있을 수 있지만 결코 천박하거나 낮은 모습으로 대화를 하는 것은 아 니다. 이는 독자의 성향에 따라 얼굴을 바꾸는 모습으로 다가오는 점 - 일 종의 수용미학적인 견해가 옳은 것 일지 모른다. 왜냐하면 시가 도덕적인 기준을 말하는 것도 아니고 그렇다고 오락 혹은 희화적(戱畵的)인 요소로 전락하는 것도 아닌 - 다만 시의 소용이 깃발을 세울 때 독자는 그 시의 손 짓에 따라 감수성을 받아들이고 대화하는 속성이면 된다. 시대가 살벌하 면 시의 표정도 그런 표정을 연출하고 또 온화한 환경에서 시의 이름은 항상 스미듯 다가오는 이름이기 때문에 시는 항상 시대를 성실하게 살아 가는 개성 있는 시인과의 연관에서 독특한 영지(領地)를 확보하게 된다.

시는 시인의 정신에 따라 표정을 관리한다. 다시 말해서 한 편의 시에는 시인의 사상이 호흡하고 있고 오늘과 미래를 지향하는 의도가 담겨 있기 때문에 시는 항상 깨어있는 정서를 충전하면서 세상과 소통의 길을 만들게 될 때, 독자를 인도하게 되고 인생의 의미를 천착(穿鑿)하는 경작자(耕作者)의 임무를 수행하게 된다.

장문영의 시를 읽다보면 온화한 표정을 감지하게 되고 정숙하고 따스한 여인의 모습이 담담하게 다가온다. 물론 시적 장치의 고도성을 언급하는 것은 아니다. 진실의 힘이 느껴지는 것은 시인 자신의 삶이 녹아 비로소 한 편의 시로 환치되는 여정을 5편의 시에서는 쉽게 발견되기 때문이다. 인생을 포장상자로 묘사한 「포장상자」와 소나무의 강인함이 인상적인 표현으로 다가오는 「맨발의 소나무」, 그리고 손에 흐르는 긴 강(江)에서 삶의 모습을 유추하는 「손」, 돌아갈 수 없는 젊은 날의 회상이 젖은 「젊음 만나고 싶다」와 불타는 것 같은 여름의 정경이 그려진 「타오르는 한여름」으로 시인의 시적 의도는 명확하게 가늠된다.

2. 시와 음성

한 편의 시를 만나면 시인의 모두를 알게 될 때, 시의 숨소리가 들리게 된다. 이는 그의 전(全) 삶을 투척(投擲)할 때, 비로소 시의 얼굴이 그려진다. 다시 말해서 시는 결코 쉽게 나타나는 신기루가 아니라 때로는 기도하듯 혹은 온 신명(身命)을 걸고 애원했을 때, 비로소 어렵사리 만날 수 있음을 허락하는 고귀한 신분일 수도 있고 때로는 골목에서 친근하게 만나는 어린애와 같이 부드럽고 친근한 이웃 사람 같은 속성일 수도 있다. 이는 시인의 개성의 맛이기 때문에 저마다 독특한 성향을 갖는다. 장문영의 시는 후자—그렇게 친근하고 나긋함에 향기를 전달한다. 즉, 시는 일정한 의도의 중심을 갖춰야 한다면 장문영의 시는 중심을 잡고 자기만의 세계를 구축하는 정서의 부림이 조용하고 아늑함을 전달하는 묘미가 있다는 뜻이다. 인용으로 논지를 확인할 계제(階除)이다.

> 인생은
> 포장상자
>
> 그 속엔
> 각양각색의
> 사람이 있을테고
> 가지각색의
> 직업과 생활
> 천차만별의
> 성격과 습관도 있으리라
>
> ─「포장상자」에서

인간들의 모습을 포장 상자에 들어있는 양상으로 가정하면─그 속엔 무수한 삶의 모습들이 투영된다. 저마다의 다른 표정들과 직업 그리고 살아가는 행동들이 개성을 만들면서 무리지어 우글거리는 모습으로 다가올 것이다. 선(善)한 사람이 있는가하면, 악착(齷齪)과 저주(咀呪)로 무장한 악한들의 행동이 어울려 살고 있는 상자 속 모습─객관적으로 바라보는 시인의 시선에는 삶의 다양성이 열거된다. 더러는 헌신적인 생을 의미로 채우는 사람이 있고 허랑, 방탕으로 해악을 일삼는 무리도 있을 것이다. 벗어날 수 없는 지구(地球)라는 상자 속에서 살고 있는 인간 군상들을 객관적인 거리(距離)에서 바라보면서 스스로를 깨우치는 시심(詩心)의 방향이 선량하다. 이는 사물을 바라보면서 교훈을 주려는 발상에서 근엄한 모습이기도 하다.

장문영의 시선은 항상 따스하다. 이는 사물을 바라보면서 헌신과 희생 그리고 포용하는 마음을 발산하는 근거로 볼 때—오연(傲然)히 서있는 소나무에서는 인간에게 설법하는 휴머니즘의 마음이 보이고, 모성애의 근거가 따스하다. '바위 담벼락에/간신히 기대 서서/양말도 못 신고 매발톱이 된/맨발가락으로/바위를 움켜쥐고/설한풍에 화두 하나 짊어지고 서 있다'(「맨발의 소나무」)처럼 시인의 마음에는 사물을 바라보는 시선이 어머니의 모습으로 염려와 안타까움이 근본을 채우고 있기 때문이다. 어찌 보면 인간은 모두 아슬아슬한 벼랑에 서있는 혹은 설한풍을 견디면서 살아가는 소나무의 모습이 인간의 삶과 다름없을 것이라는 이미지는 통하고 있다.

손을 건네주면 마음을 주는 것과 같다. 다시 말해서 손을 어떻게 처리하는가의 여부는 상대방에 어떤 생각을 전달하는가의 의미가 된다. 악수는 상대방에 호의를 나타내는 일이고 공손함을 나타내는 방법은 두 손을 모으는 태도가 된다. 이처럼 손은 마음을 나타내는 점에서 충실한 역할을 다한다.

> 그는 불협화음 없는 협주자예요
> 유일한 친구며
> 생명을 담보한 충복이랍니다
>
> —「손」에서

어린애의 손은 앙증맞고 또 순수함이 표출되고, 나이 먹은 노인의 손은 세월의 강물이 흐르고 있다. 얼굴을 보지 않고 손만으로도 어떤 삶을 살아왔는가를 가늠할 수 있는 손은 그만큼 정직한 표현을 하고 있기 때문에 '세상의 이야기'를 돌아보는 화면인 셈이다. 세월의 언덕을 말없이 넘어왔고 더불어 가야할 먼 길까지의 충실함이 손에 대한 섬세한 관찰─이는 날카로운 발성(發聲)으로써 사물의 성찰(省察)이 돋보이는 표현미이다.

3. 모성적인 발성

장문영의 시는 순수하고 건강함뿐만 아니라 진지한 통찰이 두드러진다. 이는 모성애적인 휴머니즘의 시선을 확보하고 사물과 소통하는 감수성으로 돌릴 수 있을 때, 생각하는 시의 특징이 담겨있다. 때문에 장문영의 시는 따스한 온기가 흐르고 의미가 깊이로 흐르는 소리가 조용하고 담담한 인상을 전달한다.*

박병선 ─ 그리움의 풍경화 혹은 마음의 여로

1. 시와 현시(顯示)

모든 인간은 자기를 중심으로 생각하고 또 자기를 타인에게 보여줌으로써 만족을 찾는 일이 다반사일 것이다. 육감적으로 보이는 여성의 미니스커트는 남을 의식하는 일─점차 높이로 올라갈 때 상대방에게 에로틱한 관심을 집중하려는 발상─기실은 미모라는 간판을 위한 노릇일지라도 올라가는 높이만큼 시선을 집중하는 일이 아니라면 무엇 때문에 여성 스커트의 길이는 아슬아슬하게 짧아질 것인가?

시는 보여주는 것일지 모른다. 아니 보여줌으로써 시인 자신으로 돌아오는 기대감이 아니라면 시의 소용은 무슨 의미를 가질 것인가? 또 다른 이유는 마음에 있는 정서를 발산함으로써 일종의 쾌감을 느낀다면 시 쓰는 일은 곧 정서의 순화라는 미명(美名)을 붙일 수 있을 것이다. 자기 존재를 확인하고 기쁨을 갖는다면 들판의 꽃이 피는 이유나 나무에 열매가 열리는 일처럼 자연스런 일에 해당 할지 모른다. 이 또한 자연의 법칙이고 이에 순응하는 일이 곧 생의 원리라면 시를 쓰는 시인의 임무는 자연에 순응하고 또 자연을 노래함으로써 자기를 보여주는 일에 다름이 없을 것이다. 부모 아래서 성장했고, 결혼하여 자식을 낳고, 키우고 바라보는 일이 끝나면 늙어 죽어가는 원리와 자연의 법칙은 여일하게 동궤(同軌)를 운행하는 질서의 개념일 것이라는 뜻이다. 시는 비록 보여주는 일에서 출발했다하더라도 궁극에 어떤 모습으로 나타나는 가는 자연의 원리 속에서 숨 쉬는 일—인간의 기준으로 어떤 모습이 아름다운가는 보이는 것에 대한 보편성에서 찾을 일이다. 시는 항상 보편의 감동에 중심을 두고 있기 때문이다. 결국 시인의 시는 자연이고 때로는 영생(永生)을 사는 자연일 뿐이다. 다만 시인은 왔다 사라지는 일시적인 존재—그러나 시는 오래 살 수 있는 기회가 있다. 좋은 시만 된다면……. 때문에 시인은 시를 쓴다.

2. 정서의 순수성

시는 의식의 중심이거나 사상을 말하는 도구가 아니라 정서일 뿐이다. 이 정서는 항상 아름다움만을 추구하는 것이 아니라 때로는 어긋난 도덕에 분노하기도하고 때로는 삶의 질서를 노래하는 조용한 가락일 때도 있다. 어느 정서가 우선한가는 시인의 삶과 체험의 요소들이 복합하여 표출되는 특성에 있게 된다.

박병선의 시는 섬세함으로 물든 풍경화이다. 이는 여성적인 감수성과 삶의 질박(質朴)함이 순수로 용해된 체험의 노래이기에 더욱 심층 깊은 이유를 발견하게 된다. 경기도 광주의 한적한 공간에서 대대로 살아온 삶의 이력이 시에 투영되었고 생활에 충실한 주부의 모습이 시의 가락으로 흘러나올 때 매우 담담한 인상을 보인다.

> 허공을 말 달릴 때
> 위잉 우는 것은
> 바람이 아닌 세월이었다
>
> 모든 바람은
> 그저 움직일 뿐
>
> — 「바람은 울지 않는다」에서

　시는 언어 그대로의 표정이 아니라 우회하고 때로는 역설적으로 말하면서 진실을 포장한다. 아마도 바람의 이미지는 세월의 강물을 지나온 이미지라면 박시인은 여성으로서의 삶에 깊이 있는 설화가 담겨있을 수 있다. 시집살이 혹은 자식을 키우면서 불어오는 시련의 바람과 때로는 고개 숙여 순응하는 일도 있었을 것이고 더러는 참기 힘든 파도에 맞서는 힘겨운 일도 세월의 바람 속—아픔과 고뇌 혹은 즐거움 등이 교직(交織)되어 들어 있었을 것이다. 바람의 이미지에는 박병선 시인의 삶이 '솔바람' 혹은 '폭풍바람', '가을바람' 등의 의미로 변신의 이미지를 만들면서, 바람의 움직임에 따라가는 수동적인 세월의 흔적들이 때론 아프게 보인다. 그러나 이제 돌아보는 세월에는 의미의 이름으로 빛나는 것들—이를 바라보는 시인의 눈에 삶의 깊이가 아름답게 흐르고 있다. 「바람은 울지 않는다」, 「워낭소리」, 「장미」, 「억새풀」, 「마술사」의 5편에는 박시인이 살아온 흔적이 맑은 이름으로 투영되어 인간미를 엮어가는 담담한 모습이 다가온다.
　「워낭소리」에는 그가 살아온 과거의 소리를 찾아가는 모습이 처연함을 느끼게 한다. 이는 아버지의 모습—투박하고 깊이 있는 아버지의 모습에서 애절함을 토로한다.

소와 아버지의 비유에서 아버지의 어깨에 지워진 생의 짐이 힘겨웠고 슬픈 이력으로 점철되었기 때문이다.

> 아버지의 느린 맥박소리와
> 세월이 슬프기 만한 워낭소리가
> 막다른 골목에 서있는 생애가
> 가쁜 숨을 몰아쉰다
> 지그시 눈을 감은 아버지를 싣고
> 들길을 걷는 워낭소리에
> 봄은 그리움으로
> 느릿느릿 익어가고 잇다
>
> — 「워낭소리」에서

소의 일생은 헌신(獻身)이고 아버지 또한 가족을 위해 모든 삶을 투영함으로 자기 존재를 망각하고 살아왔다. 이 둘의 이미지는 절묘하게 희생(犧牲)으로 일치하지만 하등 불만이거나 거역의 하소연이 없이 오로지 충실함으로 일생이 비교된다. 그러나 어느 날 기력을 잃고 시름겨운 모습으로 보이는 아버지와 소의 처연함이 눈물 깊은 인상으로 시인의 뇌리에 깊게 각인(刻印)되어 워낭소리로 일치감을 준다. 그리움으로 잊지 못하는 박병선의 마음 깊이 아버지에 대한 추억은 서러운 삶일지라도 돌아보면 아름다움의 향기가 들어있다는 시의 위력을 전달받을 때 감동이 앞장선다.

박병선은 절제의 언어와 탄력의 응축에서 시의 향기를 발산하는 기법이 매우 유연하다. 작금에 그의 시는 계단의 높이를 두려움 없이 오르는 기상이 보이고, 따스한 인간미가 봄날의 꽃처럼 은근할 때, 시의 맛은 곧 시인의 표정을 나타내는 정서로 전환하여 즐거움을 주는 노력이 보일 때 기대감을 높일 수 있을 것 같다.*

문학의 정신적 가치

초판 1쇄 인쇄일	| 2012년 7월 24일
초판 1쇄 발행일	| 2012년 7월 25일

지은이	| 채수영
펴낸이	| 정구형
출판이사	| 김성달
편집이사	| 박지연
책임편집	| 이원숙
본문편집	| 이하나 정유진
디자인	| 장정옥 조수연
마케팅	| 정찬용 김정훈
영업관리	| 한미애 권준기 정용현 천수정
인쇄처	| 월드문화사
펴낸곳	| **국학자료원**

등록일 2006 11 02 제2007-12호.
서울시 강동구 성내동 447-11 현영빌딩 2층
Tel 442-4623 Fax 442-4625
www.kookhak.co.kr
kookhak2001@hanmail.net

ISBN	| 978-89-279-0193-8 *93810
가격	| 35,000원

* 저자와의 협의하에 인지는 생략합니다.
  잘못된 책은 구입하신 곳에서 교환하여 드립니다.